AMELIE FRIED

DIE SPUR
DES
SCHWEIGENS

Roman

WILHELM HEYNE VERLAG
MÜNCHEN

MIX
Papier | Fördert
gute Waldnutzung
FSC® C014496

Penguin Random House Verlagsgruppe FSC® N001967

Vollständige Taschenbuchausgabe 10/2022
Copyright © 2020 by Amelie Fried
Copyright © 2020 by Wilhelm Heyne Verlag, München,
in der Penguin Random House Verlagsgruppe GmbH,
Neumarkter Str. 28, 81673 München
Umschlaggestaltung: t.mutzenbach design, München,
unter Verwendung von Motiven von
© Trevillion Images/Magdalena Russocka
Satz: Vornehm Mediengestaltung GmbH, München
Druck und Bindung: GGP Media GmbH, Pößneck

ISBN 978-3-453-42624-5

www.heyne.de

»*Leben lässt sich nur rückwärts verstehen,*
muss aber vorwärts gelebt werden.«

SØREN A. KIERKEGAARD

2007

Der Tag, der Julias Leben für immer verändern sollte, begann mit dem Kreischen einer Motorsäge. Julia hatte in der Nacht lange gearbeitet und war erst wenige Stunden zuvor ins Bett gegangen. Das Kreischen wurde lauter, drang schmerzhaft in ihren Kopf und verwandelte sich in das Klingeln eines Telefons. Sie hoffte, es würde wieder aufhören. Aber es hörte nicht auf. Schlaftrunken angelte sie nach ihrem Handy.

»Julia, bist du's? Papa hier.«

Ruckartig richtete sie sich auf. Die Stimme ihres Vaters versetzte sie sofort in einen Alarmzustand. Er rief nie an, außer wenn etwas passiert war. Als ihre Großmutter gestorben war. Als Knolle, der Familienhund, überfahren worden war.

»Papa! Was ist los?«

»Kannst du bitte nach Hause kommen?«

»Was ist passiert?«

Ihr Vater blieb einen Moment stumm. Dann sagte er: »Dein Bruder ist … verschwunden.«

»Robert?«, fragte sie überflüssigerweise. Sie hatte nur einen Bruder.

Sie wusste, dass er zum Trekking nach Norwegen gefahren war, irgendwo in die Region Sognefjord. Allein, wie so oft auf seinen Reisen, mit Rucksack und Zelt. Er liebte es, in der Natur unterwegs zu sein, zu wandern, zu klettern, Ski zu fahren. Er war ein erfahrener Traveller, vorausschauend und vorsichtig. Nie wäre sie auf den Gedanken gekommen, dass ihm etwas zustoßen könnte.

»Was heißt denn … verschwunden?«

»Komm bitte nach Hause«, bat ihr Vater noch einmal. »Die Polizei ist da und will uns befragen.«

Wie in Trance zog sie sich an und fuhr zu ihren Eltern. Dort ließ sie die zahllosen Fragen der Beamten über sich ergehen, erzählte ihnen immer und immer wieder das wenige, was sie über ihren Bruder und sein Umfeld wusste.

Sie hatten sich in letzter Zeit selten gesehen. Er hatte sich kaum noch bei ihr gemeldet, und sie war meistens mit sich selbst beschäftigt gewesen. Jobs, Partys, Männergeschichten. Irgendwas war immer.

Sie wusste nicht, was er außerhalb der Arbeit machte, mit wem er sich traf, wer seine Freunde waren. Sie kannte nur die Mitbewohner in seiner WG und ein paar seiner Bekannten, denen sie dann und wann dort begegnet war. Sie wusste noch nicht einmal, ob ihr Bruder eine Freundin hatte. Ob er jemals eine Freundin gehabt hatte. Oder einen Freund.

Als Kinder hatten sie regelrecht aneinandergeklebt, die große Schwester und der kleine Bruder. Sie hatte ihn beschützt, er hatte zu ihr aufgeblickt. Sie hatte sich Spiele ausgedacht, er hatte folgsam getan, was sie von ihm verlangte. Er mochte es, wenn sie ihm Anweisungen gab, und sie übte sich darin, Befehle zu erteilen. Wenn Robert krank war, ging es Julia schlecht. Wenn Julia bei einer Freundin übernachtete, schlief Robert in ihrem Bett. Siamesische Zwillinge hatten ihre Eltern sie im Scherz genannt. Dabei lagen drei Jahre zwischen ihnen.

»Sie waren sich wohl nicht so nahe«, sagte die Polizistin, die sie befragte.

Wieso waren, dachte Julia. Er ist doch nicht tot, er ist nur gerade nicht auffindbar. Wie ein Gegenstand, den man verlegt hat und der plötzlich, in einem völlig unerwarteten Moment wiederauftaucht. Dann, wenn man gar nicht damit rechnet.

Auch Robert würde wiederauftauchen, da war sie sich ganz sicher.

»Er ist mein Bruder«, sagte Julia. »Und natürlich sind wir uns nahe, auch wenn wir uns nicht alle paar Tage sehen.«

»Verzeihung«, sagte die Polizistin und blickte auf ihre Notizen. Einen Moment lang blieben beide stumm.

»Was glauben Sie, was passiert ist?«, fragte Julia.

»Wir überprüfen alle Möglichkeiten«, sagte die Frau. »Nach dem, was wir von den norwegischen Kollegen wissen, erscheint ein Unfall am wahrscheinlichsten.«

»Ein Unfall?«

Die Polizistin zählte auf, was die norwegische Polizei herausgefunden hatte: Robert hatte ein Zimmer in einer kleinen Pension bezogen und zwei Tage in dem Ort verbracht. Dann hatte er ein Busticket für eine Fahrt ins Fjordgebiet gekauft und war mit einem Rucksack für zwei Tage aufgebrochen. Sein übriges Gepäck war in der Pension geblieben. Als er am vierten Tag nicht zurückgekommen war, hatte der Pensionswirt die Polizei verständigt. Die hatte Ermittlungen aufgenommen. Die Gegend abgesucht, in die er gefahren war, Zeugen befragt, die Krankenhäuser der Umgebung überprüft. Keine Spur von Robert.

Julia kannte Bilder der Landschaft, in der er unterwegs gewesen war. Hohe Schluchten, raue Felsen, schmale Wege, auf denen man leicht einen falschen Schritt tun, ausrutschen und den Halt verlieren konnte. Ein Sturz in das eisige, tiefblaue Wasser eines Fjords, das Versagen des Kreislaufs durch den Schock, Ertrinken. Ihr Magen krampfte sich zusammen. Nein, an so was wollte sie gar nicht denken. Er war kein Draufgänger und auch kein Idiot. Er kannte sich in den Bergen aus, besaß alles, was man für eine solche Exkursion brauchte. Die richtige Ausrüstung, Erfahrung, Besonnenheit.

9

»Erzählen Sie mir von Ihrem Bruder«, forderte die Polizistin sie auf. »Was … ist er für ein Mensch?«

Julia hatte ihr kurzes Zögern bemerkt. Starr blickte sie vor sich hin.

Wie sollte sie ihren Bruder beschreiben? Schüchtern? Introvertiert? Stur? Das waren bloß Worte. Sie sagten nichts darüber aus, wie er war und was er für sie war. Er war ihr Bärchen, ihr Stinker, ihr Baby. Sie hatte ihm als Kind die Flasche gegeben, ihm ihre Sachen angezogen, ihn gekitzelt und mit ihm geschmust. Sie hatte mit ihm Laufen geübt und ihn aufgefangen, wenn er zu fallen drohte.

Später hatte sie ihn aus ihrem Zimmer geworfen und ihn gleich darauf reumütig wieder eingelassen, wenn er versprach, ruhig zu sein, während sie mit ihren Freundinnen telefonierte. Er hatte stundenlang auf ihrem Bett gelegen und Bildbände über Vulkane, Pflanzen und Meerlandschaften betrachtet, die Zunge in den Mundwinkel geklemmt, die Augen rund vor Neugier. Mit großer Ernsthaftigkeit hatte er ihr die Fotosynthese erklärt und warum manche Kakteenarten blühten und andere nicht.

Er war so gänzlich anders als sie, und Julia hatte ihn staunend beobachtet, als wäre er ein Wesen von einem fremden Planeten, das in ihrem Zimmer gelandet war, abgeworfen vom Klapperstorch, wie ihre Eltern ihr anfangs weisgemacht hatten. Während sie viel redete, schwieg er meistens. Wenn sie Besuch von anderen Kindern hatte, saß er dabei und hörte zu. Wenn die Jungen aus der Nachbarschaft ihn zum Kicken abholen wollten, bat er Julia mitzukommen. Sie schluderte ihre Hausaufgaben so schnell wie möglich hin, er gab sich Mühe damit. Ihr waren Noten egal, er konnte sich tagelang über eine verpatzte Klassenarbeit ärgern.

»Er ist eher ein ruhiger Typ«, sagte Julia schließlich. »Nachdenklich und vernünftig. Ich kann mir nicht vorstellen, dass er sich leichtfertig in Gefahr begeben hat.«

Die Polizistin schwieg.

»Er bereitet seine Reisen akribisch vor und überlässt nichts dem Zufall«, fuhr Julia fort. »Völlig anders als ich. Wenn ich reise, lasse ich alles auf mich zukommen. Meistens weiß ich morgens noch nicht, wo ich abends landen werde.«

»Hat Ihr Bruder jemals geäußert, dass es ihm nicht gut geht, dass er Ängste oder Depressionen hat?«

Julia machte eine abwehrende Bewegung mit der Hand. »Sie meinen, ob er suizidgefährdet ist? Kein bisschen. Er ist gern allein, aber er ist nicht einsam oder gar schwermütig.«

Sie überlegte, welche Beschreibung auf Robert zutreffen würde, und ihr kam das Wort genügsam in den Sinn. Sie sah ihn vor sich, wie er als kleiner Junge einen Turm aus Bauklötzen baute, Stein auf Stein, ohne sich auch nur eine Sekunde ablenken zu lassen. Auf seinem Gesicht lag ein zufriedener Ausdruck, und er schien mit sich und der Welt im Reinen zu sein. Auch später war er am glücklichsten, wenn man ihn in Ruhe ließ und er sich konzentriert mit dem beschäftigen konnte, was ihn gerade interessierte.

»Hätte er sich bei Ihnen gemeldet, wenn er Probleme gehabt hätte?«

»Auf jeden Fall«, sagte Julia im Brustton der Überzeugung. »Wenn es etwas Ernstes gewesen wäre, hätte ich davon gewusst.«

Nach Stunden zog die Polizei endlich ab. Julia und ihre Eltern saßen schweigend um den Esstisch. Ihr Vater hatte den Laptop vor sich stehen und scrollte durch Seiten mit Berichten über Vermisste.

»Jeden Tag werden zweihundertfünfzig bis dreihundert

Menschen in Deutschland als vermisst gemeldet, aber die Hälfte taucht schon nach einer Woche wieder auf«, sagte er, den Blick auf den Bildschirm gerichtet.

»Seit wann ist Robert denn genau verschwunden?«, fragte Julia.

»Das wissen wir nicht«, sagte ihre Mutter.

Julia rechnete im Stillen nach. Es musste weit über eine Woche her sein. Der Pensionswirt hatte Robert nach vier Tagen als vermisst gemeldet, dann hatte die Suche vor Ort begonnen, erst danach waren die deutschen Behörden informiert worden. Die hatten die Information an die für ihr Viertel zuständige Polizeidienststelle weitergegeben, und heute waren die Beamten bei ihnen aufgetaucht.

»Nach einem Monat sind achtzig Prozent der Vermissten wieder da«, sagte Julias Vater.

»Und die restlichen zwanzig Prozent?«

Er gab keine Antwort.

Julias Blick fiel auf die Fotos der Vermisstenkartei. *Seit dreizehn Jahren vermisst* stand unter dem Foto einer jungen Frau mit langen blonden Haaren. *Seit neun Jahren spurlos verschwunden* unter dem eines glatzköpfigen Mannes aus Sachsen. Sogar das Bild einer Frau, die dreißig Jahre zuvor verschwunden war, entdeckte sie. Lachende Kindergesichter waren zu sehen, Schnappschüsse, in fröhlicher Runde aufgenommen; Fotos, die aus einem Pass herausvergrößert waren. Gesichter von ganz normalen Menschen, die Eltern hatten, Kinder, Großeltern, Freunde, Arbeitskollegen. Die eines Tages verschwunden waren, wie vom Erdboden verschluckt.

Hinter all diesen Gesichtern, die Julia entgegenblickten, standen Menschen wie sie und ihre Eltern, die verzweifelt auf ein Lebenszeichen des Vermissten hofften, auf die Nachricht, dass er oder sie wohlauf war.

12

Später, wenn das Warten Jahre oder gar Jahrzehnte gedauert hatte, wünschten sie sich nur noch die Gewissheit, dass der geliebte Mensch tot war. Damit sie endlich zu trauern beginnen konnten.

1

Genuss ohne Reue verkündete das Banner über dem Hotel-eingang. Julia nahm zwei Stufen gleichzeitig, durchquerte das elegante Foyer und betrat den Tagungsraum Fürst Pückler, wo die Pressekonferenz stattfinden sollte. Ein neues Präparat zur Gewichtsreduktion wurde der Öffentlichkeit präsentiert. Zwei Löffel des Pulvers pro Tag – und schon könne man so viel essen, wie man wolle, und würde dabei auch noch abnehmen. Julia hatte erhebliche Zweifel an den Versprechungen des Herstellers, aber da nichts bei Leserinnen so gut ging wie Diätthemen, war die Präsentation ein Pflichttermin. Außer ihrem Hauptauftraggeber, dem Chefredakteur von *Gesundheit heute*, würden ihr sicher auch andere ihrer Kunden die Geschichte abkaufen.

Überwiegend Journalistinnen drängten sich in dem überfüllten Saal; die wenigen männlichen Kollegen sahen aus, als hätte man sie beim Pornogucken erwischt.

Der junge Marketingmanager der Firma ergriff das Wort.

»Meine Damen und Herren, ich begrüße Sie herzlich zur Weltpremiere von Lineafit Magic! Wir haben es hier mit nichts weniger als einer Revolution zu tun. Die Zeiten der Selbstbeschränkung und des Verzichts sind endlich vorbei! Genuss ohne Reue ist angesagt. Haben Sie davon nicht immer geträumt? Schlemmen, so viel Sie wollen, und dabei kein Gramm zulegen! Im Gegenteil, sogar an

Gewicht verlieren! Lineafit Magic erfüllt diesen Traum. Helfen Sie uns dabei, ihn für Hunderttausende, ja für Millionen Menschen wahr werden zu lassen!«

Er berichtete von den riesigen Investitionen, die das Unternehmen für die Entwicklung des Pulvers auf sich genommen habe, von der ausgeklügelten Zusammenstellung der Inhaltsstoffe und den überaus erfolgreichen Testreihen. Man hätte den Eindruck gewinnen können, es hätte in den letzten hundert Jahren keine bedeutendere Erfindung gegeben.

Julia starrte den glatt gescheitelten Jüngling in seinem knappen Anzug, der ihn wie einen zu groß geratenen Konfirmanden wirken ließ, wütend an. Anstatt zu überlegen, wie man Millionen hungernder Menschen auf der Welt mit Nahrung versorgen könnte, entwickelten diese Pharmafritzen ein Placebo für verfettete Wohlstandsärsche und kamen sich noch toll dabei vor! Es war nicht zu fassen.

Sie feuerte ihren Notizblock, auf den sie ein paar Stichworte gekritzelt hatte, in die Tasche, zog ihr Handy heraus und fing an zu tippen.

Von: julia@Feldmann.de
An: ChrisH@gesundheit-heute.com
Betreff: Dieser Abnehm-Scheiß

Hi, Chris, bin gerade beim Release von diesem angeblichen Wunderpulver. Sauteuer, garantiert wirkungslos, wahrscheinlich gefährlich. Wenn du die Liste der Inhaltsstoffe liest, tränen dir die Augen. Könnte dir aus dem Stand zehn mögliche Nebenwirkungen aufzählen. Kann dir unmöglich was darüber liefern. Du

*weißt, dass ich eine Texthure bin und mich oft über die Grenzen
meiner natürlichen Elastizität hinaus verbiege. Aber bei der Verbreitung von diesem Scheiß helfe ich nicht mit. Sorry. Call me
again.*
J.

Chris hatte sich vorgestellt, dass Julia eine Weile das Pul-
ver testen und über ihre Erfahrungen schreiben sollte. Er
liebte diese Art von Selbsterfahrungsjournalismus, vor
allem wenn andere ihm die Erfahrungen abnahmen. Julia hatte schon zehn Tage gefastet, sich Blutegel aufset-
zen lassen und mit einer Gruppe gestresster Manager ein
Wochenende ohne Handy im Wald verbracht, wo sie sich
von Beeren und Stockbrot ernährt hatte. Aber mit diesem
Zeug in Verbindung gebracht zu werden würde ihren Ruf
als seriöse Medizin-Journalistin endgültig ruinieren.

Neugierig hörte sie zu, was die Kollegen und Kolleginnen wissen wollten. Niemand stellte auch nur eine kri-
tische Frage. Julia meldete sich: »Sie sagen, man könne
schlemmen, *so viel* man wolle – heißt das auch, dass man
essen kann, *was* man will?«

Der Konfirmand wurde sichtlich unruhig und gab die
Frage an den Leiter der Entwicklungsabteilung weiter. Der
holte aus und gab eine umständliche Erklärung ab. Julia
hörte stirnrunzelnd zu, dann meldete sie sich erneut.

»Wenn ich Sie gerade richtig verstanden habe, wollen
Sie sagen, dass man so viel Obst, Gemüse, Salat und Ei-
weiß essen darf, wie man will, aber keineswegs Fett und
vor allem keine Kohlenhydrate. Mit der Methode nimmt
man doch sowieso ab. Wofür braucht man da noch Ihr
Zauberpulver?«

16

Wieder setzte der Typ zu einer rhetorischen Geisterfahrt voller Nicht-nur-aber und Sowohl-als-auch an, der Julia nicht mehr folgte. Für sie war der Fall klar. Mieser Betrug.

Sie sprang auf und stürmte aus dem Raum. Ärger führte bei ihr zu einem Blutzuckersturz, sie musste unbedingt was essen. Das Angebot bestätigte ihre These: Mozzarella-Tomaten-Spieße, Karottensticks im Kräuterdip, sparsam belegte Brötchen. Wenn diese Gangster an die Wirkung ihres Pulvers glauben würden, könnten sie ja was richtig Unanständiges servieren. Leberpastete oder Hummer zum Beispiel. Nicht mal Sekt oder Wein wurden gereicht, nur Wasser und Saft. Wo war sie hier bloß gelandet.

Sie dachte daran, wie sie kurz nach dem Abi die Zusage für einen Platz an der Journalistenschule bekommen hatte. Fast wäre sie vor Stolz geplatzt. Über vierhundert Leute hatten sich beworben, nur zwanzig waren genommen worden. Und sie war eine von ihnen gewesen.

Während des Studiums wurde ihnen eingeschärft, welch verantwortungsvolle Aufgabe sie als Journalisten zu erfüllen hatten: als vierte Macht im Staat die Politik zu kontrollieren, gesellschaftliche Missstände aufzudecken, die Wahrheit ans Licht zu bringen. Immer objektiv und unbestechlich zu sein, genauestens zu recherchieren und beim Schreiben nichts – auch nicht die kleinste Kleinigkeit – dazuzuerfinden.

Im Geiste sah sie sich damals die großen investigativen Reportagen schreiben, mit denen sie die Öffentlichkeit aufrütteln und Preise gewinnen würde.

Stattdessen stand sie nun bei einer als Pressekonferenz getarnten Werbeveranstaltung eines Pharmakonzerns für ein albernes, nutzloses, wenn nicht sogar gefährliches

Pseudoprodukt. Und schlimmer noch: Ihre journalistischen Jobs finanzierte sie sich durch PR-Arbeit. Sie konzipierte Kundenmagazine und verfasste Pressemeldungen und Texte für Broschüren im Wellness- und Spa-Bereich. Ohne solche Aufträge wäre sie längst verhungert.

Die Pressekonferenz war zu Ende, die Tür zum Raum Fürst Pückler öffnete sich, und die Leute strömten heraus. Die Kolleginnen von den Frauenmagazinen in ihren modischen Outfits warfen Julia Blicke zu. Bestimmt hielten sie sie für eine biestige, überkritische Nörglerin, die den Pharmakonzernen ihren Profit missgönnte. Aber das war sie nicht. Sie wollte nur nicht verarscht werden.

Während Julia frustriert an einem Karottenstick knabberte und überlegte, wo sie den nächsten Auftrag herbekommen könnte, trat ihr jemand mit voller Wucht auf den Fuß. Sie glaubte, ein knackendes Geräusch zu hören. Ihr wurde schlecht vor Schmerz, Tränen schossen ihr in die Augen.

Der Schuldige, ein Mann mit einer Kamera auf der Schulter, bewegte sich im Krebsgang halb seitwärts, halb rückwärts an ihr vorbei, ohne zu sehen, wohin er trat. Ihm folgte ein Mann mit einem Mikrofon in der Hand, der eine Frau interviewte.

»Können Sie nicht aufpassen?«, rief Julia mit schmerzverzerrtem Gesicht.

Sie verkniff sich die Beleidigungen, die ihr auf der Zunge lagen. Es empfahl sich nicht, jemanden bei laufender Kamera zur Sau zu machen. Solche Szenen landeten unweigerlich im Internet und konnten eine hoffnungsvolle Karriere schnell beenden. Wobei ihre Karriere bei nüchterner Betrachtung so hoffnungsvoll war wie die Aussichten eines Regenwurms bei dauerhafter Dürre.

Trotzdem hielt sie den Mund, bis der Typ die Kamera von der Schulter genommen hatte. Bevor sie ihn zur Rede stellen konnte, verdrückte er sich. Stattdessen kam der Mann mit dem Mikro auf sie zu und blickte sie besorgt an.

»Hat mein Kollege Ihnen wehgetan?«

»Allerdings!«, fauchte Julia. »Wieso latscht dieser Idiot rückwärts durch eine Menschenmenge?«

»Tut mir leid«, sagte der Mann. »Das war meine Idee. Interview in Bewegung. Sollte originell sein.« Er blickte sie schuldbewusst an. »Kann ich das irgendwie in Ordnung bringen?«

Sie fragte sich, ob seine Zerknirschung echt oder nur gut gespielt war. »Versuchen Sie nicht mehr, originell zu sein«, sagte sie finster.

Er lachte. »Das wird schwierig werden. Soll ich Ihnen was zu trinken bringen?«

Trotz der Schmerzen rang sie sich ein Lächeln ab. »Am liebsten Alkohol.«

Sie hoffte, dass er mehr Glück haben würde als sie, aber er kam unverrichteter Dinge zurück.

»Kein Wein, kein Bier, nicht mal Prosecco«, sagte er kopfschüttelnd. »Die nehmen das Thema Gesundheit wirklich ernst.«

Julia verzog das Gesicht. »Dabei sollten sie uns mit Strömen von Champagner bestechen. Nüchtern kauft ihnen diesen Mist doch keiner ab.«

Er grinste. »Sie glauben nicht an die Wirkung des Zauberpulvers?«

»Glauben Sie etwa dran?«

»Ich glaube, dass die Menschen betrogen werden wollen«, gab er zurück.

»Kann sein«, sagte Julia. »Auf mich trifft das nicht zu.«

Er schenkte ihr einen tiefen Blick. »Und woran glauben Sie?«

»An den freien Willen und die Wirkung von Alkohol.«

Wieder lachte er. »Wir könnten woanders unser Glück probieren.«

»Also gut«, sagte sie und wollte einen Schritt machen. Mit einem Schmerzenslaut zog sie ihren malträtierten Fuß zurück. »Mist, ich kann nicht auftreten.«

»Was machen wir denn jetzt?« Er guckte ratlos. »Soll ich einen Rollstuhl organisieren?«

»Bloß nicht.« Julia wurde die Situation zunehmend unangenehm. Sie wünschte, sie wäre ihrem ersten Impuls gefolgt und hätte die Einladung zu diesem Pressetermin umgehend in den Papierkorb befördert. Sie wünschte, sie hätte ein regelmäßiges Einkommen und müsste sich nicht von einem schlecht bezahlten Auftrag zum nächsten hangeln. Und sie wünschte, sie wäre diesem Mann unter anderen Umständen begegnet, nicht wie ein Flamingo auf einem Bein stehend, ihren verletzten Fuß in der Hand haltend, vom Umfallen bedroht.

Er überlegte einen Moment, dann sagte er schelmisch: »Ich bin ausgebildeter Bergretter. Soll ich Sie retten?«

»Wir sind nicht im Gebirge.«

»Ich bin ja auch kein Bergretter«, sagte er. »Aber wenn jemand nicht mehr gehen kann, gibt es eigentlich nur eine Möglichkeit, ihn zu transportieren.«

Er drehte ihr den Rücken zu und ging tief vor ihr in die Knie.

»Kommt nicht infrage.«

Er drehte den Kopf und blickte über die Schulter zu ihr hoch. »Und wie wollen Sie sonst hier rauskommen?«

»Keine Ahnung. Jedenfalls nicht so.« Trotzig verschränkte Julia die Arme.

»Nun machen Sie schon«, forderte er sie auf. »Oder wollen Sie hier verschimmeln?«

Verdammt. Sie presste die Lippen zusammen. Wenn sie nicht mit dem Notarzt abgeholt werden wollte, müsste sie sich notgedrungen von dem Kerl huckepack nehmen lassen. Wie demütigend.

Widerstrebend beugte sie sich vor und legte die Arme über seine Schultern. Ihr Bauch und ihre Brust landeten auf seinem Rücken. Er umfasste von vorn ihre Handgelenke und stand auf. Julia schloss die Augen und hoffte, dass niemand sie erkannte. Ihr Gesicht lag an seinem Hals. Sie schnupperte. Angenehm.

»Soll ich Sie in die Klinik fahren?«, bot er an. »Mein Wagen steht draußen.«

»Erst muss ich was essen.« Sie war ohne Frühstück aus dem Haus gegangen, und ihr war schlecht vor Hunger.

Wenig später ließ der Mann sie in der Hotelbar sanft auf einen Hocker gleiten und grinste sie an.

»Alles gut?«

Sie nickte.

Der Typ hatte etwas Entwaffnendes an sich. Sein Gesicht war ähnlich zerknautscht wie sein Sakko, um seine Augen spielten Lachfältchen, die ihm etwas Verschmitztes gaben. Ordentlich rasiert war er auch nicht, und sein Haar, das an den Schläfen bereits grau wurde, stand an einigen Stellen widerspenstig ab. Seine Ausstrahlung gefiel ihr. Er wirkte wie jemand, der den Mut hatte, er selbst zu sein. Und sich nicht darum scherte, was andere dachten.

Er winkte einem Kellner und bestellte die Karte, dann streckte er die Hand aus. »Sebastian Bayer.«

Sein Händedruck war kräftig, seine Hand warm und trocken.

»Julia Feldmann.«

Sie beugte sich vor und wollte ihren Schuh anziehen, den sie die ganze Zeit über festgehalten hatte. Unmöglich. Er erschien plötzlich drei Nummern zu klein.

»Zeigen Sie mal.«

Sebastian ergriff ihren Fuß, bewegte die Zehen vorsichtig hin und her und strich mit den Fingern zart über das angeschwollene Gewölbe. Ein Schauer durchrieselte sie.

»Nichts gebrochen, glaube ich. Wird aber sicher blau. Soll ich Sie nicht doch zu einem Arzt bringen?«

Julia lehnte erneut ab. »Das wird schon wieder.« Als Arzttochter vermied sie Praxisbesuche nach Möglichkeit.

Wieder legte er sein Gesicht in sympathische Dackelfalten. »Wollen Sie meinen Kollegen verklagen? Soll ich Ihnen seine Adresse geben?«

Sie musste lachen. »Ach Quatsch. Aber kühlen wäre sicher gut.«

Sie bat den Kellner um Eiswürfel und eine Stoffserviette. Sebastian bastelte daraus eine Eiskompresse und wickelte sie sorgfältig um ihren Fuß.

Sie bestellten etwas zu essen und dazu Aperol Spritz (ein Getränk, das Julia extrem unmännlich fand, das zu ihrer Überraschung aber von vielen Männern geschätzt wurde).

Als sie anstießen, sah Sebastian ihr in die Augen und sagte: »Wissen Sie eigentlich, dass die Wahrscheinlichkeit, auf einem Pressetermin für ein Diät-Wundermittel jemand Interessantes kennenzulernen, bei eins zu hunderttausend liegt?«

Julia hob spöttisch eine Augenbraue. »Dann hatten Sie ja heute Glück.«

Nach einer Stunde, in der sie sich angeregt unterhalten hatten, trennten sie sich.

»Sind Sie wirklich ganz sicher, dass ich Sie nicht nach Hause fahren soll?«, fragte er.

»Ganz sicher.«

Julia humpelte zu ihrer Vespa und winkte noch einmal kurz über die Schulter.

2

Julia klingelte. Nach einiger Zeit öffnete sich die Tür.

»Schön, dass du kommst«, sagte ihre Mutter. »Du warst lange nicht da.«

»Ich war letzte Woche hier«, widersprach Julia.

»Kommt mir länger vor.« Gitta verzog das Gesicht.

Die Jalousien waren fast vollständig heruntergezogen, um die Sommersonne auszusperren. Es war angenehm kühl. Die Wohnung wirkte nicht so ordentlich wie sonst, vielleicht hatte sie bei der Hitze keine Lust zum Aufräumen gehabt.

Julia trug die Einkaufstüten in die Küche und räumte die Lebensmittel ein. Sie besorgte regelmäßig frisches Obst, Joghurt, Aufschnitt und Milch, damit ihre Mutter sich einigermaßen gesund ernährte. Sie kochte nicht mehr, obwohl sie früher eine fantastische Köchin gewesen war.

»Für mich alleine lohnt sich das nicht«, sagte sie.

Insgesamt aß sie wenig, sie hatte keinen Spaß mehr am Essen.

Julia öffnete den Kühlschrank und runzelte die Stirn. »Wieso liegt dein Geldbeutel hier drin?«

»Den hab ich schon gesucht«, sagte Gitta und nahm ihn Julia ab. »Ich war vorhin in der Apotheke.«

Direkt neben dem Geldbeutel lagen die Medikamente.

In letzter Zeit war ihre Mutter vergesslicher geworden, aber das war ja normal in ihrem Alter. Und dass sie keine

Lust hatte, Briefe vom Finanzamt, der Stadtverwaltung oder der Hausverwaltung zu lesen, konnte Julia nur zu gut verstehen.

»Davon kriege ich Migräne«, erklärte Gitta und sammelte die Briefe in einer Schublade. Julia kontrollierte regelmäßig, ob etwas Wichtiges dabei war, und kümmerte sich dann darum.

Insgesamt kam ihre Mutter gut zurecht, nur einmal wäre fast ein Unglück geschehen. Sie hatte sich für ein Nickerchen hingelegt, während auf dem Adventskranz eine Kerze herunterbrannte und die Zweige zu kokeln begannen. Durch den Geruch wurde ein Hausbewohner aufmerksam und klingelte Sturm.

Der Mann hatte darauf gedrängt, dass Julia den Gesundheitszustand ihrer Mutter überprüfen ließ. Man müsse ausschließen, dass ihre Vergesslichkeit organische Gründe habe. Weil Julia keinen Ärger wollte, hatte sie schließlich nachgegeben.

Gitta hatte sich für den Gutachter des Medizinischen Dienstes hübsch angezogen, sorgfältig geschminkt und war vorher zum Friseur gegangen. Sie hatte Kaffee und selbst gebackene Muffins serviert und sich so angeregt mit dem Besucher unterhalten, dass der hinterher zu Julia gesagt hatte: »Ihrer Frau Mutter geht's hervorragend. Sie müssen sich keine Sorgen um sie machen.«

Julia hatte nichts anderes erwartet. Sie fragte sich nur, was ihre Mutter mit der vielen Zeit anfing, die ihr zur Verfügung stand. Jeden Tag holte eine Nachbarin sie zu einem gemeinsamen Spaziergang ab. An den Abenden sah sie fern. Ein- bis zweimal die Woche kam Julia, um nach ihr zu sehen und für sie einzukaufen. Enge Freunde hatte Gitta keine, und ihre nächsten Verwandten (eine Cousine und zwei Neffen) lebten weit entfernt und hatten noch nie Interesse an ihr gezeigt.

Gitta saß am Sofatisch und strich sich das Haar aus dem Gesicht.

»Heiß heute, nicht wahr?«

Julia sprang auf.

»Ich hab eine Überraschung für dich!«, sagte sie und holte den Behälter mit italienischem Eis, den sie mitgebracht hatte. Sie löffelte die cremige Masse in zwei Schälchen. Ihre Mutter probierte und verzog das Gesicht.

»Ich mag kein Zitrone.«

»Das ist nicht Zitrone, Mutti, das ist Joghurt.«

Gitta probierte ein zweites Mal. »Das ist Zitrone.«

Julia seufzte. »Gib es mir, wenn du es nicht magst.«

Sie wollte nach dem Schälchen greifen, da zog Gitta es mit Schwung weg.

Julia sah mit einem Mal wieder das Keramiktöpfchen vor sich, das sie unter Anleitung ihrer Erzieherin im Kindergarten geformt, im Ofen gebrannt und ihrer Mutter zum Geburtstag geschenkt hatte. Die hatte den Kopf zur Seite gelegt und das Töpfchen eingehend inspiziert.

»Sehr hübsch«, hatte sie gesagt. »Vielleicht hättest du es lieber blau glasieren sollen statt grün. Dann würde es besser zu unserem Geschirr passen.«

Gitta war immer kapriziös gewesen, aber das hatte Julia nicht gestört. Sie war schließlich etwas Besonderes, deshalb durfte sie auch anspruchsvoll sein. Ein Lob von ihr, die so schwer zufriedenzustellen war, erschien Julia als das Erstrebenswerteste überhaupt. So bemühte sie sich unaufhörlich, ihren Erwartungen gerecht zu werden.

Bis zur Pubertät gelang ihr das recht gut, aber dann explodierte etwas in ihr. Ein unbändiger Freiheitswille ergriff Besitz von ihr, und sie begann, gegen alles zu rebellieren, was von ihrer Mutter kam. Mit vierzehn fing sie an, die Schule zu schwänzen und mit einer Clique von Kiffern herumzuhängen. Wenig später probierte sie härtere Drogen, hauptsächlich Amphetamine und Ecstasy. Sie kam nächtelang nicht nach Hause, mehr als ein Mal ließen ihre besorgten Eltern sie von der Polizei suchen.

Ein Jahr vor dem Abi war es ganz plötzlich vorbei. Sie hörte auf mit den Drogen, konzentrierte sich auf die Schule und machte ihren Abschluss mit einem Notenschnitt von 1,8. Aus eigenem Antrieb, nicht weil jemand es von ihr verlangte. Danach zog sie von zu Hause aus und begann, ihr eigenes Leben zu leben. Aber der Wunsch, ihrer Mutter zu gefallen, hatte sie nie ganz verlassen.

Gitta hatte ihr Eis fast aufgegessen und blickte auf. »Früher haben wir oft Joghurt-Eis gegessen.«

»Deshalb habe ich es dir ja mitgebracht.«

Ihre Mutter leckte das Schälchen aus.

»Mutti!«, sagte Julia halb lachend, halb entsetzt. »Das macht man doch nicht!«

Gitta stellte das Schälchen ab und wischte sich mit dem Handrücken über den Mund. Auch das hätte sie früher niemals getan. Ob das eine Alterserscheinung war? Die Schwächung der Selbstkontrolle, eine gewisse Nachlässigkeit? Aber so alt war ihre Mutter doch noch gar nicht. Zweiundsiebzig. War doch heutzutage kein Alter.

»Was hast du denn die letzten Tage so gemacht?«, erkundigte sie sich.

»Nichts.«

Julia lächelte. »Nichts?«

»Nichts Besonderes. Ich war in der Apotheke. Und im Keller.«

»Im Keller?«

»Ich habe was gesucht.« Gitta überlegte, dann zuckte sie die Schultern. »Hab's aber nicht gefunden.«

»Was denn?«, fragte Julia.

»Ich hatte doch mal so ein fantastisches Sommerkleid, ich glaube, es war von Missoni. Plötzlich hatte ich Lust, es anzuziehen.«

»Das war vor zwanzig Jahren«, sagte Julia überrascht. »So lange bewahrst du doch deine Sachen nicht auf.«

Sie betrachtete ihre Mutter, die immer noch eine eindrucksvolle Erscheinung war. Groß und schlank, das dichte weiße Haar modisch kurz geschnitten, der Lippenstift farblich auf Rock und Bluse abgestimmt. Ihre frühere Attraktivität war immer noch deutlich zu erkennen. Mit einem Mal bemerkte Julia, dass die Knöpfe an Gittas Bluse versetzt zugeknöpft waren. Sie machte sie darauf aufmerksam.

»Ach, die blöden Knöpfe«, sagte sie. »Die gehen mir sowieso auf die Nerven.«

Julia half ihr, die Bluse richtig zu knöpfen. Ihre Mutter hielt ihre Hand fest und sah sie an.

»Gut siehst du aus.«

»Danke«, sagte Julia verblüfft.

»Färbst du dein Haar schon?«

Julia lachte. »Nein, Mutti, ist alles echt. Ich bin erst neununddreißig.«

»Wirklich?« Sie schien ehrlich erstaunt zu sein. Ihr Gesicht bekam einen nachdenklichen Ausdruck. »Als Kind hast du ausgesehen wie ein Engel. Aber du hattest furchtbare Wutausbrüche. Du hast geschrien und dich auf den Boden geworfen.«

»Wirklich?« Davon hatte ihr noch nie jemand erzählt.

»Es hat gedauert, bis du in die Schule gekommen bist.
Wir haben uns Sorgen gemacht.«

Julia war verwirrt. Sprach ihre Mutter wirklich von
ihr? Sie war eigentlich ein folgsames Kind gewesen, das
immer versucht hatte, es allen recht zu machen. Wutan-
fälle passten so gar nicht in dieses Bild.

»Und ... wie habt ihr reagiert?«

»Wir haben dich in dein Zimmer geschickt, bis du dich
beruhigt hast.«

Julia versuchte, eine Erinnerung in sich zu finden. Das
wütende, heulende Kind, das weggeschickt wurde. Aber
da war nichts.

»Irgendwann bist du rausgekommen«, fuhr Gitta fort.
»Dein Gesicht war ganz rot vom Weinen. Du hast dich
bei Papa oder mir auf den Schoß gesetzt, den Daumen im
Mund, und bist eingeschlafen.«

Julia schüttelte nur stumm den Kopf.

»Du wolltest Papa heiraten«, fuhr Gitta fort. »Du wolltest sein wie ich.«

O ja, das wollte sie, daran erinnerte sie sich. Sie wollte
nicht nur sein wie ihre Mutter, sie wollte an ihrer Stelle
sein.

Sie lächelte. »Warst du eifersüchtig?«

»Ein bisschen.« Gitta verzog das Gesicht. »Ich habe dir
so schöne Puppenkleider genäht, aber du mochtest keine
Puppen. Du hast lieber mit deinem Bruder Fußball gespielt.
Seine Freunde haben dich mitspielen lassen, obwohl du
ein Mädchen warst.«

Plötzlich sah Julia ihr Elternhaus wie in einem Film vor
sich. Eine Kamera schien in schneller Fahrt aus der Höhe
hinabzusausen, hinein in den Garten, in dem sich Laken
an einer Wäschespinne bauschten, an einem Sandkasten

entlang, in dem bunte Förmchen und Schaufeln lagen, vorbei an einem hingeworfenen Kinderfahrrad und einem schwarz-weiß gemusterten Ball, hinein ins Innere des Einfamilienhauses, das mit seinen modernen Polstermöbeln und ergonomisch geformten Holzstühlen von bürgerlichem Wohlstand zeugte. Ein Strauß frischer Blumen stand auf dem Esstisch, eine Durchreiche gab den Blick in die Küche frei. Im ersten Stock war das Elternschlafzimmer mit dem nach Maß gefertigten Einbauschrank und der flauschigen gelben Tagesdecke über dem Doppelbett. Daneben die beiden Kinderzimmer, apricot und hellblau gestrichen, mit robusten Betten aus Kiefernholz und Kisten voller Spielsachen und Kuscheltiere. Alles sah hell und freundlich aus.

Julia war verblüfft über diesen plötzlichen Erinnerungsschub. Meist konnte sie sich nur an Bruchstücke erinnern, und oft wusste sie nicht, ob sie die Szenen selbst erlebt hatte oder ob sie ihr von irgendjemandem erzählt worden waren. Die Beschäftigung mit der Vergangenheit war schmerzhaft und gefährlich, weshalb Julia sie lieber vermied.

Gittas Stimme holte sie zurück in die Gegenwart.

»Übrigens, Robert hat angerufen.«

Entgeistert starrte sie ihre Mutter an. Es dauerte einen Moment, bis die Worte zu ihr durchgedrungen waren.

»Robert?«, sagte sie schließlich ungläubig. »Wann soll das gewesen sein?«

»Ich weiß nicht, gestern oder vorgestern.«

»Das kann nicht sein, Mutti.«

Gitta strich versonnen das Tischtuch glatt. »Aber er hat angerufen.«

Julia zwang sich zur Ruhe. »Was hat er denn gesagt?«

»Nichts Besonderes …«

Julia beugte sich zu ihr und blickte sie eindringlich an. »Mutti! Wie kommst du darauf, dass es Robert war?«

»Ich weiß es eben.«

»Erzähl es mir genau. Wo warst du, als das Telefon geklingelt hat?«

»In der Küche. Es klingelte, und erst habe ich nicht verstanden, dass es mein Telefon ist. Ich dachte, es kommt aus dem Fernseher. Ich bin dann nicht hingegangen. Aber es hat wieder geklingelt, und dann habe ich abgehoben.«

»Und dann?«

»Dann hat ein Mann gesprochen. Er hat mich gefragt, wie es mir geht. Ich habe erzählt, wie's mir geht, und dann ... haben wir uns ein bisschen unterhalten. Es war die Stimme von Robert!«

»Das ist unmöglich!«, rief Julia. »Und das weißt du genau!«

»Wenn du so mit mir sprichst, sage ich gar nichts mehr.«

Gekränkt wandte Gitta sich ab und griff nach einer Fernsehzeitschrift.

Julia sprang auf und nahm das Telefon aus der Ladeschale. Sie öffnete das Menü und scrollte durch die Anrufliste. Es waren nur wenige Nummern gespeichert, die sie alle kannte. Der Hausarzt, die Apotheke, die Nachbarin. Außerdem zwei Anrufe mit unterdrückter Nummer.

Das konnte jeder gewesen sein. Ein Marketinginstitut, das eine Umfrage durchführte, eine dieser Firmen, die alten Leuten irgendwas aufschwatzen wollten. Schon mehrmals hatte sie Verträge widerrufen, die ihre Mutter abgeschlossen hatte. Ein Bankberater hatte ihr eine Anlage mit zwanzig Jahren Laufzeit eingeredet, ein cleverer Verkäufer ein Abonnement für die monatliche Lieferung von zwei Kilo Fischfutter, obwohl Gitta kein Aquarium besaß.

»Aber ich wünsche mir Goldfische«, war ihre Ausrede gewesen, als Julia den Vertrag entdeckte. »Ich brauche jemanden zum Reden.«

Meistens genügte es, dass Julia sich als Journalistin zu erkennen gab, um die Verträge zu widerrufen. Musste ja keiner wissen, dass sie nicht für *Das Spektrum* oder *Die Zeitschrift* schrieb, sondern nur für *Gesundheit heute*.

»Mutti?«

»Ja, mein Kind?«

Julia beugte sich vor und nahm die Hände ihrer Mutter in ihre. »Robert ist ... tot.«

»Weiß ich doch«, sagte Gitta.

Roberts Leiche war nie gefunden worden.

1989

»Robert!«

Die Stimme seiner Schwester schallt über die Wiese. Er drückt sich tiefer ins Laub der Äste, hoch oben in der Baumkrone, in die er geklettert ist. Er will nicht gefunden werden, er mag es, allein zu sein.

Immer wieder geht er allein in den Wald, obwohl es ihm verboten ist. Dort streift er durchs Gebüsch, auf schmaler werdenden Wegen, mitten hinein ins dichte Grün, wohin kein Sonnenstrahl mehr dringt. Ein Schritt und noch ein Schritt und noch einer. Jedes Mal stellt er sich vor, dass er so lange weitergeht, bis das Grün ihn verschluckt hat. Aber dann kehrt er doch wieder um.

Jetzt klammert er sich an die Äste des Baums und freut sich diebisch, dass Julia ihn nicht sehen kann. Er beobachtet, wie sie näher kommt.

»Komm raus, du Scheißer!«, ruft sie ärgerlich.

Er presst die Lippen aufeinander und hält ganz still.

Neulich hat er die Orientierung verloren und ist stundenlang umhergeirrt. Es war schon dunkel, als er nach Hause kam. Seine Eltern haben ihn geschimpft. Julia hat ihn fest an sich gedrückt. Er hat so getan, als wäre nichts gewesen, obwohl er selbst Angst gehabt hat. Es hat ihm gefallen, dass sie sich Sorgen um ihn machen.

Auch jetzt ist seine Schwester ganz aufgeregt. Sie läuft hin und her.

»Robert!«, ruft sie immer wieder. »Robert, wo bist du?«

Er folgt ihr mit dem Blick, und plötzlich befällt ihn ein Schwindel, eine plötzliche, unerklärliche Angst vor dem Absturz. Seine Arme und Beine sind mit einem Mal wie gelähmt, er kann sie nicht mehr bewegen. Ein leises Stöhnen kommt aus seinem Mund.

Julia bleibt stehen und blickt nach oben.

»Da bist du ja! Warum gibst du keine Antwort?« Sie ist wütend.

Julia kommt immer, wenn er sie braucht. Einmal hat er sich den Fuß verstaucht, und sie hat ihn nach Hause getragen. Ein anderes Mal hat er sich den Arm an Brennnesseln so verbrannt, dass sie in die Praxis fahren mussten. Dort hat sie ihm die Hand gehalten, während der Vater die Wunde gesäubert und verbunden hat.

»Wegen so was weint man doch nicht«, hat der Vater zu ihm gesagt. »Du willst doch ein richtiger Junge sein, oder?«

»Hilf mir«, sagt er jetzt leise.

Julia stößt zornig die Faust in die Luft. »Ich sollte dich da oben verrotten lassen!«

»Hilf mir«, wiederholt er flehend.

»Dreimal ruhig ein- und ausatmen«, befiehlt sie schließlich, und er schließt die Augen und atmet.

»Lass die linke Hand los, und greif den Ast darunter. Taste mit dem linken Fuß, bis du wieder Halt hast. Gut so. Das Gleiche auf der anderen Seite: erst die Hand, dann der Fuß. Links unter dir ist ein dicker Ast, den musst du erreichen, dann ist alles gut …«

Robert hat die Augen geschlossen und horcht auf die Stimme seiner Schwester. Die Stimme ist das Seil, an dem er sich festhält. Sie baut ihm mit ihren Worten den Weg nach unten, schafft Tritte und Griffe, knüpft ihm ein Sicherheitsnetz.

Als er in ihre Reichweite kommt, streckt sie sich am Stamm entlang nach oben und greift nach seinem Knöchel.

»Gut gemacht.«

Robert lässt sich das letzte Stück nach unten rutschen, die Geschwister fallen übereinander auf den weichen Waldboden. Julia knufft und boxt ihn.

»Mach das nicht noch mal, hörst du?«

Er richtet sich auf den Knien auf. »Fast hätte ich ein Eichhörnchen gefangen!«

»Du lügst«, sagt Julia. »Die sind viel zu schnell.«

»Ich schwör's!«

»Angeber!«

Julia packt und kitzelt ihn, bis er japst. »Aufhören … hör auf … Bitte!«

Sie balgen sich kichernd auf dem Waldboden. Schließlich kann Robert sich befreien und rennt über die Wiese zurück in Richtung Haus. Nach wenigen Metern hat Julia ihn eingeholt. Schwer atmend bleibt er vor dem Gartentor stehen.

»Nicht dem Papa erzählen, ja?« Er blickt seine Schwester bittend an.

Ein richtiger Junge klettert nur so hoch, dass er auch wieder runterkommt. Ein richtiger Junge lässt sich nicht von seiner Schwester retten. Wenn sein Papa davon erfährt, ist er enttäuscht. Robert will keine Enttäuschung für seinen Papa sein.

3

Alles an Christopher Hensel war fleischig: seine Nase, seine
Lippen, seine Arme, seine Finger. Er strich gern über seinen ausladenden Bauch und verkündete stolz: »Der war
teuer, kann ich euch sagen!« Kenntnisreich dozierte er
über gesunde Ernährung, während er Hamburger und
Pommes in sich hineinschlang, und obwohl sich der Rest
der Redaktion von *Gesundheit heute* weitgehend an die
Regel *Kein Alkohol vor achtzehn Uhr* hielt, stand auf dem
Schreibtisch von Chris oft vormittags schon ein Weizenbier.
Da Auflage und Anzeigenaufkommen stimmten, drückten
die Verleger angesichts der Diskrepanz zwischen den Inhal-
ten von *Gesundheit heute* und dem Erscheinungsbild seines
Chefredakteurs seit Jahren beide Augen zu (und schickten
zu offiziellen Terminen seine Stellvertreterin, eine gerten-
schlanke, karrieregeile Zicke, der Julia in herzlicher Abneigung verbunden war).

Julia klopfte und trat in Chris' Büro, ohne auf Antwort
zu warten. Sie kannten sich seit der Journalistenschule,
Formalitäten zwischen ihnen waren nicht üblich. Chris
studierte einen Layoutentwurf, der vor ihm auf dem
Schreibtisch lag, und griff mit der Hand immer wieder
mechanisch in eine Schale mit Schokolinsen, die er knir-
schend zerkaute. Er blickte hoch.

»Jule, altes Schlachtschiff, schön, dass du dich mal wieder blicken lässt!« Er bot ihr die Schale an, sie lehnte ab.

»Jetzt gibt's doch Lineafit Magic, Genuss ohne Reue!«
Er griff ein weiteres Mal in die Schale und warf sich eine
Handvoll Schokolinsen in den Mund.

Sie musterte ihn spöttisch. »Das kannst du gern ausprobieren. Ich tu's nicht.«

»Hab ich gecheckt. Also, was hast du für mich?« Erwartungsvoll sah er sie an.

Sie seufzte. »Ich dachte, du hättest was für mich. Ich
brauche mal wieder was Größeres. Eine Studie, eine Reportage, wenn's sein muss, eine Promistory.«

Chris lehnte sich auf seinem Schreibtischstuhl zurück,
dass die Lehne quietschte, und verschränkte die Arme
über seiner Wampe. Mit der Zunge machte er schmat-
zende Geräusche.

»In welchem Jahrhundert lebst du, Mädel? Wir haben
das Zeitalter des Häppchen-Journalismus.«

»Nenn mich nicht Mädel«, erwiderte Julia reflexhaft.

Es war eine alte Gewohnheit zwischen ihnen. Er ließ
seine Machosprüche los, sie entrüstete sich. Es kam gut an,
wenn sie ihr Spielchen in der Konferenz aufführten. Nur
war jetzt keine Konferenz.

»Ich hab dir Themen geschickt«, nahm sie den Faden
auf. »Du hast nicht reagiert.«

Er griff nach der Maus, blickte auf den Bildschirm und
scrollte durch ihre Mail. »Kraftsport in der Schwangerschaft, Kreuzallergien bei Heuschnupfen, immer mehr
Venenleiden bei jungen Menschen … Das soll mich vom
Hocker reißen?«

»Was reißt dich denn vom Hocker, du alter Stinkstiefel?«

Chris grinste breit. Verbale Scharmützel waren sein
Sport. Der einzige, den er betrieb.

»Das weißt du doch, mein Mäuseschwänzchen. *Sexy*

muss es sein! Es muss schmecken, riechen, vibrieren, man muss geil werden, wenn man das Stück liest.«

Julia verdrehte die Augen. »Lass den Machoscheiß, bitte!«

»Venenleiden!«, stöhnte Chris auf. »Da krieg ich ja Erektionsstörungen.«

»Dann nennen wir es eben *Schöne Beine* oder von mir aus *Wie Ihre Beine wieder sexy werden*.«

»Hatten wir neulich«, sagte Chris.

Mist. Sie war so beschäftigt damit, Themen zu suchen, umzusetzen und zu verkaufen, dass sie kaum mehr zum Lesen kam.

»Gib mir einen ordentlichen Auftrag, dann hab ich auch wieder Zeit zu lesen«, sagte sie. »Oder noch besser: Stell mich fest an!«

Er stöhnte theatralisch auf. »Jule! Du weißt, das kann ich nicht.«

»Wieso nicht?«

»Du bist zu alt.«

»Zu alt?« Sie schnaubte. »Ich bin noch nicht mal vierzig! Und ich kriege garantiert keine Kinder mehr. Stell dir mal vor, was der Verlag da spart!«

»Ich meine nicht alt im Sinne von … alt.« Chris seufzte auf. »Du bist zu lange im Job, du bist zu teuer, du bist überqualifiziert. Dieser Laden lebt davon, dass ich freie Mitarbeiter und Praktikanten ausbeute. Wenn ich anfange, euch anständig zu bezahlen, sind wir in kürzester Zeit tot.«

Es wirkte nicht so, als bereitete seine Rolle als Ausbeuter ihm Bauchschmerzen. Wäre es anders, säße er nicht an diesem Platz.

»Wie ich überleben soll, ist dir also völlig egal?«

»Du bist eine Kämpferin, Jule. Du schaffst das schon.«
Er wandte sich wieder seinem Layout zu.

Sie schüttelte ungläubig den Kopf. »Soll das heißen ...
du willst keines meiner Themen?«

»Reiß mich vom Hocker, und du hast einen Auftrag.«

Kraftlos ließ sie sich auf den Stuhl vor seinem Schreibtisch fallen. »Chris, ich bitte dich. Die Häppchenscheiße
kostet nur Zeit und bringt nichts ein. Ich brauche einen
richtigen Auftrag, gut bezahlt, mit einer vernünftigen Lie-
ferfrist. Gib dir einen Ruck, Chris! Um der alten Zeiten
willen.«

Noch nie hatte sie einen Auftraggeber in dieser Weise
angebettelt. Es kotzte sie an. Chris musterte sie, das spöttische Blitzen war aus seinen Augen verschwunden.

»Vielleicht hab ich da was für dich«, murmelte er und
griff in eine Schublade. Er drückte ihr einige Ausdrucke
in die Hand.

Sie warf einen flüchtigen Blick darauf. »Was ist das?«

»Lies selber.«

Sie steckte die Papiere ein. »Danke.«

»So, und jetzt raus hier«, sagte Chris und wedelte mit
der Hand, als wäre sie ein lästiges Insekt.

Sie stand auf. »Wenn du deine Leute schon scheiße be-
zahlst, solltest du sie nicht auch noch scheiße behandeln.
Warum bist du so?«

Chris grinste unbeeindruckt. »Weil ich es kann.«

4

»Links nach vorn, Gewicht auf rechts, links nach hinten, stehen. Rechts nach hinten, Gewicht auf links, rechts nach vorne, stehen.« Die Musik begann. »Und los geht's ... uno, dos, tres, cuatro ...«

Julia starrte angestrengt auf ihre Füße, die ihr einfach nicht gehorchen wollten. Der eine Fuß tat immer noch ein bisschen weh, obwohl er wieder abgeschwollen war. Sie fühlte sich wie ein Elefant: trampelig und ungeschickt. Schon als Kind hatte sie keinerlei Talent für Bewegungsformen gehabt, bei denen Anmut gefragt war. Rennen, Fußballspielen, Bockspringen – solche Sachen machten ihr Spaß, darin war sie gut. Aber auf dem Schwebebalken graziös einen Fuß vor den anderen zu setzen oder im Kinderballett Pirouetten zu drehen war eine Tortur für sie. Leider hatte ihre Mutter großen Ehrgeiz an den Tag gelegt, sie zu solchem Mädchenkram zu drängen, was ihre Abneigung nur noch verstärkt hatte.

Zwischendurch wanderten Julias Gedanken zu dem mysteriösen Anrufer.

Es konnte nicht Robert gewesen sein, das war völlig unmöglich. In zwölf Jahren hatte es nicht den geringsten Hinweis darauf gegeben, dass er noch lebte. Ihre Mutter hatte sich den Anruf eingebildet, weil sie ihn sich ersehnte. Trotzdem hatte der Vorfall Julia erschüttert. Jedes Mal wenn sie an Roberts Verschwinden erinnert wurde, geriet sie aus dem Gleichgewicht. Deshalb zog sie es vor, sich nicht daran zu erinnern.

Die Stimme des Lehrers fuhr fort: »Und jetzt Grundschritt zwei – uno, dos, tres, cuatro, hinter, vor, seit, seit …«

Zur Hölle. Sie wollte überhaupt nicht Salsa lernen. Trotzdem kam sie seit einem Monat jede Woche hierher, vertauschte ihre gemütlichen Sneakers gegen unbequeme Riemchenpumps und übte hundertmal die gleichen Schrittfolgen. Es kam ihr so vor, als hätte sie seit der ersten Stunde nicht den kleinsten Fortschritt gemacht.

»Und jetzt zu zweit, vor, rück, seit, dreh … und die Arme in elegantem Halbkreis nach oben …«

Aus Mangel an Männern tanzten auch Frauen zusammen, wobei vorher festgelegt wurde, wer den männlichen Part übernahm. Das war beim Salsa nämlich extrem wichtig, noch viel wichtiger als bei Walzer oder Foxtrott.

Sie hatte sich für die Männerrolle gemeldet, die bei den anderen Frauen nicht beliebt war. Nun versuchte sie, ihre Partnerin mit leichtem Druck aufs Schulterblatt in die gewünschte Richtung zu bugsieren. Die junge Frau war womöglich noch unbegabter als sie, ständig hatte sie das Gewicht auf dem falschen Fuß und taumelte bei den Drehungen aus der Achse. Angestrengt hielt sie ihre Zungenspitze zwischen die Lippen geklemmt und den Blick auf den Boden gerichtet.

»Mann führt, Frau folgt«, hatte Jorge, der Tanzlehrer, gleich zu Kursbeginn erklärt. »Gleichberechtigung kannst du vergessen. Bei Salsa geht nur um eins: Mann will Frau impfen mit seinem Samen, deshalb macht kreisende Bewegungen mit Becken, Frau will nicht geimpft werden, deshalb macht Bewegungen in andere Richtung. Am Schluss Frau gibt auf, wird schwanger, alle feliz. Claro?«

Julia hatte die Augenbrauen hochgezogen und ihren Freundinnen Kathrin und Nina einen vielsagenden Blick zugeworfen. Den beiden verdankte sie den Schlamassel – sie hatten ihr den Kurs geschenkt.

»Damit du wenigstens einmal in der Woche deinen Hintern bewegst«, hatte Kathrin erklärt. »Wir können ja nicht tatenlos zusehen, wie dein Gewebe immer schlaffer wird.«

»Oberkörper gerade halten, Blick geradeaus, Bewegung ist unten, in den Beinen, im Becken … Ja, so ist gut … Schön kreisen, ihr Männer wollt ihr-wisst-schon-was, eure Partnerin will eigentlich auch, aber darf sie nicht zeigen … Salsa ist Kampf der Geschlechter …«

Puh. Julia hatte genug Geschlechterkampf in ihrem Job, sie musste daraus nicht auch noch ein Hobby machen. Außerdem war sie genervt vom Klischee des werbenden Mannes und der sich zierenden Frau, die am Ende doch nachgab. Am liebsten hätte sie Jorge einen flammenden Vortrag gehalten: Wenn eine Frau Lust hat, hat sie Lust! Und dann hat sie das gleiche Recht, sich einen Mann zu nehmen, wie umgekehrt. Die Zeiten, in denen die Männer über die Sexualität bestimmen, ist vorbei! Wir Frauen können selbst entscheiden, ob wir Sex haben und mit wem. Ist das klar, du kleiner Macho? Außerdem werden wir immer noch schlechter bezahlt als ihr! Es reicht uns! Nieder mit dem Salsa!

Jorges Stimme riss sie aus ihren Fantasien. »Schon sehr gut, vielen Dank. Jetzt Maria und ich zeigen euch, wie es aussehen soll.«

Die Teilnehmer und Teilnehmerinnen (darunter vier Männer, die den Kurs gemeinsam mit ihren Frauen absolvierten, sowie sechs weitere Frauen) bildeten einen Kreis, schöpften Atem und wischten sich diskret den Schweiß von der Stirn. Bewundernd sahen sie zu, wie Jorge und seine Co-Lehrerin Maria übers Parkett glitten, mit hoch aufgerichtetem Oberkörper, die Beine in schneller, rhythmischer Bewegung, die Hände anmutig verschlungen. Und wie ihre Becken kreisten! Das würde Julia im Leben nicht mehr lernen. Aber warum sollte sie auch? Sie wollte schließlich nicht geimpft werden.

Alle klatschten, die Stunde war zu Ende.

»Und, wie hat's dir heute gefallen?«, erkundigte sich Nina im Umkleideraum, während sie in ihre Jeans schlüpfte.

»Super«, sagte Julia.

»Du lügst so schlecht, dass es zum Weinen ist.« Nina zog ihre Freundin lachend an sich und küsste sie auf die Stirn.

»Nein, ehrlich, ich find's toll!«

»Du siehst die ganze Zeit so aus, als hättest du was Ekliges gegessen«, sagte Kathrin.

»Oder als wärst du auf eine Schnecke getreten«, ergänzte Nina.

Julia fühlte sich ertappt. Sah man ihr die fehlende Begeisterung wirklich so sehr an? Sie musste daran arbeiten, ihr Gesicht unter Kontrolle zu halten.

»Wir wollen dich echt nicht zwingen, wenn's dir keinen Spaß macht«, sagte Kathrin.

»Zwingt mich bitte«, sagte Julia seufzend. »Ist sicher gut für mich.«

Nicht weit vom Tanzstudio entfernt lag Da Gino, ein kleines italienisches Lokal mit gutem Essen, einer großen Weinauswahl und Kellnern, die ihnen mit ihrer hemmungslosen Flirterei das Gefühl gaben, nicht vierzig, sondern zwanzig zu sein. Natürlich war ihnen klar, dass die jungen Kerle nicht ernsthaft auf Frauen ihres Alters standen. Aber die Art, wie sie es ihnen vorspielten, versetzte Kathrin und Nina in Entzücken. Julia ging es eher ein bisschen auf die Nerven.

»Da seid ihr ja endlich«, rief Edoardo, ein gut aussehender Dunkler mit blitzenden Augen. »Wir haben schon auf euch gewartet!«

Sie nahmen ihre reservierten Plätze ein, und Gino, der namengebende Patron des Hauses, legte mit Schwung die Speisekarten vor ihnen ab.

»Buona sera, principesse, che piacere rivedervi! Getränke wie immer?«

»Principesse!« Kathrin kicherte und errötete wie ein Schulmädchen. Als berufstätige, alleinerziehende Mutter zweier Kinder mit einem Ex, der ihr Probleme machte, wo er nur konnte, hatte ihr Leben wenig prinzessinnenhaften Glanz. Julia bewunderte ihre Freundin dafür, wie sie alles schaffte. Und fand, dass es ihr selbst im Vergleich dazu gar nicht so übel ging.

Gino zwinkerte ihnen zu und verschwand, um die Getränke zu bringen. Weißweinschorle für Kathrin, Merlot für Nina, Gin Tonic für Julia. Alles wie immer. Sie stießen an.

»Darauf, dass allen Machos ihr verdammtes Ding abfällt«, sagte Kathrin.

»Bitte nicht«, sagte Julia. »Das ist das einzig Brauchbare an ihnen!«

Kathrin verdrehte die Augen. »Stehst du immer noch auf böse Jungs?«

»Welche Frau tut das nicht?«

»Ich«, sagte Kathrin. »Ich war mit einem verheiratet.«

»Ich esse heute übrigens nichts«, verkündete Nina.

Die anderen beiden Frauen ignorierten sie. Wie jedes Mal würde Nina auch heute ihrem Vorsatz in derselben Sekunde untreu werden, in der Gino den Brotkorb auf den Tisch stellte. Innerhalb von Minuten würde sie das Brot vertilgen und anschließend bei ihnen mitessen, ohne um Erlaubnis zu fragen.

Julia mochte die Eigenheiten ihrer Freundinnen. Die erstaunliche Inkonsequenz von Nina, die ständig ihre Meinung änderte und die beneidenswerte Gabe hatte, ganz im Moment zu leben. Den Pragmatismus von Kathrin, die nie etwas Unvernünftiges tun würde und jede Entscheidung gründlich durchdachte.

Sie kannte beide seit ihrer Schulzeit, sie waren einander vertraut wie Schwestern. Wenn sie sich später kennengelernt hätten, wären sie womöglich keine Freundinnen geworden. Aber die lange gemeinsame Geschichte wog schwerer als ihre Unterschiedlichkeit.

»Wo bleibt denn das Brot?« Nina versuchte, Edoardo auf sich aufmerksam zu machen.

Kathrin beugte sich zum Nebentisch, wo zwei unfassbar schlanke Mädchen in ihren Salaten stocherten. »Darf ich?«, fragte sie und griff nach dem unberührten Brotkorb. »Ihr macht doch sicher low carb, oder?«

Die Mädchen blickten irritiert. »Nimm ruhig«, sagte die eine mit einem Gesichtsausdruck, der besagte: Bei dir ist sowieso nichts mehr zu retten.

Nina griff heißhungrig nach einer Brotscheibe und biss hinein.

»Hat Jorge jetzt eigentlich was mit Maria oder nicht?«, fragte sie mit vollem Mund.

Kathrin verzog das Gesicht. »Wieso interessiert dich das? Sag nicht, dass er dir gefällt!«

Nina lachte. »Der ist doch ganz süß.«

Mit fester Stimme sagte Kathrin: »Mir kommt kein Mann mehr ins Haus.«

Abwehrzauber, dachte Julia. Sie wusste, dass ihre Freundin sich einen neuen Partner wünschte. Vielleicht sogar den alten zurücknehmen würde. Aber zugeben könnte sie das nicht. Jedenfalls nicht, solange sie nüchtern war. Und das war sie eigentlich immer, weil sie sich alkoholbedingte Abstürze gar nicht leisten konnte.

»Weißt du eigentlich, wie lange du uns schon mit diesem Spruch nervst?«, sagte Julia. »Wie wär's, wenn du deinem Denken mal eine neue Richtung geben würdest?«

Natürlich wusste sie, wie eng getaktet das Leben ihrer Freundin war. Job, Kinder, Haushalt, und alles allein. Um überhaupt einen Mann kennenzulernen, müsste der schon zufällig zu ihrer Haustür hereinspazieren kommen. Aber deshalb durfte sie doch nicht einfach aufgeben!

Schon in der Schule hatte Kathrin davon geträumt, eine Familie zu haben, und war die Erste gewesen, die geheiratet hatte. Bei ihrer Hochzeitsfeier, zwischen Reiswerfen, Gruppenfoto, Rehbraten mit Preiselbeeren, lauwarmem Sekt und peinlichen Ansprachen, hatte Julia sich geschworen, niemals zu heiraten. Als Kathrin ihre Kinder bekam, glaubte sie, am Ziel zu sein. Wenig später war ihr Lebenstraum zerbrochen – und sie plötzlich eine alleinerziehende Mutter.

Julia hätte ihr gleich sagen können, dass Martin ein Mistkerl war. Er hatte andere Frauen angebaggert, als er schon mit Kathrin zusammen war. Julia fragte sich heute noch, ob sie ihre Freundin hätte warnen müssen. Aber welche verliebte Frau hört schon auf den Rat einer Freundin?

Kathrin hatte begonnen, eine Weißbrotscheibe zu zerpflücken und kleine Kügelchen zu rollen. Sie blickte zu Julia. »Und ... welche Richtung wäre das aus deiner Sicht?«

»Parship«, sagte Julia. »Ich kenne drei Paare, die sich so kennengelernt haben. Funktioniert super.«

»Vergiss es«, sagte Kathrin. »Damit bin ich durch.«

»Was? Das hast du uns ja gar nicht erzählt!« Nina war überzeugt davon, ein Recht darauf zu haben, alles zu erfahren, was im Leben ihrer Freundinnen passierte.

Kathrins Gesicht verdüsterte sich. Offenbar hatte sie nicht die Absicht, diese Erfahrung zu teilen. Aber da hatte sie nicht mit Ninas Hartnäckigkeit gerechnet.

»Du hast es also schon probiert?«

»Ja«, sagte Kathrin. »Es war deprimierend.«

Das war geradezu eine Aufforderung an Nina weiterzubohren. Nina neigte in jeder Hinsicht zu Hemmungslosigkeit. Beim Essen, im Umgang mit Freunden, im Gespräch mit Fremden. Sie fragte Menschen, die sie gerade kennengelernt hatte, nach ihren Lebensgeschichten aus, scheute sich nicht, ihre peinlichsten Erlebnisse genüsslich vor anderen auszubreiten, und hatte nicht das geringste Verständnis dafür, dass die nicht erpicht darauf waren, sich ebenfalls zu entblößen. Dabei wirkte sie so unschuldig wie ein Kind, das gerade die Welt entdeckte, weshalb man ihr kaum böse sein konnte.

»Wie viele Männer hast du denn getroffen?«

Kathrin überlegte. »Vier. Zwei waren eigentlich ganz nett.«

»Und?«

Julia spürte, dass Kathrin dieses Verhör unangenehm war. »Jetzt lass sie doch in Ruhe, Nina.«

»Schon okay«, sagte Kathrin. »Einer meinte, ich sei ihm zu selbstbewusst, einer mochte keine Kinder, einer war verheiratet, und der vierte fragte, ob ich auf Bondage stehe.«

»Na und?«, sagte Nina. »Hättest du doch mal ausprobieren können.«

»Habe ich. In den Klamotten seh ich aus wie eine Presswurst.«

Nina und Julia starrten sie an.

»Du hast Fesselspiele gemacht?« Nina riss die Augen auf.

»Keiner soll sagen können, dass ich keinen Einsatz bringe«, sagte Kathrin.

Wow, dachte Julia. Für so mutig hätte sie ihre Freundin nicht gehalten. Aber vielleicht war es ja nicht Mut gewesen, sondern Verzweiflung. In jedem Fall war Julia froh, wenn das Beziehungschaos ihrer Freundinnen zum Thema wurde. Das ließ ihr eigenes ein bisschen weniger chaotisch aussehen.

»Und jetzt zu dir«, sagte Kathrin und pikte Nina mit einem Grissini-Stäbchen, bevor sie davon abbiss. »Seit wann interessierst du dich für andere Männer?«

Nina war seit vielen Jahren mit Felix liiert, einem nach Julias Auffassung sympathischen, aber stinklangweiligen Lehrer. Schon immer fragte sie sich, was die beiden zusammenhielt, denn unterschiedlicher konnten zwei Menschen kaum sein. Aus geheimnisvollen Gründen funktionierte es trotzdem.

»Nur weil ich einen Kerl zu Hause habe, heißt das ja nicht, dass ich sonst keinen mehr wahrnehme.«

»Ha!«, sagte Kathrin triumphierend. »Die klassische Ausrede einer Frau, die mit dem Gedanken spielt, ihren Mann zu betrügen.«

»Oder es schon tut«, ergänzte Julia.

Nina antwortete nicht. Sie schluckte den Rest der dritten Scheibe Brot herunter. »Was esst ihr denn heute?«

Julia reichte ihr die Karte. »Bestell dir gefälligst selbst
was.«

In diesem Moment summte ihr Handy.

*Die Wahrscheinlichkeit, bei einem Pressetermin jemanden ken-
nenzulernen, den man gerne wiedersehen will, ist übrigens noch
kleiner. Nur ungefähr eins zu einer Million. Wie geht's dem Fuß?*

»Ähem«, räusperte Kathrin sich vernehmlich. »Kein
Handy am Tisch.«

»Sorry.« Versonnen blickte Julia auf.

»Ach nee.« Nina grinste. »Ist da etwa ein Neuer am
Start?«

Julia schüttelte den Kopf.

»Echt nicht?«

»Echt nicht.«

Nina ließ sich nicht täuschen. »Du bist wirklich eine
verdammt schlechte Lügnerin. Du könntest niemals eine
Affäre haben.«

Julia zog eine Augenbraue hoch und grinste. »Für eine
Affäre bräuchte ich erst mal einen Partner.«

»Vielleicht wird's ja was mit dem hier.« Nina deutete
auf das Handy. »Wenn du's nicht wieder verbockst.«

Julia schnaubte. »Danke für deine überaus sensiblen
Kommentare.«

»Immer gern.« Nina wandte sich der Speisekarte zu.

Tatsächlich war Julia auf dem Beziehungssektor bisher nicht sehr erfolgreich gewesen. Meist ging es mit großer Leidenschaft los, aber nach kurzer Zeit begannen die
Männer, sich zu beschweren. Sie sei anstrengend, nicht
genügend anschmiegsam und kein bisschen fürsorglich.
Von einem Wunsch nach echter Nähe sei bei ihr nichts

zu spüren. Julia verstand nicht, was die Kerle von ihr wollten. Sie war eben, wie sie war. Angeblich kam in der menschlichen DNA ein Untreue-Gen vor. Vielleicht hatte sie ja das Beziehungsunfähigkeits-Gen.

Seltsam war nur, dass ihre Sehnsucht nach einer Beziehung nicht nachließ. Kaum hatte sie wieder eine Zweierkiste in den Sand gesetzt, und ihre Trauer darüber war etwas abgeflaut, spürte sie eine Leere, die sie unbedingt füllen musste. Um nicht allein zu sein, schleppte sie irgendwelche Typen ab, die sie nach einer Nacht vor die Tür setzte. Es war wie eine Sucht.

»Nein«, sagte sie entschieden. »Niemand am Start.«

»Schade«, sagte Nina und hieb ihre Gabel in die Spaghetti aglio e olio, die Edoardo mit elegantem Hüftschwung serviert hatte. »Ich glaube, du bräuchtest mal was Festes.«

Julia zog eine Grimasse. »So wie du? Vielen Dank. Ich bin lieber frei.«

»Frei ist man nicht als Single, sondern in einer Beziehung«, erklärte Nina. »Frei von dem Zwang, jemanden finden zu müssen, frei davon, immer gut aussehen zu müssen, frei von den ewigen Zweifeln, ob man es wert ist, geliebt zu werden.«

»Und frei von Spaß und Abenteuer. Ohne mich.« Julia nahm einen Schluck von ihrem Gin Tonic.

»Als hättest du so viel Spaß«, sagte Nina.

»Mehr als du bestimmt.«

Nina grinste. »Sei dir da nicht so sicher.«

»Was gibt's sonst so?«, mischte Kathrin sich ein. »Oder wollt ihr den ganzen Abend über Männer reden?«

»Ich mache mir ein bisschen Sorgen um meine Mutter«, sagte Julia nach einer Pause. »Sie ... bildet sich Sachen ein. Sie glaubt, Robert hätte angerufen.«

»Und das ist absolut ausgeschlossen?«, fragte Kathrin, während sie sich mit der Serviette den Mund abtupfte.

»Natürlich ist das ausgeschlossen. Robert ist tot.«

Kathrin wiegte den Kopf. »Dafür gibt es doch keinen Beweis.«

»Genauso wenig wie dafür, dass er lebt.«

Julia bereute bereits, dass sie davon angefangen hatte. Natürlich hatte sie mit ihren Freundinnen darüber gesprochen. Damals, als es passiert war, und auch in den Jahren danach. Aber inzwischen lag die Erinnerung an Robert gut verstaut in einer Schublade, die sie sonst verschlossen hielt.

»Wie wahrscheinlich ist es, dass jemand nach zwölf Jahren ohne ein Lebenszeichen plötzlich wiederauftaucht?«, fragte sie und antwortete sich gleich selbst: »Das ist absolut unwahrscheinlich. Um nicht zu sagen, komplett ausgeschlossen.«

Die Freundinnen nickten.

»Stimmt«, sagte Nina. »Andererseits, es gibt die verrücktesten Sachen. Vor Kurzem ist ein Typ in Belgien nach zwanzig Jahren wiederaufgetaucht! Hatte als Jugendlicher Stress mit seiner Familie und ist damals abgehauen.«

»Mein Bruder hatte aber keinen Stress«, sagte Julia scharf. »Er hatte auch keine Depressionen oder suizidale Neigungen. Er war ein harmloser kleiner Träumer, der am liebsten alleine herumgereist ist. Und dabei hatte er leider einen Unfall, den er nicht überlebt hat.«

Julia trug diese Version des Geschehens vor, als müsste sie nicht ihre Freundinnen überzeugen, sondern sich selbst. Ein Unfall war nach Ansicht der Ermittler die wahrscheinlichste Erklärung für Roberts Verschwinden. Und außerdem die, an die ihre Eltern und sie glauben mussten, weil alle anderen Erklärungen noch weniger erträglich gewesen wären.

Irgendwann hatte die Polizei auch die Möglichkeit eines Gewaltverbrechens erwähnt, aber dafür hatte es keinerlei Hinweise gegeben. Robert war nicht der Typ gewesen, der mit anderen in Streit geriet. Und welche Wertsachen hätte er bei einer Wanderung bei sich tragen können? Natürlich konnte man die Möglichkeit trotzdem nicht völlig ausschließen, aber Julia hatte entschieden, sich an die wahrscheinlichste Version zu halten: Ihr Bruder war in einen Fjord gestürzt und ertrunken.

Nina schien noch etwas sagen zu wollen, biss sich aber auf die Lippen.

Kathrin legte eine Hand auf Julias Arm. »Hast du dir eigentlich jemals … therapeutische Unterstützung gesucht? Ich meine, so was ist doch traumatisch.«

Julia schüttelte den Kopf. »Ich komm klar.«

»Bist du dir da ganz sicher?«

»Was soll das heißen? Hältst du mich für … gestört oder was?«

»Du musst nicht gleich sauer werden. Ich meine ja bloß … So eine Erfahrung steckt man doch nicht einfach weg.«

»Ich schon.«

»Klar«, platzte es aus Nina heraus. »Du bist ja auch nicht mittelschwer alkohol- und medikamentenabhängig, leidest nicht unter permanenter Schlaflosigkeit und schickst nicht jeden Typen nach spätestens zwei Monaten in die Wüste, weil du zu viel Angst davor hast, dass er dich verlassen könnte.«

»Wie bitte?« Zornig funkelte Julia ihre Freundin an.

Angespannte Stille senkte sich über den Tisch.

»Sorry.« Nina blickte schuldbewusst drein. »War vielleicht … ein bisschen übertrieben.«

Julia presste die Lippen zusammen. »Du bleibst doch nur bei Felix, weil du zu viel Schiss vor dem Alleinsein hast«, fauchte sie. »Ich mache wenigstens keine faulen Kompromisse.«

»Hört auf«, sagte Kathrin. »Verderbt uns nicht den Abend.« Als keine der beiden reagierte, hob sie ihr Glas. »Auf was trinken wir?«

Widerwillig nahmen auch Julia und Nina ihre Gläser in die Hand, wobei sie es vermieden, einander anzusehen.

»Auf die Freundschaft!«, sagte Kathrin spöttisch.

Als sie zu Hause war, tigerte Julia unruhig durch die Wohnung. Es würde wieder eine dieser Nächte werden, sie spürte es genau. Das Flattern in der Herzgegend, die Unruhe im Körper, die rasenden Gedanken im Kopf.

Kein Thema hatte sie so gründlich recherchiert wie Schlaflosigkeit. Sie kannte sämtliche Ursachen, darunter schwere Mahlzeiten, Alkohol, Medienkonsum und aufwühlende Erlebnisse wie Diskussionen und Streit. Leider bestand ihr Leben aus exakt diesen Komponenten, und zwar bevorzugt abends, vielen Dank auch.

Sie hatte sämtliche Hausmittel ausprobiert, die im Internet zu finden waren. Melisse, Hopfen, Lavendel, Katzenminze – als Tee, als Bad, als Stirnkompresse. Irgendwann hatte sie gelesen, dass ein Aufguss aus Sauerkirschstängeln Wunder wirken solle. Sie war aufs Land gefahren, hatte ewig nach einem Sauerkirschbaum gesucht, war schließlich über den Zaun in einen Garten geklettert und hatte einen Zweig abgebrochen. Im gleichen Moment war der Besitzer wutentbrannt aus dem Haus gerannt und hatte sie so lange festgehalten, bis sie ihm ihren Personalausweis ausgehändigt hatte. Wenig später war ihr eine Anzeige wegen Hausfriedensbruch, Sachbeschädigung und Diebstahl ins Haus geflattert. Der Aufguss hatte – außer Magenschmerzen – keinerlei Wirkung gezeigt.

Sie hatte es mit heißer Milch und Honig probiert, mit Rückwärtszählen ab hundert, mit Schäfchenzählen. Sie hatte versucht, Bücher zu lesen, die so langweilig waren, dass sie darüber hätte einschlafen müssen, sie hatte sich Hörbücher angehört, da menschliche Stimmen ermüdend auf sie wirkten. Das mit den Hörbüchern hatte eine Weile geklappt – lange war sie nicht über die erste CD von *Schnee, der auf Zedern fällt* hinausgekommen. Inzwischen funktionierte aber auch das nicht mehr. Sie hatte einen Kurs in autogenem Training absolviert und Meditieren gelernt, für beides fand sie aber nicht die nötige Ruhe.

Eine Zeit lang lagen in ihrem Bett mit Kräutern gefüllte Duftkissen, von denen eines nach dem anderen von Insekten befallen wurde. Auch mit Yoga hatte sie es versucht – vergeblich.

Manchmal chattete sie mit einer kanadischen Freundin, die aufgrund des Zeitunterschieds am frühen Morgen noch wach war, dabei vernichtete sie tütenweise Chilichips und Erdnussflips und mixte sich Schlafdrinks, deren wesentlicher Bestandteil Brandy war. Meist fiel sie gegen vier Uhr in einen ohnmachtsähnlichen Schlaf, aus dem sie ein paar Stunden später wie gerädert hochfuhr.

Heute Abend beschloss sie, sich die ganze Quälerei zu sparen. Dank ihren Kontakten zur Pharmaindustrie verfügte sie über eine gut bestückte Hausapotheke, von der sie gelegentlich Gebrauch machte. Deshalb war sie aber noch lange nicht medikamentenabhängig!

Die Erinnerung an Ninas Bemerkung ließ ihr Adrenalin schlagartig wieder ansteigen. Sie spürte, wie das Blut in ihren Schläfen pochte.

Energisch drückte sie eine Schlaftablette aus der Packung und spülte sie mit einem Schluck Wasser hinunter. Und gleich darauf eine zweite.

5

Hohe Auszeichnung für junge Forscherin

Der diesjährige Deutsche Wissenschaftspreis geht an die Biologin Dr. Ariane Hildebrandt. Ihre Forschungen im Bereich der Fotosynthese schufen die Voraussetzung für die Entwicklung künstlicher Systeme, die in optimierter Form den Prozess der Umwandlung von Kohlendioxid in Brennstoff ermöglichen und so zur Klimaverbesserung beitragen können. Ariane Hildebrandt wurde 1990 geboren, studierte in Berlin und Cambridge und promovierte am Johannes-Löwe-Institut. Inzwischen ist sie am Max-Planck-Institut für Entwicklungsbiologie tätig. Über den Preis zeigte sie sich hocherfreut. »Frauen in der Forschung haben es nach wie vor nicht leicht. Vielerorts gibt es Mobbing und Übergriffe.« Auf die Frage, ob sie konkrete Beispiele nennen könne, sagte sie: »Dazu möchte ich mich nicht äußern.« Die Preisverleihung findet am 20. September in Berlin statt.

Julia legte die Füße auf den Schreibtisch und stieß dabei um ein Haar ihre Kaffeetasse um. Nachdenklich starrte sie auf den Ausdruck in ihrer Hand. Warum hatte Chris ihr den Artikel gegeben? Für eine Promistory war die Frau nicht bekannt genug. Ihre Forschungsergebnisse waren kaum das, was er als sexy bezeichnen würde. Sie griff nach dem Telefon.

»Hensel.«

»Meinst du das ernst? Mobbing und Übergriffe im Forschungsinstitut?«

»Du wolltest eine Knallerstory. Das ist eine.«

»Wieso hast du sie dann noch nicht gemacht? Die Artikel sind von letztem Monat.«

»Weil ich wollte, dass jemand sie macht, der … es wirklich kann. Jemand wie du.«

Lügner, dachte sie. Du willst mich nur ruhigstellen. Während er sprach, tippte sie *Johannes-Löwe-Institut* in die Suchleiste. Die Seite öffnete sich.

Plötzlich durchzuckte sie eine Erinnerung. Robert hatte dort gearbeitet! Er war biologisch-technischer Assistent gewesen und hatte irgendwas mit Pflanzen zu tun gehabt. Das Institut hatte Niederlassungen in neun deutschen Städten, hier war die Biologie mit fünf Unterabteilungen angesiedelt: Molekularbiologie, Botanik, Genetik, Humanbiologie, Entwicklungsbiologie.

»Willst du dich wirklich an diese Me-Too-Debatte anhängen?«, fragte Julia. »Das ist doch kalter Kaffee!«

Auch Julia fand es scheiße, wenn ein Mann eine Frau gegen ihren Willen angrapschte. Dagegen musste man sich wehren, ganz klar. Aber die Aufregung um anzügliche Sprüche oder Blicke fand sie übertrieben. Damit machten die Frauen sich doch selbst zu Opfern.

Chris meckerte. »Ich dachte, du bist Feministin.«

»Wie kommst du denn darauf?«

»*Nenn mich nicht Mädel!*«, äffte er sie nach. »*Sei nicht so ein Macho, schon mal was von Gleichberechtigung gehört?*«

Julia verdrehte die Augen. »Nur weil ich anständig behandelt werden will, bin ich noch keine Feministin. Und nur weil ich die ganze Debatte überzogen finde, bin ich noch lange keine Antifeministin.«

Sie hörte Chris seufzen. »Euch Frauen soll einer verstehen.«

In diesem Moment sah sie ihn als jungen Studenten vor sich. Schlank, fast schlaksig, mit Aknenarben und völlig uncoolen Klamotten. Trotzdem hatte sie ihn schon damals gemocht, weil er schlagfertig und witzig war und es Spaß machte, Zeit mit ihm zu verbringen. Mehr Spaß als mit den selbstverliebten Schönlingen an der Journalistenschule. Mit denen ging sie nur ins Bett.

Eines Abends auf einer Party hatte Chris zu viel getrunken und wurde den anderen Gästen gegenüber ausfallend. Julia packte ihn und zog ihn aus der Wohnung des Gastgebers, um ihn nach Hause zu bringen. Auf der Straße angekommen, ließ er sich auf die Knie sinken und hielt ihr einen imaginären Blumenstrauß hin.

»Mein schönes Fräulein, darf ich's wagen, meinen Arm und Geleit ihr anzutragen?«, lallte er.

Sie lachte. »Bin weder Fräulein, weder schön, kann ungeleitet nach Hause gehen.« Dann zog sie an seinem Arm. »Aber du nicht. Los, hoch mit dir!«

Mit einiger Mühe richtete er sich auf. Als er vor ihr stand und sie ansah, wusste sie es. Er war in sie verliebt. Ihm war klar, dass er sie nie bekommen würde. Und irgendwann würde er sie dafür hassen.

Seine Stimme holte sie zurück in die Gegenwart.

»Nimmst du nun das Thema oder nicht?«, bellte Chris. »Ich hab nicht ewig Zeit.«

Julia atmete einmal tief durch und konzentrierte sich.

»Die Frauen reden doch sowieso meistens nicht, und wenn sie reden, nennen sie keine Namen.«

Das war auch etwas, was sie nervte. Warum machten die Betroffenen nicht gleich den Mund auf? Warum gingen sie nicht sofort zu ihren Vorgesetzten oder zur Polizei? Warum kamen sie oft erst Jahre später mit ihren Geschichten um die Ecke?

Chris ließ sich nicht beeindrucken. »Bei diesen Fernsehtypen haben die Frauen geredet.«

»Aber erst nachdem die schon fast aus dem Geschäft waren und man ihnen kaum noch was beweisen konnte. Und die meisten Informantinnen wollten trotzdem anonym bleiben.«

»Dann musst du sie eben davon überzeugen, dass sie sich outen«, sagte Chris. Er klang ungeduldig. »Bist du eine Topjournalistin oder nicht?«

»Chris«, sagte sie und nahm mit Schwung die Füße vom Tisch, wobei ein Stapel Zeitschriften ins Rutschen kam, der mit einem Knall auf dem Boden landete. »Verlang nichts Unmögliches von mir. Das ist nicht fair.«

»Das Leben ist nicht fair – Mädel.«

Sie sah ihn grinsend in seinem Büro sitzen und unterdrückte den Ärger, den sie in sich hochkochen fühlte.

»Du kannst echt ein Arschloch sein, Chris. Aber das weißt du ja.«

Wieder erklang sein meckerndes Lachen. Julia hackte mit dem Finger auf den Ausknopf.

Sie blickte auf den Bildschirm. *Johannes-Löwe-Institut.* An die fünfzig Doktorandinnen und Doktoranden wurden im Institut betreut, viele kamen aus dem Ausland. Die Themen der Forschungsprojekte klangen zu ihrer Überraschung ziemlich interessant.

Es musste schmerzhaft für Robert gewesen sein, dort nur als Assistent zu arbeiten, statt selbst forschen zu können. Schlau genug für ein Studium wäre er sicher gewesen, auf jeden Fall diszipliniert und leidenschaftlich genug. Er hatte nur Pech gehabt.

Für einen Moment wurde sie von der Erinnerung überwältigt. Wenn sie nur wüsste, was ihm zugestoßen war! Es wäre so viel leichter, um ihn zu trauern, wenn sie die Umstände seines Todes kennen würde.

Lange Zeit hatte sie ihn beschützen können, damals, als sie noch Kinder gewesen waren. Dann war er erwachsen geworden, und sie hatten sich voneinander entfernt. Sie hatte nicht mehr auf ihn aufpassen können. Und so war er mit fünfundzwanzig gestorben.

Julia wimmerte leise. Es tat immer noch so weh.

2002

Stumm händigt der Neunzehnjährige seinem Vater den blauen Umschlag aus. Der öffnet ihn und liest den Brief aus der Schule. Er blickt den Sohn an, und die Enttäuschung lässt seine Züge fahl werden.

Robert weiß, dass für seinen Vater eine Welt zusammenbricht. Er weiß, wie sehr der sich wünscht, Robert würde Medizin studieren und später die Praxis übernehmen. Seit Monaten hat er die Blicke der Eltern gespürt, ihre Erwartung.

Er hat gebüffelt wie ein Wahnsinniger. Er wollte es unbedingt schaffen. Aber sobald er in einer Prüfung sitzt, ist in seinem Kopf ein schwarzes Loch, und er kann sich an nichts mehr erinnern. Wie ausgelöscht ist alles. Aber ohne Prüfungen schafft man kein Abitur. Ohne Prüfungen schafft man gar nichts im Leben.

Wieso sieht sein Vater ihn jetzt so an? Als würde er bedauern, diesen Sohn überhaupt bekommen zu haben. Diesen Versager, diesen Nichtskönner, diese Memme. Der umkippt, wenn der Biolehrer ein in Formaldehyd eingelegtes Gehirn zeigt. Der kein Blut sehen kann und sich wie ein Mädchen vor Mäusen ekelt. Der für ein Medizinstudium so geeignet ist wie ein Beinamputierter fürs Wettrennen.

Seine Eltern würden ihm sogar einen der teuren Studienplätze im Ausland finanzieren. In Budapest, Stettin oder Utrecht, wo es keinen Numerus clausus gibt und man mit ein bisschen Glück und viel Geld reinkommt, auch wenn die Noten nicht

ganz so toll sind. Aber zwischen nicht ganz so toll *und* unge-
nügend *klafft ein kleiner, entscheidender Unterschied.*

*Julia hat einfach eines Tages verkündet, dass sie nicht Ärztin
werden wolle, und die Eltern haben es mit einem Achselzucken
aufgenommen. Als hätte Julia selbstverständlich ein Recht auf
eigene Wünsche. Von da an lastete aller Druck auf ihm. Und er
hat versagt.*

*Der Vater gibt sich Mühe, Haltung zu bewahren. Robert
kann es an der Art sehen, wie er seinen Rücken strafft und sein
Kinn nach vorn schiebt. Wie er tief ein- und ausatmet, die Brille
kurz abnimmt und wieder aufsetzt. Dann spricht er endlich.*

*»Das ist … sehr schade, Robert. Aber kein Weltuntergang.
Wenn du die Klasse wiederholst und nächstes Jahr wieder an-
trittst, klappt es bestimmt! Wir unterstützen dich, darauf kannst
du dich verlassen.«*

*Er sagt es so, als wollte er Robert trösten. Dabei müsste doch
er getröstet werden. Er wünscht sich das Abitur für seinen Sohn
viel mehr, als Robert es sich wünscht.*

*Robert möchte etwas sagen. Er möchte seinem Vater begreif-
lich machen, dass es ihm leidtut. Dass er sich schämt. Er möchte
ihm aber auch erklären, dass im nächsten Jahr nichts anders
sein würde. Dass das schwarze Loch immer noch da wäre. Dass
er das Abitur ebenso wenig schaffen würde wie in diesem Jahr.
Aber die Fülle dessen, was er sagen möchte, lässt ihn verstummen.*

»Nein«, sagt er schließlich und senkt den Blick.

*»Nein?« Sein Vater sieht ihn ungläubig an. »Du gibst ein-
fach auf?«*

*Einfach. Als wäre irgendetwas einfach für ihn. Robert will
hier raus. Weg vom verletzten Blick seines Vaters, weg von dessen aufmunternden Sprüchen, die so tun, als ginge es um eine
zweite Chance für Robert und nicht darum, dass er unbedingt
einen erfolgreichen Sohn haben will.*

Er dreht sich um, will den Raum verlassen. Der Vater hält ihn an der Schulter fest. Sein Griff schmerzt.

»Wo willst du hin?«

»Lass mich.«

Der Vater lässt los. »Du bist undankbar.«

»Bei euch gibt's Liebe nur gegen Leistung«, sagt Robert bitter.

Der Vater hebt resigniert die Hände, lässt sie wieder fallen.

Robert verlässt das Zimmer. Und bald danach das Haus.

Es dauerte einige Zeit, bis Julia Dr. Ariane Hildebrandt erreichte, und es dauerte noch länger, bis sie die junge Wissenschaftlerin überreden konnte, ihr per Skype ein Interview zu geben. Zuvor sollte Julia ihr einige der Artikel schicken, die sie in letzter Zeit geschrieben hatte. Sie bemühte sich, eine Auswahl ihrer besten Stücke zusammenzustellen, damit bei oberflächlichem Googeln nicht der Eindruck entstünde, bei ihr ginge es nur ums Abnehmen oder den Weg zu schöneren Beinen. Tatsächlich hatte sie über eine Menge anspruchsvollere Themen geschrieben, darunter über die Auswirkungen von psychischem Stress am Arbeitsplatz.

Schließlich verlangte ihre Interviewpartnerin noch eine schriftliche Erklärung, mit der ihr Anonymität garantiert wurde. Im Gegenzug erklärte ihr Julia, dass sie eine eidesstattliche Erklärung zum Inhalt des Gesprächs benötige.

Für den Skype-Termin hatte sie sich geschminkt und businessmäßig angezogen, außerdem hatte sie den Ausschnitt ihres Büros aufgeräumt, der im Bild sein würde.

Sie öffnete Skype und stellte den Kontakt zu ihrer Gesprächspartnerin her.

Mit ihrem mädchenhaften Gesicht und dem offenen Haar wirkte Ariane Hildebrandt überraschend jung, eher wie eine Studentin und kaum wie eine Doktorin der Biologie. Julia begrüßte sie und startete die Aufnahme.

»Erst mal herzlichen Glückwunsch zu Ihrer Auszeichnung«, begann sie. »Und vielen Dank, dass Sie bereit sind, mit mir zu sprechen!«

»Ich habe einiges zu verlieren, wie Sie sich vorstellen können«, erklärte die Wissenschaftlerin.

»Das ist mir klar«, sagte Julia. »Sie können sich auf mich verlassen.«

»Ich hoffe es.«

Julia atmete einmal tief durch. Sie spürte die Mauer aus Angst zwischen sich und der anderen Frau.

»Frau Hildebrandt, Sie haben in einem Interview Mobbing und Übergriffe im Wissenschaftsbetrieb angeprangert«, sagte sie und bemühte sich, gleichzeitig sachlich und sanft zu klingen. »Was genau haben Sie denn damit gemeint?«

Die Forscherin wartete so lange mit ihrer Antwort, dass Julia schon befürchtete, sie würde einen Rückzieher machen und gar nichts sagen. Endlich öffnete sie den Mund und begann zu sprechen.

»Nun ja ... in den Jahren meiner Ausbildung habe ich immer wieder mitbekommen, dass Studentinnen, wissenschaftliche Mitarbeiterinnen oder Dozentinnen Opfer von Übergriffen wurden.«

»Können Sie ein bisschen konkreter werden?«

»Das ging von anzüglichen Sprüchen über beiläufige Berührungen bis zu offener Erpressung à la *Wenn du nicht ein bisschen netter zu mir bist, sehe ich schwarz für deine Abschlussnote.* Sogar von einer versuchten Vergewaltigung weiß ich.«

Wow, dachte Julia. Die fährt ja die ganz großen Geschütze auf.

»Das sind aber doch sehr unterschiedliche Sachverhalte«,

sagte sie. »Anzügliche Sprüche sind ja mit einer versuchten Vergewaltigung nicht vergleichbar.«

Der Gesichtsausdruck ihrer Gesprächspartnerin verschloss sich. »Das habe ich auch nicht behauptet.«

»Ich habe mich falsch ausgedrückt«, sagte Julia schnell. »Ich meine, einen blöden Spruch kann man kontern, gegen einen gewalttätigen Mann hat man als Frau keine Chance.«

»Wie kontern Sie einen blöden Spruch, wenn er von Ihrem Vorgesetzten kommt?«, fragte Ariane Hildebrandt. »Was tun Sie, wenn Sie von dem Mann belästigt werden, der Ihre Doktorarbeit korrigieren soll?«

»Ist Ihnen das passiert?«

Sie schwieg. »Ich weiß, dass es anderen passiert ist.«

Julia überlegte. Sie hatte das Gefühl, sich auf ganz dünnem Eis zu bewegen. Ein falscher Schritt, und sie würde einbrechen.

»Sie glauben mir nicht«, sagte Ariane Hildebrandt.

»Natürlich glaube ich Ihnen. Ich bin nur … äh … überrascht, wie oft das vorzukommen scheint. Ich konnte mir das bisher nicht so recht vorstellen.«

Die Frau hob die Schultern und ließ sie in einer resignativ wirkenden Bewegung fallen. »Das ist genau das Problem, dass niemand sich das vorstellen kann.«

Um Zeit zum Nachdenken zu gewinnen, nahm Julia einen Schluck Wasser aus dem Glas, das sie bereitgestellt hatte. Sie musste vorsichtig sein, sonst käme sie bei der Frau nicht weiter. Andererseits musste sie auch kritisch nachfragen, wo es ihr angebracht erschien.

»Könnten Sie mir noch genauer schildern, was vorgefallen ist?«

Ariane Hildebrandt versuchte es, aber das meiste schien sie wohl nur vom Hörensagen zu wissen. Es war anderen

Frauen passiert, die sich ihr anvertraut hatten oder deren Geschichten sie über Dritte gehört hatte. Das würde nicht genügen.

»Was haben Sie den betroffenen Frauen geraten? Es gibt doch inzwischen überall Ombuds- und Vertrauensleute, an die man sich wenden kann.«

»Die meisten Betroffenen schweigen«, sagte die Wissenschaftlerin. »Sie haben Angst, dass man ihnen nicht glaubt. Oft gibt es keine Beweise. Das Ganze läuft so subtil ab, dass sie sich zunächst oft nicht im Klaren darüber sind, was da gerade passiert. Eine Berührung am Arm, die Hand auf dem Knie, ganz beiläufig, mitten im Gespräch. Ein schlüpfriger Witz hier, ein Spruch da, ist doch nicht so schlimm. Niemand will da prüde oder verklemmt rüberkommen.«

Julia nickte. Hatte sie selbst schon tausendmal erlebt, es hingenommen und vergessen. Sie fand es völlig übertrieben, wenn Frauen bei jedem anzüglichen Spruch »Sexismus!« schrien. Meine Güte, gehörte das nicht zum Spiel zwischen Männern und Frauen dazu? Wenn so was schon als sexistischer Übergriff galt, verharmloste man dann nicht die wirklich schlimmen Vorkommnisse?

Julia behielt ihre Gedanken für sich. Es war vermutlich nicht zielführend, diese Diskussion mit ihrer Gesprächspartnerin zu führen.

»Was passiert, wenn ein Fall gemeldet wird?«, fragte sie stattdessen so sachlich wie möglich.

»Nicht viel. Man hat in diesen Institutionen Angst vor einem Imageschaden, deshalb werden solche … Vorkommnisse unauffällig geregelt oder gleich ganz unter den Teppich gekehrt.«

»Was meinen Sie mit *unauffällig geregelt?*«

»Der oder die Betroffene erhalten das Angebot, sich einen anderen Doktorvater zu suchen, manchmal wird der Täter oder die Täterin versetzt. Die Gründe werden verschwiegen.«

»Sie sprechen auch von Täterinnen?«

»Es ist selten, aber auch das gibt es. Ich kenne den Fall einer Vorgesetzten, die einen Studenten belästigt und übel gemobbt hat.«

»Und dieses … Vertuschen, ist das überall so?«, fragte Julia.

»Im Prinzip schon. Was glauben Sie, warum die Öffentlichkeit so wenig darüber weiß?«

Julia verkniff sich die Bemerkung, dass die Öffentlichkeit auch deshalb so wenig wusste, weil sich kaum jemand aus der Anonymität wagte, Namen nannte oder Anzeige erstattete – auch Ariane Hildebrandt nicht. Wenn die Täter endlich Konsequenzen zu befürchten hätten, würde sich vielleicht etwas ändern.

»Man hört auch von Fällen, in denen Frauen Übergriffe erfinden, um sich zu rächen und einem Mann zu schaden«, sagte Julia. »Denken Sie an diesen Fernsehmoderator … Ich komme gerade nicht auf den Namen.«

»Das gibt's natürlich«, räumte die Wissenschaftlerin ein. »Aber die Anzahl dieser Fälle ist verschwindend gering, sie liegt im unteren einstelligen Prozentbereich. Und wenn Sie die Dunkelziffer der nicht gemeldeten Übergriffe berücksichtigen, ist sie noch kleiner. Trotzdem wird Personen, die einen Übergriff öffentlich machen, schnell unterstellt, dass sie lügen.«

Julia schwieg.

»Für Männer ist es übrigens wahrscheinlicher, selbst Opfer einer Vergewaltigung zu werden, als zu Unrecht einer Vergewaltigung bezichtigt zu werden«, stellte Ariane Hildebrandt klar.

Julia fragte sich, warum Frau Hildebrandt einerseits bereit war, mit ihr zu sprechen, aber andererseits nicht richtig offen war. Sie spürte, dass die Frau ihr etwas verschwieg.

»Aber es gibt doch auch Studentinnen, die sich über den Flirt mit einem Dozenten Vorteile verschaffen wollen«, sagte sie.

Zum Beispiel Mary-Lou. Die in ihrem Jahrgang gewesen war und keine Gelegenheit verpasst hatte, jedem männlichen Wesen ihre sekundären Geschlechtsmerkmale zu präsentieren, wenn sie es für nützlich hielt. Deren Stimme sich veränderte, wenn sie mit einem Mann sprach. Die ihr Haar auf eine Weise zurückwerfen konnte, die noch den anständigsten Kerl auf schmutzige Gedanken brachte. Angeblich hatte sie ein Verhältnis mit dem Direktor gehabt. Julia hätte es ihm nicht verübeln können.

»Natürlich gibt es die«, sagte Ariane Hildebrandt. »Aber es sind sehr wenige, und das rechtfertigt doch nicht die weitaus größere Zahl von männlichen Übergriffen.«

»Wie genau definieren Sie denn einen Übergriff?«

»Alles, was nicht einvernehmlich geschieht und wo zwischen den Beteiligten ein Machtgefälle existiert.«

In diesem Moment erklangen Stimmen. Julias Gesprächspartnerin wandte sich ab und lächelte jemandem außerhalb des Bildausschnittes zu. Zwei Hände legten ihr ein Baby in den Arm.

»Tut mir leid«, sagte sie und stand auf. »Der Kleine hat Hunger. Kann ich Sie gleich zurückrufen?«

»Ja, klar.«

Das Gesicht der Frau verschwand. Julia stand auf und ging nachdenklich ein paar Schritte durch die Wohnung.

Sie griff nach einer verschrumpelten Aprikose, die in der Obstschale auf dem Küchentisch lag.

Was die Frau sagte, klang nachvollziehbar und vernünftig. Aber da war dieser anklagende Unterton, der Julia das Gefühl gab, eine Verräterin zu sein, nur weil sie kritisch nachfragte. Natürlich verurteilte sie jede Form der Gewalt. Sie wollte nur, dass ein Unterschied gemacht wurde zwischen blödem Verhalten, das man aus ihrer Sicht mit Schlagfertigkeit und Ironie kontern konnte, und körperlichen Übergriffen. Aber das durfte man offenbar nicht aussprechen, ohne sich verdächtig zu machen.

Was wollte die Wissenschaftlerin mit diesem Gespräch erreichen? Was war es, was sie ihr vorenthielt?

Nach einer Viertelstunde kam endlich der Rückruf. Ariane Hildebrandt entschuldigte sich: »Ich musste den Kleinen kurz stillen, sonst gibt er keine Ruhe.«

Über ihrer Schulter lag ein Spucktuch. Julia grinste und deutete mit dem Finger. Die Frau lachte und nahm es weg.

»Danke. Neulich bin ich damit sogar mal auf die Straße gegangen!«

Julia erkundigte sich höflich, wie alt der Junge sei, dann lenkte sie das Gespräch zurück zum Thema.

»Sie haben vorhin *sonstige Übergriffe* erwähnt«, sagte sie. »Was meinen Sie damit?«

»Na ja, in solchen Einrichtungen kommt es auch zu nicht sexuell konnotiertem Machtmissbrauch. Vorgesetzte erteilen ganz gezielt Arbeitsaufträge oder geben Forschungsergebnisse ihrer Studierenden als ihre eigenen aus. Wenn sich jemand wehrt, egal gegen welche Art von Übergriff, kann es passieren, dass er beruflich nie wieder ein Bein auf den Boden kriegt. Die Szene ist klein, jeder kennt jeden.«

Julia hatte immer gedacht, beim Film und in den Medien gehe es am schlimmsten zu. Aber der Eindruck entstand wohl nur, weil Skandale aus diesem Milieu fürs Publikum den größten Reiz hatten und deshalb eher in die Öffentlichkeit gelangten.

Sie zögerte. »Haben Sie denn auch ... persönlich schlechte Erfahrungen gemacht?«, fragte sie schließlich.

Ihre Gesprächspartnerin rollte einen Stift zwischen den Fingern und presste die Lippen zusammen.

Julia zwang sich dazu, das Schweigen auszuhalten, was ihr nicht leichtfiel.

Endlich holte Ariane Hildebrandt tief Luft und hob den Blick.

»Ich ... war ja an verschiedenen Instituten im In- und Ausland tätig. Ich sage mal so, im Ausland ist mir dergleichen nicht passiert, was aber nicht heißt, dass es solche Vorkommnisse dort nicht gibt. Hier dagegen habe ich ... Grenzüberschreitungen erlebt. Verbale Anzüglichkeiten, unerwünschte Berührungen.«

Julia fragte vorsichtig nach Beispielen, aber die Auskünfte der Frau blieben vage. Sie wusste, dass jedes Detail sie womöglich als Quelle verraten würde.

»Könnten Sie nicht ein bisschen konkreter werden?«

Ihre Interviewpartnerin schwieg lange. Schließlich sagte sie zögernd: »Einer meinte mal, für eine Naturwissenschaftlerin sähe ich ziemlich gut aus, aber meine Kleidung sei leider nicht sexy. Er würde beim gemeinsamen Mikroskopieren gerne in einen gut gefüllten Ausschnitt sehen.«

»Echt jetzt?« Julia lachte ungläubig auf.

»Derselbe Typ näherte sich mir von hinten, drückte mir seine Erektion gegen den Hintern und fragte dabei, wie ich mit meinem Versuch vorankäme.«

»Und Sie, was haben Sie gemacht?«

Ariane Hildebrandt senkte den Blick. »Nichts«, sagte sie leise. »Ich habe nicht reagiert. Beide Male nicht. Weil ich perplex war, weil ich dachte, das kann jetzt nicht sein.«

»Auch weil es ein Vorgesetzter war?«

»Das auch.«

»Wie haben Sie sich denn danach ihm gegenüber verhalten?«

»Ich habe versucht, ihm aus dem Weg zu gehen. Schwierig, wenn man zusammenarbeiten muss.«

»Haben Sie es gemeldet?«

»Nein.«

Warum nicht, wollte Julia fragen. Warum haben Sie sich das bieten lassen? Aber dann wurde ihr klar, dass sie die Antwort darauf gerade erhalten hatte.

Sie hätte gern gewusst, wer der Mann gewesen war. Ein Dozent? Ein Professor? Womöglich ihr Doktorvater?

»Geben Sie mir einen Hinweis, in welchem Kontext diese Übergriffe stattgefunden haben? Auf welcher Führungsebene?«

Julia kam sich vor wie beim Schattenboxen. Irgendwo war ein Gegner, aber sie bekam ihn nicht zu fassen. Sobald sie ihn anvisierte, verschwand er.

»Das will ich nicht sagen«, antwortete Ariane Hildebrandt nach einigem Zögern.

Julia überlegte. »Und wenn wir es so machen, dass es unter drei bleibt?«

»Unter drei?«, fragte Ariane Hildebrandt.

»Sorry, das heißt unter Journalisten, dass ich Ihre Infos erst mal nicht verwende, sondern zunächst weiterrecherchiere. Später können wir uns dann noch mal neu darüber verständigen.«

Wieder überlegte ihre Gesprächspartnerin aufreizend lange. Schließlich sagte sie: »Ich gebe Ihnen einen Hinweis. Insbesondere die Strukturen in privat geführten Instituten sind problematisch. Die Machtfülle der Direktoren begünstigt Fehlverhalten auf allen Ebenen.«

Julia versuchte, diese Antwort zu entschlüsseln. »Soll das heißen …«, begann sie. »Also, dass Sie diese Erfahrungen nicht an der Uni gemacht haben, sondern an einem Forschungsinstitut?«

»Könnte man so sagen«, sagte Ariane Hildebrandt nach einer längeren Pause.

»Verraten Sie mir, an welchem?«

Sie schwieg wieder lange. »Nun … es war nicht das Max-Planck-Institut.«

»Können Sie das noch einmal konkreter …«

»Nein«, sagte sie entschieden.

Julia spürte, dass sie mehr aus der Frau nicht herausbekommen würde, jedenfalls nicht im Moment. Sie bedankte sich und versprach, ihr die Zitate zum Gegenlesen zu schicken. Beim Abschied sagte sie: »Frau Hildebrandt, Ihnen ist sicher klar, dass Sie eine viel größere Wirkung erzielen könnten, wenn Sie und andere betroffene Frauen sich aus der Anonymität wagen würden.«

Die Wissenschaftlerin lachte auf, ein kurzes unfrohes Lachen. »Das wird nicht passieren. Alle haben Angst um ihre berufliche Zukunft. Ganz abgesehen von der Scham, die mit solchen Erfahrungen verbunden ist.«

»Scham?«, sagte Julia verständnislos. »Aber Sie haben doch nichts Unrechtes getan!«

»Wer will schon Opfer sein?«, sagte Ariane Hildebrandt heftig. »Und gewehrt habe ich mich auch nicht. Dafür schäme ich mich wahrscheinlich mein Leben lang.«

Die bisher so toughe Frau kämpfte plötzlich mit den Tränen.

Julia schwieg betreten.

»Ab ... welchem Punkt einer wissenschaftlichen Karriere müssten Sie denn keine Angst mehr haben?«, fragte sie schließlich zaghaft.

»Diesen Punkt erreichen die meisten Frauen gar nicht«, sagte Ariane Hildebrandt bitter.

Als Julia das Skype-Gespräch beendet hatte, lehnte sie sich nachdenklich auf ihrem Schreibtischstuhl zurück. Offenbar war das mit dem Sich-Wehren nicht so einfach wie gedacht. Aber sie hatte sich auch noch nie um eine hart erkämpfte Karriere sorgen müssen. Hat Vorteile, wenn man nicht erfolgreich ist.

Wahrscheinlich hatte Chris recht, es war eine Knallerstory. Oder besser gesagt: Es könnte eine werden, wenn sie an mehr als anonyme Schilderungen und Anschuldigungen herankommen könnte. Sie müsste weitere Betroffene finden. Und sie würde irgendeine von ihnen dazu kriegen müssen, sich zu outen.

Julia transkribierte die Tonaufnahme und überlegte dann, wie sie weiter vorgehen wollte. Das Thema war ein Minenfeld, und sie durfte sich keinen Fehler erlauben, nicht die kleinste Ungenauigkeit. Die Klage eines großen Forschungsinstituts würde sie wirtschaftlich nicht überleben.

Ariane Hildebrandts Antwort war zwar verschlüsselt, aber dennoch eindeutig gewesen. Julia öffnete die Webseite des Johannes-Löwe-Instituts und suchte nach Kontaktadressen. Wer wäre der richtige Ansprechpartner? Der Mitarbeiter für die Öffentlichkeitsarbeit? Der würde behaupten, ihm seien keine derartigen Vorkommnisse bekannt und die strengen Governance-Prinzipien des Instituts schlössen ein Fehlverhalten von Mitarbeitern selbstverständlich aus. Die Gleichstellungsbeauftragte? Würde ihr vermutlich wortreich erklären, welche vorbeugenden Maßnahmen ergriffen wurden, wohin Betroffene sich wenden könnten und wie vorbildlich solche Vorkommnisse am Institut aufgearbeitet würden, wenn es denn welche gäbe. Aber natürlich gebe es sie nicht.

Also gleich der Institutsdirektor? Sie betrachtete das Porträt von Prof. Dr. Carl-Friedrich Dettmer. Ergrauendes Haar, aristokratisch wirkende Gesichtszüge, kühle Augen hinter einer rahmenlosen, rechteckigen Brille. Er war Ende fünfzig, aber gut gealtert, wie Menschen alterten, die sich Disziplinlosigkeit nicht leisten konnten. Er wirkte wie ein Mann, der ganz selbstverständlich Befehle erteilte und Widerspruch nicht schätzte. Seine akademischen Verdienste füllten mehrere Seiten. Das war das Prinzip bei der Besetzung von Direktorenstellen am Johannes-Löwe-Institut: Nur international renommierte Wissenschaftler mit besten Verbindungen wurden berufen. Sie brachten ihre eigenen Forschungsvorhaben und zum Teil auch ihre eigenen Leute mit. Das sicherte ihnen fast unbegrenzte Macht.

Ob dieser Mann zu einem derart widerwärtigen Verhalten fähig war? Oder ob er es bei anderen dulden würde, wenn er davon wüsste? Julia fiel es schwer, sich das vorzustellen. Der hatte doch auch was zu verlieren. Aber wie hatte ihre Gesprächspartnerin gesagt? *Das ist genau das Problem, dass niemand sich das vorstellen kann.*

Julia scrollte weiter. Es gab ein komplettes Mitarbeiterverzeichnis mit Namen, Funktion, Telefonnummer und

E-Mail-Adresse. Zuerst müsste sie versuchen, mit Frauen ins Gespräch zu kommen, die dort angestellt waren oder promoviert hatten. Dann würde sich zeigen, ob Ariane Hildebrandt ein Einzelfall war oder ob es womöglich noch mehr Übergriffe gegeben hatte.

6

»Na, ihr kleinen Landplagen, wie wollt ihr Tante Julia denn heute fertigmachen?«

Grinsend schob Julia sich ins Zimmer von Lukas und Lilli, Kathrins Kindern. Die beiden sprangen johlend auf sie zu. Besuch von Tante Julia verhieß Spaß.

Die dreijährige Lilli schob ihre Hand in die von Julia und beschenkte sie mit einem betörenden Augenaufschlag. »Hast du uns was mitgebracht?«

»Hm, lass mich mal überlegen«, sagte Julia und zupfte sich am Ohrläppchen.

Der zwei Jahre ältere Lukas hüpfte wie ein Gummiball auf der Stelle. »G-u-m-m-i-b-ä-r-c-h-e-n«, skandierte er.

Konditionierung gelungen. Wenn der pawlowsche Reflex nur bei anderen Mitmenschen auch so gut funktionieren würde.

»Puh, ich glaube, ich hab total vergessen, euch was mitzubringen.«

Sie schlug sich mit der Hand gegen die Stirn und legte scheinbar beiläufig ihre Handtasche auf den Boden. Die beiden Kinder stürzten sich darauf wie kleine Hunde, die Witterung aufgenommen hatten. Triumphierend zog Lukas eine Tüte Gummibärchen heraus.

»Na so was!« Julia blickte überrascht. »Die muss mir jemand in die Tasche gesteckt haben. Ich würde Kindern niemals Süßigkeiten mitbringen.«

Lilli lachte ihr dreckiges kleines Lachen, das man einer Dreijährigen nicht zutrauen würde.

Lukas wollte die Packung aufreißen.

»Stopp!«, befahl Julia. »Wenn ihr schon diese armen Bärchen aufessen wollt, dann macht wenigstens die Tüte so auf, wie ich es euch gezeigt habe.«

Man konnte nicht früh genug damit beginnen, Kindern Fertigkeiten beizubringen, die ihnen auf ihrem weiteren Lebensweg nützlich sein würden. Dazu gehörte, dass man Gummibärchentüten nicht von oben nach unten aufriss, sondern von links nach rechts.

In einem plötzlichen Flashback sah sie Robert im Alter von Lukas vor sich, wie er die Tüte längs aufriss, die Gummibärchen herauspurzelten und im Gras landeten. Er hatte es nicht mehr gelernt. Noch an seinem letzten Geburtstag, seinem fünfundzwanzigsten, hatte er auf diese Weise den Inhalt einer Chipstüte auf dem Boden seiner WG-Küche verstreut.

»Wie oft hab ich dir eigentlich schon gezeigt, wie man Tüten richtig aufmacht?«, hatte Julia in schönster Große-Schwester-Manier gefragt, und fast wären sie darüber in Streit geraten. Heute war sie dankbar, dass die letzte Begegnung mit ihrem Bruder nicht vom Zank um das Öffnen einer Chipstüte überschattet worden war.

»Was wollt ihr spielen?«

»Pferd!«, kreischten die Kinder wie aus einem Mund.

Das Spiel bestand darin, dass Julia auf allen vieren ein Pferd mimte, das durch den Raum trabte und alles beschnupperte, kommentierte und aufzufressen drohte, was ihm in den Weg kam. Dabei saß Lilli oben auf dem Pferd, während Lukas es an einer Longe (einem um Julias Hals geschlungenen Schal) herumführte. Es war das absolute

Lieblingsspiel der beiden, die sich über das verfressene Pferd und seine Kommentare kaputtlachen konnten.

Julia genoss ihre regelmäßigen Besuche bei Kathrin und den Kindern. Sie lieferten ihr genau die Dosis Familienleben, die sie vertragen konnte. Während Kathrin das Abendessen zubereitete, hatte sie den Auftrag, die »Brut« zu bespaßen, wie Kathrin ihren Nachwuchs gern nannte.

Lukas zog an dem Schal. »Los, Pferd!«

Er klapste ihr auf den Hintern, und sie machte einen kleinen Sprung. Lilli kreischte begeistert. Das spornte Lukas an, das Pferd noch mehr anzutreiben. Das schnaubte jetzt unwillig, blieb stehen und scharrte mit dem rechten Vorderhuf.

»Was sind denn das für stinkige Hausschuhe?« Das Pferd schnupperte an Lillis Plüschschlappen. »Kann man die fressen?«

»Neiiin!«, schrie Lilli mit dieser Mischung aus Entsetzen und Entzücken, die nur Kinder zustande brachten.

»Na, das wollen wir doch mal sehen«, sagte das Pferd und begann pantomimisch, die Schuhe zu verspeisen.

»Da kriegst du Bauchweh von«, belehrte sie Lilli.

»Na, dann fresse ich doch lieber die Gummibärchen«, erwiderte das Pferd, ließ von den Schuhen ab und nahm die Tüte zwischen die Zähne.

Sofort rutschte Lilli von ihrem Rücken herunter und versuchte, die Tüte vor dem verfressenen Pferd zu retten. Der panische Ausdruck in ihrem Gesicht ließ Julia aus der Rolle fallen. Sie riss die Kleine in ihre Arme und krümmte sich lachend mit ihr am Boden.

»Du bist so was von süß, du kleine Landplage!«

»Was ist 'n eigentlich 'ne Landplage?«, fragte Lukas mit einem Gesichtsausdruck, der Julia noch mehr zum Lachen brachte.

Beim Essen wurde Julias Begeisterung für Kathrins Kinder etwas gedämpft.

Die abendliche Müdigkeit hatte die beiden eingeholt und machte sich auf unterschiedliche Weise bemerkbar. Lukas stützte den Kopf auf und gab nur noch einsilbige Antworten, während er das Essen in sich hineinschaufelte. Lilli quengelte und wies alles zurück, was Kathrin ihr auf den Teller legte. Gurkensalat, Karottengemüse, Fischstäbchen, Kartoffelbrei, alles wurde mit »mag ich nicht« quittiert und mit angewiderter Miene zur Seite geschoben.

An Kathrins Stelle wäre Julia längst ausgerastet. Sie bewunderte die stoische Ruhe, mit der ihre Freundin das Spektakel hinnahm. Sie versuchte, Lilli zum Essen zu bewegen, indem sie noch einmal in die Pferderolle schlüpfte und so tat, als würde sie Lillis Mahlzeit vom Teller stehlen wollen. Lilli betrachtete das als Aufforderung, nun endgültig die Sau rauszulassen.

»Blödes Pferd!« Sie schlug mit ihrem Löffel in den Kartoffelbrei, dass es spritzte.

»Jetzt reicht's«, sagte Kathrin scharf. »Wenn du dich nicht benimmst, fliegst du vom Tisch.«

Lillis Unterlippe begann zu zittern, Tränen quollen aus ihren blauen Kulleraugen.

Lukas rief: »Heulsuse!«, worauf Lilli lauthals losplärrte.

Julia warf Kathrin einen erschöpften Blick zu. Wie konnte sie das nur Tag für Tag ertragen? Und immer allein, ohne einen Kerl, der mal eingreifen und sie unterstützen konnte.

Kathrin zuckte die Schultern. »Wenn's die eigenen sind, ist die Toleranzschwelle höher«, sagte sie, als hätte sie Julias Gedanken gelesen.

»Kann das Pferd noch ein bisschen Kartoffelbrei haben?«, fragte Julia und bedankte sich für den Nachschlag. Sie aß mit demonstrativem Appetit und beobachtete aus den Augenwinkeln, wie Lilli zögernd einen Finger in den Brei auf ihrem Teller steckte, ihn herauszog und ableckte. Als niemand reagierte, machte sie weiter, und nach kurzer Zeit war ihr Teller leer.

Julia zwinkerte Kathrin zu. Allmählich begriff sie die wichtigsten Prinzipien der Kindererziehung: Belohnung, Erpressung, Verknappung der Ressourcen. Schade eigentlich, dass sie von diesen Erkenntnissen keinen Gebrauch mehr machen würde.

Endlich waren die Kinder im Bett. Aufatmend ließ Kathrin sich neben Julia aufs Sofa fallen und griff nach der Weinflasche, um sich ein Glas einzuschenken.

»Und? Wie sieht's nach dem heutigen Abend mit deinem Kinderwunsch aus?«

»Phhh«, machte Julia erschöpft. »Du könntest die beiden vermieten. Du weißt schon, an Leute, die überlegen, ob sie sich fortpflanzen wollen.«

Sie fuhr mit der rechten Hand durch die Luft, um eine Headline anzudeuten.

»*Rent-a-kid – damit Sie wissen, was Sie ganz bestimmt nicht wollen!*«

Kathrin nahm ihr Glas in die Hand. »Damit würde ich die Geburtenrate in Deutschland endgültig zum Absturz bringen.«

Julia grinste. »Dann lass dich von der Bundesregierung dafür bezahlen, dass du die zwei nicht vermietest!«

Sie erhoben die Gläser und stießen an. »Aufs wilde Leben«, sagte Kathrin.

»Deins oder meins?«, fragte Julia spöttisch.

Sie tranken, und Kathrin setzte ihr Glas ab. »Apropos«, sagte sie. »Hast du nicht jemanden kennengelernt?«

»Ich lerne jeden Tag jemanden kennen.«

Kathrin knuffte sie. »Du weißt schon. Erzähl doch mal!«

Julia seufzte. Was sollte sie Kathrin erzählen? Dass Sebastian ihr immer noch Nachrichten schrieb? Dass die witzig waren und sie oft lachen musste? Und trotzdem nicht antwortete? Sie verstand sich selbst nicht. Da tauchte endlich ein Mann auf, der zuhören konnte, Humor hatte und nicht die ganze Zeit von sich redete. Der gut aussah, ohne ein Schönling zu sein, und außerdem gut roch. Und sie tat alles, um ihm nicht näherzukommen.

Sie konnte sich denken, was Kathrin dazu sagen würde. Wie blöd sie sei, eine solche Chance ungenutzt zu lassen. Dass die guten Typen nicht auf Bäumen wüchsen. Dass sie endlich ihr neurotisches Verhalten aufgeben und erwachsen werden solle.

»Ich weiß nicht«, sagte Julia. »Ich glaube, ich bin einfach nicht der Beziehungstyp.«

»Erster Preis für den abgedroschensten Spruch des Jahrhunderts«, gab Kathrin zurück. »Kommt sonst von Männern. Nach dem Sex, wenn die Frau fragt, ob man sich wiedersieht.«

»Bestimmte Fragen darf man eben nicht stellen.«

»Danke, Miss Super-Cool.« Kathrin drehte ihren Oberkörper zu Julia und sah ihr fest in die Augen. »Ich will mehr über den Mann wissen.«

»Nina hat recht, ich versaue es ja doch immer. Und Sebastian … er ist wirklich ein guter Typ. Er hat was Besseres verdient als eine neurotische, beziehungsgestörte, egoistische, unberechenbare Person wie mich.«

Kathrin zog die Augenbrauen hoch. »Und du meinst, das kann er nicht selbst entscheiden?«

»Ich fürchte, nein. Manche Menschen muss man vor ihren eigenen Wünschen schützen.«

»Sebastian«, wiederholte Kathrin. »Wie hast du ihn kennengelernt?«

Julia erzählte von ihrem ersten und einzigen Zusammentreffen beim Pressetermin für Lineafit Magic. Kathrin lachte über ihre Schilderung der Pressekonferenz, der vergeblichen Suche nach Alkohol und Sebastians Rettungsaktion.

»Hast recht«, sagte sie schließlich. »Der ist wirklich nichts für dich.«

»Wie kommst du denn darauf?«

»Es besteht die Gefahr, dass er dir gewachsen ist. Dass er sich nicht von dir versklaven lässt, sondern dir Grenzen setzt. Ich glaube wirklich nicht, dass du das aushalten könntest.«

Diese Bemerkung musste Julia erst mal verdauen. »Du meinst … ich suche mir absichtlich Männer, die mir unterlegen sind?«

»Kommt mir so vor.« Kathrin grinste. »Alle habe ich ja nicht kennengelernt, so lange sind die meisten nicht geblieben.«

Julia seufzte. »Du hast nichts verpasst.«

Kathrin stand auf und kehrte mit einer Flasche Mineralwasser und zwei Gläsern zurück, die sie neben die Weinflasche stellte.

»Aber … warum sollte ich das tun?«, fragte Julia, die immer noch über die Bemerkung ihrer Freundin nachdachte.

»Was?«

»Mich mit Männern einlassen, die mir nicht gewachsen sind.«

Vor ihrem geistigen Auge sah Julia sich plötzlich umringt von einer Horde Männer, die kleiner als sie waren und immer mehr schrumpften, bis sie ihr nur noch bis zu den Knien gingen.

»Weil du bei denen nicht riskierst, dass sie dir weh tun.«

»Du hast ja eine tolle Meinung von mir.«

»Ein Freund ist jemand, der alles über dich weiß und dich trotzdem liebt«, zitierte Kathrin.

»Wer sagt das?«

»Keine Ahnung. Ich weiß nur, dass der Spruch nicht auf Ehemänner zutrifft.«

Aus dem Kinderzimmer ertönte die Stimme von Lukas. »Mama!«

Kathrin verließ mit einem tiefen Seufzer den Raum. Es wurde lauter im Kinderzimmer, offenbar war Lilli aufgewacht und stimmte in das Konzert ein. Das könnte eine Weile dauern.

Julia stand auf, wanderte im Zimmer herum und inspizierte schließlich das Bücherregal. Jede Menge Ratgeber für eine glückliche Ehe, die Geburtsvorbereitung und das Leben mit Kindern. Man konnte Kathrin nicht vorwerfen, dass sie nicht alles versucht hätte. Mitten in der Krise hatte sie es sogar geschafft, Martin zu einer Ehetherapeutin zu schleppen. Dort hatte der gesagt: »Ich liebe meine Frau, das müssen Sie mir glauben. Aber ich begehre sie nicht. Ich habe sie von Anfang an nicht begehrt. Ich dachte, das wäre nicht so wichtig. Aber jetzt weiß ich, dass mir etwas Entscheidendes zum Glück fehlt. Deshalb glaube ich, dass es gut für unsere Ehe wäre, wenn ich meine Freundin behalten könnte. Für Kathrin würde sich ja dadurch nichts ändern.«

Nach der Sitzung hatte Kathrin die Scheidung eingereicht.

Julia ging ein paar Schritte weiter und zog ein Buch raus. *Jedes Kind kann schlafen lernen.* Lächelnd hielt sie es Kathrin entgegen, als sie zurückkam. Die nahm es ihr ab und feuerte es in den Papierkorb.

»Wie wär's damit?« Julia griff nach einem Buch mit dem Titel *Miteinander reden – Wie eine Ehe glücklich bleibt.*

Kathrin deutete auf den Papierkorb, Julia warf es hinein. Sie setzten das Spiel fort, bis der Papierkorb voll war.

»Danke«, sagte Kathrin schließlich und pustete Staub von dem leer gewordenen Regalbrett. »Endlich habe ich wieder Platz für was Neues.«

»Um noch mal auf die Sache mit Parship zurückzukommen ...«, begann Julia.

»Stopp!« Kathrin hob eine Hand. »Bisher war's ein schöner Abend. Verdirb ihn nicht. Erzähl mir lieber noch weiter von Sebastian.«

Bevor Julia etwas sagen konnte, summte ihr Handy. Sie reagierte nicht.

Kathrin stupste sie aufgeregt an.

»Willst du nicht nachsehen?«

Julia hob ihr Handy hoch und las.

Was macht die fröhliche Wissenschaft? Schon die ersten Triebtäter entlarvt? Lass mal was hören. Gruß, Chris

7

Tag der offenen Tür am Johannes-Löwe-Institut. Julia hatte sich einer Führung durch die Gewächshäuser angeschlossen, gemeinsam mit den Schülern einer Oberstufenklasse und einigen Familienvätern mit gelangweilt dreinblickendem Nachwuchs. Die am häufigsten gezüchtete Pflanze war ein unscheinbares Kraut namens Acker-Schmalwand, das in unzähligen Töpfchen in verschiedenen Entwicklungsstadien vor sich hin wucherte. Das sei die Modellpflanze, an der weltweit geforscht werde, weil ihre gesamte DNA bekannt sei: 26 000 Gene seien im Jahr 2000 sequenziert und nummeriert worden. Wenn ein Forscherteam in Deutschland also heute an Gen Nummer 528 arbeite, könne es die Ergebnisse direkt mit denen eines Teams in Japan vergleichen, das am selben Gen arbeite, erklärte der Student, der sie herumführte. Er sprach weiter über Versuche an Hülsenfrüchten, um Alternativen zum herkömmlichen Dünger zu entwickeln, sowie an Erdbeeren, um Schädlingsbefall zu minimieren.

Julia entdeckte eine Reihe von Pflanzen, über die Papiertüten gestülpt waren, und erkundigte sich, wozu das diene. Darin würden die Samen gesammelt, um weitere Generationen nachzuzüchten, erklärte man ihr. Durch gentechnisch veränderte Pflanzen könne man wichtige Erkenntnisse über Kälte- und Hitzeresistenz und andere Stressbedingungen gewinnen.

Eine Schülerin fragte, ob Gentechnik nicht gefährlich sei, der Student erläuterte die entsprechenden Gesetze, und es entspann sich eine längere Diskussion, der Julia nicht mehr folgte.

Nach der Führung schlenderte sie durch die Gänge des Instituts, betrat hie und da ein Labor und stellte den Mitarbeitern Fragen zu ihrer Arbeit. Die Studentinnen und Studenten waren ebenso auskunftsfreudig wie die Assistenten und Hilfskräfte. Wenn Robert noch leben würde, wäre er sicher heute hier. Geduldig würde er das Prinzip der Fotosynthese erklären und den Kindern Pipetten in die Hand drücken, damit sie Nährflüssigkeit von einer Petrischale in die andere träufeln konnten.

Ob er an seinem Arbeitsplatz glücklich gewesen war? Sie glaubte, ja. Zum Zeitpunkt seines Verschwindens hatte er bereits drei Jahre hier gearbeitet. Gute BTAs waren gefragt, wenn er also nicht gern hier gewesen wäre, hätte es genügend andere Jobs für ihn gegeben.

Von einer jüngeren Assistentin erfuhr Julia, wofür man eine Zentrifuge in der Biochemie brauchte, wie man Proteine unter dem Mikroskop zum Leuchten brachte und wozu ein Autoklav diente. Nachdem ihr keine Fragen zur Laborarbeit mehr einfielen, ließ sie ihren Blick durch den Raum schweifen, bevor sie sich wieder der Mitarbeiterin zuwandte.

»Dürfte ich Sie noch was anderes fragen?«

»Kommt darauf an.«

»Wie ist das Betriebsklima bei Ihnen?«

Die Frau blickte sie überrascht an. »Wollen Sie sich bewerben?«

Julia lächelte. »Nein. Eine Bekannte von mir hat mal hier gearbeitet. Sie hat so eine Andeutung gemacht, dass man es als Frau nicht ganz leicht mit den männlichen Kollegen hat. Ist Ihnen da mal irgendwas aufgefallen?«

Julia hatte die Frage bewusst vage gestellt, daher war sie überrascht von der heftigen Reaktion der Frau, die einen Schritt zurücktrat und sie erschrocken anstarrte.

»Wer sind Sie? Was wollen Sie?«

»Oh, ich habe ganz vergessen, mich vorzustellen. Ich bin Journalistin und recherchiere über die Arbeitsbedingungen von Frauen an wissenschaftlichen Instituten.«

»Dazu kann ich Ihnen nichts sagen«, erklärte die Assistentin energisch. »Vielleicht sprechen Sie mal mit Frau Winter, die ist schon länger hier. Und jetzt entschuldigen Sie mich bitte, ich habe zu tun.«

Sie drehte sich um und verließ das Labor. Verblüfft blickte Julia ihr nach.

Von: julia@Feldmann.de
An: Angelina.winter@johannes-loewe-institut.org
Betreff: Recherche-Anfrage

Sehr geehrte Frau Winter,
mein Name ist Julia Feldmann, ich bin Journalistin und recherchiere derzeit über die Arbeitsbedingungen von Frauen in wissenschaftlichen Instituten. Eine Ihrer Kolleginnen nannte mir in diesem Zusammenhang Ihren Namen, deshalb würde ich gerne mit Ihnen sprechen. Ich wäre Ihnen sehr dankbar, wenn Sie sich bei mir melden würden.
Mit freundlichen Grüßen
Julia Feldmann

Von: Angelina.winter@johannes-loewe-institut.org
An: julia@Feldmann.de
Betreff: Recherche-Anfrage

Sehr geehrte Frau Feldmann,
vielen Dank für Ihre Anfrage. Ich weiß leider nichts, was für Sie
von Interesse sein könnte.
Mit freundlichen Grüßen
Angelina Winter

Julia starrte auf den Text. Etwas stimmte nicht. Sie las ihn immer wieder, bis ihr klar wurde, was es war. Die Formulierung »Ich weiß leider nichts, was für Sie von Interesse sein könnte« war wie eines dieser Bildmotive, die sich bei längerer Betrachtung plötzlich in ihr Gegenteil verkehrten, von einem Positiv in ein Negativ und wieder zurück. Sie hatte ihre Anfrage bewusst allgemein formuliert. Die Frau konnte noch gar nicht wissen, was für Julia von Interesse war. Ihre fast rüde formulierte Antwort legte die Vermutung nahe, dass genau das Gegenteil der Fall war und Frau Winter sehr wohl etwas wusste, aber nicht darüber sprechen wollte.

Julia überlegte, was sie tun sollte. Einfach anzurufen war riskant. Wenn Frau Winter sich weigerte, mit ihr zu reden, würde jeder weitere Kontaktversuch wie Belästigung, ja fast schon wie Stalking wirken. Besser wäre es, sie ohne Vorankündigung an ihrem Arbeitsplatz aufzusuchen. Auch da könnte Julia eine Abfuhr kassieren, aber wenn sie ihr persönlich gegenüberstünde, wäre es schon weit schwieriger für die Frau, sich dem Wunsch nach einem Gespräch zu entziehen.

Sie öffnete die Webseite des Instituts und klickte die

Mitarbeiterliste an. Praktischerweise waren alle Einträge mit einem Foto ergänzt. Sie suchte nach Angelina Winter und blickte in das rundliche Gesicht einer Frau mit halblangen, blonden Haaren und rosigen Wangen. Sie sah in die Kamera, als wäre sie überrascht, fotografiert zu werden.

Wäre doch gelacht, wenn sie die Dame nicht dazu kriegen könnte, mit ihr zu sprechen.

Julia parkte ihre Vespa auf dem Institutsparkplatz und ging am Forschungsgarten vorbei auf das Gebäude zu. Heute schlenderten keine Besucher durch den Garten, die Getränkestände vom Tag der offenen Tür waren abgebaut, es herrschte Normalbetrieb.

Fast vierhundert Menschen arbeiteten hier, wie Julia inzwischen wusste, viele nur vorübergehend. Die Doktoranden blieben im Durchschnitt drei bis vier Jahre. Fast die Hälfte von ihnen kam aus dem Ausland. Vor allem Länder wie Südkorea, Vietnam und China finanzierten ihren hoffnungsvollsten Studenten gern den Aufenthalt an dem weltberühmten Institut.

Sie betrat die Eingangshalle und erschrak. Anders als am Tag der offenen Tür, wo so viel los gewesen war, dass einzelne Besucher nicht auffielen, blickte ihr die Frau am Empfang nun direkt entgegen. Julia hatte keinen Termin mit Angelina Winter, und wenn sie es behauptete, würde ein Anruf genügen, sie als Lügnerin zu entlarven. Sie überlegte kurz und beschloss, es zu riskieren. Notfalls müsste sie sich eben schnell eine Ausrede einfallen lassen. Im Ausreden-Erfinden war sie ziemlich gut.

Lächelnd ging sie auf den Empfangstresen zu. »Mein Name ist Julia Feldmann, ich habe einen Termin mit Frau Winter.«

»Ihren Personalausweis, bitte.«

Julia schob ihren Ausweis über den Tresen, die Frau nahm ihn und notierte die Nummer.

»Bitte tragen Sie sich hier ein.« Sie reichte ihr eine Liste auf einem Klemmbrett, auf der bereits mehrere handschriftliche Einträge zu sehen waren. Julia notierte ihren Namen, das Datum, die Uhrzeit und den Namen ihrer Ansprechpartnerin.

Die Empfangsdame nahm ihr das Klemmbrett ab, ohne daraufzublicken.

»Elfter Stock, Labor vier und fünf. Lift ist da drüben.«

Julia bedankte sich und ging aufatmend in Richtung der Aufzüge. Offenbar war man der Meinung, dieses Institut sei weder ein attraktives Anschlagsziel noch interessant genug für einen Raubüberfall.

Im elften Stock stieg sie aus und ging den Gang entlang. Vor Labor vier blieb sie stehen und steckte den Kopf hinein. Zwei Studentinnen und ein Student beugten sich kichernd über eine Reihe von mit Flüssigkeit gefüllten Phiolen. Was an dem Inhalt von Reagenzgläsern so erheiternd sein sollte, erschloss sich Julia nicht. Aber es gab ja auch Mathegenies, die beim Anblick bestimmter Rechenaufgaben in Gelächter ausbrachen. Diese Art Vergnügen würde ihr leider für immer verschlossen bleiben.

»Hallo«, sagte sie freundlich. »Entschuldigt bitte die Störung. Mein Name ist Julia Feldmann, ich suche eine Frau Winter.«

»Die kommt bestimmt gleich wieder«, sagte eine der Studentinnen.

Während Julia wartete, blickte sie aus dem Fenster. Vor dem Gebäude lag der Parkplatz, dahinter standen einige kleinere Lagerhallen, danach kamen Wiesen und Felder.

In der Ferne verlief die Schnellstraße. Das war der Blick, den auch Robert täglich vor Augen gehabt haben musste. Plötzlich glaubte sie, seine Anwesenheit zu spüren. Als könnte er jeden Moment den Raum betreten.

Stattdessen trat Angelina Winter ein. Ihr blondes Haar war wattig, vermutlich vom häufigen Bleichen. Ihr korpulenter Körper steckte in einem weißen Laborkittel. Sie streifte ein paar Latexhandschuhe ab, steckte sie rechts und links in die Taschen und blickte Julia fragend an.

»Ja, bitte?«

Julia stellte sich vor und erklärte, sie habe anderswo im Haus zu tun gehabt und spontan den Entschluss gefasst vorbeizukommen.

»Ich habe Ihnen doch geschrieben, dass ich Ihnen nicht helfen kann«, sagte Frau Winter.

Julia ging nicht darauf ein. »Lassen Sie uns da rübergehen.« Sie deutete in eine Ecke, in der sie außer Hörweite sein würden.

Die Frau bewegte sich nicht.

Wie du willst, dachte Julia. Ist nicht mein Problem, wenn die Studenten mithören können.

Sie lächelte gewinnend. »Mein Bruder Robert hat früher hier gearbeitet. Vielleicht kannten Sie ihn ja?«

»Robert.« Die Frau überlegte. »Robert … Feldmann?« Ihr Gesicht nahm einen betroffenen Ausdruck an. »Ist er nicht …«

Julia nickte. »Ein Unfall. Auf einer Auslandsreise.«

»Mein Beileid«, sagte Angelina Winter. »Er war ein sehr netter junger Kollege.«

Einen Moment lang sahen beide schweigend zu Boden.

Dann blickte Julia auf. »Kann es sein, dass es hier nicht nur … nette Kollegen gibt?«

Die Frau blieb stumm.

Julia entschloss sich zur Überrumpelungstaktik.

»Frau Winter, ich habe gehört, dass es an diesem Institut zu sexuellen Übergriffen gekommen sein soll. Können Sie mir dazu irgendetwas sagen?«

Aus den Augenwinkeln sah Julia, wie eine der Studentinnen den Kopf zu ihr umdrehte. Für den Bruchteil einer Sekunde trafen sich ihre Blicke, dann wandte sich das Mädchen wieder ab.

»Sexuelle Übergriffe?« Frau Winter war sichtlich empört. »Wieso fühlen Frauen sich neuerdings belästigt, nur weil ein Mann sie ansieht oder mal einen Spruch macht? Ich finde das völlig übertrieben.«

»Machen die Männer hier denn Sprüche?«

»Die meisten Männer tun das.«

»Und wie finden die Frauen das?«

»Das müssen Sie schon die Frauen fragen.«

Julia lächelte. »Sie sind auch eine Frau.«

Angelina Winter presste die Lippen zusammen. »Mich würde es jedenfalls nicht stören, wenn ein Mann mich ansieht oder mal einen Spruch macht.«

»Frau Winter, ich spreche nicht nur von Blicken oder blöden Sprüchen. Ich spreche von massivem Machtmissbrauch.«

»So was gibt's hier nicht. Hier herrscht eine gute Atmosphäre.«

Julia holte tief Luft. So energisch, wie diese Frau ihr widersprach, schien sie auf der richtigen Spur zu sein.

»Ich weiß, dass es schwierig ist, darüber zu sprechen«, sagte sie sanft. »Aber wenn Sie irgendetwas darüber wissen, müssen Sie es mir bitte sagen.«

»Ich muss gar nichts. Und jetzt gehen Sie bitte.«

Julia fühlte sich wieder, als würde sie gegen eine Wand rennen. Die Wand aus Angst.

»Warum hat Ihre Kollegin mir Ihren Namen genannt?«, machte sie einen weiteren Versuch.

»Woher soll ich das wissen?«

»Sie hätte mich an die Gleichstellungsbeauftragte verweisen können oder gleich an den Direktor«, sagte Julia. »Es muss doch einen Grund haben, weshalb sie mir empfohlen hat, mit Ihnen zu sprechen.«

Das Gesicht der Frau war jetzt vor Aufregung gerötet, die Augen geweitet. Ein dünner Schweißfilm bedeckte ihre Oberlippe.

»Ich weiß nicht, was Sie von mir wollen.«

»Frau Winter«, versuchte Julia es erneut. »Ich verspreche Ihnen, dass ich Ihre Informationen diskret behandeln werde. Aber wenn Sie etwas wissen und nichts sagen, machen Sie sich mitschuldig.«

»Gehen Sie jetzt!«, zischte die Frau.

Julia gab auf. Sie bedankte sich höflich und ging zur Tür.

Die Studenten waren verstummt. Alle drei kehrten ihr den Rücken zu und beschäftigten sich intensiv mit ihrem Versuch.

8

Liebe Julia, offenbar bist du an einem Wiedersehen mit mir nicht interessiert. Länger kann ich mich nicht um dich bemühen, das würde zu sehr an meiner Selbstachtung zehren. Ich gehe dir also nicht weiter auf die Nerven und wünsche dir das Beste. Sebastian

Seit zehn Tagen schon schickte Sebastian immer wieder Nachrichten, die Julia nicht beantwortete, außer hie und da mit einem Smiley. Es gefiel ihr, dass er sich regelmäßig bei ihr meldete, fast wartete sie darauf. Aber sie hatte nicht den Mut, auf seine Signale zu reagieren und sich mit ihm zu treffen.

Nun war seine Ausdauer offenbar erschöpft. Und augenblicklich wurde Julia so unruhig, als wäre sie im Begriff, etwas Wichtiges zu verlieren Dabei kannte sie ihn ja noch gar nicht. Sie hatte ihn ein paarmal im Fernsehen gesehen, wenn sie zufällig zur richtigen Zeit eingeschaltet hatte. Und in den letzten zehn Tagen hatte sie häufiger als sonst zufällig zur richtigen Zeit eingeschaltet. Sie hatte sein Gesicht studiert, seine Mimik, seine Stimme. Sie hatte versucht zu erspüren, wer er war. Und in dem seriösen Nachrichtenmann kaum Ähnlichkeit mit dem Sebastian entdecken können, der sie kurzerhand auf den Rücken genommen und aus dem Saal getragen hatte.

Dieses erste Treffen hatte etwas Leichtes und Leichtsinniges an sich gehabt, was ganz nach ihrem Geschmack gewesen war. Aber sie konnte ja schlecht darauf warten, dass sie sich zufällig wiederbegegneten. Wenn sie jetzt nicht reagierte, wäre die Chance vertan.

Sie dachte an Kathrins These, sie suche sich Männer, die ihr nicht gefährlich werden konnten. Was für Männer sollten das sein? Welche, die so uninteressant waren, dass ihr Verlust sie nicht treffen würde? Und Sebastian? Würde er ihr gefährlich werden können?

Nein, entschied Julia, ihre größte Gegnerin war immer noch sie selbst. In Beziehungen verhielt sie sich wie beim Mikado-Spiel. Sie zog immer mehr Stäbchen aus dem Beziehungsgebäude, bis es instabil wurde und schließlich einstürzte. Wie beim Mikado versuchte sie, den Einsturz so lange wie möglich hinauszuzögern. Wenn die Trümmer des Beziehungsgebäudes schließlich vor ihr lagen, fühlte sie sich niedergeschlagen, zugleich aber auch seltsam erleichtert. Als hätte sie eine schwierige, aber unvermeidliche Aufgabe gemeistert.

Sorry, war total im Stress. Habe mich über deine Nachrichten gefreut. Wäre schade, wenn du aufgeben würdest ;-)
Julia

Knapp fünf Minuten später kam seine Antwort: ein animiertes Strichmännchen, das schwere Gewichte stemmte, irgendwann umfiel und gleich danach aufstand und weitermachte.

Wieder schickte sie einen lachenden Smiley zurück. (Wann hatte sie sich das bloß angewöhnt? Eigentlich waren Emojis doch total bescheuert.) Darunter schrieb sie:
Kann ich dem armen Kerl ein Bier ausgeben?

Gleich darauf kam ein vor Freude hüpfendes Strichmännchen zurück.

Woher hatte er diese Männchen? Zeichnete er die selbst,

oder konnte man die irgendwo kaufen? Und schickte er die an alle Frauen, die er kennenlernte?

Hör auf, ermahnte sich Julia. Kannst du dich nicht einfach mit einem Mann treffen, der dir gefällt, ohne schon vorher mit seiner Demontage zu beginnen?

Für einen Journalisten wirkte Sebastian erstaunlich wenig von sich eingenommen. In ihrer Branche gab es eine signifikante Häufung von Narzissten. Eine narzisstische Persönlichkeit schien geradezu die Voraussetzung für den Journalistenberuf zu sein.

Im Printbereich ging es noch einigermaßen, da gab es außer ein paar großen Angebern einen Haufen braver Schreiberlinge, die hinter ihren Texten verschwanden und sich nicht allzu wichtig nahmen. Schon beim Radio war es anders. An der Art, wie jemand einen Song ansagte oder ein Interview führte, konnte Julia den Grad seiner oder ihrer Selbstverliebtheit heraushören. Am schlimmsten war es beim Fernsehen. Sobald jemand regelmäßig sein Gesicht in die Kamera hielt, schien er von seiner eigenen Bedeutung überwältigt zu werden. Auf einer Narzissmus-Skala von eins bis zehn lagen die meisten Fernsehmoderatoren bei zwölf.

Sebastian war da irgendwie anders. Das Gespräch mit ihm hatte sich nicht um seine Erfolge gedreht, um die Unzulänglichkeiten seiner Kollegen oder wichtige Leute, die er getroffen hatte. Sie hatten über alles Mögliche gesprochen, kein Thema schien ihm zu klein oder zu groß zu sein. Er hatte sich für das interessiert, was sie sagte, hatte Fragen gestellt und eigene Gedanken dazu formuliert.

Alles sprach dafür, ihn wiederzusehen. Und genau das sprach dagegen.

Freitagabend? Der Gewichtheber freut sich auf ein Bier!

Sie legte das Handy weg, ohne zu antworten, und richtete den Blick wieder auf den Bildschirm.

Mobbing an der Zürcher ETH, Sex im Präsidentenbüro, Studie zu sexueller Gewalt an Hochschulen, Sodom und Gomorra im Musiksaal …

Sie konnte kaum glauben, was sie da las. Kleinere Übergriffe und Anzüglichkeiten schienen fast überall an der Tagesordnung zu sein, an einer Münchner Hochschule war es mutmaßlich sogar zu Vergewaltigungen gekommen. Der Präsident war wegen sexueller Nötigung zu einer Gefängnisstrafe verurteilt worden, gegen einen anderen Professor lief eine Klage. Wenn sich überhaupt einer der Männer zu den Vorwürfen der betroffenen Frauen äußerte, wurde verharmlost und geleugnet.

Das war doch nicht so gemeint. Das war einvernehmlicher Sex. Sie will sich nur an mir rächen. Das ist eine Lüge.

Julia stand auf und streckte sich. Schon Viertel nach neun. Sie verließ ihr Arbeitszimmer und bemerkte erstmals das Chaos in ihrem Flur. Körbe mit Wäsche und aussortierter Kleidung schmiegten sich an Stapel von Altpapier, Kisten mit leeren Flaschen und Büchsen warteten darauf, entsorgt zu werden. Der Ersatzreifen ihrer Vespa musste geflickt werden, ein spontan auf dem Flohmarkt erstandener stummer Diener stand im Weg herum, ohne eine Funktion zu erfüllen. Die Welle aus Gegenständen schwappte weiter in die Wohnküche und drohte in ihr Schlafzimmer vorzudringen.

Wenn ihr jetzt etwas zustieße, würden ihre Hinterbliebenen sie womöglich als Messie in Erinnerung behalten, dabei hatte sie einfach nur keine Zeit zum Aufräumen. Sie überlegte, wer eigentlich ihre Hinterbliebenen waren. Ihre Mutter, klar. Kathrin und Nina? Chris?

Julia war schon immer eine Chaotin, würde er sagen. *Der Zustand ihrer Wohnung überrascht mich gar nicht. So sah es schon zu Studentenzeiten in ihrem WG-Zimmer aus.*

Wenn sie Chris zu ihren Hinterbliebenen zählte, stand es wirklich traurig um sie. Aber wen hatte sie sonst?

Ihr Bruder war tot, ebenso ihr Vater. Drei Jahre nach Roberts Verschwinden hatte er ihre Mutter verlassen, war krank geworden und zwei Jahre später gestorben. Julia wehrte sich gegen den Gedanken, dass der Krebs seine Strafe gewesen war. Aber sie konnte ihm auch einfach nicht verzeihen, dass er Frau und Tochter im Stich gelassen hatte.

Eines Sonntags, als Julia wie immer zum Essen bei ihren Eltern eintraf, war das Auto ihres Vaters weg gewesen. Ihre Mutter stand in der Küche, rührte in einem Topf und starrte vor sich hin. Tränen liefen über ihr Gesicht, sie schien es nicht zu bemerken.

Julias erster Gedanke war, dass man Roberts Leiche gefunden hatte. Sosehr sie sich Gewissheit wünschten, so sehr fürchteten sie alle den Moment, wenn sie diese erhalten würden.

Ihre Mutter sah auf.

»Er ist weg.«

»Wer?«, fragte Julia verwirrt.

»Dein Vater. Er hat gesagt, er kann mein Leid nicht mehr ertragen.«

»Wo ist er denn hin?«

»Er hat sich eine Wohnung genommen.«

Nie habe er etwas angedeutet oder mit ihr gesprochen, behauptete ihre Mutter. Drei Tage zuvor, beim Abendessen, habe er ihr aus heiterem Himmel mitgeteilt, dass er ausziehen werde. Er habe die Nacht in Roberts früherem

Zimmer verbracht und sei am nächsten Morgen weg gewesen. Eine Spedition komme in der nächsten Woche, um seine Sachen abzuholen.

Julia hatte für einen Moment das Gefühl, keine Luft zu kriegen. Als befände sie sich in großer Höhe, wo es kaum noch Sauerstoff gab. In ihrem Kopf pochte es, sonst spürte sie nichts. Erst nach einer Weile stellte sich ein Gefühl ein, eine Art hilfloser Zorn. Sie versuchte, sich nichts anmerken zu lassen. Es half ihrer Mutter nichts, wenn zu ihrem Schmerz und ihrer Enttäuschung auch noch die Wut der Tochter kam.

Ab dem Moment seines Verschwindens hatte sich alles nur noch um Robert gedreht. Ihr toter Bruder hatte mehr Aufmerksamkeit erfahren als jemals zu Lebzeiten und deutlich mehr als sie.

Seit er weg war, schien auch sie nicht mehr vorhanden zu sein. Alles wurde in Beziehung zu ihm gesetzt. Die Zeit wurde gemessen in *davor* und *danach*. Davor war alles gut gewesen, danach war nichts mehr gut. Manchmal erwachte Julia morgens mit dem Gefühl, etwas Wichtiges vergessen, einen wertvollen Gegenstand verloren zu haben. Wenn sie überlegte, worum es sich handeln könnte, fiel ihr nichts ein. Die Empfindung von Verlust war zu einem Teil ihrer selbst geworden.

Vor ein paar Jahren hatte sie plötzlich geglaubt, dass sie sich eine eigene Familie wünsche. Oder wenigstens ein Kind. Aber immer war etwas dazwischengekommen. Ein Auftrag, den sie nicht hatte ablehnen können. Eine Reise, die sie unbedingt noch machen wollte. Der *richtige* Mann war sowieso nie zur Stelle. Irgendwann hatte sie es beim Sex einfach darauf ankommen lassen. Es hatte nicht geklappt.

Angesichts ihrer wirtschaftlichen Situation konnte sie

ihr ungeborenes Kind nur dazu beglückwünschen, sich gegen das Geborenwerden entschieden zu haben. Sonst müsste es mit einer Mutter leben, die nie Geld hatte, ständig auf der Suche nach Aufträgen war und sich bei Stehempfängen und medizinischen Kongressen durchfraß. Sie kannte jeden Trick, sich an Buffets vorzudrängeln, und konnte anhand der Qualität des Fingerfoods die Cateringfirmen der Stadt voneinander unterscheiden.

Nächstes Jahr würde sie vierzig werden. Was bedeutete, dass die Sache mit dem Kinderkriegen gelaufen war. Selbst wenn es noch klappen könnte – sie wollte keine dieser Frauen sein, bei deren Anblick die Leute sich fragten, ob es die Mutter oder die Großmutter war, die das Baby im Kinderwagen schob.

Manchmal spürte sie ein Gefühl der Trauer über diese nicht gelebte Möglichkeit. Dann erinnerte sie sich an ihre Abende bei Kathrin. So süß die Landplagen waren, so nervenaufreibend waren sie auch. Vielleicht hatte es sein Gutes, dass ihr diese Erfahrung erspart blieb.

Sie stand jetzt in der Küche, öffnete den Kühlschrank und nahm eine Flasche Weißwein heraus. Mit einem großen Glas, in dem die Eiswürfel klirrten, kehrte sie an ihren Schreibtisch zurück. Als es ihr endlich gelungen war, sich erneut in die Lektüre des Artikels zu vertiefen, klingelte ihr Handy. Sie nahm das Gespräch an, ohne aufs Display zu schauen.

»Ja, bitte?«

»Hallo, sind Sie Julia Feldmann?« Die Stimme der Frau klang jung.

»Und wer sind Sie?«

Für einen Moment blieb es ruhig. »Ich möchte meinen Namen nicht sagen.«

Normalerweise hätte Julia es abgelehnt, mit jemandem zu sprechen, der sich ihr nicht vorstellte. Aber spontan beschloss sie, sich erst mal anzuhören, was die Frau zu sagen hatte.

»Ich ... bin Studentin am JLI. Ich habe gehört, Sie recherchieren dort für einen Artikel über ... Na ja, Sie wissen schon, sexuelle Belästigung und so.«

»Das stimmt«, sagte Julia und setzte sich aufrecht hin.

Die junge Frau, die den Kopf zu ihr umgewandt hatte, während sie mit Frau Winter sprach. Deren Blick sich für den Bruchteil einer Sekunde mit ihrem verband. Hatte sie doch etwas aufgeschnappt? Julia hatte beim Reinkommen ihren Namen genannt, ihre Kontaktdaten standen auf ihrer Webseite. Es war ein Leichtes, sie ausfindig zu machen.

»Ich möchte Ihnen etwas erzählen«, sagte die Stimme. »Aber Sie müssen mir versprechen, dass ich anonym bleiben kann.«

Verdammte Scheiße, dachte Julia. »Natürlich verspreche ich das«, sagte sie. »Können wir uns treffen?«

Die junge Frau zögerte. »Ich weiß nicht ... Nein, lieber nicht.«

Julia musste es schaffen, sie zu einem Treffen zu bewegen. Eine anonyme Aussage am Telefon war nichts wert. Jeder konnte sie anrufen und ihr irgendetwas erzählen. Sie könnte es in ihrem Artikel zitieren, wenn sie die Quelle als anonymen Anruf kenntlich machte, aber es hätte keine große Aussagekraft. Sie musste die junge Frau sehen, ihre emotionalen Regungen, die Mimik und Gestik beschreiben können. Und auch ihr würde sie eine eidesstattliche Erklärung zur Unterschrift vorlegen müssen – das größte Hindernis bei Quellen, die anonym bleiben wollten. Sie fürchteten, dass ihr Namenszug sie irgendwann verriet.

»Ich gebe Ihnen schriftlich, dass Sie anonym bleiben können«, bot Julia an. »Sie bestimmen, wo wir uns treffen. Sie können mir vertrauen.«

Die Anruferin schwieg.

»Wissen Sie, wenn ich meine Quellen nicht schützen würde, wäre ich bald arbeitslos«, fuhr Julia fort. »Sie können also ganz beruhigt sein.«

»Okay«, sagte das Mädchen schließlich.

Julia atmete unhörbar auf.

»Können Sie am Mittwoch um achtzehn Uhr?«, fragte die Anruferin. »Es gibt da ... diesen kleinen Holzpavillon im Südpark. Da könnten wir uns treffen.«

Der Pavillon war exakt am anderen Ende der Stadt, viele Kilometer vom Institut entfernt.

»Ich werde da sein«, sagte Julia. »Und ... vielen Dank!«

Die Anruferin hatte bereits aufgelegt.

Julia stand auf und ging nachdenklich hin und her. Ob sie diesmal mehr erfahren würde? Wenn die Frau den Namen eines Täters nannte, würde sie weitere Personen finden müssen, die ihre Aussage untermauerten. Und sie würde ein Statement des Beschuldigten einholen müssen.

Viertel vor zehn. Zeit für die Spätnachrichten. Sie ging ins Wohnzimmer und schaltete den Fernseher ein.

Sebastian blickte ihr direkt in die Augen. Für einen Moment bildete sie sich ein, dass er ihr zuzwinkerte.

»*Guten Abend, meine Damen und Herren, ich begrüße Sie zu den Nachrichten. Das Kabinett in Berlin hat noch keine Einigung über die Grundsteuer erzielt ...*«

Julia hörte einen Moment lang zu, dann nahm sie ihr Handy und tippte.

Wann am Freitagabend?

Sie schickte die Nachricht ab. Im gleichen Moment sah sie Sebastians Blick für den Bruchteil einer Sekunde zur Seite irren. Sie lachte und tippte noch etwas.

Du sollst dein Handy doch nicht mit ins Studio nehmen! ;-)

Sie schickte die Nachricht ab und grinste, als Sebastian kaum merklich zusammenzuckte. Als die Sendung zu Ende war, kam seine Antwort: ein Strichmännchen, das sich den Schweiß von der Stirn wischt.

Ich wusste, dass es aufregend mit dir wird! ;-) Freitag um neunzehn Uhr am Marienbrunnen?

Julia fühlte ein Kribbeln in der Magengegend und hätte nicht sagen können, ob es Vorfreude oder Angst war.

9

Es war ein milder Sommerabend, als Julia durch den Südpark auf den Holzpavillon zuspazierte. Die Sonne warf
fleckiges Licht durch die Blätter der hohen Bäume, die
den Kiesweg säumten. Überall Mütter mit Kinderwagen,
Kleinkinder auf Dreirädern, Männer mit gelockertem Krawattenknoten, ältere Damen mit Hunden und vereinzelt
Jugendliche auf Elektrorollern, die im Park nicht erlaubt
waren.

Sie war früh dran, atmete die weiche Luft ein und dros-
selte bewusst ihr Tempo. Sie konnte sich nicht erinnern,
wann sie zuletzt einen Spaziergang gemacht hatte, einfach
so, ohne Ziel. Immer hatte sie irgendetwas vor und war in
Eile, meist bekam sie nicht mal mit, was sich rechts und
links von ihr abspielte. Nun weitete sich ihr Blick, und sie
nahm das friedliche Bild wahr, das sich ihr bot.

Um den Pavillon herum war eine Holzbank gebaut,
auf der Leute saßen und die Abendsonne genossen. Da
sie nicht genau wusste, mit wem sie eigentlich verabredet war – der Blick der Studentin war zu kurz gewesen,
als dass sie sich ihr Gesicht hätte einprägen können –,
ging sie langsam um den Pavillon herum, um sich zu
zeigen. Niemand stand auf, niemand gab ein Zeichen
des Erkennens. Sie sah auf die Uhr, es war immer noch
etwas zu früh.

Sie suchte sich einen Platz, von dem aus sie die beiden

Zugangswege im Blick hatte. Aufmerksam studierte sie die Gesichter der Spaziergänger, aber niemand blickte sich suchend um.

Plötzlich stand jemand vor ihr. Eine asiatisch aussehende junge Frau musterte sie prüfend. Es war nicht die Studentin aus dem Labor.

»Hallo«, sagte Julia. »Sind wir verabredet?«

»Wenn Sie Julia Feldmann sind?«

»Bin ich.«

Die junge Frau setzte sich hin. Sie war ungefähr Mitte zwanzig, trug ihr Haar kurz geschnitten und war ungeschminkt. Ihre Augen hinter dem eckigen, schwarzen Brillengestell waren mandelförmig, ihre Unterlippe stark ausgeprägt, was ihr einen entschlossenen Ausdruck verlieh. Sie strahlte eine Mischung aus Trotz und Verletzlichkeit aus, die Julia gefiel.

»Danke, dass Sie gekommen sind«, sagte Julia und reichte ihr lächelnd die Hand.

»Ich heiße Shenmi«, sagte sie. »Und Sie können mich duzen.«

»Du mich natürlich auch, wenn du willst.«

Shenmi nickte ernst. »Falls du dich fragen solltest, woher ich komme: Meine Eltern sind Chinesen, aber ich bin teilweise in Deutschland aufgewachsen.«

Julia lächelte. »Eigentlich habe ich mich das nicht gefragt, aber trotzdem danke.«

»Ich erkläre dir das, weil es wichtig ist. Am Institut sind viele Studierende aus asiatischen Ländern, speziell aus China. Wir Schlitzaugen sehen zwar für euch Europäer ziemlich ähnlich aus, aber es gibt große Unterschiede. Das musst du wissen, damit du verstehen kannst, was ich dir erzähle.«

Julia nickte nur. Im Moment verstand sie noch gar nichts. Sie zog ihr Handy heraus und hielt es hoch.

»Darf ich unser Gespräch aufzeichnen?«

Shenmi zögerte. »Wolltest du mir nicht was Schriftliches mitbringen, wegen Anonymität und so?«

Julia griff wieder in ihre Tasche und holte die von ihr bereits unterschriebene Zusicherung hervor, die sie Shenmi reichte. »Dein Name fehlt noch.«

Shenmi überflog das Blatt und steckte es ein.

Julia legte ihr ein zweites Dokument vor. »Das ist eine eidesstattliche Versicherung, dass alles, was du mir erzählst, der Wahrheit entspricht. Dafür brauche ich deinen Namen und deine Adresse.«

Shenmi zögerte kurz, dann trug sie beides ein und unterschrieb. Sie wirkte nun klar und entschlossen.

»Woher weißt du von meiner Recherche, Shenmi?«, wollte Julia wissen.

»Eine Kommilitonin hat mir davon erzählt. Im Institut redet man darüber. Du hast mit der Winter gesprochen, oder?«

Julia nickte. »Die mich mehr oder weniger rausgeworfen hat.«

Shenmi schnaubte. »Die kriegt die ganze Zeit mit, was läuft. Und tut so, als wäre nichts.«

»Was kriegt sie mit?«

Shenmi veränderte ihre Sitzposition und richtete sich stärker zu Julia hin aus. Sie holte Luft, wie um Anlauf zu nehmen.

»Es gibt da diesen Abteilungsleiter Jens Höger. Sieht gut aus, voll der Mister Charming. Die Frauen stehen auf ihn, und das nutzt er aus.«

»Was tut er genau?«

»Er versucht es bei jeder, die nicht bei drei auf dem Baum ist. Wenn es klappt, trifft er sie privat, vögelt sie ein paarmal, aber ihm wird schnell langweilig. Und dann muss die Nächste her. Wenn neue Doktorandinnen kommen, spricht er gern davon, dass Frischfleisch geliefert wird.«

Julia runzelte die Stirn. »Klingt unsympathisch, aber verboten ist es nicht. Sofern die Frauen über achtzehn sind, wovon ich ausgehe.«

»Klar«, bestätigte Shenmi. »Interessant wird es, wenn eine nicht mitmachen will. Das scheint ihn anzustacheln. Dann wird er so richtig penetrant, macht schmierige Sprüche, tatscht sie an, manchmal wird er aggressiv.«

»Aggressiv?«

»Er droht. Dass er sie beim Chef schlechtmacht und so.«

Julia runzelte die Stirn. Das erschien ihr wenig glaubwürdig. Wieso sollte ein Mann, der einen solchen Erfolg bei Frauen hatte, sich an denen abarbeiten, die ihn nicht wollten?

»Vor allem die Chinesinnen sind ihm ausgeliefert«, fuhr Shenmi fort. »Die sind kulturell auf Unterordnung geprägt, kennen sich hier nicht aus und wissen nicht mal, ob es vielleicht zur europäischen Kultur gehört, dass ihnen beim Pipettieren einer an den Hintern fasst. Die würden nie Ärger machen, die haben viel zu viel Angst, dass sie zurückgeschickt werden.«

»Und so was macht er vor anderen?«, fragte Julia ungläubig.

Shenmi lachte. »Nein, natürlich nicht. Er ist sehr vorsichtig.«

»Woher weißt du dann davon?«

»Mir ist er auch auf die Pelle gerückt, gleich am Anfang.

Der dachte wohl, ich bin auch so 'ne verhuschte Chinesin. Ich habe ihm erklärt, dass ich das nicht will, aber er hat nicht lockergelassen.«

»Was hast du dann gemacht?«

»Ich habe mich beim Direktor beschwert ...«

»Bei Professor Dettmer?«

»Genau. Der hat mir den Arm getätschelt und gesagt, ich solle mich nicht so haben, das sei doch alles nicht so gemeint. Hat nur noch der Spruch gefehlt, ich könnte mich doch geschmeichelt fühlen, wenn einer wie Höger sich für mich interessiert.«

»Und dann?«

»Habe ich gedroht, an die Öffentlichkeit zu gehen. Mein Vater ist ein ziemlich hohes Tier im Internationalen Wissenschaftsrat, das weiß Dettmer. Er war scheißfreundlich und hat angeboten, dass ich die Abteilung wechseln könnte. Und versprochen, mit Höger zu reden.«

»Hat er das getan?«

Wieder zuckte Shenmi die Schultern. »Weiß ich nicht. Mich lässt er inzwischen in Ruhe. Aber meine Kommilitonin ...«

»Die mein Gespräch mit der Winter belauscht hat?«

Sie nickte. »... die ist echt fertig. Neulich ist er ihr auf die Toilette nach und hat sie dort bedrängt. Sie hat mich gebeten, mit dir zu reden.«

»Warum tut sie es nicht selbst?«

»Was glaubst du denn?«, sagte Shenmi. »Sie hat Angst! Sie ist aus Litauen, ihre Eltern sind arm. Ihre Zukunft hängt an dieser Promotion.«

Julias Misstrauen wuchs. Shenmi nannte sofort den Namen eines angeblichen Täters, während ihre erste Interviewpartnerin sich eher die Zunge abgebissen hätte, als jemanden namentlich zu beschuldigen. Shenmi erzählte, wie sie belästigt wurde, und blieb dabei völlig cool, während Ariane Hildebrandt fast geweint hätte. Und sie tischte ihr die Story einer Kommilitonin auf, mit der Julia leider nicht selbst sprechen konnte, weil die zu viel Angst hatte. Konnte sie der jungen Frau trauen? Vielleicht steckte etwas ganz anderes dahinter. Verschmähte Liebe kann aus Menschen Monster machen. Auch aus Frauen.

»Hörensagen genügt mir leider nicht«, sagte Julia. »Ich müsste mit deiner Kommilitonin sprechen.«

»No way«, sagte Shenmi.

Julia beschloss, es für den Moment auf sich beruhen zu lassen. Sie nahm ihr Notizbuch und einen Stift aus der Tasche und drückte ihr beides in die Hand.

»Kannst du mir ein Organigramm vom JLI zeichnen?«

Mit schnellen Strichen skizzierte Shenmi die hierarchische Struktur des Instituts.

Ganz oben saß der Direktor, flankiert vom Kuratorium und einem Fachbeirat. Darunter kam ein geschäftsführender Direktor, dann die fünf Abteilungsleiter. Als Nächstes kamen die Forschungsgruppenleiter, darunter die Postdocs, dann die Doktoranden.

»Dieser Höger steht hierarchisch ziemlich weit oben«, stellte Julia fest. »Der hat doch eine Menge zu verlieren. Wieso geht er ein solches Risiko ein?«

»Er fühlt sich sicher.«

»Und warum deckt ihn der Direktor, wenn er Bescheid weiß?«

»Weil er den Ruf des JLI schützen will. Außerdem produziert der Höger eine Menge Papers, zieht Drittmittel an Land, ist gut vernetzt. Der ist wertvoll fürs Institut. So jemand will man nicht verlieren.«

Ein bunter Ball rollte Julia vor die Füße. Auf wackeligen Beinen lief ein kleiner Junge hinterher, stolperte und fiel ihr entgegen. Julia konnte ihn gerade noch auffangen, bevor er mit dem Gesicht auf den Boden knallte.

»Immer schön langsam, junger Mann«, sagte sie.

Die Mutter kam außer Atem an. »Vielen Dank!«

Sie nahm den Jungen am Arm und zog ihn weg, ohne den Ball mitzunehmen. Der Kleine schrie wie am Spieß.

Shenmi holte aus und kickte den Ball geschickt in die Richtung der beiden. Die drehte sich um und winkte ihnen zu.

Julia lächelte Shenmi anerkennend an, die lächelte zurück.

Einen Moment schwiegen beide, dann sagte Shenmi: »Ich will, dass du seinen Namen öffentlich machst. Sonst hört das nie auf. Und am besten auch den von Dettmer.«

Julia war hin- und hergerissen. Wenn die Geschichte stimmte, wäre es ein Hammer. Wenn sie nicht stimmte und sie die Namen öffentlich machte, wäre sie geliefert.

»Das würde ich ja gern. Aber dafür brauche ich noch mehr Informantinnen. Deine Schilderungen allein genügen mir nicht.«

»Warum nicht?«

»Weil Höger das einfach abstreiten wird. Dann steht Aussage gegen Aussage.«

Shenmi fuhr sich mit beiden Händen durchs Haar und dachte nach.

Julia beobachtete sie und versuchte zu erspüren, ob hier eine kämpferische junge Frau saß, die sich für ihre Interessen und die ihrer Kommilitoninnen einsetzte, oder eine labile, vor Liebeskummer kranke Person, die sie vor sich selbst schützen musste.

»Ich höre mich um«, versprach Shenmi schließlich. »Das wird sicher nicht einfach, aber vielleicht finde ich noch jemanden, der bereit ist, dem Höger in die Eier zu treten.«

10

Mit jedem Schritt, den Julia dem vereinbarten Treffpunkt näher kam, wurde sie langsamer. Sollte sie es wirklich tun? Einen Abend mit Sebastian verbringen, feststellen, dass er ihr immer noch gefiel, irgendwann mit ihm schlafen, sich in ihn verlieben – um nach ein paar Wochen oder Monaten zu merken, dass es wieder nicht klappte? Dass er doch nicht so toll war, wie sie gehofft hatte? Oder dass er so toll war, dass sie ihn verletzen musste, bevor er sie verletzen würde?

Mittlerweile hatte sie so viele Männer verschlissen, dass nicht nur Kathrin sich ihre Namen nicht mehr merken konnte.

Natürlich war ihr auch schon der Gedanke gekommen, dass etwas mit ihr nicht stimmte. Dass sie irgendeine Macke hatte, die behoben werden musste, bevor sie sich auf die nächste Beziehung einließ. Aber die Vorstellung, womöglich jahrelang bei einem Therapeuten zu hocken, in der Vergangenheit zu wühlen und nach Schuldigen für das ständig wiederkehrende Desaster zu suchen, widerstrebte ihr. Was sollte sich dadurch schon ändern? Julia glaubte an wissenschaftlich nachprüfbare Erkenntnisse und die Wirksamkeit von Chemie. Wenn es eine Pille gäbe, die sie in die Lage versetzen würde, eine glückliche Beziehung zu führen, würde sie die sofort nehmen.

Sie konnte stundenlang mit Nina streiten, die stur an die Wirkung von Homöopathie glaubte, obwohl alle

Studien besagten, dass sie nicht über den Placeboeffekt hinausging.

»Mir doch egal, was irgendwelche Studien behaupten«, sagte Nina dann. »Bei mir wirkt es.«

»Aber es kann nicht wirken, wenn nicht mal mehr ein einziges Molekül des Wirkstoffes in der Verdünnung drin ist!«, widersprach Julia.

»Das wirkt eben auf der feinstofflichen Ebene«, beharrte Nina, ohne erklären zu können, was das bedeutete.

Ähnlich diffus wie mit dem Glauben an die Zuckerkügelchen verhielt es sich in Julias Augen mit der Psychologie. Manches davon mochte wissenschaftlichen Kriterien genügen, aber unter dieser Bezeichnung wurde auch so viel Blödsinn verbreitet, dass in ihren Augen eine gesunde Skepsis angebracht war.

Um den Marienbrunnen war alles voller Menschen, die in ihre Handys starrten oder am Brunnen lehnten und gedankenverloren an ihren Eiskugeln leckten.

Julia sah sich um und entdeckte Sebastian, der im Schatten des nahen Rathauses stand. Sie dachte kurz daran, sich einfach zu verdrücken, aber in diesem Moment entdeckte er sie und winkte ihr zu.

Als sie einander endlich gegenüberstanden, waren beide für einen Augenblick unsicher, wie sie sich begrüßen sollten. Julia streckte die Hand aus, Sebastian zögerte kurz, dann zog er sie an sich und küsste sie rechts und links auf die Wange. Ein Hauch des ihr bereits vertrauten Duftes streifte sie.

»Hast du Hunger?«, erkundigte er sich.

Offenbar hatte er sich gemerkt, dass Julias Blutzuckerspiegel ein wichtiger Faktor für ihre Stimmung war. Hoffentlich wollte er nicht in ein teures Lokal gehen, das konnte sie sich im Moment nicht leisten. Und einladen lassen wollte sie sich auch nicht. Beim letzten Mal hatte er wie selbstverständlich die Rechnung übernommen, aber da hatte er auch etwas wiedergutzumachen gehabt.

»Was meint der Gewichtheber?«, fragte sie. »Mag er mexikanisch?«

Falls er es nicht mochte, ließ Sebastian sich das nicht anmerken. Sie steuerten einen nahe gelegenen Texmex-Laden an und bestellten hackfleischgefüllte Tacos und Corona-Bier zum Mitnehmen.

»Geht auf mich«, sagte sie.

Sebastian bedankte sich und nahm die Papiertüte entgegen. In einer nahe gelegenen Grünanlage suchten sie sich eine Bank. Er öffnete die Bierflaschen mit einem Feuerzeug und reichte ihr eine.

Den ersten Test hatte er schon mal bestanden: keine grundsätzliche Ablehnung von Fastfood und Fleisch sowie die Fähigkeit, Flaschen ohne Öffner aufzukriegen. Als Nächstes könnte sie ihn eine Gummibärchentüte aufreißen lassen.

»Cheers«, sagte er und stieß seine Flasche gegen ihre. »Dass ich dich noch mal zu sehen kriege!«

Fast hätte Julia ihm verraten, dass sie ihn in den letzten Tagen ziemlich häufig gesehen hatte, wenn auch nur auf dem Bildschirm. Aber dann behielt sie es doch für sich.

»Cheers«, gab sie zurück. »Ich hoffe, die Mühe hat sich gelohnt.«

Er blickte sie an, mit diesem verschmitzten Lächeln, bei dem seine Augenwinkel sich in Fältchen legten und seine Lippen sich spöttisch verzogen. »Wir werden sehen.«

»Wir?«

»Der Gewichtheber und ich.«

Julia hatte unterschätzt, wie schwierig Tacos aus der Hand zu essen waren. Beim zweiten Bissen tropfte ihr die Hackfleischsoße aufs T-Shirt, gleich danach zerbrach die Taco-Hülle, und eine Hälfte des Inhalts fiel ihr in den Schoß.

»Shit«, entfuhr es ihr.

Sebastian kommentierte das Missgeschick nicht, aber spätestens beim Aufstehen würde er die Flecken sehen. Welcher Mann würde mit einer Frau ausgehen wollen, die nicht nur eine Vorliebe für Fastfood hatte, sondern sich auch noch beim Essen vollsaute? Sie wischte mit ihrer Serviette an den Flecken herum, die dadurch nur noch größer wurden. Nervös nahm sie einen Schluck Bier; dabei verschluckte sie sich, begann zu husten, und das Bier lief ihr durch die Nase wieder raus.

»Entschuldige«, sagte sie mit erstickter Stimme und griff nach seiner Serviette. »Darf ich?«

»Klar.«

Er klopfte ihr auf den Rücken.

»Besser?«, fragte er besorgt, als sie aufgehört hatte zu husten. Fehlte nur noch, dass er ihr den Mund abtupfte.

»Tut mir leid«, sagte sie und verfluchte sich insgeheim. Sie sollte eine Checkliste verfassen: Hundert Wege, ein Rendezvous zu ruinieren. Punkt eins: Servieren Sie Tacos und warmes Bier.

Sie aß den Rest ihrer Mahlzeit und schaffte es, keine weitere Sauerei anzurichten. Sebastian schluckte das letzte Stück hinunter und wischte sich den Mund ab. Sein Hemd war makellos sauber, nicht mal ein Krümel war darauf zu sehen.

»Was machst du zurzeit?«, fragte er. »Ich meine, weil du offenbar so viel Stress hattest, dass du auf meine Anbahnungsversuche nicht reagieren konntest.«

Julia riss in gespieltem Erstaunen die Augen auf. »Das waren Anbahnungsversuche?«

Er grinste. »Nächstes Mal schreibe ich es dazu.«

Entspannt streckte er die Beine von sich und legte beide Arme über die Rückenlehne der Bank. Seine Hand streifte wie zufällig ihre Schulter.

Sie rückte vorsichtig etwas näher zu ihm und hob ihre Bierflasche.

»Auf den Gewichtheber.«

»Gewichtheber sind es gewohnt, sich zu quälen«, sagte er und nahm einen Schluck. »Aber wenn sie im Begriff sind, sich zu verheben, dann hören die Vernünftigen unter ihnen auf.«

»Und deiner?«, sagte sie. »Gehört der denn zu den Vernünftigen?«

Sebastian überlegte. »Manchmal überschätzt er sich. Aber manchmal schafft er auch mehr, als er sich selbst zutraut.«

Sie mochte seine Stimme. Wenn er ihr vorlesen würde, könnte sie bestimmt gut einschlafen. Vielleicht sollte sie ihn bitten, ein Hörbuch für sie aufzunehmen.

»Ich hatte auch mal einen Gewichtheber«, sagte sie nach einer Pause.

»Ach ja?« Sebastian rutschte wieder weiter nach vorn, um sie besser ansehen zu können. »Was ist aus ihm geworden?«

Sie lächelte. »Ist in Reha. Muss sich nach mehreren Verletzungen auskurieren.«

Er blickte vor sich auf den Boden, griff nach unten und hob einen Kiesel auf, den er ihr auf seiner Handfläche präsentierte. Der Stein hatte die Form eines Herzens. Sie lächelte verlegen, griff danach und umschloss ihn mit den Fingern.

Plötzlich fühlte sie sich, als wäre sie wieder vierzehn. Damals hatte sie das erste Mal mit einem Jungen auf einer Parkbank gesessen. Er hatte den Arm um sie gelegt, und sie hatten so getan, als würden sie einem Mann zusehen, der unermüdlich Stöckchen warf, die sein Hund zum Teil noch in der Luft auffing und ihm zurückbrachte. Sie hatten nicht viel geredet, sondern bald begonnen, intensiv miteinander zu knutschen. Wie einfach damals alles gewesen war.

»Also, was machst du zurzeit?«, wiederholte er seine Frage.

»Ich recherchiere in den Abgründen der Wissenschaft«, sagte sie und steckte den Kieselstein unauffällig in ihre Jeanstasche. »Me-Too im Botaniklabor.«

»An der Uni?«

Sie zögerte kurz und überlegte. Sollte sie ihm davon erzählen? Immerhin war er ein Kollege und damit ein potenzieller Konkurrent.

»Nein, nicht direkt.«

»Verstehe«, sagte er. »Dann ist es das Johannes-Löwe-Institut.«

»Woher weißt du das?« Sie war perplex.

»Es gibt schon länger Gerüchte. Aber ich glaube, bisher hat niemand es geschafft, was Genaues herauszufinden. Die halten dort dicht wie die Austern.«

»Was für Gerüchte sind das?«, fragte Julia aufgeregt.

Sebastian zögerte. »Ein Kollege aus der Wissenschaftsredaktion hat mal angedeutet, dass dort Frauen belästigt werden«, sagte er dann. »Massiv belästigt. Er ist der Sache nachgegangen und wurde vom Sender ausgebremst. Der Direktor, wie heißt er …?«

»Carl-Friedrich Dettmer.«

»Genau. Scheint einen Spezi im Rundfunkrat zu haben. Jedenfalls ist nie was daraus geworden.«

Julia stöhnte. »Du machst mir ja Mut!«

»Für wen schreibst du die Geschichte?«

Julia hätte ihm gern einen illustren Auftraggeber genannt, aber genau genommen hatte sie nicht mal von *Gesundheit heute* einen richtigen Auftrag.

»Ich weiß noch nicht, mal sehen … Die Recherche ist schwierig. Aber bei diesem Thema kann man nicht auf halber Strecke aufgeben. Man übernimmt ja auch Verantwortung.«

»Dann wünsche ich dir, dass du mehr Glück hast als die Kollegen.« Er nahm einen weiteren Schluck. »Wie geht's eigentlich deinem Fuß? Alles wieder okay?«

Julia betrachtete seine Hände, die mit der Bierflasche spielten. Um sein Handgelenk trug er eine schöne alte Uhr mit Zifferblatt und Lederband. Ihr Vater hatte so eine besessen. Julia hatte sie eine Weile getragen. Irgendwann war sie kaputtgegangen.

»Ja, leider, der Fuß ist wieder okay«, sagte sie seufzend. »Jetzt muss ich wieder Salsa tanzen.«

Sebastian lachte. »Wieso musst du?«

»Der Kurs ist ein Geschenk. Ich konnte mich nicht wehren.«

»Ich hab vor Jahren mal mit Salsa angefangen«, erzählte er. »Ich mochte es ganz gerne.«

»Tatsächlich? Wieso hast du dann aufgehört?«

Er zuckte die Schultern. »Weiß nicht. Einfach so.«

Sie wollte ihn fragen, ob er wegen einer Frau mit Salsa angefangen hatte. Wie sie ausgesehen hatte. Ob er noch mit ihr zusammen war, und wenn nicht, warum nicht. Aber solche Fragen waren uncool.

Sebastian räusperte sich und machte ein ernstes Gesicht. »Ich wollte mich übrigens entschuldigen.«

»Entschuldigen? Wofür?«

»Für mein Verhalten bei der Pressekonferenz. Ich habe deine Notlage schamlos ausgenutzt. Das tut mir leid.«

Julia setzte gerade an, ihm zu widersprechen, da entdeckte sie ein Funkeln in seinen Augen.

»Bergretter!«, sagte sie spöttisch.

»Ich wollte dir imponieren.« Er grinste. Dann schien ihm ein Gedanke zu kommen. »War das eigentlich auch … ein Übergriff?«, fragte er und setzte den treuherzigen Dackelblick auf, den sie schon kannte.

»Nein«, sagte Julia. »Du bist ja nicht mein Chef. Glücklicherweise.«

Sie erzählte ihm von Chris, was ihn sichtlich amüsierte, obwohl sie es gar nicht lustig meinte. »Ich glaube, er ist ein Sadist«, sagte sie finster. »Er versucht die ganze Zeit, mich zu quälen.«

»Scheint dir zu gefallen.«

»Spinnst du?«

»Warum lässt du's dir dann bieten?«

Sie setzte zu einem Vortrag über die Krise der Medien im Allgemeinen und die von freiberuflichen Journalisten im Besonderen an, brach dann aber ab. Als wüsste er das nicht. Natürlich war es ihre Entscheidung, sich von Chris quälen zu lassen. Es war wie in einer langjährigen Ehe: Man war unglücklich, aber das Unglück war einem wenigstens vertraut.

»Über Lineafit Magic habe ich trotzdem nichts geschrieben«, sagte sie. »Das hätte gegen mein Berufsethos verstoßen.«

»Du kannst dir ein Berufsethos leisten?«, fragte er, nur halb im Scherz.

»Eigentlich nicht«, gab sie zurück. »Deshalb muss ich ja auch Tacos essen.«

Sie packte die Überreste ihrer Mahlzeit zusammen und stopfte die Verpackungen zurück in die Tüte. Das größte Problem beim Fastfood war der Müll, dafür schämte sie sich mehr als für ihre fragwürdigen Essgewohnheiten selbst.

»Was machen wir jetzt?« Sebastian stand auf.

Mit mimischer Übertreibung zeigte Julia auf die Soßen-flecken, die ihr T-Shirt und ihre Jeans zierten, und zog eine Grimasse.

»Ich muss wohl erst mal zu mir nach Hause und mich umziehen.«

Er sah sie verschmitzt an. »Den Trick kannte ich noch gar nicht.«

»Was für einen Trick?«, sagte sie verständnislos. Dann begriff sie und blickte ihn herausfordernd an. »Kann es sein, dass der Gewichtheber sich gerade etwas überschätzt?«

2006

Es ist Samstagabend. Robert steigt aus der U-Bahn, geht über den leeren, dunklen Parkplatz und erreicht das Institutsgebäude. Er hat sich für den Wochenenddienst gemeldet, weil er nichts anderes vorhat. Er hat nie etwas anderes vor.

In seiner WG steigt gerade eine Party. Betrunkene bevölkern die Zimmer, lungern auf den Betten herum, auch auf seinem. Sie reden dummes Zeug, fressen den Kühlschrank leer und kotzen das Klo voll. Robert hasst Partys.

Er hält seine Chipkarte ans Lesegerät, und wie von Geisterhand öffnet sich die Glasschiebetür ins Innere des Gebäudes. Er fährt mit dem Lift ins Kellergeschoss, wo sich die Gewächshäuser befinden. Auch am Wochenende muss gegossen werden. Von Hand, nach einem ausgeklügelten Plan. Alles andere dort ist automatisiert, die Belüftung, die Beleuchtung durch LED-Lampen, die das Sonnenlicht simulieren, die Temperatur. Aber das Gießen bleibt Handarbeit. Meist übernehmen es Studenten gegen ein kleines Entgelt. Wenn sich am Wochenende keiner findet, übernimmt er es. Ohne Bezahlung.

Mit einem Handstaubsauger saugt er seine Kleidung ab, dann zieht er einen weißen Kittel über und betritt das erste Gewächshaus.

Hunderte von kleinen Töpfen mit Acker-Schmalwand in verschiedenen Stadien ihrer Entwicklung stehen dort aufgereiht, sorgfältig beschriftet. Sie dienen unterschiedlichen Untersuchungszwecken, und um die Ergebnisse nicht zu verfälschen, müssen sie gegen Außeneinflüsse abgeschirmt werden. Robert wird wütend, wenn die Studenten sorglos ihre Mittagspause auf der Wiese verbringen und bei ihrer Rückkehr Samen, Sporen und Schädlinge reintragen, wenn er nicht aufpasst. Niemand achtet so genau auf die Einhaltung der Vorschriften wie er. Zerberus *nennen ihn die Studenten zum Spaß, wie den Wachhund am Eingang zur Unterwelt.*

Er überprüft die Pflanzen, gießt vorsichtig, wo es nötig ist, rückt ein paar Töpfe zurecht, die nicht ordentlich aufgestellt sind. An den gelben Fettpflanzen, die hie und da zwischen den Modellpflanzen stehen, kleben kleine schwarze Punkte. Es sind Fliegen und Mücken, die es trotz aller Vorsicht reingeschafft haben.

Er betritt das zweite Gewächshaus, in dem Erdbeerpflanzen wachsen, deren Resistenz auf Fruchtfliegen getestet und durch eingeschleuste Gene verändert wird. Er prüft die Lichtanlage in den Phytokammern, wirft durch die Scheibe einen Blick in den Raum mit den Agrobakterien. Auch hier gelten besondere Sicherheitsvorschriften.

Als er fertig ist, zieht er den weißen Kittel aus, legt ihn sorgfältig an seinen Platz, löscht das Licht und verlässt den Keller. Er steigt in den Lift und fährt in den elften Stock, wo in einem der Labore ein Versuch läuft, den er betreut. Er hat dem Studenten versprochen, den Fortgang zu kontrollieren. Ihm ist es recht, dass er einen Grund mehr hat, nicht so schnell nach Hause zurückkehren zu müssen.

Er betritt den Laborbereich, wundert sich, dass Licht brennt. Dann hört er Stimmen. Er geht den Flur entlang, vorbei an Labor eins und zwei, erreicht Labor drei. Dort stehen zwei Männer, die sich mit dem Rücken zu ihm über einen Bildschirm beugen und leise, aber angeregt diskutieren. Es ist einer der Postdocs. Daneben steht der Chef.

Instinktiv weicht Robert einen Schritt zurück und versucht zu verstehen, was gesprochen wird. Es geht um die Ergebnisse eines Doktoranden.

Dettmer verlangt, dass der Fortgang aller Forschungsprojekte dokumentiert und ins abteilungsinterne Intranet gestellt wird, sodass jeder aus der Abteilung zumindest ungefähr weiß, woran die anderen arbeiten und wie sie vorankommen. Transparenz sei die Basis solider Forschung, so Dettmers gern verbreitetes Credo.

Natürlich versuchen alle, Informationen übers eigene Projekt so sparsam wie möglich zu streuen. Es herrscht große Konkurrenz unter den Doktoranden, und jeder hat den Ehrgeiz, schneller, besser und innovativer zu sein als die anderen.

Robert vermutet, dass die Forderung nach Transparenz auch dazu dient, Dettmer auf interessante Ergebnisse aufmerksam zu machen, mit denen er und die Abteilung sich schmücken können. Sobald ein Doktorand ein Paper zu einem Thema veröffentlicht hat, ist es Dettmers Zugriff entzogen, deshalb hat er gern die Kontrolle über die Fortschritte seiner Zöglinge. Robert hat den Verdacht, dass es bei alldem nicht immer sauber zugeht und die Studierenden gelegentlich übervorteilt werden, aber weder kann er es beweisen, noch hätte er den Mut, etwas dagegen zu sagen.

Er räuspert sich und betritt das Labor.

»Herr Professor!«, *sagt er mit gespieltem Erstaunen.* »Ich hoffe, ich störe nicht?«

»Kommen Sie rein«, *sagt Dettmer und wirft dem anderen Mann einen Blick zu. Der stellt sich vor den Bildschirm und fährt den Computer runter.*

»Immer im Dienst, was?«, *sagt Dettmer jovial.* »Sie sind mir schon aufgefallen, Herr …«

»… Feldmann. Robert.«

Ein prüfender Blick von Dettmer trifft ihn.

»Sie sind sehr engagiert, Herr Feldmann. Aber jetzt sollten Sie Feierabend machen.« Er klopft Robert auf die Schulter.

»Gleich, Herr Professor. Carsten hat mich gebeten, nach seiner Kultur zu sehen. Er kann erst am Montag wieder hier sein.«

»Warum setzt er eine Kultur an, wenn er sich nicht kümmern kann?«

»Es ist ihm was dazwischengekommen«, erklärt Robert. »Ich glaube, ein Trauerfall in der Familie.«

Der Professor reagiert nicht. Private Probleme haben im Labor nichts zu suchen. Hier zählt nur Leistung.

»Ich denke, wir haben alles besprochen«, sagt Dettmer zu seinem Postdoc und wirft ihm einen Blick zu. »Sie können dann los.«

Der Mann nickt und verabschiedet sich. Die Sohlen seiner Schuhe quietschen auf dem Flur, während er sich entfernt.

Robert ist allein mit seinem Chef, mitten in der Nacht. Das ist eine ungewohnte Situation, und er fühlt sich unsicher. Was soll er sagen? Wie soll er sich verhalten? Bisher hat er den Professor nur aus der Ferne bei Institutsveranstaltungen erlebt, noch nie hat er ihm so gegenübergestanden.

»Ich schätze Ihr Engagement«, sagt Dettmer und klopft ihm noch einmal auf die Schulter. »Aber übertreiben Sie es nicht.«

Soll das eine Warnung sein? Oder nur ein gut gemeinter Hinweis? Robert bricht der Schweiß aus.

»Wieso arbeiten Sie eigentlich als BTA?«, fragt Dettmer. »Wieso studieren Sie nicht?«

Die Frage trifft Robert völlig unerwartet und versetzt ihm einen schmerzhaften Stich. Fieberhaft überlegt er, was er antworten soll. Er könnte eine ausweichende Antwort geben, mit der Dettmer sich bestimmt zufriedengeben würde. Oder er könnte ihm die Wahrheit sagen.

Der Blick des Professors hinter den Brillengläsern ist jetzt gütig, fast väterlich. Er würde seinen Schmerz verstehen, anders als sein Vater, der immer nur vorwurfsvoll ist, auch wenn er das zu verstecken sucht. Plötzlich hat Robert das Bedürfnis, sich diesem Mann anzuvertrauen, ihm das Drama seines Lebens in die Hände zu legen.

»*Ich … leide unter Prüfungsangst*«, *murmelt er.* »*Habe das Abitur nicht geschafft.*«

»*Prüfungsangst?*« *Dettmer schaut drein, als hätte er einen unanständigen Witz gehört.* »*Und davon lassen Sie sich Ihre Zukunft verbauen?*«

Robert zuckt die Schultern und schweigt.

»*Ich sage Ihnen mal was. So was kann man therapieren. Ich kenne da jemanden, der hat mich von meiner Flugangst befreit.*«

Der Professor, der ständig zu Kongressen und Konferenzen in aller Welt reisen muss, hatte Flugangst? Wenn man Flugangst wegtherapieren kann, kann man vielleicht auch Prüfungsangst wegtherapieren, denkt Robert.

»*Tatsächlich?*«, *sagt er interessiert.* »*Wie … lange hat das gedauert?*«

Dettmer macht eine wegwerfende Handbewegung. »*Ein paar Sitzungen, mehr nicht.*«

Es kommt Robert vor, als würde sich ein schwerer Deckel über ihm heben, als sähe er zum ersten Mal nach langer Zeit wieder Licht.

»*Ich mache Ihnen einen Vorschlag*«, *sagt Dettmer.* »*Ich bringe Sie in Kontakt mit dem Therapeuten. Und Sie überlegen, ob Sie nicht das Abitur nachholen. Sie könnten die Abendschule besuchen oder das Fernabitur machen. Von mir erhalten Sie jede Unterstützung.*«

Er ist perplex. Warum macht Dettmer das? Warum ist er so nett zu ihm? Es ist, als hätte ein gnädiger Gott aus einer Laune heraus seinem Schicksal innerhalb von Sekunden eine andere Richtung gegeben. Aber Dettmer ist nicht Gott. Es muss einen Grund für sein Verhalten geben.

Vielleicht ahnt er, dass Robert so manches mitbekommt.

Ein nie gekanntes Gefühl der Zuversicht bemächtigt sich seiner. Plötzlich scheint alles möglich zu sein, und er fühlt sich zuversichtlich und stark.

»Danke, Herr Professor«, stammelt er. »Vielen Dank!«

11

Julia schlug die Augen auf. In ihrem Schlafzimmer war
es hell, sie hatte vergessen, die Läden zu schließen. Dafür
waren die Fenster zu, die Luft stand stickig im Raum. Sie
war nackt, das Bett zerwühlt. Hatte sie geträumt? Nein, sie
hatte nicht geträumt.

Sie hatte Sebastian wirklich mit hierhergenommen, sich
für den Zustand ihrer Wohnung entschuldigt, ihm Wein
eingeschenkt und ihn gebeten, in der Küche zu warten,
bis sie sich umgezogen hätte. Sie hatte sich für ein leichtes Sommerkleid entschieden, obwohl sie fast nie Kleider
trug. Sie war barfuß zurück in die Küche gegangen, hatte
ihr Glas genommen, ihn kokett angelächelt und gefragt:
»Und? Was machen wir jetzt?«

Er hatte Vorschläge gemacht. Spazieren gehen, Livemu-
sik, Kino, Cocktails. Sie hatte ihm von *Black Mirror* erzählt,
einer Sci-Fi-Serie, die sie gerade wie süchtig konsumierte.
Wenig später hatten sie gemeinsam auf dem Küchensofa
gelümmelt, und Julia hatte eine Folge gestartet, in der die
Figuren mittels eines Implantats hinter dem Ohr ihr Leben
aufzeichnen und Ausschnitte daraus jederzeit abspielen
konnten.

»Abartige Idee«, sagte Julia. »Aber wer weiß, wann es
so weit ist?«

Mit wohligem Gruseln folgten sie der Handlung, in der
ein junges Ehepaar zum Abendessen eingeladen war und

einer der Gäste erzählte, dass er sich Aufzeichnungen seiner früheren Liebesnächte ansehe, um sich anzutörnen. Weil der Typ ein Exfreund seiner Frau war, steigerte der Ehemann sich in eine immer heftiger werdende Eifersucht hinein. Er überfiel den Mann und zwang ihn dazu, die Aufzeichnungen mit seiner Frau zu löschen. Dann zwang er seine Frau, ihm ihre Erinnerungen an den Exfreund vorzuspielen. Dabei stellte sich heraus, dass die Affäre viel länger gedauert hatte als von der Frau behauptet. Am Ende verließ die Frau mit dem gemeinsamen Kind ihren Mann; der von Eifersucht zerfressene Ehemann war allein, sein Leben zerstört. Schließlich schnitt sich der Hauptdarsteller in einer blutigen Szene das Implantat aus der Haut.

»Du hast ja einen interessanten Filmgeschmack«, sagte Sebastian und hob eine Augenbraue.

Während sie über das Konzept von *Black Mirror* diskutierten, wanderten Julias Gedanken in eine völlig andere Richtung. Je länger sie mit Sebastian in einem Raum war, desto anziehender fand sie ihn. Von Anfang an war etwas zwischen ihnen gewesen, eine verspielte Stimmung, ein erotisches Flirren, das sich offenbar unter dem Einfluss von Alkohol verstärkte. Sie ertappte sich bei dem Gedanken, ihn flachlegen zu wollen, am liebsten sofort. Und wunderte sich über sich selbst. Der Ausdruck *flachlegen* kam in ihrem Wortschatz sonst nicht vor.

Sie griff nach dem Wasserglas auf ihrem Nachttisch und stürzte es hinunter. Dann stand sie auf und ging ins Bad. Während sie sich die Zähne putzte, kamen weitere Erinnerungen an die vergangene Nacht zurück.

Wie sie ihm mitten im Gespräch das Weinglas aus der Hand genommen, ihn angesehen und geküsst hatte. Wie er einen winzigen Augenblick gezögert, ihren Kuss dann aber bereitwillig erwidert hatte. Wie sie gleichzeitig vom Sofa aufgestanden waren und sich, wie ein seltsames achtgliedriges Tier, aus der Wohnküche ins Schlafzimmer bewegt hatten. Wie sie aufs Bett gefallen waren und er ihr mit einem Griff das Kleid über den Kopf gezogen hatte, während sie ungeschickt an seinen Hemdknöpfen nestelte. Ihre nackten Körper zogen sich magnetisch an, verschlangen sich ineinander. Sie fanden so leicht einen gemeinsamen Rhythmus, als wären sie schon lange vertraut miteinander, und irgendwann kamen sie mühelos im selben Augenblick zum Höhepunkt.

Nachdem sie wieder zu Atem gekommen waren, hatten sie einfach nur dagelegen, ihr Rücken an seinem Bauch, seine Arme um sie geschlungen. Sie hatten nicht gesprochen, nur auf den Atem des anderen gelauscht.

Julia stellte sich vor, wie es wäre, sich oder anderen eines Tages die Erinnerungen an diese Nacht vorzuspielen. Und sie fragte sich, wie Sebastians Video davon aussehen würde. Und war froh, dass es die Technologie dafür bisher nur im Science-Fiction-Film gab.

Fast wäre sie über diesen Gedanken eingedöst. Irgendwann hatte Sebastian sie in den Nacken geküsst und geflüstert: »Der Gewichtheber würde so gern morgen mit dir aufwachen. Aber ich habe um sieben einen Dreh.«

»Dann geh nach Hause, und lass den Gewichtheber hier«, schlug sie schläfrig vor.

Er drehte sie zu sich um und sah lächelnd zu ihr herab. Dann küsste er sie sanft auf die Augenlider und stand auf. Sie umarmte ihn, schnupperte an seinem Hals, brummte etwas Unverständliches und kuschelte sich wieder in ihr Kissen.

»Schlaf gut«, flüsterte er.

Sie war sofort weggedämmert und hatte bis zum Morgen ohne eine einzige Unterbrechung durchgeschlafen – das erste Mal seit Jahren.

Julia spülte ihren Mund aus, wusch sich das Gesicht und bürstete ihre Haare. Sie sah gar nicht so übel aus, obwohl die Nacht ziemlich kurz gewesen war. Das musste am guten Sex liegen. Sie lächelte ihrem Spiegelbild zu und schlüpfte in ihren Kimono. In der Küche schaltete sie die Espressomaschine an. Während die Milch in der Mikrowelle warm wurde, lief sie die Treppe hinunter zu den Briefkästen. Wahrscheinlich war sie die Letzte ihrer Generation, die Zeitungen noch auf Papier statt als E-Paper las. Mit der aktuellen Ausgabe unter dem Arm stieg sie wieder nach oben, dabei inspizierte sie ihre Post. Werbung, Rechnung, Rechnung, Brief von der Hausverwaltung.

Sie riss den Umschlag auf und überflog das Schreiben. Ihre Knie wurden weich. Wohnungskündigung wegen Eigenbedarf. Frist: drei Monate.

Sie sank auf eine der Treppenstufen. Für welche Sünden ließ das verdammte Schicksal sie büßen? Kaum hatte sie eine schlechte Nachricht halbwegs verarbeitet und fühlte sich wieder besser, kam die nächste.

In ihrer Stadt eine bezahlbare Wohnung zu finden war ähnlich wahrscheinlich wie ein Lottogewinn. Die Mieten stiegen seit Jahren unaufhaltsam, und für das, was sie derzeit bezahlte, würde sie höchstens irgendein winziges Apartment in einem Hochhaus am Stadtrand finden. Oder sie müsste wieder in eine WG ziehen, wozu sie nicht die geringste Lust hatte. Sie war fast vierzig und hatte viele Jahre allein gelebt, sie konnte sich nicht mehr um den Putzplan streiten oder darum, dass jemand heimlich ihren Aufschnitt weggefressen hatte.

Von oben erklang das Piepen der Mikrowelle. Julia stand auf und ging langsam zurück in ihre Wohnung, die ihr trotz der Unordnung schöner und heimeliger erschien als je zuvor. Die Sonne fiel durch die hohen Fenster auf das honigfarbene Parkett, ihre Wohnküche war der gemütlichste Ort, den sie sich vorstellen konnte. Wenn Julia aus dem Fenster sah, blickte sie auf einen ruhigen Hinterhof und war doch mitten in der Stadt. Sie liebte diese Wohnung und konnte den Gedanken nicht ertragen, daraus vertrieben zu werden.

Sie nahm ihre Kaffeetasse und setzte sich an den Computer, um eine E-Mail an die Hausverwaltung zu schreiben. Sie fragte, ob die Kündigung durch irgendetwas zu verhindern sei. Sie sei auch bereit, eine Mieterhöhung zu akzeptieren (wobei sie keine Ahnung hatte, wie sie die aufbringen sollte). Sie wies darauf hin, wie schwierig die Mietsituation in der Stadt sei und dass es nahezu ausgeschlossen sei, innerhalb von drei Monaten eine neue Bleibe zu finden.

Niedergeschlagen blieb sie sitzen und starrte vor sich hin. Sie kam sich vor wie ein Frosch, der in einen Krug voller Sahne gefallen war und wie verrückt zappelte, um oben zu bleiben. So lange zappelte sie schon, aber die Sahne wollte einfach nicht fest werden.

Weil sie sich nicht auf ihre Arbeit konzentrieren konnte, begann Julia schließlich, die Wohnung aufzuräumen. Sie sortierte Stapel von Unterlagen aus, die sich auf und neben ihrem Schreibtisch angesammelt hatten, durchkämmte den Flur und sortierte Papier, Plastik und Restmüll in verschiedene Mülltüten. Als sie dabei war, längst abgelaufene Gläser mit Senf, Mayonnaise und eingelegten Gurken aus dem Kühlschrank zu entfernen, klingelte das Telefon.

»Hier ist Shenmi. Ich habe Neuigkeiten.«

Julia drückte den Apparat fest ans Ohr.

Shenmi berichtete, dass sie zwei weitere Doktorandinnen ausfindig gemacht habe, die von Höger belästigt worden seien. Eine hatte sich von ihm überreden lassen, nach der Arbeit ein Bier trinken zu gehen, dabei war er zudringlich geworden. Sie hatte vorgegeben, zur Toilette zu gehen, und das Lokal verlassen. Seither mobbte er sie. Die andere war monatelang seinen ständigen kleinen Übergriffen ausgesetzt gewesen und zu ängstlich, sich jemandem anzuvertrauen. Vor Kurzem war sie krank geworden. Shenmi hatte sie zu Hause besucht, und ihr Verdacht wurde bestätigt: Die Kommilitonin war nicht krank. Sie traute sich nur nicht mehr zurück ins Institut.

»Das gibt's doch nicht«, sagte Julia ungläubig. »Wieso lassen die das mit sich machen? Noch dazu über so lange Zeit?«

»Es sind Chinesinnen. Ich hab dir doch erklärt, warum es für die besonders schwierig ist. Im Institut hört ihnen keiner zu, oder sie werden nicht ernst genommen. Habe ich schließlich selbst erlebt. Die kennen hier niemanden, bleiben fast nur unter sich.«

»Und wenn sie zur Botschaft gehen? Die müssten ihren Landsleuten doch helfen.«

Shenmi lachte bitter auf. »Du weißt nicht viel über China, oder?«

»Was meinst du damit?«

»In der Botschaft sitzen Spitzel. Die geben solche Informationen weiter. Und bevor du dich umsiehst, bist du zurück in China. Kein Doktortitel, verzweifelte Eltern, Getratsche im Umfeld, Rückzahlungsforderungen – die totale Katastrophe.«

Das passt zusammen, dachte Julia. Die jungen Frauen saßen hier in der Falle, und Typen wie Höger wussten das und nutzten es aus. Wenn all das stimmte, was Shenmi ihr erzählte.

»Kann ich mit den Studentinnen reden?«, fragte sie.

Shenmi zögerte. »Das ist echt schwierig.«

»Sag ihnen, sie können mich jederzeit kontaktieren, und ich garantiere ihnen Anonymität.«

Shenmi überging Julias Bemerkung. »Ich habe noch was erfahren. Vor ein paar Jahren hat sich eine Doktorandin umgebracht. Der Fall wurde als Folge privater Probleme dargestellt und unter den Teppich gekehrt. Aber in der chinesischen Community hier sieht man es anders. Alle sind überzeugt, dass sie das Opfer sexueller Übergriffe wurde und sich aus Verzweiflung selbst getötet hat.«

Das hieße, dass an diesem Institut seit Jahren, wenn nicht seit Jahrzehnten, sexualisierter Missbrauch stattfand. War das wahrscheinlich?

»Können wir herausfinden, welche männlichen Mitarbeiter zu dieser Zeit am Institut angestellt waren?«, fragte Julia.

»Wenn du es schaffst, die Leiterin von Human Resources außer Gefecht zu setzen und ihr vorher noch das Passwort für die Personalakten zu entlocken.«

»Also nicht.«

»Ich wüsste nicht, wie das gehen soll«, sagte Shenmi. »Sehr unwahrscheinlich, dass die uns freiwillig irgendwelche Auskünfte geben.«

»Wenn sich nur eines von den Mädchen trauen würde, Anzeige zu erstatten. Dann würde die Staatsanwaltschaft ermitteln, und sie müssten die Daten rausrücken.«

»Kannst du knicken«, sagte Shenmi. Nach einer Pause

fuhr sie fort: »Ich versuche mal, mehr über diesen Suizid rauszufinden. Vielleicht hilft uns das irgendwie weiter.«

»Einer war auf jeden Fall damals schon da«, sagte Julia sinnend.

»Wer?«

»Dettmer.«

»Uno, dos, tres, cuatro ...«

Fast hätte Julia die wöchentliche Salsa-Stunde geschwänzt, aber dann war sie doch hingegangen. Zu ihrer Überraschung fiel es ihr heute etwas leichter als in den ersten Stunden. Ein paarmal gelang es ihr, für eine Weile im Rhythmus zu bleiben. Sie bemerkte plötzlich, wie ihre Hüften hin und her schwangen und sie die Arme graziös und gleichzeitig lässig in der Luft bewegte.

»Was ist los?«, flüsterte Nina ihr im Vorbeitanzen zu. »Hattest du Sex?«

Im selben Moment kam sie wieder aus dem Rhythmus. Wie war es möglich, dass Nina ihr das ansah?

Sie musste an Sebastian denken, an den Gleichklang ihrer Körper, die eigenartige Vertrautheit, die zwischen ihnen geherrscht hatte. Am nächsten Tag hatte er eine Nachricht geschickt. Das Strichmännchen hielt einen Blumenstrauß in der Hand und verschickte Kussmünder. Sie hatte nicht geantwortet, und seither war nichts mehr von ihm gekommen.

Julia konzentrierte sich wieder aufs Tanzen. In dem Moment, in dem sie aufhörte, die Schritte zu zählen, und sich einfach der Musik hingab, wurde es leichter.

Sie erinnerte sich, wie ihre Mutter sie früher zum Ballettunterricht überredet hatte. Es sei wichtig für ein Mädchen, sich graziös zu bewegen, und nirgendwo lerne man das so gut wie beim Ballett. Schon die wöchentlichen Stunden waren eine Qual gewesen, aber den Höhepunkt bildete eine Aufführung, bei der sie eine Pflanze darstellen musste, die aus dem Winterschlaf erwachte, sich streckte und schließlich zu tanzen begann. Ihre Mutter hatte ihr eine Kopfbedeckung genäht, auf der eine riesige rote Blüte angebracht war, die im Rhythmus ihrer Schritte hin und her schwankte und ihr das Aussehen einer betrunkenen Mohnblume verlieh. Das Publikum hatte verstohlen gekichert und ihr am Schluss so übertrieben stark applaudiert, dass sie es als beschämend empfand. An jenem Tag waren alle ihre Ambitionen, sich auf einer Bühne zu produzieren – in welcher Disziplin auch immer –, im Keim erstickt worden.

»Uno, dos, tres, cuatro, hinter, vor, seit, seit … Uuund stopp!«

Die Musik endete, alle blieben stehen.

Zum Abschluss gab Jorge wieder eine Kostprobe seiner Salsa-Philosophie: »Salsa ist Feuer, Romantik und Leidenschaft«, sagte er mit blitzenden Augen. »Salsa ist Freude, Trauer und Liebe. Wir tanzen immer, zu allen Gelegenheiten, bei Hochzeiten und anderen Festen, aber auch bei Begräbnissen und traurigen Anlässen. In Salsa steckt alles, was uns als Menschen ausmacht. Salsa ist Leben!« Er sagte *Lebben* und wirkte ganz ergriffen von sich selbst. Er packte Maria und wirbelte sie einmal herum, sie ließ es lächelnd geschehen. Dann nahm er, sich mehrmals verbeugend, den Applaus der Teilnehmer entgegen.

Julia musste grinsen Was für ein pathetischer kleiner Macho! Aber er brannte für das, was er tat, und ging keine faulen Kompromisse ein. Er tanzte von früh bis spät, mal gab er Unterricht, mal trat er auf, mal machte er Videos.

Sie dagegen machte zu neunzig Prozent Zeug, das sie machen musste, um sich das leisten zu können, was sie machen wollte.

»Hast du dein Gesicht trainiert?«, fragte Kathrin, als sie das Tanzstudio verließen. »Du hast heute gar nicht so ausgesehen, als würdest du dich jeden Moment übergeben müssen.«

»Trainiert schon, aber nicht das Gesicht«, sagte Nina grinsend.

»Hör auf, du dumme Nuss«, sagte Julia und nahm sich vor, ihren One-Night-Stand zu verschweigen. Sie hatte nicht die geringste Lust, die Begegnung mit Sebastian von ihren Freundinnen zerpflücken zu lassen. Ihre Hand tastete nach dem Kieselstein in ihrer Tasche.

Sie setzten sich an ihren reservierten Tisch im Da Gino. Julia nahm eine Speisekarte und drückte sie Nina in die Hand. »Wie wär's, wenn du heute gleich was bestellen würdest?«

»So spät zu essen ist ungesund«, sagte Nina und hatte im nächsten Moment die Hand im Brotkorb. Als die Getränke da waren, schlug sie leicht mit der Gabel gegen ihr Glas.

»Ich muss euch was sagen.«

Kathrin riss die Augen auf. »Bist du schwanger?«

Nina zuckte zusammen, dann schüttelte sie den Kopf. »Ich verlasse Felix.«

Als Erste erholte sich Kathrin von ihrer Überraschung. »Gibt es jemand anderen?«

Nina nickte.

»Wer ist sie?«

»Sie?« Nina schien verwirrt.

»Natürlich sie«, sagte Kathrin ungeduldig. »Oder ist Felix schwul geworden?«

Nina schüttelte den Kopf. »Es ist nicht Felix. Ich hab mich verliebt.«

Er hieß Karim, ein kurdischer Künstler, den sie bei einer Ausstellungseröffnung kennengelernt hatte. So temperamentvoll, so feurig, so voller Fantasie und Kreativität sei er. Nina zeigte ihnen Fotos, auf denen man einen attraktiven Mann mit wilden schwarzen Locken und einem Vollbart sah, der lachend den Kopf zurückwarf.

»Irre ich mich, oder ist der Typ so ziemlich das komplette Gegenteil von Felix?«, sagte Julia überrascht.

»Kann schon sein.«

»Und was hat dich dann so lange bei Felix gehalten?«

Nina legte den Kopf schief. »Was hast du gegen Felix?«

»Überhaupt nichts«, beeilte Julia sich zu versichern. »Der ist total sympathisch, aber eigentlich …«

»… stinklangweilig«, kam Kathrin ihr zu Hilfe.

Verblüfft sah Nina ihre Freundinnen an. »Das habt ihr mir nie gesagt!«

»Ihr habt mir auch nicht gesagt, dass ihr Martin nicht leiden könnt«, sagte Kathrin. »Erst als er weg war.«

»Als hättest du das hören wollen«, sagte Julia. »Wenn du eine Freundin loswerden willst, sag ihr die Wahrheit über den Mann, den sie liebt.«

Sie diskutierten, ob Felix überhaupt von Karim erfahren musste. Nina wollte unbedingt ehrlich sein (»das bin ich ihm schuldig«). Kathrin hielt Ehrlichkeit für überschätzt (»wenn Martin seine Affäre für sich behalten hätte, wäre ich vielleicht heute keine alleinerziehende Mutter«).

Die beiden verstrickten sich in eine hitzige Diskussion. Julia hielt sich raus und dachte an Sebastian. Irgendwann

war das Thema durch, aber Kathrin und Nina blieben un-
eins.

»Ich fliege übrigens aus meiner Wohnung«, sagte Julia
unvermittelt.

»Was?« Ihre Freundinnen blickten sie Anteil nehmend
an.

»Du kannst jederzeit bei mir wohnen, bis du was gefunden hast«, sagte Kathrin.

Julia stellte sich vor, wie sie in Kathrins winzigem Gästezimmer hauste und morgens von den zwei Landplagen
geweckt wurde. Bestimmt würden sie ihr Sachen in die
Nase stecken und auf ihr herumhopsen, bevor sie noch
ganz bei Sinnen war. Sie würde jeden Tag das Pferd mimen
und ihre Miete mit Gummibärchen bezahlen müssen.

»Das ist lieb von dir«, sagte sie. »Vielen Dank!«

Ein Uhr nachts. Julia konnte nicht schlafen. Sie lag im
Bett und scrollte durch Facebook, las da und dort einen
Artikel, ärgerte sich über dumme, rassistische Kommentare, verkniff es sich aber, selbst zu kommentieren. In
ihren ersten Jahren auf Facebook hatte sie unendlich viel
Zeit mit dem Versuch verschwendet, Leute von ihrer Meinung zu überzeugen. Irgendwann hatte sie verstanden,
dass niemand überzeugt werden wollte. Auch sie bewegte
sich fast nur noch in ihrer Filterblase. Damit es nicht zu
langweilig wurde, hatte sie einige Journalisten in ihrer
Freundesliste gelassen, die völlig andere Ansichten vertraten als sie, aber wenigstens auf einem Niveau, das man
als zivilisiert bezeichnen konnte. Mit ihnen führte sie gelegentlich Debatten, bei denen sie sich im Argumentieren
übte.

Dann hatte sie eine Idee. Sie gab den Namen des Institutsmitarbeiters ein, den Shenmi ihr genannt hatte, und wusste sofort, welches von den fünf Profilen das richtige war. Dr. Jens Höger war ein gut aussehender Typ Anfang vierzig, der im Poloshirt und mit in die Stirn geschobener Sonnenbrille einen Golfschläger schwang und dabei in die Kamera grinste.

Andere Bilder zeigten ihn beim Tennis, bei geselligen Anlässen, wo er meist von Frauen umringt war, oder bei der Arbeit. Auf einem Foto sah man ihn beim Mikroskopieren, auf einem anderen bei der Entgegennahme einer akademischen Auszeichnung. Mit politischen Statements hielt er sich zurück, postete nur hie und da etwas zu seinem Fachgebiet oder zu Umweltthemen. Alles auf seiner Seite diente dazu, dem Betrachter zu vermitteln, dass es sich bei Jens Höger um einen attraktiven, smarten und erfolgreichen Mann handelte.

Julia überlegte kurz, dann schickte sie ihm eine Freundschaftsanfrage mit einer Nachricht.

Guten Tag, Herr Dr. Höger,
ich recherchiere für Gesundheit heute *an einer Story über die Gesundheitsgefahr für Verbraucher, die von chemischem Dünger ausgeht. Ich habe gehört, Sie seien dafür Experte, und würde mich freuen, mit Ihnen in Kontakt zu kommen. Meine E-Mail-Adresse ist: julia@feldmann.de*

Mit freundlichen Grüßen
Julia Feldmann

Ihre Tätigkeit für *Gesundheit heute* war prominent auf ihrem Profil platziert, ihr Foto ziemlich vorteilhaft, wenn auch nicht mehr ganz aktuell. Nun musste sie darauf hoffen, entweder seine Eitelkeit gekitzelt zu haben oder in sein Beuteschema zu passen. Und darauf, dass ihr Name und der wahre Grund ihrer Recherche am Institut noch nicht bis zu ihm durchgedrungen waren.

12

Habe frei und würde dich gern sehen. Lieben Gruß vom Ge-
wichtheber

Julias Herzschlag beschleunigte sich. Sie ließ die Nachricht unbeantwortet und fuhr mit den Aufräumarbeiten
in ihrer Wohnung fort. Die Hausverwaltung hatte zurück-
geschrieben, der Eigentümer der Wohnung benötige diese
selbst, daher sei die Kündigung unumgänglich. Man habe
Verständnis für Julias Situation, und falls im Bestand der
Firma eine andere Wohnung frei werden sollte, werde
man sich gern bei ihr melden.

Nur drei Monate Zeit, etwas zu finden! Wenn Julia daran dachte, verfiel sie in Panik. Sie hatte sich sofort auf
den drei größten Mietportalen angemeldet. Bei Facebook
postete sie, dass sie eine Wohnung suche, außerdem verschickte sie eine Rundmail an ihren gesamten Verteiler.

Ihre Aufräumaktion hatte jetzt eine andere Bedeutung.
Sie war die Vorbereitung zum Umzug und der Versuch,
möglichst wenig Zeug mitzuschleppen, das sie am Ende
sowieso wegschmeißen würde, weil sie keinen Platz mehr
dafür hätte.

Sie nahm jeden Gegenstand in die Hand, betrachtete
ihn und horchte, ob er zu ihr sprach. Manche Dinge sagten: Nimm mich mit, du wirst mich noch brauchen. Oder:
Ich erinnere dich an etwas Wichtiges. Oder: Du hast mich
geschenkt bekommen, mich darfst du nicht wegwerfen.

Vor allem die letzte Gruppe bereitete ihr Probleme. Geschenke wegzuwerfen erschien ihr als schlimmer Frevel. Noch schlimmer war es mit Büchern. Bei jedem einzelnen überlegte sie lange und entschloss sich dann bei den meisten, sie zu behalten.

Sie hatte schon immer viele Bücher besessen, aber nach dem Tod ihres Vaters war noch mal eine große Anzahl dazugekommen. Die Fachbücher hatte sie an Medizinstudenten verschenkt oder – wenn sie veraltet waren – schweren Herzens weggeworfen. Ihr Vater war aber auch ein begeisterter Leser von Romanen gewesen. Die Bandbreite reichte von Thomas Mann über Johannes Mario Simmel bis zu Jonathan Franzen. Und Julia hatte es nicht übers Herz gebracht, nur einen einzigen davon wegzugeben.

Sie sah sich als kleines Mädchen auf dem Schoß ihres Vaters sitzen, der ihr ein Bilderbuch vorlas. Sie folgte seinem Zeigefinger, der auf Details in den Illustrationen deutete, betrachtete seinen Handrücken, wenn er die Seiten umblätterte, ihre kleine Hand auf seiner. Er hatte den Tieren Stimmen gegeben und ihr die Wörter erklärt, die sie nicht kannte. Er hatte ihr ganze Szenen vorgespielt und sie zum Lachen gebracht. Er war es gewesen, der ihr die Liebe zu Büchern vermittelt hatte, weshalb sie außerstande war, sich von den Exemplaren aus seiner Bibliothek zu trennen.

Eine plötzliche, heftige Sehnsucht nach dem Vater ihrer Kindheit überkam sie. Jeden Abend war sie ihm entgegengesprungen und hatte ihn umarmt, sobald er zur Tür hereingekommen war. Sie spürte noch den rauen Stoff seines Mantels, erinnerte sich an den scharfen Geruch, den er aus der Praxis mitbrachte.

»Mein Julchen«, sagte er und fuhr ihr mit der Hand durchs Haar.

Wenn sie sich das Knie aufgeschlagen oder in den Finger geschnitten hatte, kniete er sich vor sie, um die Wunde zu verarzten.

»Ist gleich vorbei«, sagte er und sprühte eine Flüssigkeit darauf, die ziemlich brannte. Aber sie wusste, dass er ihr helfen wollte, deshalb hielt sie still und biss die Zähne zusammen.

»Tapferes Mädchen«, lobte er sie.

Mit Beginn der Pubertät hatte er sich von ihr zurückgezogen. Er konnte es nicht ertragen, nicht mehr verehrt zu werden. Und sie wollte nicht mehr sein Julchen sein.

Als sie begann, mit jungen Männern auszugehen, verhielt er sich wie ein eifersüchtiger, verschmähter Liebender. »Wehe, du behandelst sie nicht gut!«, rief er jedem Jungen entgegen, der das Haus betrat. Ihre Freunde hatten Angst vor ihm, ihr war es peinlich. Irgendwann brachte sie niemanden mehr mit nach Hause.

Nachdem sie ausgezogen war, hatte sich das Verhältnis zu ihrem Vater allmählich wieder verbessert. Hie und da trafen sie sich in der Stadt, oder sie kam sonntags zum Mittagessen nach Hause. Solange Robert noch dort wohnte, gelang es ihnen, die Fassade der heilen Familie aufrechtzuerhalten. Ihre Mutter bemühte sich, fein zu kochen und in ihrer überdrehten Art für gute Stimmung zu sorgen. Die Spannungen zwischen Robert und dem Vater rückten in den Hintergrund.

Nachdem Robert durchs Abi gefallen war, bröckelte die Fassade endgültig. Ihr Vater konnte seine bittere Enttäuschung nicht verbergen, ihr Bruder verschloss sich mehr und mehr in sich selbst. Bald darauf zog er aus, und das, was einmal Julias Familie gewesen war, zerfiel in Einzelteile, die frei im Raum flottierten und nur noch gelegentlich aneinanderstießen. Sie konnte entweder ihre Eltern oder Robert sehen, die ganze Familie gemeinsam ging nicht mehr.

Sie war wütend auf Robert. Er hätte wenigstens den Versuch machen können, die Abiturprüfung zu wiederholen. Nicht, um ihrem Vater eine Freude zu machen – nein, für sich selbst. Es wäre für alle einfacher gewesen, wenn er etwas guten Willen gezeigt hätte. Seine sture Weigerung, sein Rückzug, seine offen zur Schau getragene Ablehnung, all das empfand Julia auch als gegen sich gerichtet.

In einem Streit hatte er ihr mal hingeworfen: »Dir fällt alles leicht, du kriegst doch immer, was du willst.« Und ein anderes Mal: »Wieso wirst du nicht Ärztin, dann hätte ich endlich Ruhe vor Papa.«

Als wäre sie schuld an seinen Problemen. Wo sie doch immer auf seiner Seite gewesen war, ihn immer unterstützt hatte.

Sie hatte ihm Nachhilfe in Deutsch und Englisch gegeben und für seine BTA-Prüfung mit ihm gelernt. Trotz seiner Prüfungsangst war er irgendwie durchgekommen (sie vermutete, dass er bei seinem Sitznachbarn abgeschrieben hatte). Aber sosehr sie sich auch um ihn bemühte, Robert war ihr gegenüber immer abweisender geworden.

Julia musste an den berühmten Satz von Tolstoi denken, dass alle glücklichen Familien einander glichen, jede unglückliche Familie aber auf ihre eigene Art unglücklich sei. Sie hatte nicht geahnt, auf wie viele Arten Familien unglücklich sein konnten. Deshalb war es sicher auch besser, dass sie keine eigene Familie hatte. Sie wollte nicht riskieren, für weiteres Unglück verantwortlich zu sein.

Julia fühlte Tränen in sich aufsteigen. Ärgerlich wischte sie sich mit dem Handrücken über die Augen und richtete sich so abrupt aus ihrer sitzenden Position auf, dass der Bücherstapel vor ihr zu Boden stürzte.

Heulen nutzte nichts. Das Wühlen in der Vergangenheit nutzte nichts. Sie sollte damit aufhören und nicht mehr daran denken. Nicht an ihren Bruder, nicht an ihren Vater, der krank geworden und gestorben war, obwohl sie ihn so gebraucht hätte. Nicht an ihre Mutter, die alles verdrängte, weil sie die Wirklichkeit nicht ertragen konnte.

Sie atmete einmal tief durch, dann fasste sie einen Entschluss und griff nach ihrem Handy.

Lieber Sebastian, es war sehr schön mit dir, aber ich verfüge über ein großes Talent zum Unglücklichsein, und das will ich dir nicht zumuten. Vielleicht sind wir uns auch nur im falschen Moment begegnet. Grüß den Gewichtheber von mir und mach's gut. Julia

Sie wusste genau, dass Verliebtheit nur ein biochemischer Zustand war. Die Beschaffenheit des Immunsystems und der daraus entstehende Geruch steuerten die Partnerwahl, nicht etwa die Götter, das Schicksal oder die Vorsehung. Bestimmte Hormone waren erhöht, der Serotoninspiegel so niedrig wie bei Zwangsgestörten und anderen schweren Neurotikern. Der Zustand der Verliebtheit hatte nichts Zauberhaftes an sich, auch wenn er sich so anfühlte.

Finster und entschlossen räumte sie weiter in ihrer Wohnung auf. Bis in die Nacht hinein mistete sie aus, füllte Müllsack um Müllsack, saugte Staub und packte Dinge, die sie vorerst nicht mehr benötigte, in Kisten.

Als der Hunger sie übermannte, schob sie eine Tiefkühlpizza in den Ofen und öffnete eine Flasche Rotwein. Während sie darauf wartete, dass die Pizza fertig wurde, scrollte sie durch ihre Mails.

Von: jens.hoeger@johannes-loewe-institut.org
An: julia@feldmann.de
Betreff: Presse-Anfrage

Liebe Frau Feldmann, vielen Dank für Ihre freundliche Anfrage.
Sehr gern gebe ich Ihnen Auskunft zum Thema chemische Dünger.
Wir können uns im Institut treffen oder irgendwo in der Stadt,
wenn das für Sie bequemer ist.
Ich freue mich, Sie kennenzulernen.
Mit den besten Grüßen
Jens Höger

Julia fuhr direkt vor die Panoramascheiben des Cafés, nahm den Helm ab und lockerte ihre Haare mit der Hand. Sie zog die Lederjacke aus und warf sie über die Schulter. Aus den Augenwinkeln erspähte sie Höger, der am Fenster saß und direkt zu ihr herübersah. Ohne sich anmerken zu lassen, dass sie ihn bereits entdeckt hatte, ging sie auf den Eingang zu.

Sie trug eine enge schwarze Hose, ein ausgeschnittenes Oberteil und hohe Schuhe – für sie, die sonst Jeans, T-Shirts und Turnschuhe oder Boots trug, eine ziemlich fremdartige Verkleidung. Sie hatte bewusst einen Treffpunkt in der Stadt vorgeschlagen. Erstens konnte sie sich nicht sicher sein, dass sie am Institut nicht von jemandem wiedererkannt wurde, zum anderen war eine weniger formelle Atmosphäre ihrem Vorhaben förderlich.

Sie betrat das Café, blickte sich suchend um und ging mit strahlendem Lächeln auf ihn zu. »Herr Doktor Höger?«

Er stand auf, drückte ihre Hand und rückte ihr den Stuhl zurecht.

»Lassen Sie den Doktor weg, bitte.«

Sie setzte sich und dankte ihm dafür, dass er ihr für das Interview seine Zeit schenke.

»Wir können uns glücklich schätzen, eine freie und unabhängige Presse zu haben«, sagte er. »Die unterstütze ich sehr gerne.«

»Im Ansehen der Bevölkerung rangieren wir Journalisten ziemlich weit hinten«, erwiderte Julia und verzog das Gesicht. »Wer beliebt sein will, sollte zur Feuerwehr gehen.«

Er lächelte. »Und Sie wollen nicht beliebt sein?«

Julia lächelte zurück. »Nicht um jeden Preis.«

Sie fand Höger sympathischer als auf den Bildern seines Facebook-Profils, obwohl er zweifellos ein Schönling war und das auch wusste. Bestimmt war er in der Schule der Schwarm aller Mädchen gewesen. Hatte so einer es nötig, Frauen zu bedrängen? Sie konnte sich viel eher vorstellen, dass er Mühe hatte, sich die Bewerberinnen vom Hals zu halten.

»Ich habe mir Ihr Profil angesehen«, fuhr er fort. »Sie sind eine sehr vielseitige Journalistin.«

Vielseitig. Damit meinte er vermutlich, dass sie für ungefähr jeden schrieb, der keine Atomwaffen baute oder mit illegalen Drogen handelte.

»Es ist nicht einfach als Freie«, sagte Julia. »Man muss … flexibel sein.«

Sie tauschten ein paar Floskeln über die Lage des Cafés und den Demonstrationszug von Fridays for Future aus, der vor dem Panoramafenster vorbeizog. Hunderte überwiegend jugendliche Demonstranten hielten Plakate hoch und riefen Parolen wie *Kein Klima, keine Schule* und *Es gibt keinen Planeten B.*

»Wenn es nur so einfach wäre«, sagte Höger seufzend. »Klima ist eine hochkomplexe Sache, da spielen weit mehr Faktoren eine Rolle, als in ein paar griffige Slogans passen.«

Was ist an Klima komplex, dachte Julia. Zu viel CO_2 zerstört die Ozonschicht, die Polarkappen schmelzen, die Temperatur erhöht sich immer mehr, der Planet geht vor die Hunde. Das war so wenig komplex, dass sogar sie es verstand. Aber sie wollte nicht streiten, deshalb lächelte sie nur.

»Aber das Engagement der jungen Leute ist bewundernswert«, fügte er schnell an, als hätte er gespürt, dass sie anderer Meinung war.

Nachdem der Kellner Cappuccino und Mineralwasser serviert hatte, brachte sie das Gespräch auf den Gegenstand ihrer vorgetäuschten Recherche, die Gesundheitsgefährdung durch chemischen Dünger. Sie würde nicht wagen, Chris das Thema vorzuschlagen, der würde sofort wieder Erektionsstörungen bekommen.

Auf Höger hingegen schien es wie ein Aphrodisiakum zu wirken. Anschaulich sprach er darüber, dass Dünger leider einen sehr schlechten Ruf habe, ohne Dünger aber unsere Landwirtschaft zusammenbrechen würde. Viele Hobbygärtner würden zwar Bio einkaufen, aber im eigenen Garten fröhlich düngen, gleichzeitig führe die Fixierung auf Nitrat im Grundwasser dazu, dass andere Quellen für den Stickstoffausstoß vernachlässigt würden. Er erzählte ihr von Forschungen an Hülsenfrüchten, die über die Fähigkeit verfügten, Stickstoff aus der Luft zu ziehen und in Nahrung umzuwandeln. Entsprechende Genveränderungen bei anderen Pflanzen könnten auf lange Sicht das Düngen überflüssig machen.

Er entwickelte eine solche Leidenschaft für sein Thema,

dass Julia fast anfing, es selbst interessant zu finden. Sie nahm das Gespräch auf und machte sich zusätzlich Notizen. Irgendwann fielen ihr keine Fragen mehr ein; sie legte den Stift ab und bedankte sich. Das Handy ließ sie einfach weiterlaufen.

»Wann wird das Interview denn erscheinen?«, wollte Höger wissen.

»Ich würde Sie gern im Rahmen eines größeren Artikels zitieren, wenn Ihnen das recht ist«, sagte Julia.

So wäre es leichter, ihm irgendwann mitzuteilen, dass die Redaktion sich leider entschieden habe, das Thema zu kippen. Journalistenalltag, sorry.

Falls er enttäuscht war, ließ er es sich nicht anmerken. Überhaupt war er viel weniger selbstherrlich, als sie ihn sich vorgestellt hatte.

»Dürfte ich das Bild von Ihnen verwenden, auf dem man Sie beim Mikroskopieren sieht?«, fragte sie.

Das Foto wäre genau richtig für einen Artikel über ein wissenschaftliches Thema, aber man sah Höger darauf nur von der Seite und auch das nicht besonders gut.

»Natürlich«, sagte er. »Ich kann Ihnen aber auch gern noch andere Bilder zur Verfügung stellen.«

Klar, dachte Julia und grinste in sich hinein. Nun hatte doch mal kurz seine Eitelkeit durchgeschlagen. Tatsächlich sah er nicht aus, wie man sich einen Wissenschaftler vorstellte, der die meiste Zeit in einem Labor verbrachte. Eher wie ein Model für Sport- und Freizeitkleidung. Durchtrainiert, gebräunte Gesichtsfarbe, muskulöse Arme. Naturburschencharme.

»Was für Sport treiben Sie?«, fragte sie unvermittelt.

»Tennis, Skifahren, Golf. Warum fragen Sie?«

»Um Sie anschaulicher beschreiben zu können. Die

Leser wollen gern wissen, mit wem sie es in einer Geschichte zu tun haben. Da sind ein paar persönliche Details hilfreich.«

Er lehnte sich zurück und breitete die Arme aus. »Was wollen Sie wissen?«

Ob du tatsächlich ein Grapscher bist, dachte Julia und musterte ihn. Oder ein armer Kerl, der von enttäuschten Studentinnen fertiggemacht werden soll. Sie hatte sich immer etwas auf ihre Menschenkenntnis eingebildet, aber bei ihm versagte ihr Instinkt.

»Was Sie mir erzählen wollen«, sagte sie. »Was tun Sie außerhalb Ihres Jobs gerne? Was ist Ihnen wichtig?«

Ihr Interesse schien ihm zu gefallen. Er dachte nach und ließ dabei seinen Blick durch den Raum schweifen. Schließlich sah er Julia an.

»Respekt ist mir wichtig«, sagte er.

»Das ist … ziemlich allgemein. Was genau meinen Sie damit?«

»Ich bin mal in Mexiko gelaufen«, erzählte er. »Bei einem Stadtlauf in Guadalajara. Ich war kurz vor dem Ziel, kurz davor, meine persönliche Bestzeit zu laufen. Da ist mein Blick auf die Füße des Läufers vor mir gefallen. Er trug keine Laufschuhe, sondern Sandalen, die aus Autoreifen und Lederbändern gefertigt waren. Er hat sich nach mir umgedreht, und ich habe gesehen, dass es ein alter, indigener Mann war. Ich habe auf meine Bestzeit verzichtet und bin nach ihm ins Ziel gelaufen. Das ist für mich Respekt.«

Julia nahm einen Schluck Cappuccino und beobachtete ihn über den Rand ihrer Tasse hinweg. Er wirkte absolut überzeugend. Nicht wie jemand, der sich besser darstellen wollte, als er war.

»Tolle Geschichte«, sagte sie.

»Heutzutage haben viele Leute nur noch Respekt, wenn jemand in der Hierarchie höher steht«, sagte er.

»Wie ist es denn am Institut?«, hakte Julia ein. »Angeblich herrscht dort eine Art Monarchie, nur dass der Chef keine Krone trägt.«

Höger lachte. »Professor Dettmer ist eine beeindruckende Persönlichkeit, zu dem wir alle aufsehen, das stimmt. In meiner Abteilung achte ich eher auf flache Hierarchien. Ich habe ein sehr persönliches Verhältnis zu den Mitarbeitern und Doktoranden.«

Julia ließ den Satz auf sich wirken. »Was verstehen Sie unter einem persönlichen Verhältnis?«

»Dass man ein offenes Ohr für die Nöte und Sorgen der Mitarbeiter hat. Den Menschen hinter der Aufgabe sieht.«

»Riskiert man als Führungskraft damit nicht den Verlust von Autorität?«, fragte sie.

»Im Gegenteil«, sagte Höger. »Es motiviert die Mitarbeiter und bewegt sie zu besseren Leistungen.«

»Das klingt toll. Kann ich mich bei Ihnen bewerben?«

Er lächelte. »Wir könnten eine fähige Pressesprecherin brauchen. Sie scheinen das Institut schon ganz gut zu kennen?«

»Mein Bruder hat dort gearbeitet. Ist schon lange her.«

»Ihr Bruder?«

»Robert Feldmann. Er war BTA.«

Sein Gesicht blieb unbewegt. »Das muss vor meiner Zeit gewesen sein. Ich bin erst vor drei Jahren ans Institut gekommen.«

Julia bedankte sich und bat um die Rechnung. Höger wollte nicht zulassen, dass sie bezahlte, aber sie bestand darauf.

»Das übernimmt der Verlag«, log sie. Chris würde eher eine Woche lang hungern, als Spesen zu bezahlen.

Sie verabschiedete sich von ihm und verließ, so graziös es ihre hohen Absätze erlaubten, das Café. Sie spürte seinen Blick auf sich ruhen, bis sie mit der Vespa davongebraust war. Noch während sie unterwegs war, vibrierte ihr Smartphone in der Jackentasche.

Vielen Dank für diese inspirierende Begegnung! Ich würde mich freuen, Sie bei Gelegenheit wiederzusehen. Mit herzlichen Grüßen, Ihr Jens Höger

13

Die Schlange war ungefähr vierzig Meter lang und wand sich einmal um die Ecke des Mietshauses, in dem Julia eine Wohnung besichtigen wollte. Zwei dunkle Zimmer im Erdgeschoss eines Fünfzigerjahre-Baus, eines davon zur Straße. Geradezu eine Einladung für Einbrecher. Neunhundertfünfzig Euro warm. Im Angebot stand *günstig*.

Es war die dritte Wohnung, für die sie sich bewarb. Die anderen beiden waren ebenso teuer, eine davon immerhin im zweiten Stock, dafür aber am Stadtrand. Die andere zentraler gelegen, dafür noch kleiner.

Am liebsten hätte sie sofort kehrtgemacht, um die demütigende Prozedur kein weiteres Mal über sich ergehen lassen zu müssen. Es verlief immer gleich. Zuerst musste sie mit lauter Leuten in der Schlange stehen, die ihr den plötzlichen Herztod wünschten, sodass eine Konkurrentin weniger im Spiel wäre. Beim Eintreten in die Wohnung wurde sie genötigt, eine Selbstauskunft auszufüllen, in der zum Teil privateste Details abgefragt wurden. Nicht genug damit, dass sie ihre finanziellen Verhältnisse offenlegen musste (womit sie in der Regel schon raus war), die Fragen gingen oft noch viel weiter: welcher Religion sie angehöre, welche sexuelle Orientierung sie habe, ob sie plane, Kinder zu bekommen. Natürlich durften Vermieter solche Fragen nicht stellen, sie taten es aber trotzdem, und niemand wehrte sich.

Danach schob sie sich mit Horden anderer Interessenten durch die Räume, machte anerkennende Geräusche beim Anblick einer abgeschabten Küche oder schmuddeliger Fliesen im Bad und versuchte, sich durch besondere Freundlichkeit oder Originalität beim Angestellten der Maklerfirma einzuschleimen. Der stand desinteressiert herum, weil die Wohnung ohnehin schon vergeben war. Entweder hatte ihn gleich zu Beginn jemand geschmiert, oder er führte die Besichtigungen nur pro forma durch und empfahl dem Vermieter schließlich einen Freund von sich.

Das junge Paar vor ihr in der Schlange drehte sich um und taxierte die Mitbewerber, dann tuschelten die beiden miteinander. Die Frau trug ein rosafarbenes Dirndl, weiße Ballerinas und hatte ihre Haare zu einem ordentlichen Zopf frisiert. An ihrer Hand baumelte ein Täschchen mit Prada-Logo. Der Mann trug eine Trachtenjacke und eine Krawatte mit Edelweißmuster, seine Wangen sahen aus wie frisch geschrubbt. Die beiden wirkten wie aus einem Werbespot für die idealen Mieter. Sicher hatten sie eine solide Festanstellung, die Bürgschaft einer reichen Erbtante und keine Haustiere. Wie sie in dieser Wohnung mal Kinder unterbringen wollten, war Julia nicht klar. Aber vielleicht gehörte zu den idealen Mietern ja auch, dass die keine Kinder bekamen. Vielleicht gab es längst Verträge, mit denen man sich verpflichtete, kinderlos zu bleiben, wofür man auf der Warteliste für die Wohnung dann zehn Plätze nach vorn rückte. Sie könnte dem Makler das ja mal anbieten.

Julia seufzte und sah auf die Uhr. Wenn sie nicht innerhalb von fünfzehn Minuten die Türschwelle übertrat, würde sie für heute aufgeben.

Als sie es gerade bis in die Wohnung geschafft hatte und schon den Kugelschreiber für das Ausfüllen der Selbstauskunft in der Hand hielt, klingelte ihr Handy. Es war die Nachbarin ihrer Mutter, eine freundliche Frührentnerin, die Gitta regelmäßig zum Spazierengehen abholte.

»Frau Huber, was gibt's?«, fragte Julia alarmiert.

»Ihrer Mutter geht's nicht gut«, sagte Frau Huber. »Ich weiß nicht, was ich machen soll.«

»Was hat sie denn?«

»Ich weiß nicht … Sie ist so durcheinander. Können Sie kommen?«

»Bin schon unterwegs.«

Julia warf den Kugelschreiber auf den unausgefüllten Fragebogen, drehte sich um und verließ die Wohnung. Sie konnte das kollektive Aufatmen der anderen Interessenten förmlich hören.

Nach einer rasanten Vespa-Fahrt stürmte sie die Treppe zur Wohnung ihrer Mutter hoch. Die saß auf dem Sofa und starrte teilnahmslos vor sich hin. Neben ihr saß die verängstigte Nachbarin, die ihr unaufhörlich die Hand streichelte.

»Ich weiß nicht, ob sie mich noch erkennt«, berichtete Frau Huber. »Sie ist so verwirrt.«

Julia ließ sich auf der anderen Seite ihrer Mutter aufs Sofa fallen.

»Hallo, Mutti, wie geht's dir?«

Ihre Mutter richtete den Blick auf sie, und ein Funke des Erkennens blitzte in ihren Augen auf.

»Hilda«, sagte sie matt.

»Mutti«, wiederholte Julia eindringlich. »Ich bin nicht Hilda. Hilda ist deine Cousine. Ich bin deine Tochter Julia.«

Ihre Mutter reagierte nicht. »Das Haus ist voller fremder Leute«, jammerte sie. »Sind denn alle weggezogen?«

»Mach dir keine Sorgen, Mutti. Es sind alle noch da.«

»Der Mann in der Apotheke ist nicht mehr da!«

»Vielleicht hat er heute frei.«

»Ich habe nie frei«, sagte Gitta klagend und stand auf. »Ich arbeite mich jeden Tag für andere auf, und keiner von euch nimmt das zur Kenntnis.«

Das war ein Vorwurf, den Julia aus ihrer Kindheit kannte. Die Mutter, die sich für die Familie aufopferte, und alle anderen, die das nicht zu schätzen wussten.

»Du musst nicht mehr arbeiten, Mutti. Du bekommst Rente.«

Gitta stand auf und begann unruhig umherzugehen. Julia folgte ihr, legte ihr den Arm um die Schulter und wollte sie aufs Sofa zurückziehen.

»Lass mich!«, sagte sie und riss sich los. Sie ging weiter herum und gestikulierte dabei mit den Händen.

Julia wechselte einen Blick mit Frau Huber, die sich erhob und sich flüsternd verabschiedete.

»Wenn ich irgendwas tun kann, sagen Sie Bescheid.«

Bitte gehen Sie nicht, hätte Julia am liebsten gesagt, bleiben Sie hier. Und gehen Sie morgen wieder mit meiner Mutter spazieren, sie hat doch niemanden außer uns beiden. Stattdessen bedankte sie sich und versprach, sich zu melden.

»Ich kenne niemanden«, sagte Gitta. »Warum stellst du mich den Leuten nicht vor?«

Julia schauderte. Was war mit ihrer Mutter passiert? Vor wenigen Tagen war es ihr noch gut gegangen, sie war vielleicht ein bisschen unkonzentriert und vergesslich, aber sonst völlig gesund. Nun stand eine vermeintlich fremde Frau vor ihr, die ihre eigene Tochter nicht mehr zu erkennen schien und wirres Zeug sprach.

»Hast du schon was gegessen, Mutti?«, fragte sie, einer plötzlichen Eingebung folgend.

Ihre Mutter antwortete nicht, sondern lief rastlos hin und her, zog da an einer Schublade, ordnete dort einige Zeitschriften. Immer wieder zupfte sie an ihrer Bluse, als müsste sie einen Fussel entfernen. Dabei murmelte sie unverständliche Worte vor sich hin.

Julia zögerte einen Moment, dann ging sie in die Küche und durchstöberte die Schränke. Das meiste von den Lebensmitteln, die sie bei ihrem letzten Besuch mitgebracht hatte, war noch da. Brot, Aufschnitt und Käse lagen unberührt in ihrer Verpackung. Kein Wunder, dass es ihrer Mutter schlecht ging. Bestimmt hatte sie Unterzucker, und ihr Gehirn wurde nicht mehr richtig versorgt.

Julia belegte schnell zwei Brotscheiben, garnierte sie mit Gurken und Tomaten und schnitt sie in kleine Häppchen. Im Wohnzimmer saß ihre Mutter inzwischen zusammengesunken auf dem Sofa und weinte lautlos. Die Tränen liefen ihr über die Wangen, ohne dass sie es zu merken schien.

Julia reichte ihr ein Taschentuch.

»Hier, Mutti. Nicht weinen. Ist doch alles gut.«

»Alle weg, alle umgezogen«, wimmerte Gitta. »Ich bin ganz alleine.«

»Jetzt iss mal was«, sagte Julia sanft. »Du musst ja ganz ausgehungert sein.«

Folgsam wie ein Kind nahm Gitta den Teller auf den Schoß. Sie nahm eines der mundgerechten Häppchen, steckte es in den Mund und kaute langsam.

Julia nahm ihr Smartphone und googelte.

Wenn plötzliche starke Verwirrtheit auftritt, kann es sich um ein Delir handeln, das prinzipiell jeden treffen kann. Ursachen können Mangelernährung und Dehydrierung sein. Menschen mit Demenz haben allerdings ein besonders hohes Risiko. Ein akuter Verwirrtheitszustand sollte immer ärztlich abgeklärt werden.

Demenz? Delir? Julia kannte den Begriff Delirium nur im Zusammenhang mit Alkohol.

Sie sprang auf und holte ein Glas Wasser.

»Trink das, Mutti! Du musst trinken!«

Dann las sie weiter, atemlos und zunehmend besorgt. Ein Delir war gefährlich. Die Verwirrung würde zunehmen, ihre Mutter könnte stürzen oder sich auf andere Weise schwer verletzen. Auf keinen Fall dürfte man sie allein lassen.

Gitta hatte das Glas geleert und ließ es nun achtlos auf den Teppich fallen. Verängstigt starrte sie Julia an.

»Wer sind Sie? Gehen Sie weg!« Dazu machte sie abwehrende Bewegungen mit der Hand. Dann krümmte sie sich auf dem Sofa zusammen und verbarg das Gesicht hinter ihren verschränkten Armen.

»Hilfe, Hilfe!«, wimmerte sie. »Warum hilft mir denn keiner?«

Julia beugte sich über sie, streichelte sie und sprach beruhigend auf sie ein. Keine Wirkung. Julia bekam Angst. Mit zitternden Fingern wählte sie die Nummer des Notarztes.

Stunden später taumelte Julia erschöpft aus der Klinik. Den Geruch von Krankenhaus in der Nase, die Augen trocken und gereizt. Das grelle Licht, die endlose Warterei, Menschen, die kamen und gingen, das Piepen medizinischer Geräte, gezackte Linien auf Bildschirmen, das Geräusch von schnellen Schritten, zufallende Türen.

Ihre Mutter war sediert und hing am Tropf. Mindestens eine Woche würde sie in der Klinik bleiben müssen, vielleicht länger. Und was danach sein würde, war offen. Gitta hatte tatsächlich vergessen, zu essen und zu trinken. Wenn sie in diesem Zustand auf die Straße gelaufen wäre, hätte das Schlimmste passieren können. Nur der glückliche Zufall, dass die Nachbarin gekommen war, hatte sie vor alldem bewahrt.

Julia machte sich Vorwürfe. Hatte sie den Zustand ihrer Mutter falsch eingeschätzt? Hätte sie sich mehr kümmern, öfter nach ihr sehen müssen? Nichts hatte darauf hingewiesen, dass sie nicht imstande war, sich selbst zu versorgen. Das hatte doch auch der Typ vom Medizinischen Dienst festgestellt, und der war schließlich ein Profi.

Sie wünschte, sie würde noch rauchen, dann könnte sie sich jetzt eine anstecken. Es war genau der Moment für eine Zigarette. Und für einen Gin Tonic. Besser zwei.

2007

Robert kann es nicht glauben. Neben ihm im Bett liegt Yema, die er so lange aus der Ferne bewundert hat. Von der er dachte, dass sie ihn gar nicht wahrnimmt, wo sie doch ständig mit den brillanten Studenten herumhängt, die mit ihren Masterabschlüssen aus Harvard oder Cambridge protzen und ihn, den kleinen BTA, auf diese betont freundliche Weise behandeln, die sie vermutlich auch bei sich zu Hause dem Personal gegenüber an den Tag legen. Jene Freundlichkeit, die zeigen soll, dass sie selbstverständlich auch Dienstboten für Menschen halten und niemand ihnen vorwerfen kann, sie gingen nicht respektvoll mit ihnen um. Die Geringschätzung, die hinter dieser Haltung steckt, bringt Robert zur Raserei. Aber nie lässt er sich etwas anmerken.

Nun also Yema. Sie liegt nackt auf dem Bauch, das Gesicht von ihm abgewandt, und scheint eingeschlafen zu sein. Es ist drei Uhr morgens. Hätte er geahnt, dass der Abend des Institutsfests so enden würde, hätte er sein Bett frisch bezogen. Er schnuppert am Kopfkissen. Es riecht muffig.

Yemas Körper ist schmal, die Haut an den Armen und auf den Schultern ist von zartem, dunklem Flaum bedeckt. Sie könnte ein Teenager von zwölf, dreizehn Jahren sein, oder ein Junge. Keine Hüften, die sich weiblich herauswölben, keine Taille. Ihr winziger Busen ist in dieser Position nicht zu sehen.

Beim Sex hat sie sich an ihn geklammert und kleine, schnaufende Geräusche von sich gegeben, die ihn gerührt haben. Ein heftiger Wunsch, sie zu beschützen, hat Besitz von ihm ergriffen.

Ich werde dir nicht wehtun, denkt er. Niemals werde ich dir wehtun.

Bevor sie ins Bett gegangen sind, hat sie ihm ihre Heimatstadt Dongguan auf Google Maps gezeigt. Er hat den Namen vorher noch nie gehört, dabei wohnen über acht Millionen Menschen dort. Sie ist in einem Wohnblock am Stadtrand aufgewachsen. War die Beste ihrer Klasse, eine der fünf Besten der Schule. Mit einem Stipendium des chinesischen Staates ist sie nach Deutschland gekommen.

Sonst weiß er nichts von ihr. Nicht, wer ihre Eltern sind, ob sie Geschwister hat. Ob das Heimweh sie plagt, so weit weg von ihrer Familie. Er hat sie immer nur im Labor gesehen, im weißen Kittel, beschäftigt mit ihrer Arbeit. Sie ist unfassbar diszipliniert und fleißig, als hinge ihr Leben davon ab, dass sie ihre Aufgaben perfekt erfüllt.

Ein zärtliches Gefühl überkommt ihn, er möchte mit dem Finger ihren Rücken hinabgleiten, von oben, wo der Flaum wächst, am Rückgrat entlang bis zu der flachen Kuhle, über der sich der kleine, feste Po hochwölbt. Aber wenn er sie jetzt berührt, wacht sie auf. Und vielleicht geht sie dann weg. Und er will nicht, dass sie weggeht.

Sie spricht mit hoher, mädchenhafter Stimme. Sie stellt keine Forderungen. Sie beschwert sich nicht über Benachteiligung. Sie schreit nicht. Sie macht ihre Arbeit und wirft ihm hin und wieder einen flüchtigen Blick zu.

So hat es angefangen, mit den Blicken. Zuerst dachte er, sie sieht jemanden an, der hinter ihm steht. Zweimal hat er sich umgedreht und festgestellt, dass da niemand ist. Dass ihre Blicke ihn meinen. Nie ein Lächeln. Als wäre ein Lächeln schon zu viel.

Heute Abend beim Fest war es plötzlich da, ihr Lächeln. Es war, als wäre sie eine andere Person. Nicht der allzeit funktionierende Roboter, den er aus dem Labor kennt.

»Hallo«, sagte sie.

»Hallo«, sagte er.

»Ich kenne dich, du bist Robert.« Wenn sie seinen Namen ausspricht, klingt es tatsächlich wie in den Chinesenwitzen, Lobelt. Er hat den denkbar blödesten Namen für eine chinesische Freundin. Aber wahrscheinlich wird sie sowieso nicht seine Freundin. So wie die anderen Mädchen, für die er in den letzten Jahren geschwärmt hat.

Die meisten machen ihm sowieso Angst. Sie sind laut und fordernd und selbstbewusst und wissen genau, was sie wollen. Er weiß nie genau, was er will. Er will frei sein und reisen, sich um seine Pflanzen kümmern und stundenlang Computerspiele spielen, wenn er Lust dazu hat. Er will aber auch zu jemandem gehören, der ihn gernhat und bewundert. O ja, bewundert werden, das will er unbedingt. Aber meistens wird er nur bemitleidet.

»Durchs Abi gefallen, echt?«, hat ein Mädchen einmal zu ihm gesagt. »Ist ja cool.« Als wäre es eine besonders mutige Tat von ihm. Dann fand sie es offenbar doch nicht mehr so cool, denn bald darauf ging sie mit einem Physikstudenten, von dem sie schnell schwanger wurde. In dem Fall kann Robert froh sein, dass sie nicht bei ihm geblieben ist, sonst müsste er sich womöglich jetzt um ein Kind kümmern, das er nicht gewollt hat.

Yema wird bestimmt nicht aus Versehen schwanger, dafür ist sie viel zu clever und ehrgeizig. Sie will etwas aus ihrem Leben machen, damit sie nicht in den Wohnblock am Rand von Dongguan zurückmuss.

Robert würde gern mal nach China fahren. Endlose Reisfelder, riesige, moderne Städte, Millionen von Menschen, die alle so fleißig und angenehm sind wie Yema. Nur wenn sie trinken, werden Chinesen laut, hat er mal gelesen. Dann werden sie zu den Italienern Asiens.

Vielleicht könnte er mit Yema nach China fahren, wenn sie seine Freundin wird. Er würde ihre Eltern kennenlernen. Geschwister hat sie wahrscheinlich keine, wegen dieser Ein-Kind-Politik. Ist auch vernünftig. Gibt ja schon so viele Chinesen. Wenn die alle zwei oder drei Kinder bekämen, gäbe es vielleicht bald nur noch Chinesen auf der Welt.

Das Essen könnte ein Problem werden. Chinesisches Essen ist ihm unheimlich. Man weiß nie, ob man Affenhirn, Seegurke, Hund oder sonst irgendwas Ekliges auf dem Teller hat. Er könnte sagen, dass er Veganer ist. Dann kriegt er wahrscheinlich immer Gemüse und Tofu, das wäre in Ordnung.

Er weiß, dass er endlich schlafen sollte, aber er ist hellwach. So vieles geht ihm durch den Kopf. Auf Empfehlung des Chefs hat er fünf Sitzungen bei einem Therapeuten gemacht, der seine Prüfungsangst behandelt hat. Das hat ihn tausend Euro gekostet, fast seine ganzen Ersparnisse. Ob es was genutzt hat, wird er bei der nächsten Prüfung merken. In spätestens zwei Jahren ist es so weit, vielleicht sogar früher: Er hat sich fürs Fernabitur angemeldet. Dettmer hat ihm auf die Schulter gehauen und wiederholt, dass Robert von ihm jede Unterstützung erhalte. Vielleicht muss Robert ein paar Tage freinehmen, wenn er zur Abiturprüfung geht, dann kann er den Chef an sein Versprechen erinnern.

Jeden Abend nach der Arbeit lernt er drei Stunden. Da er nicht der Typ ist, der viel weggeht und feiert, verpasst er nichts außer den Game Sessions mit seinen Kumpels. Aber die kennt er nur aus dem Internet, deshalb ist es nicht so schlimm, wenn er sie für eine Weile hängen lässt.

Wenn Yema seine Freundin wird, könnte es zeitlich knapp werden. Natürlich sieht er sie bei der Arbeit, aber da haben sie beide keine Zeit und können sich nur Blicke zuwerfen. Oder mal gemeinsam in die Kantine gehen. Es wäre schön, jemanden zu haben, auf den man sich freuen kann. Er hat sich schon lange nicht mehr auf jemanden gefreut. Früher hat er sich gefreut, wenn er Knolle gesehen hat, den Hund seiner Eltern. Aber der ist seit einer Weile tot. Angeblich ist er überfahren worden. Robert glaubt, sein Vater hat ihn heimlich einschläfern lassen. Damals hat Robert zum letzten Mal geweint.

Yema seufzt im Schlaf, und er deckt sie behutsam zu. Dann legt er sich neben sie. Vorsichtig, um sie nicht zu wecken.

14

Julia erwachte mit einem dröhnenden Kopf. Ihr war schlecht, sie hatte einen üblen Geschmack im Mund, und ihre Lippen waren spröde. Vorsichtig fuhr sie mit der Zunge darüber, um sie zu befeuchten.

Etwas stimmte nicht. Etwas stimmte ganz und gar nicht.

Sie öffnete die Augen. Sie lag in einem fremden Bett. Neben sich erblickte sie ein paar muskulöse Schultern und einen verstrubbelten Haarschopf. Die Schultern hoben und senkten sich, gleichmäßiges Atmen war zu hören.

Vorsichtig richtete sie sich auf und schwang die Beine aus dem Bett. Ihre Augen gewöhnten sich allmählich an das Halbdunkel, dann konnte sie auf dem Boden die Umrisse von Kleidungsstücken ausmachen. Schnell raffte sie alles an sich, was ihr gehörte, und schlich zur Zimmertür.

Ihre Handtasche. Wo war ihre verdammte Handtasche? Auf dem finsteren Flur tappte sie an der Wand entlang, stieß gegen ein Möbelstück, fluchte. Dann berührte sie etwas Vertrautes. Wildleder. Sie wühlte in der Tasche. Geldbeutel, Telefon, Schlüssel, alles da. Gleich daneben musste die Wohnungstür sein. Sie ertastete den Türgriff, drückte ihn hinunter, schlüpfte hinaus.

Nackt stand sie auf der Fußmatte und hoffte, dass der Nachbar in der gegenüberliegenden Wohnung kein Frühaufsteher war und gerade durch den Spion spähte. Sie zog sich schnell an, realisierte, dass sie einen ihrer Strümpfe in der Wohnung vergessen hatte, schlüpfte trotzdem in ihre Schuhe und lief die Treppe hinunter.

Vor dem Haus schöpfte sie Luft. In ihrem Kopf hämmerte es, ihr Magen hob sich. Sie glaubte, sich übergeben zu müssen. Schwer atmend blieb sie stehen und stützte sich an der Hauswand ab.

Eine Frau in Jogginghosen und rosa Sneakers, die einen Mops ausführte, blieb stehen und musterte sie.

»Alles in Ordnung mit Ihnen?«

Julia nickte. »Mhm.«

»Sicher?«

Julia presste sich ein Lächeln ab. »Danke.«

Endlich ging die Frau weiter, und der Mops watschelte schwerfällig hinter ihr her.

Noch nie in ihrem Leben hatte Julia einen derartigen Kater gehabt. Sie hatte nicht gewusst, dass sie überhaupt so viel trinken konnte, ohne ins Koma zu fallen. Und sie hatte nicht gewusst, wozu sie unter Alkoholeinfluss fähig war. Wie konnte sie nur so unfassbar bescheuert sein?

Zögernd drehte sie sich um, als müsste sie sich vergewissern, dass es wirklich stimmte. Auf dem Klingelschild rechts in der Mitte stand der Name: Dr. Jens Höger.

Als sie aus der Klinik gekommen war, hatte sie gedacht, ihre Vespa sei gestohlen, aber dann hatte sie sich daran erinnert, dass die noch vor der Wohnung ihrer Mutter stand. Sie hatte sich in ein Taxi gesetzt und zur Wunderbar fahren lassen, einem beliebten Lokal bei PR-Leuten, Werbern und Journalisten, wo sie früher oft abgehangen hatte. Es war noch früh am Abend gewesen, und außer ihr und dem Barkeeper, einem Jungen mit blonden Rastalocken und grünen Augen, waren nur wenige Gäste da.

Den ersten Gin Tonic hatte sie innerhalb von Minuten geleert, für den zweiten nahm sie sich nicht viel mehr Zeit. Sie unterhielt sich mit Emerson, der aus Brasilien stammte, aber eine schwedische Mutter hatte und eigentlich Wirtschaftsingenieurwesen studierte. Als sie den dritten Drink orderte, stellte er ungefragt ein Schälchen mit Erdnüssen dazu.

Allmählich füllte sich die Bar, Julias Stimmung hob sich. Sie entdeckte alte Bekannte, wurde johlend begrüßt, plauderte, lachte ausgelassen. Es war fast wie früher, als sie oft der Mittelpunkt feuchtfröhlicher Runden gewesen war.

Sie trank sich in einen Zustand hinein, in dem sie das Gefühl hatte, unbesiegbar zu sein. Jobprobleme, Wohnungssuche, ihre kranke Mutter – alles Pipifax, mit dem sie lässig fertigwerden würde. Und mit einem Mal kam ihr eine Idee. Eine geniale Idee, wie sie fand. Sie kramte nach ihrem Handy und tippte eine Nachricht.

Hallo, Herr Doktor, Sie wollten sich doch mit mir treffen. Ich bin in der Wunderbar, falls Sie Lust haben. Hasta la vista, Julia Feldmann

Es dauerte nur wenige Minuten, bis die Antwort kam. Ein hochgereckter Daumen und die Worte: *Bis gleich.*

Ha, dachte Julia, das klappt ja wie am Schnürchen! Jetzt würde sie ihn kriegen! In der entspannten Atmosphäre der Wunderbar würde sie ihn unauffällig ausfragen und heimlich die Aufnahmefunktion ihres Handys mitlaufen lassen. Vielleicht würde sie ihn zu Aussagen bringen, die bewiesen, was Shenmi behauptete. Sie war begeistert von sich selbst und in euphorischer Stimmung, als Jens Höger einige Zeit später die Bar betrat.

»Hallo, Herr Doktor!«, rief sie und winkte ihn zu sich.

Lächelnd steuerte er auf sie zu. Wieder stellte Julia fest, dass er verdammt gut aussah. Dass er ihr gefiel. Und dass sie ihm gefallen wollte. Das konnte am Alkohol liegen. Oder daran, dass sie Typen wie ihn insgeheim schon immer attraktiv gefunden hatte. Typen, von denen man ahnte, dass sie vielleicht doch nicht so sympathisch waren, wie man dachte.

»Schön, Sie wiederzusehen«, sagte Höger und hob sein Glas, um mit ihr anzustoßen.

Vorsicht, ermahnte sich Julia. Übertreib es nicht mit dem Trinken.

»Vergiss das Sie, ich bin die Julia! Cheers!«

»Und ich bin der Jens. Cheers! May we get what we want.«

Sie tranken.

»Und was wäre das bei dir?«, fragte sie kokett.

Als Antwort zitierte er den ganzen Spruch. »May we get what we want, may we get what we need, may we never get what we deserve.«

Sie wusste, dass er mehrere Jahre in den USA zugebracht hatte, und erkundigte sich, wie es ihm dort gefallen habe. Höger erzählte begeistert von seiner Zeit in Boston und seinem Job in einem Biotechnologie-Start-up. Wie viel Geld er verdient hatte, wie cool die Leute waren und wie innovativ die Biotech-Szene.

»Wenn's da so klasse war, wieso bist du dann zurückgekommen?«

»Heimweh«, sagte er.

Sie blickte ihn ungläubig an. »Heimweh? Ernsthaft?«

Er wiegte den Kopf. »Das Angebot vom JLI war so, dass ich es nicht ablehnen konnte. Kohle verdienen ist toll, aber meine Leidenschaft ist nun mal die Forschung.«

»Solche Idealisten wie dich sollte es mehr geben.«

Er lächelte geschmeichelt.

Ab da verschwamm Julias Erinnerung. Weitere Drinks wurden bestellt, sie versuchte immer wieder, sich auf ihr Vorhaben zu konzentrieren, verhaspelte sich, verlor den Faden. Und natürlich vergaß sie, das Handy mitlaufen zu lassen.

Irgendwann waren sie von einem Pulk von Journalisten umlagert, die sich gegenseitig von ihren peinlichsten beruflichen Erlebnissen erzählten. Einer hatte dreimal hintereinander den eigenen Herausgeber nicht erkannt. Eine junge Frau erzählte, wie sie versehentlich einem Interviewpartner ein Glas Rotwein über den Maßanzug geschüttet hatte. Ein Radiomoderator schilderte, wie er während einer Sendung über seinen Vorgesetzten gelästert, dabei aber vergessen hatte, das Mikro runterzuziehen.

Julia wurde eingehüllt von der Wärme, dem Lachen, dem Stimmengewirr um sie herum. Ihr Körper fühlte sich wohlig und entspannt an, die Angst vor der Zukunft war weg. Irgendwann vergaß sie, warum sie Höger eigentlich zu sich in die Bar bestellt hatte. In einem Lachanfall warf sie sich ihm an die Brust, und er schlang die Arme um sie, damit sie nicht vom Barhocker rutschte.

In diesem Moment entdeckte sie ihn. Er stand wenige Meter von ihr entfernt am Eingang und schaute sich suchend um. In der nächsten Sekunde trafen sich ihre Blicke. Überraschung, Freude, dann erstarb das Lächeln auf seinem Gesicht. Ein kurzes Anspannen des Kiefers, schon blickte er weg, drehte sich um und verließ die Bar.

»Sebastian!«, rief Julia.

Sie wollte sich von Höger losreißen, aber Sebastian war schon verschwunden. Ihre Beine waren plötzlich kraftlos,

sie hatte das Gefühl, keinen Schritt mehr gehen zu können. Sie hielt sich am Tresen fest.

»Was ist?«, fragte Höger.

»Nichts. Nur ein Bekannter.«

Schlagartig veränderte sich ihre Stimmung. Der Ausdruck in Sebastians Gesicht, der in Sekundenbruchteilen
von Wiedersehensfreude zu Enttäuschung gewechselt
hatte, ließ sie nicht los. Dann breitete sich ein resignier-
tes Leck-mich-Gefühl in ihr aus. Jetzt war sowieso alles
egal. Sie konnte machen, was sie wollte, ausgehen, mit
wem sie wollte, schlafen, mit wem sie wollte. Sie genoss
es regelrecht, sich gehen zu lassen, sich immer tiefer in
diesen Abgrund aus Alkohol, Leichtsinn und fragwürdiger
Gesellschaft fallen zu lassen.

Irgendwann torkelte sie Arm in Arm mit Höger aus der
Bar, sie küssten sich mit einer Gier, als könnten sie es nicht
erwarten, übereinander herzufallen. Das Gefühl, sich wie
die letzte Schlampe aufzuführen, erfüllte sie mit perverser
Befriedigung. Im Taxi nickte sie zwischendurch ein. Wie
sie in seine Wohnung gekommen war, daran erinnerte sie
sich nicht mehr. Nur an die Handtasche. Auf dem Regal.
Neben dem Eingang. Der Rest zerfloss in einem Brei aus
Bildern und Tönen, Gerüchen und Geräuschen, unterbrochen von einzelnen Erinnerungsflashs.

Sie sah sich nackt in einem großen Badezimmerspiegel,
sie trank aus einem Whiskey-Tumbler, sie sah Högers Gesicht, das sich rhythmisch über ihr auf und ab bewegte, sie
blickte auf das Bild gegenüber dem Bett, ein abstraktes Ge-
mälde, das sie an die Geometrieaufgaben in ihrem Schul-
buch erinnerte.

Zwischendurch fragte sie sich, wo sie eigentlich war,
hätte gern dagegen protestiert, dass der Mann über ihr

die Augen geschlossen hielt, als wollte er nicht sehen, in wen er seinen Schwanz hineinstieß, weil es ihm egal war, solange es nur eine weibliche Öffnung war.

Julia krümmte sich an der Hauswand zusammen und wartete eine weitere Welle von Übelkeit ab. Dann machte sie sich auf den Weg zu dem Taxistand, den ihr Handy anzeigte. Ein einziger Wagen stand dort, der Fahrer döste über dem Steuer. Julia öffnete die Tür und ließ sich auf den Rücksitz fallen. Erschrocken fuhr der Mann hoch. »Morgen. Wohin?«

Ja, wohin? Julia überlegte angestrengt. Nicht nach Hause. Sie konnte jetzt nicht allein sein mit der Übelkeit, der Scham, der Wut auf sich selbst.

»Moment«, murmelte sie und wählte eine Nummer. »Bist du schon wach?«, fragte sie mit schwacher Stimme. Es war Samstag und noch sehr früh.

Sie nannte dem Fahrer die Adresse und ließ ihren Kopf gegen die Rückenlehne fallen.

Julia lag auf dem Sofa in Kathrins Wohnzimmer, einen Coolpack auf der Stirn, neben sich eine Tasse mit dampfendem Ingwertee. Hie und da stöhnte sie leise.

»Arme Juja.« Lilli lag neben ihr und schmiegte sich an sie, den Daumen im Mund. »Bist du krank?«

»Mhm.«

Lukas saß auf dem Boden und ließ Spielzeugautos zusammenstoßen, dazu machte er Brumm-, Knall- und Zischgeräusche.

Julia wimmerte.

»Nicht so laut, Lukas!«, rief Kathrin aus der Küche. »Julia hat einen Kater.«

»Will auch einen Kater«, sagte Lilli.

Kathrin lachte. »Den von Julia willst du nicht.«

»Kater sagt man, wenn jemand Kopfweh vom Saufen hat«, erklärte Lukas seiner kleinen Schwester.

Dem war nichts hinzuzufügen, fand Julia. Selten in ihrem Leben hatte sie sich dermaßen zum Kotzen gefühlt, und das lag nicht nur am Alkohol. Fast hätte sie geheult, aber sie riss sich zusammen. Schließlich wollte sie die Kinder nicht erschrecken.

»Frühstück ist fertig!«, rief Kathrin aus der Küche.

Die Kinder liefen los.

»Will Kakao!«, krakeelte Lilli.

»Ich auch!«, schrie Lukas. »Und Nutella!«

Wenig später steckte Kathrin den Kopf durch die Tür.

»Willst du was essen?«

Julia machte ein abwehrendes Geräusch.

»Soll ich schnell sauren Hering besorgen?«, sagte Kathrin. »Wirkt Wunder.«

Sie stöhnte. »Vielleicht lieber ... ein bisschen Zwieback?«

»Kein Problem.«

Gleich darauf stellte Kathrin einen Teller vor ihr ab. Julia zwang sich, ein paar Bissen zu nehmen und mit dem Tee hinunterzuspülen. Es war gut, etwas in den Magen zu bekommen.

»Danke«, sagte sie. »Du bist ein Schatz. Ich glaube, wenn ich jetzt alleine wäre, würde ich mich erschießen.«

Kathrin setzte sich zu ihr und musterte sie prüfend. »Was ist denn eigentlich passiert?«

Sie gab eine stockende Zusammenfassung der Ereignisse. Erzählte von ihrer Recherche im JLI, der Nacht mit Sebastian, dem Zusammenbruch ihrer Mutter, den

Stunden in der Klinik. Ihrem dringenden Bedürfnis nach Ablenkung und Alkohol, von Jens Höger und dem Moment, wo Sebastian aufgetaucht und wieder verschwunden war. Und von der Nachricht, die sie ihm zuvor geschickt hatte.

Kathrin hörte schweigend zu, eine steile Falte zwischen den Augen.

»Na dann herzlichen Glückwunsch«, sagte sie schließlich. »Wenn's darum geht, sich selbst zu schaden, macht dir so schnell keiner was vor.«

Julia seufzte. »Sag mir was Neues.«

»Was soll das sein? Du bist ja der Meinung, dass du alleine klarkommst und keine Hilfe brauchst.«

Julia schwieg. Sie wollte nicht darüber diskutieren, woher ihr Verhalten kam und ob es therapiebedürftig war. Dann war sie eben neurotisch, so what. Eigentlich interessierte sie sich nur für die Antwort auf eine Frage.

»Denkst du, ich kann mit der Recherche weitermachen? Oder hab ich meine journalistische Glaubwürdigkeit verspielt?«

Kathrin überlegte. »Du willst diesem Höger nachweisen, dass er Frauen an seinem Institut gegen ihren Willen belästigt und angetatscht hat. Solange du nicht behauptest, er hätte dich vergewaltigt, sehe ich kein Problem.«

Julia wand sich. »Mit dem Typen in die Kiste zu gehen, den man als Grapscher entlarven will, ist irgendwie … Ich weiß nicht …« Sie brach ab.

»Total bescheuert«, sagte Kathrin. »Um nicht zu sagen, ziemlich pervers. Aber nicht illegal.«

Julia verdrehte die Augen. »Chris wäre sicher begeistert. Mehr Selbsterfahrungsjournalismus geht nicht. Ich sehe schon die Überschrift: *Meine Nacht mit dem Frauenschänder!*«

»Ist er denn einer?«, fragte Kathrin.

»Wenn ich das bloß wüsste!«, rief Julia aus. »Ich hab mir eingebildet, ich könnte es rauskriegen, wenn ich ihn in die Bar bestelle. Aber er musste sich ja nicht mal bemühen, mich rumzukriegen. Von nötigen gar nicht zu reden.«

Sie seufzte tief und legte sich den Coolpack wieder auf die Augen. »Was mach ich denn jetzt bloß?«

»Du machst einfach weiter.«

Julia überlegte. »Hoffentlich hat er noch keinen Wind von meiner eigentlichen Recherche bekommen. Unter den Doktorandinnen am Institut wird angeblich schon darüber getuschelt.«

»Irgendwann wird er es sowieso erfahren«, sagte Kathrin. »Aber was will er dann tun? Aller Welt erzählen, dass du mal mit ihm im Bett warst? Das macht die Sache für ihn nicht unbedingt besser.«

Julia nahm einen weiteren Schluck Ingwertee. Dann setzte sie sich auf. »Ich muss zu meiner Mutter.«

»Willst du duschen?«, bot Kathrin an. »Klamotten kann ich dir leihen. Und dann fahre ich dich zu ihr ins Krankenhaus.«

Julia nahm sie in den Arm und drückte sie an sich.

»Danke, du Herzstück. Wenn ich dich nicht hätte.«

Während Julia durch die endlosen Gänge der Klinik ging, versuchte sie sich zu erinnern, in welchem Zimmer ihre Mutter lag. Sie klopfte an die Tür des Schwesternzimmers und wurde in ein anderes Stockwerk geschickt.

Gitta war bereits verlegt worden, in ein Zweibettzimmer. Das andere Bett war leer.

Sie setzte sich auf einen Stuhl und betrachtete ihre schlafende Mutter.

In welchem Zustand würde sie sein, wenn sie aufwachte? Würde sie sie erkennen? Würde sie verstehen, wo sie war? Die Ärzte hatten sich trotz Julias dringlicher Nachfragen auf keine Prognose festlegen wollen. Nach einem Delir konnte sich der Zustand des Betroffenen verschlechtern, er konnte sich aber auch wieder stabilisieren. Jeder Verlauf war anders, weshalb kein seriöser Mediziner Aussagen dazu machen würde. Für den heutigen Tag hatten die Ärzte umfangreiche Untersuchungen angekündigt. Klar, dachte Julia, Privatpatientin. Den Fisch ließen die nicht so schnell von der Angel.

Ihre Mutter wachte auf, stöhnte leise und bewegte die Hand, in der die Infusionsnadel steckte.

Julia beugte sich vor. »Mutti, wie geht's dir?«

Keine Antwort.

»Fühlst du dich besser?«

Gitta richtete einen verschwommenen Blick auf sie. Erst nach einem Moment konnte sie den Blick fixieren.

»Hilda? Wie lieb, dass du mich besuchen kommst.«

Julia widersprach nicht. Sollte sie ruhig denken, dass Hilda an ihrem Bett saß. Sie würde sich schon wieder erinnern, wenn es ihr besser ginge.

»Ich hab lange geschlafen.«

»Das ist gut, Mutti«, sagte Julia und streichelte die Hand ihrer Mutter.

Eine Krankenschwester kam herein.

»Wir müssen Ihre Mutter vorbereiten. Der Arzt kommt gleich.«

Julia stand auf. »Wann kann ich wiederkommen?«

Die Schwester zuckte die Schultern. »Die Untersuchungen werden dauern.«

»Heute Nachmittag?«

Die Frau nickte.

Julia drückte ihrer Mutter einen Kuss auf die Stirn.

»Bis später, Mutti.«

Gegen drei Uhr war Julia wieder da, aber erst zwei Stunden später bekam sie die zuständige Ärztin zu fassen: eine energische, vertrauenerweckende Frau mit einem freundlichen Blick. Wie alle Ärzte war sie in Eile, nahm sich aber dennoch die Zeit, Julia in ihr Büro zu bitten.

»Wir haben Ihre Mutter gründlich untersucht, einige psychometrische Tests sowie eine CT durchgeführt. Wir warten noch auf einige Laborwerte, aber im Prinzip sehen wir klar.«

»Ja?«, sagte Julia.

»Es tut mir sehr leid, Ihnen das sagen zu müssen, aber Ihre Mutter zeigt alle Anzeichen von beginnendem Alzheimer.«

»Alzheimer?«, sagte Julia entgeistert. »Aber ... sie ist doch nur ein bisschen schusselig!«

Die Ärztin erklärte ihr, dass es so losgehe mit der Krankheit. Mit leichter Vergesslichkeit, einem Mangel an Konzentration, vorübergehenden Wortfindungsstörungen. »Nichts, was für einen älteren Menschen ungewöhnlich wäre.« Aber es sei eben keine altersbedingte Verkalkung. Sie sprach über die Entstehung von Tau-Fibrillen und Alzheimer-Plaques, wie diese die Verbindungen zwischen den Nervenzellen allmählich schädigten, was zu den typischen Ausfallerscheinungen führte und die Zellen schließlich ganz zerstörte.

»Aber man kann medikamentös einiges machen«, ergänzte sie. »Gerade im Anfangsstadium. Eigentlich war es ein Glück, dass Ihre Mutter wegen der Dehydrierung bei uns gelandet ist, so haben wir jetzt eine Diagnose, mit der wir arbeiten können.«

Julia saß wie versteinert da. Alzheimer. Diagnose. Zerstörung.

»Wie … geht es denn jetzt weiter?«, fragte sie.

»Dazu werden wir Sie beraten«, versprach die Ärztin. »Jetzt päppeln wir Ihre Mutter erst mal wieder auf.«

Julia fühlte sich bleischwer. Tränen stiegen ihr in die Augen.

Mitfühlend blickte die Ärztin sie an. »Was Sie erleben, erleben alle Angehörigen. Zuerst ist es ein Schock. Dann ein langer und schmerzhafter Prozess. Ich empfehle Ihnen, sich mit Menschen zusammenzutun, die das Gleiche durchmachen. Das kann sehr hilfreich sein.«

»Danke«, sagte Julia matt.

Schon nach Roberts Verschwinden hatte man ihr dringend empfohlen, eine Selbsthilfegruppe für Traumatisierte aufzusuchen. Die Vorstellung, auch noch die furchtbaren Erlebnisse anderer verarbeiten zu müssen, hatte sie abgeschreckt.

»Wissen Sie eigentlich, dass wir alle in gewisser Weise dement sind?«, sagte die Ärztin lächelnd. »Schon vier Tage nach einem Erlebnis erinnern wir uns nur noch an einen Bruchteil davon. Je weiter die Erinnerung zurückliegt, desto mehr verschwimmt sie. Das allermeiste vergessen wir völlig. Was mit Ihrer Mutter geschieht, unterscheidet sich also letztlich nur graduell von dem, was mit uns allen geschieht.« Sie drückte Julia kurz die Hand. »Ich muss weiter. Alles Gute für Sie.«

15

Julia wachte auf und wusste sofort, welcher Tag es war. Heute vor zwölf Jahren war es passiert. Sie hatten erfahren, dass Robert verschwunden war.

Der Anruf ihres Vaters. Die Fahrt zu den Eltern, die Befragung durch die Polizei. Wie der Boden sich vor ihr aufzutun schien.

An die Zeit danach konnte sie sich nur bruchstückhaft erinnern. Phasen von Erstarrung, Auflehnung, Hilflosigkeit und Verzweiflung wechselten einander ab. Die eigene Verzweiflung war schlimm. Schlimmer war die der Eltern. Julia hatte das Gefühl, sie müsste ihren eigenen Kummer so weit wie möglich verbergen, um den der Eltern nicht zu vergrößern. Die sollten sich nicht auch noch um sie sorgen müssen.

Weitere Befragungen durch die Polizei, ergebnislose Telefonate mit möglichen Zeugen, den Behörden. Stundenlanges Ausfüllen amtlicher Formulare. Warten, hoffen. Zusammenzucken bei jedem Telefonklingeln, das Handydisplay im Minutentakt kontrollieren, hundertmal am Tag E-Mails checken, obwohl Robert nur selten E-Mails geschrieben hatte. Er hatte dem Internet misstraut, all den Datenkraken, die nur darauf aus waren, uns zu überwachen und jede unserer Regungen zu kontrollieren.

Ihre Eltern engagierten einen Detektiv, der die Reiseroute von Robert in Norwegen nachverfolgte und mit jedem sprach, der ihn gesehen haben könnte. Er befragte den Wirt der Pension, in der Robert vor seinem Aufbruch übernachtet hatte, und die Tochter, die im Alter von Robert war. Er sprach mit Reiseveranstaltern, die Touren und Busfahrten zu den Fjorden organisierten. Einer von ihnen glaubte, sich an Robert zu erinnern, wusste aber nicht mehr, wohin er gefahren war. Irgendwo in den unzähligen Tälern und Schluchten verlor sich seine Spur. Ein Suchtrupp hatte zwei Tage lang nach ihm gesucht und dann aufgegeben. Es war, als wollte man die sprichwörtliche Nadel im Heuhaufen suchen – einfach aussichtslos.

Trotzdem ging das Warten weiter, auch wenn die Hoffnung sank. Und weiter sank. Erschöpfung. Resignation. Sich abfinden. Oder wenigstens so tun, vor den anderen und sich selbst.

Am Anfang waren die Leute betroffen und voller Mitgefühl für Julia gewesen, wobei sie hinter der Anteilnahme immer auch eine gewisse Sensationslust gespürt hatte. Die Presse hatte Wind von Roberts Schicksal bekommen, und Schlagzeilen wie *Mitarbeiter aus bekanntem Forschungsinstitut spurlos verschwunden* oder *Junger Deutscher in Norwegen verschollen* fachten die Neugier an. Eine Zeit lang fragten die Leute sie bei jeder Begegnung, ob es eine Spur von Robert gebe, aber da sie nie Neuigkeiten vermelden konnte, flaute das Interesse ab. Bald spürte sie so etwas wie Unbehagen oder sogar Überdruss, wenn sie über ihren Bruder sprechen wollte. Als wäre das eine alte Geschichte, über die sie nach Meinung ihrer Mitmenschen doch wirklich langsam hinweg sein sollte.

Allmählich wurde Julia bewusst, dass Roberts Verschwinden schon viel früher begonnen hatte. Damals, als er sich aus der digitalen Welt zurückgezogen hatte und anschließend Stück für Stück auch aus der realen.

Dass er den Kontakt zu den Eltern fast völlig abgebrochen hatte, konnte sie bis zu einem gewissen Grad nachvollziehen. Aber dass er sich auch von ihr zurückgezogen hatte, verstand sie nicht.

Heute kam es ihr so vor, als wäre das, was damals passiert war, nur der Schlusspunkt eines längeren Prozesses gewesen, der vor ihren Augen stattgefunden hatte, den sie aber nicht bemerkt hatte. Das würde bedeuten, dass Roberts Verschwinden auch eine andere Ursache haben könnte. Dass ihr etwas entgangen war, was sie hätte mitbekommen müssen. Und das wollte sie nicht glauben.

»Niemals hat er sich das Leben genommen«, sagte Julia, wann immer das Gespräch darauf kam. »Dazu ist er nicht der Typ.« Und fragte sich, ob das stimmte. Welcher Typ musste man denn sein, um sich selbst zu töten? Wie oft hatte sie von Fällen gehört, in denen Menschen fassungslos über den Selbstmord eines Angehörigen waren, weil es zuvor nicht den geringsten Hinweis auf eine Suizidgefährdung gegeben hatte.

Robert war zurückgezogen und scheu. Keiner, der vor Lebensfreude strotzte. Vielleicht hatte er eine Depression entwickelt, von der sie nichts gemerkt hatten? Vielleicht hatten sie ihn alle nicht wirklich gekannt?

Immer wieder führte sie sich vor Augen, was alles dagegensprach. Er hatte keinen Abschiedsbrief hinterlassen. Niemand aus seiner Umgebung hatte den Eindruck gehabt, er sei suizidal. Und warum hätte er nach Norwegen fahren sollen, um sich das Leben zu nehmen? Da hätte es so viel einfachere Möglichkeiten gegeben. Sein Arbeitsplatz lag im elften Stock. Es wäre ein Leichtes für ihn gewesen, abends ein bisschen länger zu bleiben, ein Fenster zu öffnen und sich hinunterzustürzen. Vermutlich gab es in einem Labor jede Menge Substanzen, mit denen man sich aus dem Leben verabschieden könnte, falls man den Sprung fürchtete.

Anfangs war eine große Leere in ihr gewesen. Sie hatte alles versucht, um sie nicht mehr zu spüren. Exzessive Arbeit, exzessiven Sex, exzessiven Alkoholgenuss. Sobald der Rausch verflogen war, kamen die quälenden Gedanken zurück.

Wo ist Robert? Warum konnte ich ihn nicht retten?

Dazu der Schmerz ihrer Mutter, die stille Verzweiflung ihres Vaters.

Bei euch gibt's Liebe nur gegen Leistung, hatte Robert dem Vater vorgeworfen, der nicht aufhörte, sich deshalb Vorwürfe zu machen.

Viele Familien, die von einem solchen Unglück heimgesucht wurden, liefen Gefahr, daran zu zerbrechen. Und Julias Familie war eine von ihnen. Keiner konnte den Schmerz des anderen ertragen noch seine Art, damit umzugehen.

Julia hielt das Klagen und Weinen ihrer Mutter nicht aus, ebenso wenig wie die Selbstvorwürfe ihres Vaters.

Ihre Mutter ertrug nicht, wie Julia sich ablenkte und selbstzerstörerisch ins Vergessen stürzte.

Ihr Vater ertrug nicht, dass es für seine Frau nur noch den vermissten Sohn gab, aber nicht mehr ihn, den lebenden Ehemann.

Sie alle konnten ihren Schmerz nicht mit den anderen teilen und vereinsamten darüber. Am Ende blieb jeder für sich allein.

Aber weil es keinen endgültigen Beweis dafür gab, dass Robert wirklich tot war, konnte Julia nicht richtig trauern.

Sie konnte nicht mit dem Schmerz abschließen, weil irgendwo ganz tief in ihrem Inneren ein winziger Funke Hoffnung weiterglomm, gegen jede Vernunft.

Bald wäre sie die Einzige, die diesen Funken noch spüren konnte. Ein Gutes hatte die Alzheimerkrankheit vielleicht: Ihre Mutter müsste irgendwann nicht mehr unter Roberts Verlust leiden, weil sie vergessen würde, dass er je existiert hatte.

Julia hatte um ein Treffen mit Professor Dr. Carl-Friedrich Dettmer gebeten, dem Direktor des JLI. Über eine Woche war vergangen, bis seine Sekretärin sich zurückgemeldet und ihr gnädig einen Termin genannt hatte, einen Time-Slot von sage und schreibe fünfzehn Minuten.

Die Frau am Empfang erkannte sie und verlangte keinen Personalausweis – ihre Daten waren bereits gespeichert. Nur das Klemmbrett mit der Besucherliste reichte sie ihr auch diesmal. Unter *Ansprechpartner* trug Julia selbstbewusst *Prof. Dr. Dettmer* ein und unterstrich den Namen zweimal.

Als sie den Lift erreichte, stieg vor ihr gerade ein Mann ein und drehte sich um.

»Ach, Herr Professor, das trifft sich gut, ich bin Julia Feldmann«, sagte Julia lächelnd, streckte die Hand aus und wollte die Liftkabine betreten.

Dettmer stellte einen Fuß vor die Lichtschranke. »Ich weiß, wer Sie sind. Bitte verlassen Sie den Aufzug.«

»Wie bitte? Aber wir haben einen Termin.«

»Ich weiß.«

»Warum soll ich dann wieder aussteigen?«

»Ich fahre prinzipiell nicht mit weiblichen Personen im Aufzug.«

Julia machte einen Schritt rückwärts und sah mit offenem Mund zu, wie die Aufzugtür sich schloss und die Kabine mit Professor Dettmer nach oben entschwand.

Das Büro des Professors war im sechsten Stock. Einige Minuten nach ihm stieg Julia aus dem Lift. Sie klopfte an die Vorzimmertür, eine Frau rief sie herein. Statt wie erwartet sofort in das Büro des Professors geführt zu werden, sagte die Sekretärin: »Herr Professor Dettmer hat noch zu tun. Wenn Sie bitte so lange Platz nehmen wollen.« Sie wies auf einen Stuhl an der Wand.

Julia setzte sich hin und fühlte sich wie eine Schülerin, die zum Direktor gerufen wurde. Es war genau elf Uhr. Sie hatte jetzt ihren Termin. Fünfzehn Minuten. Sie warten zu lassen war nicht nur unhöflich, es war eine Machtdemonstration.

Julia beobachtete, wie die Zeiger der Wanduhr voranrückten. Drei nach elf, fünf nach elf, acht nach elf. Je länger sie dort saß, dem Blick der Sekretärin ausgesetzt, die es nicht für nötig hielt, die Situation mit etwas Smalltalk aufzulockern, desto mehr kochte sie innerlich. Um zehn nach elf summte das Telefon. Die Sekretärin nahm ab, lauschte kurz und legte wieder auf.

»Sie können jetzt reingehen«, sagte sie und zeigte auf die Tür zu Dettmers Büro.

Julia stand auf. Eigentlich sollte sie anklopfen. Aber sie beschloss, auch ihrerseits ein Statement abzugeben. Ohne zu klopfen, öffnete sie die Tür und rauschte hinein.

»Frau Feldmann«, sagte Dettmer ausdruckslos und wies auf den Besucherstuhl gegenüber seinem imposanten antiken Schreibtisch.

Julia setzte sich und ließ ihren Blick durch den Raum

schweifen. Eine Sitzecke mit schweren Ledersesseln, Regale mit mehreren Metern Fachliteratur und eine Wand voller Urkunden, die von Universitätsabschlüssen, Ehrendoktorwürden und anderen Auszeichnungen kündete. Eine Fotowand, auf der Dettmer mit bedeutenden Leuten zu sehen war, darunter dem Bundespräsidenten und anderen Prominenten. Alles schien dem Zweck zu dienen, die Wichtigkeit des Professors zu unterstreichen. Er selbst thronte wie ein Herrscher auf seinem wuchtigen Schreibtischstuhl und blickte sie selbstbewusst an.

»Vielen Dank, dass Sie sich Zeit für mich nehmen«, sagte Julia mit leisem Sarkasmus. »Ich gehe davon aus, dass die Stoppuhr für meine fünfzehn Minuten ab jetzt läuft?«

Er ging nicht darauf ein, sondern blickte sie mit zusammengekniffenen Augen hinter den Brillengläsern an. »Wir hatten mal einen Mitarbeiter namens Robert Feldmann. Haben Sie was mit dem zu tun?«

Julia fühlte sich überrumpelt. Ihr war nicht in den Sinn gekommen, dass der Professor sich an einen kleinen BTA erinnern würde, der zwölf Jahre zuvor am Institut gearbeitet hatte.

»Er ist ... Er war mein Bruder.«

»Tragische Geschichte«, sagte er und schob einen Bleistift ein paar Zentimeter weiter nach rechts. »Mein Beileid.«

»Danke, Herr Professor«, hörte Julia sich sagen. Und ertappte sich bei dem plötzlichen Wunsch, mit Dettmer über Robert zu sprechen. Von ihm zu hören, wie er als Mitarbeiter gewesen war, welche Erinnerungen er an ihn hatte.

»Darf ich Sie etwas fragen?«

Er lächelte spöttisch. »Dafür sind Sie doch hier.«

»Ich meine ... über meinen Bruder. Gab es aus Ihrer Sicht irgendeinen Grund für ihn, sich ... etwas anzutun? Hat er mal einen Fehler gemacht oder sich etwas zuschulden kommen lassen?«

»Nicht dass ich wüsste«, erwiderte Dettmer und schob den Bleistift wieder zurück. »Ihr Bruder war ein sehr geschätzter Mitarbeiter am Institut. Ich habe ihn dazu angeregt, sein Abitur nachzuholen, damit er seinen Traum von einem Studium doch noch verwirklichen kann.«

Julia war perplex. Davon hatte Robert nie etwas erwähnt.

»Hat er Ihre Anregung denn aufgegriffen?«

»Soviel ich weiß, hatte er damals mit der Vorbereitung aufs Fernabitur begonnen.«

»Und seine Prüfungsangst?«

»Ich konnte ihm einen befreundeten Therapeuten vermitteln. Dort hat er wohl einige Sitzungen gemacht.«

Wieder war sie verwundert. Welchen Grund könnte Dettmer gehabt haben, Robert dermaßen zu fördern? Als Direktor kannte er sonst bestimmt nicht einmal die Namen der BTAs, die am Institut tätig waren, von einem persönlichen Verhältnis zu ihnen ganz zu schweigen. Und ausgerechnet um Robert wollte er sich in dieser Weise gekümmert haben? Das war wirklich ungewöhnlich.

»Darf ich fragen, warum Ihnen mein Bruder offenbar so ... am Herzen lag?«

Der Blick des Professors verschloss sich.

»Ihr Bruder ist unter seinen Möglichkeiten geblieben, und ich hasse es, wenn Talent verschwendet wird.« Er lehnte sich zurück und verschränkte die Arme, als wollte er klarmachen, dass für ihn das Thema damit beendet war. »Und nun lassen Sie uns zum Grund Ihres Besuchs kommen. Ich habe nicht viel Zeit.«

Sie ermahnte sich zur Ruhe. Auch wenn Dettmer gerade versucht hatte, ihr seine andere Seite zu zeigen, war er ein knallharter Alphamann, bei dem sie cool bleiben sollte. Auf keinen Fall durfte sie sich verunsichern lassen oder gar aufregen. Emotionale Frauen verspeiste einer wie der zum Frühstück.

Sie legte ihr iPhone auf den Tisch.

»Hätten Sie etwas dagegen, wenn ich unser Gespräch aufnehme? Nur als Erinnerungsstütze für mich.«

Es war ihm deutlich anzusehen, dass er etwas dagegen hatte, aber auf die Schnelle fiel ihm offenbar nicht ein, wie er ablehnen könnte.

Er machte eine unwirsche Bewegung mit dem Kopf und blickte auf die Uhr.

»Sie haben noch sechs Minuten.«

Puh. Sie fühlte sich, als hielte ihr jemand eine geladene Waffe an den Kopf. Julia atmete einmal durch.

»Wie viele Frauen haben bereits Anzeige gegen Sie erstattet?«

»Wie bitte?« Zum ersten Mal bemerkte sie eine Irritation. Dann begriff er ihre Anspielung auf seine Bemerkung im Lift.

»Das war eine bewusste Übertreibung«, erklärte er. »Sollte Ihnen als Journalistin geläufig sein.«

Julia ging nicht darauf ein.

»Herr Professor Dettmer, ich habe eidesstattliche Versicherungen von mehreren Frauen, die besagen, dass sie an diesem Institut sexuellen Belästigungen und Übergriffen ausgesetzt gewesen seien.«

Er zuckte nicht mit der Wimper. »Das würde mich sehr überraschen.«

»Sie leiten dieses Institut.«

Er beugte sich vor und sagte in einem aufreizend väterlichen Ton: »Liebe Frau Feldmann, ein Institutsleiter ist nicht allwissend. Weder mir noch einer anderen Stelle im Haus ist ein solcher Vorfall gemeldet worden.«

Am liebsten hätte Julia gesagt: *Sie lügen! Ich kenne eine Doktorandin, die sich bei Ihnen beschwert hat. Sie haben abgewiegelt. Erst als sie damit gedroht hat, an die Öffentlichkeit zu gehen, sind Sie eingeknickt.* Aber damit hätte sie Shenmi verraten. Also sagte sie: »Immerhin machen Sie Scherze darüber. Das Thema ist Ihnen also geläufig.«

Seine Augen hinter den Brillengläsern verengten sich. »Das Thema ist Gegenstand einer aufgeheizten gesellschaftlichen Debatte, und natürlich muss man sich in meiner Position fragen, welches die geeigneten Präventivmaßnahmen sind.«

Julia brauchte einen Moment, bis sie verstand, dass Dettmer nicht etwa von Präventivmaßnahmen zum Schutz der Frauen in seinem Institut sprach, sondern davon, wie er sich selbst gegen mögliche falsche Anschuldigungen schützen könnte.

»Sie behaupten also, Sie haben keinerlei Kenntnis von den genannten Vorfällen«, vergewisserte sich Julia.

»Exakt.«

Sie überlegte, wie sie ihm widersprechen könnte, ohne dass er Rückschlüsse auf ihre Informantinnen zog.

»Die betroffenen Frauen sind da anderer Meinung. Sie legen Ihnen zumindest Unterlassung zur Last. Man könnte sagen, dass Sie durch Ihr Verhalten ein sexistisches Klima am Institut fördern.«

Sein Blick wurde eisig. »Ich habe nicht die Absicht, mir diesen Unfug weiter anzuhören.«

Er stand auf und ging zur Tür.

»Ich bin Journalistin«, sagte Julia ruhig. »Meine Aufgabe ist es, die Öffentlichkeit zu informieren. Ich werde über die Vorgänge an Ihrem Institut berichten. Sie haben jetzt die Möglichkeit, sich dazu zu äußern.«

Dettmer öffnete die Tür. »War nett, Sie kennenzulernen.«

Erhobenen Hauptes schritt Julia hinaus und durchquerte das Vorzimmer. Sie stieg in den Lift und hoffte, dass nicht auf einem der Stockwerke plötzlich die Tür aufgehen und Höger vor ihr stehen würde.

Immer noch hatte sie keinen Beleg für das, was Shenmi ihr erzählt hatte. Aber die Nacht mit Höger hatte ihr – trotz ihres alkoholisierten Zustands – einiges über seine Persönlichkeit verraten. Sie hatte etwas gespürt, was ihr Angst machte. Eine Zielstrebigkeit, die zur Rücksichtslosigkeit wurde, sobald er den leisesten Widerstand spürte. Ein unbedingter Wille, die Kontrolle zu behalten. Sex war für Höger kein gemeinsames Vergnügen, er war eine Machtfrage.

Julia war nach dieser Erfahrung entschlossen, ihre Recherche fortzusetzen und die Wahrheit herauszufinden – wie immer die aussehen mochte.

Als sie den Parkplatz erreicht hatte, summte ihr Handy. Nachricht von Shenmi.

Habe ich dich gerade im Institut gesehen???

Hatte Termin bei Dettmer. Er weiß angeblich von nichts.

Was hast du erwartet?

Ich kann die Geschichte nicht schreiben, ohne mit ihm gesprochen zu haben.

Dann weiß Höger jetzt auch Bescheid.

Ist mir klar. Er soll ruhig nervös werden, wenn er Grund dazu hat.

Shenmi ging offline. Julia wartete einen Moment, dann steckte sie ihr Telefon ein und schwang sich auf die Vespa.

Als sie zu Hause angekommen war, entdeckte sie eine weitere Nachricht von Shenmi.

Ich hab was. Das könnte der Durchbruch werden! Ruf mich an.

16

Julias Mutter hatte sich etwas erholt. Ihre Gesichtsfarbe war frischer, und sie wirkte nicht mehr so ausgemergelt. Sie reagierte sichtlich erfreut, als ihre Tochter ins Zimmer kam, nannte sie aber immer noch stur Hilda. Julia konnte nicht herausfinden, ob sie nur die Namen verwechselte oder tatsächlich glaubte, sie sei die Cousine.

Gitta machte durch die Medikamente immer noch einen leicht gedämpften Eindruck. Wenn sie wach war und einigermaßen präsent wirkte, stellte Julia ihr Fragen. Sie wollte alles in Erfahrung bringen, was Gitta ihr erzählen konnte, bevor es dem endgültigen Vergessen anheimfiel.

Besonders nach ihrem Bruder fragte sie. Das hatte sie bisher vermieden, weil sie ihre Mutter schonen wollte.

»Hat Robert dir eigentlich jemals was von einer Freundin erzählt?«, fragte sie während eines Gesprächs über früher.

Ihre Mutter überlegte. »Robert ...« Sie brach ab. »Ich habe ihn mal mit einem Mädchen in der Stadt gesehen. Sie war eine ... Ausländerin.«

»Was für eine Ausländerin?«

»Ich weiß nicht mehr. Dunkelhaarig.«

»Hat er sie dir vorgestellt?«

»Nein.«

»Hat er nicht gesagt, dass sie eine Kollegin ist? Oder eine Freundin?«

»Ich weiß nicht mehr …« Dann hielt sie inne. »Ich glaube nicht, dass Robert eine Freundin hatte. Ich glaube, er war … homosexuell.«

»Glaubst du das wirklich?«

»Ach, ich weiß nicht …« Der Gesichtsausdruck ihrer Mutter wirkte gequält.

»Wie oft hat er dich in letzter Zeit eigentlich angerufen?«, fragte Julia beiläufig.

»Angerufen?«

»Neulich hat Robert dich doch angerufen?«

»Ach ja.«

»Du bist dir aber nicht mehr sicher?«

»Natürlich bin ich mir sicher.«

Julia fühlte sich furchtbar. Sie wollte ihre Mutter nicht peinigen, wollte nicht in alten Wunden wühlen. Aber wenn sie jetzt nicht fragte, wäre es vielleicht bald zu spät.

»Erzähl noch mal – was hat er am Telefon gesagt?«

»Er hat mich gefragt, wie es mir geht. Und dass es ihm gut geht.«

Gitta wurde unruhig. »Ich muss zur Toilette«, sagte sie und schwang die Beine aus dem Bett.

Während ihre Mutter im Bad war, räumte Julia das Frühstücksgeschirr zur Seite, dann nahm sie den verwelkten Strauß aus der Blumenvase und warf ihn in den Abfalleimer. Frau Huber, die gute Seele, musste ihn mitgebracht haben.

»Möchtest du frische Blumen?«, fragte sie, als Gitta zurückkam. »Ich kann dir welche besorgen.«

»Robert ist ein guter Junge.« Gitta setzte sich aufs Bett. »Er hat sich immer sehr bemüht. Aber gegen deinen Vater kam er einfach nicht an.«

»Ich weiß, Mutti«, sagte Julia und half ihr, sich wieder hinzulegen. »Ich weiß.«

Julia und Shenmi saßen nebeneinander an Julias Schreibtisch und starrten auf den Bildschirm ihres Laptops. Neuntausend Kilometer entfernt wurde eine Internetverbindung zu einem anderen Computer hergestellt. Die chinesische Regierung hatte Skype und andere westliche Dienste blockiert, aber es gab Möglichkeiten, diese Blockaden zu umgehen. Shenmi kannte sich damit aus.

Das Einwahlsignal erklang, einmal, mehrmals. Dann flackerte das Bild auf, und das Gesicht einer älteren Frau erschien. Sie trug eine helle Bluse mit einer sorgsam gebundenen Schleife am Hals, ihr graues Haar war zurückfrisiert. Im Hintergrund sah man einen Schrank und die gerahmte Zeichnung eines Mädchenkopfs an der Wand.

Shenmi sprudelte auf Chinesisch los, und die Frau antwortete.

»Ich habe ihr gedankt, dass sie bereit ist, mit uns zu sprechen«, erklärte Shenmi. »Sie sagt, es fällt ihr sehr schwer, aber sie möchte uns gern helfen.«

Julia nickte. »Kann sie uns erzählen, was damals passiert ist?«

Shenmi übersetzte, und die Chinesin begann zögernd zu sprechen. Obwohl Julia kein Wort verstand, konnte sie die emotionale Bewegung der Frau spüren. Shenmi unterbrach zwischendurch immer wieder sanft, um das Gesprochene für Julia zu übersetzen.

»Sie sagt, ihre Tochter war sehr fleißig und zielstrebig. Sie war immer bei den Besten, im Kindergarten, in der Schule, an der Uni. Sie erhielt ein Promotionsstipendium des chinesischen Staates für Deutschland und war auf dem Weg, eine hervorragende Wissenschaftlerin zu werden. Sie hat sich regelmäßig zu Hause gemeldet, und am Anfang ging es ihr gut, und sie schien glücklich zu sein.

Sie hatte noch keine Freunde, aber ihre Arbeit am Institut entwickelte sich gut.«

Die Frau sprach weiter, und nun verdüsterte sich ihre Miene. Shenmi stellte einige Zwischenfragen und fasste wieder zusammen.

»Irgendwann hat ihre Tochter sich nicht mehr gemeldet, und wenn sie und ihr Mann bei ihr angerufen haben, ist sie meistens nicht ans Telefon gegangen. Wenn sie doch mal mit ihr sprechen konnten, hatten sie den Eindruck, dass etwas nicht stimmte. Auf ihre Fragen hat die Tochter ausweichende Antworten gegeben. Sie habe viel Arbeit, sie sei ein bisschen krank, es sei alles in Ordnung.«

»Hatten Sie irgendeine Vermutung, was nicht stimmen könnte?«

Shenmi stellte die Frage und übersetzte die Antwort der Frau.

»Sie dachten, dass sie Heimweh hat. Sie haben ihr vorgeschlagen, sich mit anderen Chinesen zu treffen. Das hat sie wohl auch ein paarmal gemacht. Sie hat ihren Eltern nie gesagt, dass sie ernsthafte Probleme hatte.«

Julia bemerkte, dass die Frau auf dem Bildschirm gegen die Tränen ankämpfte.

»Frag sie, ob sie eine Pause braucht«, schlug sie vor.

Aber die Frau sprach weiter, wobei sie immer lebhafter wurde. Plötzlich kam von hinten eine Hand ins Bild, die sich auf ihre Schulter legte. Ein Mann beugte sich vor und sagte etwas in einem aufgebrachten Ton, seine Hand fuhr quer über den Bildschirm, dann war das Bild weg.

Julia blickte Shenmi fragend an.

»Das war ihr Mann«, erklärte Shenmi. »Er will nicht, dass sie mit uns spricht. «

»Und jetzt?«

Shenmi zuckte die Schultern.

»Hast du das denn vorher nicht abgeklärt?«, fragte Julia genervt.

»Hätte ich einen schriftlichen Antrag beim Ehemann stellen sollen, oder was?«, blaffte Shenmi zurück.

»Du hast gesagt, das könnte der Durchbruch werden!«

Sie hatte Shenmis vollmundige Ankündigungen allmählich satt.

»Dann habe ich mich eben geirrt.«

»Shenmi, bisher hast du mir nichts geliefert, was ich verwenden könnte«, sagte Julia mit mühsam unterdrücktem Ärger. »Es ist alles aus zweiter Hand und vom Hörensagen. Die Betroffenen wollen angeblich nicht mit mir reden. Und deine eigene Geschichte kann ich nicht aufschreiben, weil du darin klar zu identifizieren bist, aber anonym bleiben willst. So wird aus der Story nie was!«

Shenmi blickte sie finster an und ließ ihre Brille um den Finger kreisen. Ihre Augen waren zusammengekniffen.

Julia konnte sich nicht mehr bremsen. »Ehrlich gesagt ist mir schon der Verdacht gekommen, dass du dich nur wichtigmachst. Oder Jens Höger was anhängen willst.«

Kaum hatte sie den Satz beendet, hätte sie sich am liebsten die Zunge abgebissen.

»Weißt du was?«, sagte Shenmi und stand auf. »Mach deinen Scheiß allein!« Sie stürmte aus dem Zimmer.

Julia hörte, wie sie durch den Flur stampfte und die Wohnungstür mit voller Wucht zuknallte.

Sie starrte auf den Bildschirm, wo bis vor Kurzem das Gesicht der Chinesin zu sehen gewesen war. Die erste interessante Spur.

Ohne Shenmi würde sie am Institut keinen Schritt weiterkommen. Es würde keine Story geben.

2007

Robert freut sich schon den ganzen Tag auf diesen Abend. Yema wird ihn besuchen. Sie haben die Wohnung für sich, seine Mitbewohner sind ausgeflogen. Er wird für Yema kochen, sie werden Sex haben, sie wird neben ihm einschlafen und morgen neben ihm aufwachen. Sie werden gemeinsam frühstücken.

Er hat sein Bett frisch bezogen und alles für ein Thai-Curry eingekauft. Er traut sich nicht, chinesisch für Yema zu kochen. Bestimmt schafft er es nicht, die Gerichte originalgetreu zuzubereiten. Yema mag kein deutsches Essen, deshalb ist Thai-Curry ein guter Kompromiss. Da wissen sie beide nicht, wie es schmecken soll, aber wenigstens ist es asiatisch.

Aus seiner Bekanntschaft mit Yema ist eine Beziehung geworden. Sie ist jetzt seine Freundin. Er ist ihr Freund. Sie sind nicht oft zu zweit, weil Yema viel arbeitet und er abends fürs Abitur lernt. Aber er beobachtet sie im Labor, wie diszipliniert sie bei der Sache ist, obwohl die anderen Studenten oft Blödsinn machen und versuchen, sie abzulenken. Dann huscht ein kurzes Lächeln über ihr Gesicht, und sie sucht seinen Blick.

Er ist so stolz, dass Yema ihn ausgewählt hat. Wenn sie gemeinsam in die Institutskantine gehen, hält er ihre Hand, damit die anderen es sehen können. Und er freut sich die ganze Woche über auf den Samstag. Die Samstage verbringen sie immer zusammen.

Robert deckt den Tisch und schneidet das Gemüse. Er öffnet die Dose mit der Kokosmilch und die Packung mit der

thailändischen Curry-Gewürzmischung. Einen elektrischen
Reiskocher hat er schon vor Längerem gekauft, weil er es nicht
schafft, den Reis so hinzubekommen, wie Yema ihn mag.

Es klingelt. Sein Herz macht einen Sprung. Er drückt auf
den Öffner und wartet an der Wohnungstür, bis Yema die drei
Stockwerke zu Fuß hochgestiegen ist. Sie geht langsam, kraftlos.
Als sie um die Ecke biegt, sieht er, wie blass sie ist. Sie lächelt
nicht. Er nimmt sie in den Arm und fragt, wie es ihr geht.

»Gut«, sagt sie. Das sagt sie immer, als gäbe es keine andere
mögliche Antwort auf diese Frage.

Sie geht ins Bad, um sich die Hände zu waschen. Er schaltet
den Reiskocher ein, brät das Gemüse an.

»Was möchtest du trinken?«

Sie nimmt ein Bier, nippt gedankenverloren an der Flasche.
Immer wieder blickt Robert verstohlen zu ihr hinüber, aber sie
scheint ihn kaum wahrzunehmen.

Er bemüht sich, eine Unterhaltung in Gang zu bringen.
Fragt sie nach ihrem Tag im Institut, den Fortschritten bei ihrer
Arbeit (obwohl er darüber aus dem Intranet informiert ist).
Aber er weiß, dass man Interesse zeigen muss. Dass Frauen sehr
empfindlich sind und dass es wichtig ist, sie als ganze Person
wahrzunehmen. Nicht nur als Körper, mit dem man ins Bett
gehen möchte.

Oh, wie sehr er mit ihr ins Bett gehen möchte! Sie haben seit
drei Wochen nicht miteinander geschlafen. Immer war irgend-
etwas. Einmal hatte sie ihre Tage, beim nächsten Mal war sie zu
müde, beim letzten Mal fühlte sie sich durch seine Mitbewohner
gestört.

Heute ist alles perfekt. Niemand, der stören könnte, ist in der
Wohnung. Ihre Periode kann sie noch nicht wieder haben. Und
zu müde ist sie hoffentlich auch nicht. Sein Penis regt sich jetzt
schon bei der Vorstellung, sie anzusehen, zu streicheln, in sie

197

einzudringen. Aber vorher muss er noch kochen, mit ihr essen, Interesse zeigen. Niemand soll ihm vorwerfen können, dass er einer dieser Männer sei, die nur an Sex denken.

Er vermischt das Gemüse mit der Gewürzmischung und der Kokosmilch. Hält Yema den Löffel hin und sagt: »Probier mal.«

Sie probiert und sagt: »Gut.« Das sagt sie immer, zu allem, was er kocht.

Der Reiskocher gibt ein Signal von sich, Robert öffnet ihn und füllt den Reis in zwei Schalen. Er verteilt das Gemüse und die Soße darüber und holt zwei Paar Stäbchen aus der Schublade. Yema isst zu Hause nur mit Stäbchen, und er hat es sich ihr zuliebe angewöhnt.

Sie essen schweigend.

»Gut«, sagt Yema am Ende noch einmal und legt die Stäbchen ab. »Danke für Kochen.«

Er spült das Geschirr, sie trocknet ab und räumt alles zurück in den Schrank.

Danach setzen sie sich aufs Sofa und sehen die zweite Folge von Big Pacific an, eine vierteilige Dokumentation über den Pazifischen Ozean. Robert legt den Arm um Yema und ist froh, als sie ihren Kopf an ihn lehnt. Er dreht mit dem Finger eine ihrer Haarsträhnen und küsst sie auf den Scheitel.

Als der Film zu Ende ist, geht Yema ins Bad, putzt sich die Zähne und zieht das Nachthemd an, das sie bei Robert deponiert hat. Das ist kein gutes Zeichen. Wenn sie zum Sex bereit ist, schlüpft sie nackt in sein Bett.

Er wäscht sich, putzt sich ebenfalls die Zähne und legt sich zu ihr. Sie wendet ihm den Rücken zu und schweigt.

»Was ist los?«, fragt Robert. »Du bist … komisch.«

Sie dreht sich um, schmiegt sich an ihn, vergräbt ihr Gesicht in seiner Halskuhle. Er merkt, dass sie weint.

»Was ist?«, fragt er erschrocken. »Hab ich was falsch gemacht?«

Sie schüttelt den Kopf, drückt sich enger an ihn. Er umschlingt
sie mit den Armen, küsst ihr Gesicht, ihren Hals, schiebt ihr
Nachthemd hoch, küsst ihre Brüste, reibt sein Genital an ihren
Schenkeln. Zuerst lässt sie es geschehen, dann schiebt sie ihn
plötzlich weg.

»Nicht.«

Überrascht hält er inne, seine Erektion ist so stark, dass sie
schmerzt.

Er küsst und streichelt sie weiter, versucht, geduldig und zärtlich zu sein. Ihr Körper wird steif, sie schiebt ihn mit beiden
Händen von sich, rollt sich seitlich zusammen und rückt von
ihm ab.

Er fühlt sich gedemütigt, wird zornig. Wofür hat er eine
Freundin, wenn sie sich weigert, mit ihm zu schlafen? Drei Wochen lang war er geduldig, jetzt ist seine Geduld am Ende. Er
will Sex, er hat ein Recht darauf. Er fasst sie an der Hüfte, dreht
sie auf den Rücken und legt sich auf sie. Sie zappelt, wehrt sich.
Mit einer Hand hält er ihre Arme über dem Kopf fest, mit der
anderen will er sein Glied in sie einführen. Im letzten Moment
kommt er zur Besinnung. Das geht nicht. Das darf er nicht.
Stöhnend wälzt er sich von ihr hinunter, krümmt sich zusammen und ejakuliert aufs Laken.

Sie liegt da, ganz still. Als er zu Atem gekommen ist, will er
sie in seine Arme ziehen. Sie dreht sich weg und stellt die Füße
auf den Boden.

Er hält sie an der Schulter fest. »Wo willst du hin? Bleib
doch hier!«

Sie wendet sich um, ihr Gesicht ist nass von Tränen, aber
ausdruckslos.

»Lass mich.«

Er springt blitzschnell aus dem Bett, hockt sich vor sie auf den Boden und umfasst ihre Beine.

»Es tut mir leid! Bitte geh nicht!«

Sie bricht in Tränen aus, kann nicht sprechen.

Er klammert sich verzweifelt an ihr fest, will um jeden Preis verhindern, dass sie geht. »Es tut mir leid«, wimmert er. »Ich vermisse dich so! Warum willst du mich nicht mehr?«

Sie schluchzt, verbirgt das Gesicht in den Händen. Hilflos sitzt er vor ihr und begreift, dass er um ein Haar einen unverzeihlichen Fehler begangen hätte.

Wie ein eingesperrtes Raubtier tigerte Julia durch die Wohnung. Mehrmals hatte sie in den letzten Tagen versucht, Shenmi anzurufen, hatte ihr Nachrichten hinterlassen, in denen sie sich entschuldigt und sie gebeten hatte, mit ihr zu sprechen. Keine Antwort.

Sie musste unbedingt etwas unternehmen, sonst war die Geschichte tot.

Kurz entschlossen fuhr sie zum Institut, parkte die Vespa und stürmte ins Gebäude. Es war Mittagspause, vermutlich würde sie Shenmi in der Kantine finden. Für einen Moment fragte sie sich, ob ihr Auftauchen dort zu Unruhe führen würde. Und wenn schon. Es hatte sich im Institut herumgesprochen, in welcher Angelegenheit sie recherchierte. Falls manche sich dadurch bedroht fühlten – umso besser.

Vielleicht fühlten andere sich dafür ermutigt, endlich mit ihr zu sprechen.

Sie ließ den Blick über die fast vollständig besetzten Tische schweifen. Viele junge Leute, manche von ihnen in Laborkitteln. Zwei Drittel Frauen, schätzte Julia. Üppiges Angebot für Typen wie Höger.

Einige hoben den Kopf, sahen sie fragend an, verloren wieder das Interesse.

Sie entdeckte Shenmi, die mit einigen ihrer Kolleginnen zusammensaß und lebhaft diskutierte. Mit kleinen Bewegungen ihrer Gabel untermalte sie ihre Äußerungen.

Julia blieb am Tisch stehen und wartete, bis Shenmi sie wahrnahm.

»Was machst du denn hier?« Shenmi ließ die Gabel sinken.

»Können wir reden?«

Shenmi zögerte, dann stand sie auf. Die jungen Leute am Tisch musterten Julia neugierig und versuchten offensichtlich, sich einen Reim auf ihr Erscheinen zu machen.

»Bin gleich wieder da«, kündigte Shenmi an und folgte Julia aus der Kantine in einen Vorraum mit Ledersesseln und Glastischen.

»Was soll das?«, fragte Shenmi.

»Ich will mich entschuldigen. Ich habe mich scheiße benommen. Es tut mir leid.«

Shenmi biss sich auf die Unterlippe. In ihren Augen glitzerte es verräterisch. Eine Weile blieb sie stumm, dann sah sie auf und sagte: »Stimmt es, dass du ein Date mit Höger hattest?«

Julia erstarrte. Wie zum Teufel hatte sie davon erfahren? Und wie viel wusste sie genau?

Sie räusperte sich. »Ein Date trifft es nicht ganz. Ich habe ein Interview mit ihm geführt, und abends haben wir uns ... in einer Bar getroffen. Es waren andere Leute dabei.«

»Auch, als du mit ihm nach Hause gegangen bist?«

Julia zuckte zusammen. »Erzählt er das?«

Shenmi legte den Kopf schief. »Er hat einem Kollegen gegenüber was angedeutet, so nach dem Motto 'ne scharfe Journalistin flachgelegt und so. Typische Angeberei unter Männern. Hab's zufällig aufgeschnappt.«

Julia überlegte. »Er weiß durch Dettmer von meiner Recherche. Vielleicht hat er's drauf angelegt, dass du es mitkriegst?«

Wieder kaute Shenmi auf ihrer Lippe. Julia hoffte inständig, sie würde nicht weiter nachbohren. Sie war gut darin, Coverstorys und Ausreden zu erfinden, aber sehr schlecht im Abstreiten der Wahrheit, wenn jemand sie direkt damit konfrontierte.

»Du meinst, um Misstrauen gegen dich zu säen?«, fragte Shenmi.

Julia nickte. »Um dich davon abzuhalten, mit mir zu kooperieren. Er weiß, wie sehr du ihm schaden kannst.«

Shenmi wirkte ratlos. »Du vertraust mir nicht, und ich bin mir nicht sicher, ob ich dir vertrauen kann. Tolle Basis für eine Zusammenarbeit.«

Julia sah sie flehend an. »Es tut mir wirklich leid. Aber haben wir eine andere Wahl, als uns zu vertrauen?«

Shenmi schüttelte resigniert den Kopf. Dann fixierte sie Julia. »Eins musst du kapieren«, sagte sie eindringlich. »Hier geht's nicht um ein Diätmittel oder die Wirksamkeit von Kräutertee bei Halsschmerzen. Was hier abgeht, ist traumatisch für die Betroffenen. So traumatisch, dass die meisten darüber nicht sprechen können. Ein bisschen mehr Sensibilität von deiner Seite wäre echt angebracht.«

Julia schwieg betroffen.

»Du hast recht«, sagte sie dann. »Sensibilität ist nicht meine Stärke. Danke, dass du so offen bist.« Sie streckte die Hand aus. »Ich verspreche, mich zu bessern.«

Shenmi schlug ein.

Drei Tage später saßen Julia und Shenmi zum zweiten Mal vor dem Computer in Julias Büro. Das Einwahlzeichen ertönte, das Gesicht ihrer Gesprächspartnerin in China erschien. Shenmi hatte sich zuvor mit ihr in Verbindung gesetzt, um zu klären, wann die Unterhaltung ungestört fortgesetzt werden könne. Die Frau hatte daraufhin eine Zeit vorgeschlagen, zu der ihr Ehemann nicht zu Hause sein würde.

Ihre Entschlossenheit muss ja wirklich groß sein, wenn sie zu einem solchen Akt des Ungehorsams fähig ist, dachte Julia. Ganz offensichtlich war es ihr wichtig, über ihre Tochter zu sprechen.

Shenmi und die Frau unterhielten sich. Wahrscheinlich das Vorgeplänkel zum eigentlichen Gespräch. Nach einer Weile drehte Shenmi den Kopf zu Julia und sagte: »Wir können weitermachen.«

Julia bat darum, die Ereignisse in den Wochen vor dem Tod der Tochter noch einmal hören zu können. Die Frau erzählte im Wesentlichen das, was sie im ersten Gespräch gesagt hatte: dass die junge Frau schwer zu erreichen gewesen sei, dass sie unglücklich gewirkt, das aber abge- stritten habe.

»Wie haben sie vom Tod der Tochter erfahren?«

»Sie haben einen Anruf bekommen. Von irgendeiner staatlichen Stelle, ich habe nicht genau verstanden, von welcher. Jemand hat ihnen mitgeteilt, dass ihre Tochter tot sei. Dass sie Gift getrunken habe, wahrscheinlich Un- krautvernichtungsmittel. Und dass sie demnächst über die Höhe der Rückzahlungen benachrichtigt würden, die sie zu leisten hätten.«

»Wie bitte?« Julia glaubte, wohl nicht richtig gehört zu haben.

»Hätte sie einen Unfall gehabt oder wäre sie ermordet worden, wäre keine Zahlung fällig geworden. Aber ein

Selbstmord ist ja gewissermaßen ein freiwilliger Studienabbruch. Da will der Staat seine Auslagen zurück.«

Fassungslos schüttelte Julia den Kopf.

»Wo wurde sie gefunden? Ich meine, wo hat sie ...«

»In ihrem Zimmer im Studentenwohnheim«, sagte Shenmi. »Als sie eines Morgens nicht ins Institut kam, hat eine Kommilitonin nach ihr gesehen. Sie dachte, dass sie krank sei. Aber da war sie schon tot.«

»Hat sie ... einen Abschiedsbrief hinterlassen?«

Shenmi übersetzte die Antwort der Frau. »Offenbar hat man in ihrem Zimmer keine Nachricht gefunden, aber sie hat ihren Eltern einen Brief geschrieben, der nach ihrem Tod dort eintraf.«

Julia war wie elektrisiert. Hatte das Mädchen einen Grund angegeben, einen Namen genannt? Hatten sie endlich den Beweis, nach dem sie suchten?

»Was stand in dem Brief?«

Das Bild begann zu wackeln, dann sah man nur noch die Wand mit dem Mädchenkopf. Es dauerte fast eine Minute, bis die Frau zurückkam. Das Bild verschwamm, dann tauchte ihr Gesicht wieder auf. Sie hielt ein Blatt Papier mit chinesischen Schriftzeichen vor die Kamera und las etwas vor, was wie ein Gedicht klang.

Shenmi bat die Frau, das Papier umzudrehen, damit sie die Zeichen sehen konnte. Konzentriert blickte sie auf den Bildschirm.

»Trauerlied von Xi Murong«, übersetzte sie.

In diesem Leben werde ich dich nicht mehr sehen
Nur um das wiederzusehen
Das nicht mehr du bist

Dieses Du in meinem Herzen wird sich nie mehr zeigen
Und das, was sich zeigt, sind nur das Leben und die verge-
hende Zeit einiger tief gehenden Wandlungen

»Das ist alles?«, fragte Julia enttäuscht. »Keine weitere Erklärung, gar nichts?«

Shenmi schüttelte den Kopf. »Selbstmord, wenn er nicht aus hohen ethischen Motiven geschieht, wird in China als ›Geringschätzung des Leibes‹ betrachtet und verstößt gegen das konfuzianische Ideal, die Eltern zu ehren. Die haben ihrem Kind den Leib gegeben, und mit einem Suizid weist man dieses Geschenk zurück. Dafür gibt es eigentlich keine Entschuldigung.«

»Was hat man ihnen über die möglichen Gründe für den Suizid gesagt?«, fragte Julia.

»Nichts Genaues«, übersetzte Shenmi. »Vielleicht Heimweh, vielleicht Liebeskummer, auf jeden Fall persönliche Gründe.«

»Und das glauben sie nicht?«

Shenmi fragte weiter und sagte dann: »Am Anfang haben sie es geglaubt. Aber dann hat sich eine Frau aus der chinesischen Community bei ihnen gemeldet. Sie hat ihnen erzählt, dass ihre Tochter ihr gegenüber angedeutet hätte, von einem Mann belästigt zu werden. Als die Frau sie bei der nächsten Begegnung darauf angesprochen hat, hätte sie sehr ängstlich gewirkt und alles geleugnet.«

»Kennt sie den Namen des Mannes?«

Shenmi fragte, die Frau antwortete, und Julia verstand auch ohne Übersetzung, dass sie verneinte.

»Weiß sie sonst noch irgendwas, was uns weiterhelfen könnte? Wie alt der Mann war, welche Funktion er im Institut hatte?«

Es gab keine weiteren Informationen.

»Hat sie noch Kontakt zu der Frau, die ihr den Hinweis gegeben hat?«

Zwischen der Chinesin und Shenmi gab es einen längeren Wortwechsel, den Shenmi so zusammenfasste: »Die Frau ist weggegangen aus Deutschland, zurück nach China. Ich habe gefragt, wie sie heißt, und sie hat mir einen Namen genannt, der so verbreitet ist wie bei uns Sabine Müller. Millionen von Chinesinnen heißen so. Aussichtslos, sie zu finden.«

»Haben sie und ihr Mann denn damals irgendetwas unternommen?«, wollte Julia wissen. »Die Polizei informiert oder die Botschaft?«

Auch das wurde verneint. Der Schmerz über den Tod der Tochter sei zu groß gewesen, sie hätten keine Kraft gehabt, diesen Hinweisen nachzugehen. Das sei aus der Ferne auch schwer möglich gewesen. Und es hätte ihnen ihr Kind nicht zurückgebracht.

Julia wurde von einer Welle des Mitgefühls überrollt. Sie verstand genau, was die Frau beschrieb. Die Kraftlosigkeit, die einen befällt, wenn man begreift, dass der geliebte Angehörige nicht zurückkommen wird. Dass alles, was man unternimmt, nur die Illusion der eigenen Handlungsfähigkeit aufrechterhält. Weil man in Wahrheit nichts tun kann und deshalb immer wieder an denselben Punkt der Verzweiflung zurückkommt.

Sie atmete tief und versuchte, sich zu konzentrieren. Was könnte sie die Frau noch fragen, welche Information könnte vielleicht doch noch weiterhelfen?

»Wann ist das Ganze eigentlich passiert?«, fragte sie.

Shenmi gab die Frage weiter. »Yema starb am 13. Juli 2007.«

»Yema«, wiederholte Julia. »Schöner Name.«

»Er bedeutet wildes Pferd.«

Plötzlich sprach die Chinesin weiter, offenbar war ihr noch etwas eingefallen.

Shenmi hörte zu und übersetzte.

»Für die Eltern kam die Nachricht auch deshalb so unerwartet, weil Yema ihnen noch kurz vor ihrem Tod von einem jungen Mann erzählt hatte. Offenbar war sie verliebt. Sie hat sogar einmal gesagt, dass sie vielleicht heiraten würde. Aber das haben sie nicht ernst genommen. Sie hofften, dass sie nach China zurückkehren würde.«

»Sie hatte eine Beziehung?«, fragte Julia überrascht. »Weiß sie, wer dieser Freund war? Dem hat sie sich doch ganz bestimmt anvertraut! Vielleicht können wir ihn ausfindig machen!«

Shenmi übersetzte. Die Frau nickte und versuchte, einen Namen auszusprechen, der aber unverständlich blieb.

Shenmi fragte nach. Es ging ein bisschen hin und her, schließlich malte die Frau Schriftzeichen auf ein Papier und hielt es in die Kamera. Julia schob Shenmi ein Blatt und einen Stift zu, die notierte einige Silben und betrachtete sie mit gerunzelter Stirn. Schließlich blickte sie auf und sagte: »Ich denke, es müsste Robert heißen.«

Julia schnappte nach Luft. »Bist du dir da sicher?«

Shenmi machte ihr die Aussprache der Schriftzeichen vor. Und tatsächlich entstand eine Lautfolge, die sehr ähnlich wie Ro-bert klang, auch wenn das R ein L war.

Sie bedankte sich bei Yemas Mutter und verabschiedete sich von ihr.

»Sie wünscht sich, dass wir die Erinnerung an Yema lebendig halten«, übersetzte Shenmi ihren letzten Satz.

Julia nickte abwesend.

»Was ist los?«, fragte Shenmi.

Julia rieb sich mit beiden Händen durchs Gesicht. Plötzlich schien da ein Zusammenhang zwischen ihrem Bruder und der jungen Frau zu sein, die eines schrecklichen, unnatürlichen Todes gestorben war. Wenn das stimmte, wenn wirklich Robert ihr Freund gewesen war, müsste er dann nicht von den Übergriffen auf Yema gewusst haben? Hatte er geahnt, wie schlecht es ihr ging? Wenn ja, was hatte er getan, um ihr zu helfen? Hatte er überhaupt etwas getan?

Gequält stöhnte sie auf.

»Ich ... hatte einen Bruder, der Robert hieß«, sagte sie tonlos. »Er hat damals am Institut gearbeitet.«

»Echt jetzt?«, sagte Shenmi.

Julia fasste die Geschichte von Roberts Verschwinden zusammen, Shenmi lauschte aufmerksam. Als Julia geendet hatte, nahm sie die Brille ab und rieb sich die Augen.

»Holy shit. Das tut mir leid.«

Sie schwiegen beide für einen Moment.

Julia fühlte sich erleichtert. Sie und Shenmi waren ein Team. Sie mussten einander vertrauen.

»Aber wir wissen ja gar nicht, ob sie tatsächlich mit deinem Bruder zusammen war«, gab Shenmi zu bedenken. »Es könnte ein anderer Robert gewesen sein.«

»Glaubst du das wirklich?«, fragte Julia. »Du hast mir selbst gesagt, dass die Chinesinnen außerhalb des Instituts kaum Kontakt haben.«

Shenmi stieß die Luft aus. »Okay. Das ist nicht sehr wahrscheinlich.«

»Eben.« Julia stand auf. »Ich brauch was zu trinken.«

Gemeinsam gingen sie in die Küche, Julia schenkte zwei Gläser Brandy ein und reichte Shenmi eines.

»Nicht dass du denkst, ich trinke tagsüber. Das ist eine Ausnahme.«

Shenmi nahm einen Schluck und hustete. »Das hoffe ich für dich.« Und nach einer Pause: »Was war dein Bruder für ein Typ?«

Julia setzte ihr Glas ab.

»Eigenbrötlerisch. Zurückgezogen. Ich wusste nicht mal, dass er überhaupt eine Freundin hatte. Ich habe ihn nie mit einer Frau gesehen, und er hat mir nie von einer erzählt.«

Beide nippten stumm an ihren Gläsern.

»Was, glaubst du, ist mit ihm passiert?«, fragte Shenmi schließlich.

Julia zuckte die Schultern.

»Die offizielle Version ist, dass es ein Unfall war. Viele Jahre habe ich das geglaubt. In letzter Zeit kommen mir manchmal Zweifel. Und dann werde ich wütend auf ihn … und dafür schäme ich mich.«

Shenmi nickte. »Ich kenne das. Man möchte die Toten gern idealisieren und auf den Sockel stellen, aber die meisten gehören da nicht hin. Mein Großvater zum Beispiel hat eine sehr unrühmliche Rolle in der chinesischen Kulturrevolution gespielt. Als ich ein Kind war, hat man versucht, ihn mir als Helden zu verkaufen. Irgendwann habe ich begriffen, dass er furchtbare Dinge getan hat und sogar für Morde an politischen Gegnern verantwortlich war. Als dieses Geheimnis einmal gelüftet war, so viele Jahre danach, hat es unsere Familie zerstört.«

»Was ist passiert?«, fragte Julia.

Shenmi knetete nervös ihre Hände.

»Mein Vater ging mit mir nach Europa, meine Mutter und meine Brüder blieben in China. Wir haben so gut wie keinen Kontakt.«

»Das muss furchtbar sein«, sagte Julia.

»Ich komme damit klar. Aber ich habe begriffen, wie gefährlich solche Geheimnisse sind. Man kann sie Jahre oder Jahrzehnte unter dem Deckel halten, aber wenn sie schließlich ans Tageslicht kommen, können sie eine mörderische Sprengkraft entwickeln.«

Julias Magen krampfte sich bei diesen Worten zusammen. Mechanisch griff sie nach der Brandyflasche, schenkte sich nach und nahm einen tiefen Schluck.

Shenmi beobachtete sie. »Bist du okay?«

»Ich habe Angst.«

»Wovor?«

»Dass ... mein Bruder irgendwas Schlimmes getan hat.«

17

Julia öffnete die Tür zur Wohnung ihrer Mutter. Alles war noch so, wie sie es beim Aufbruch in die Klinik hinterlassen hatten. Auf dem Wohnzimmertisch stand der Teller, auf dem Julia ihr die belegten Brote serviert hatte, daneben das Wasserglas. Über der Sofalehne eine Strickjacke, im Flur ein achtlos abgestreiftes Paar Schuhe, in der Küche die kaum berührten Lebensmittel, ein paar Krümel auf der Arbeitsfläche. Es war ein beklemmendes Gefühl, die Spuren eines schlagartig unterbrochenen Alltags vorzufinden. Als käme man an den Tatort eines Verbrechens zurück.

Es war stickig, Julia öffnete die Fenster. Dann begann sie aufzuräumen. Wie wenige Dinge ihre Mutter besaß. Sie musste Unmengen weggeworfen haben, als sie hierhergezogen war. Aus dem einstmals belebten Familienhaus in die Einsamkeit dieser Wohnung in der anonymen Siedlung. Wenigstens war es hier ruhig, und die Umgebung war grün.

In der Abstellkammer fand sie einen Koffer, den sie aufs Bett legte. Sie öffnete den großen Wandschrank und suchte aus den Schubladen Unterwäsche, Nachthemden und Strümpfe heraus. Dann schob sie die Bügel mit Kleidern, Röcken, Hosen und Blusen hin und her und wählte aus, was ihr passend erschien. Zum Schluss packte sie zwei Paar Schuhe und ein Paar Hausschuhe, einen Mantel, eine Regenjacke und Kosmetikartikel ein.

Vier Wochen Kurzzeitpflege lagen vor Gitta. Danach würde sich entscheiden, wie es mit ihr weiterging. Dass sie nicht mehr allein in ihrer Wohnung würde leben können, war klar. Julia müsste eine Pflegerin finden, die bei ihr einziehen könnte. Was für ein Glück, dass ihre Eltern sich zwar getrennt, nicht aber hatten scheiden lassen. So verfügte ihre Mutter nicht nur über eine solide Rente, sondern auch über einige Rücklagen aus dem Erbe.

Auf dem Regal über dem kleinen Schreibtisch suchte Julia nach Versicherungsunterlagen, die für Gittas Aufnahme in die Pflegeeinrichtung notwendig waren.

Zwischen Ordnern und Papierstapeln fiel ihr ein gerahmtes Foto in die Hände. Ihre Eltern, Robert und sie beim letzten gemeinsamen Familienurlaub am Meer. 1998 musste das gewesen sein.

Sie erinnerte sich noch genau, wann und wo das Bild aufgenommen worden war. Es war am letzten Abend ihres zweiwöchigen Aufenthaltes gewesen, auf der Terrasse des Hotelrestaurants. Ihr Vater hatte eine Kellnerin gebeten, sie zu fotografieren. Sie hatten sich vor einer Palme aufgereiht: rechts ihre Mutter, daneben ihr Vater, dann sie, neben ihr Robert. Alle vier lachten, und ihr Lachen war echt. Es war ein harmonischer Urlaub gewesen. Ihre Mutter hatte erstaunlich wenig gemeckert, obwohl an Ausstattung, Essen und Service des Hotels durchaus einiges zu kritisieren gewesen wäre. Vom täglichen Animationsprogramm ganz zu schweigen. Ihr Vater hatte ungewöhnlich viel Zeit mit ihnen verbracht, statt sich – wie sonst – hinter seiner Zeitung zu verschanzen. Julia hatte sich zusammengerissen, obwohl sie sich langweilte, da es im Hotel keine Gleichaltrigen gab. Robert dagegen war ganz und gar zufrieden gewesen. Er hatte Muscheln und

Versteinerungen gesammelt, Pflanzen gepresst und Informationen über das seltene Seegras zusammengetragen, das rund um die Insel im Meer wuchs.

Julia und Robert erlebten in diesen Ferien ein Gefühl geschwisterlicher Zusammengehörigkeit, wie sie es aus Kinderzeiten kannten. Sie spielten Strandtennis, bauten zusammen Sandburgen – obwohl sie mit vierzehn und siebzehn eigentlich zu alt dafür waren –, holten sich Eis an der Strandbude und liehen sich Fahrräder aus, um die Gegend zu erkunden.

Es war, als hätten alle geahnt, dass es ihre letzte gemeinsame Reise sein würde.

Danach begann der Zerfall. Eine einzige Abwärtsbewegung, schicksalhaft und anscheinend durch nichts aufzuhalten.

Julia nahm das Bild mit. Vielleicht würde ihre Mutter sich darüber freuen.

Mit dem Taxi fuhr sie zur Klinik, wo Gitta schon wartete. Sie verabschiedete sich bei den Schwestern, als wären es alte Bekannte. Dann setzte sie sich neben Julia auf die Rückbank.

»Wohin fahren wir?«, erkundigte sie sich.

»Das weißt du doch, Mutti, in dieses hübsche Hotel. Ich hab dir Bilder gezeigt.«

Schweigen. »Ich will lieber nach Hause.«

»Bald kannst du wieder nach Hause«, vertröstete Julia sie.

Das war nicht direkt eine Lüge, aber doch eine ziemliche Beschönigung. Es handelte sich nicht um ein Hotel, sondern um eine Pflegeeinrichtung. Und wann sie wieder nach Hause kommen würde, war völlig offen.

Durfte sie ihre Mutter anschwindeln, um es einfacher für sie zu machen? Julia fand, dass sie das durfte. Schließlich tat sie niemandem weh.

Sie erreichten das Heim, das an einem See eine halbe Stunde außerhalb der Stadt lag. Es war ein mittelgroßer Bau aus den Siebzigerjahren mit viel Beton und wenig Charme, aber die Lage war schön, und innen war es ganz annehmbar eingerichtet.

»Schau mal, wie hübsch«, sagte Julia und wies auf einen kleinen Springbrunnen, der im begrünten Innenhof plätscherte. Gitta blickte missbilligend auf einige Patienten, die in ihren Rollstühlen apathisch um den Brunnen herumsaßen.

Eine freundliche Empfangsdame begrüßte sie und nahm von Julia die Unterlagen entgegen. Sie würde sich um alles Weitere kümmern.

»Ist doch ganz schön hier«, sagte Julia.

»Hier sind nur alte Leute. Und Kranke.« Gitta wies auf die Rollstühle. »Ich bin nicht krank.«

Eine Schwester holte sie im Foyer ab und begleitete sie ins Zimmer. Sie erklärte ihnen alles Wissenswerte und fragte, ob noch etwas benötigt würde.

Gitta zeigte auf das zweite Bett. »Wer schläft hier?«

»Eine andere Patientin.«

»Dann hast du jemanden, mit dem du dich unterhalten kannst«, hörte Julia sich in diesem munteren Tonfall sagen, den Mütter verwendeten, wenn sie ihre bockigen Kinder zu etwas überreden wollten.

Gitta gab keine Antwort.

»Kann ich noch etwas für Sie tun?«, fragte die Schwester, dann verabschiedete sie sich.

Julia begann, den Koffer auszupacken und die Kleider

in den Schrank zu räumen. Als sie fertig war, setzte sie sich zu ihrer Mutter, die am Fenster Platz genommen hatte und geistesabwesend hinausblickte.

»Schau mal, was ich gefunden habe.«

Gitta betrachtete das Bild, ohne eine Regung zu zeigen. Julia hätte nicht sagen können, ob sie erkannte, wer darauf zu sehen war. Als sie gerade danach fragen wollte, klopfte es, und eine andere Schwester kam herein.

»Es gibt gleich Abendessen, Frau Feldmann.«

Gitta blieb sitzen. »Ich habe keinen Hunger.«

»Du musst was essen«, bat Julia. »Sonst landest du wieder im Krankenhaus. Das willst du doch nicht, oder?«

»Mir egal«, sagte Gitta trotzig.

Mit aller Kraft versuchte Julia, Zuversicht zu verbreiten und die Stimmung ihrer Mutter aufzuhellen. Sie umarmte sie zum Abschied und versprach ihr, ganz bald wiederzukommen.

Als sie sah, wie Gitta widerstrebend am Arm der Schwester in Richtung Speisesaal ging, machte sich ein quälend schlechtes Gewissen in Julia breit. Sie kam sich vor wie eine Mutter, die ihr Kleinkind zum ersten Mal in einer Krippe zurückließ.

Julia recherchierte weiter für ihren Artikel. Sie telefonierte mit der Gleichstellungsbeauftragten des JLI, die behauptete, ihr sei kein Fall von Belästigung oder sexuellem Übergriff gemeldet worden. Natürlich könne sie nicht restlos ausschließen, dass Derartiges am Institut vorkomme, aber wenn sie keine Beschwerde erhalte, seien ihr die Hände gebunden.

Julia machte ehemalige Mitarbeiterinnen und Doktorandinnen des Instituts ausfindig, stieß aber auch da auf Schweigen oder die üblichen Relativierungen und Verharmlosungen. Da und dort habe es Vorfälle gegeben, sagte eine der Frauen, aber das sei alles im normalen Rahmen geblieben.

Was denn der normale Rahmen sei, fragte Julia.

Anzügliche Sprüche, eine harmlose Berührung. Das gebe es doch überall, wer sich darüber aufrege, habe wohl selbst ein Problem.

Kopfschüttelnd beendete Julia das Gespräch. Wie konnte es sein, dass die Frauen sich schon derart in dieser Welt der ständigen kleinen Grenzüberschreitungen eingerichtet hatten, dass sie diese als »normal« empfanden und sogar verteidigten? Aber wenn Julia ehrlich zu sich war, musste sie sich eingestehen, dass es bei ihr lange genauso gewesen war.

Ihr fiel ein Vorfall an der Journalistenschule ein, den sie längst vergessen hatte. Sie hatte ein Referat über das Für und Wider der Autorisierung von Interviews gehalten, für das sie viel Beifall von ihren Kommilitonen erhalten hatte. Am Ende der Stunde, als sie den Raum verließ, stellte der Dozent sich ihr in den Weg. »Prima haben Sie das gemacht!«, sagte er anerkennend. Dann hob er die Hand und tätschelte ihr die Wange.

Sie war verwirrt. Einerseits freute sie sich über das Lob, andererseits empfand sie die Berührung als völlig unangemessen.

Sie fing den empörten Blick einer Kommilitonin auf, die sie ansah, als wollte sie sagen: Was ist los? Wehr dich!

Aber Julia hatte nur blöde gelächelt und war gegangen. So wie bei unzähligen anderen Malen auch. Wenn Kollegen schweinische Witze erzählt hatten, in diesem kumpelhaften Tonfall, der sie zur Komplizin machen sollte. Wenn aus einem Flirt Nötigung wurde und ihr Widerstand bösartig als Prüderie ausgelegt wurde.

Solange die Frauen ihre Angst nicht überwanden und den Mund nicht aufmachten, hatten übergriffige Männer nichts zu befürchten. Jede Frau, die sich nicht wehrte, bereitete den Weg für weitere Übergriffe. Aber solange der Preis so hoch war, konnte man Frauen den notwendigen Mut dazu schwerlich abverlangen. Es war ein verdammter Teufelskreis.

Sie hatte ja selbst lange zu denen gehört, die das alles übertrieben fanden und den Frauen die Verantwortung zuschoben. War ja auch bequemer zu sagen: »Stell dich nicht so an, Männer sind halt so!«, als sich ständig zu beschweren. Aber je länger sie sich mit dem Thema befasste, desto sicherer wusste sie, auf welcher Seite sie stand.

Immer wieder musste Julia an das Gespräch mit Yemas Mutter denken. Dass Robert nichts von Yemas Problemen mitbekommen hatte, hielt sie für unwahrscheinlich. Aber wenn doch, warum hatte er ihr nicht geholfen? Offenbar war sogar schon von Heiraten die Rede gewesen! Warum hatte die junge Frau dennoch keinen anderen Ausweg gesehen, als sich selbst zu töten?

Es machte Julia fast verrückt, dass sie keine Antworten auf diese Fragen erhielt. Sie musste jemanden finden, der ihr welche geben konnte.

Sie überlegte, wer Robert in der Zeit vor seinem Verschwinden nahegestanden hatte, konnte sich aber an niemanden erinnern. Robert hatte so gut wie keine Freunde gehabt. Höchstens die Mitbewohner seiner damaligen WG könnten vielleicht etwas wissen. Sie kramte in ihrem Gedächtnis.

Das Mädchen hieß Tanja, sie war auf der Modeschule

gewesen. Die beiden Typen ... Michi und Karl. Michi hatte Medizin studiert, Karl Jura. Nette Jungs. Julia grub in ihrem Gedächtnis, aber an ihre Nachnamen konnte sie sich nicht erinnern. Nach zwölf Jahren existierte die WG sicher nicht mehr, aber vielleicht wussten die derzeitigen Mieter ja was? Zumindest würden sie ihr den Namen der Hausverwaltung nennen können.

Roberts frühere Wohnung lag in einem imposanten Gründerzeitbau. Dritter Stock rechts, daran erinnerte sich Julia. Ohne Lift. Beim Fest zu seinem fünfundzwanzigsten Geburtstag war sie zuletzt dort gewesen. Sie überlegte, ob ihr damals eine Chinesin unter den Gästen aufgefallen war, konnte sich aber nicht erinnern. Bestimmt hätte Robert ihr Yema vorgestellt, wenn sie da gewesen wäre.

Dann fiel ihr ein, dass die Party eine Überraschung seiner WG-Freunde für ihn gewesen war. Robert mochte eigentlich keine Partys, er selbst hätte nie eine gegeben. Wahrscheinlich war er an dem Abend ahnungslos aus dem Labor nach Hause gekommen und mitten im Partytrubel gelandet.

Julia stellte die Vespa ab und studierte die Namen auf dem Klingelbrett. *Wollberger* stand dort, wo sich früher die Namen der vier WG-Bewohner gedrängt hatten. Sie klingelte. Kurz darauf erklang eine Kinderstimme.

»Wer ist da?«

»Ich bin's. Julia. Ich möchte gern deine Eltern sprechen. Machst du mir auf?«

Ein Summen ertönte, Julia drückte gegen die Tür. Im dritten Stock öffnete ein Mann in ihrem Alter in verwaschenen Jeans und T-Shirt mit Regenbogenaufdruck die Tür.

»Karl!«, sagte Julia verblüfft.

»Julia!«, sagte der Mann, nicht minder überrascht.

»Wohnst du immer noch hier?«

Karl grinste. »Ja, ich hab Glück gehabt. Als die anderen damals raus sind, konnte ich die Wohnung übernehmen.« Er zog die Tür auf. »Komm doch rein.«

Julia trat ein und sah ein ungefähr sechsjähriges Mädchen, das neugierig hinter einer Zimmertür stand und in den Flur lugte.

»Das ist Mia«, erklärte Karl.

»Hallo, Mia«, sagte Julia. »Danke, dass du mich reingelassen hast.«

Sie folgte Karl in die Küche. Ihr Blick fiel auf das antike Buffet.

»Ist das etwa noch von damals?«

Karl nickte lächelnd. »Der Tisch und die Stühle auch. Nur der Kühlschrank ist neu.«

Julia setzte sich. Es fühlte sich an, als wäre sie auf einer Zeitreise im Jahr 2007 gelandet. Jeden Moment müsste Robert zur Tür hereinkommen, eine Hand im verstrubbelten Haar, den mageren Körper ein bisschen gebeugt, als wollte er sich kleiner machen, in Jeans und T-Shirt, mit bloßen Füßen.

Hi, würde er sagen. Was machst du denn hier?

Ich war gerade in der Nähe und dachte, ich sehe mal nach dir, würde sie antworten.

Er würde sie anlächeln und ihr einen überraschten Blick aus seinen grünen Augen zuwerfen, die vor allem im Sommer intensiv leuchteten, wenn sein Gesicht gebräunt war. Eigentlich war er ein hübscher Kerl gewesen, dabei aber so wenig selbstbewusst, dass man ihn kaum wahrgenommen hatte. Julia sah ihn plötzlich ganz genau vor sich, und die Erinnerung war so plastisch, dass es ihr einen Stich versetzte.

»Meine Frau ist mit dem Kleinen gerade bei ihrer Mutter«, erklärte Karl. »Schade, dass ihr euch nicht kennenlernt.«

»Ja, schade.«

In Wahrheit war Julia froh. Jedes Mal wenn sie mit dem klassischen Kleinfamilienidyll Vater/Mutter/zwei Kinder konfrontiert war, kam sie sich wie eine Versagerin vor. Sie hatte wirklich nichts auf die Reihe gebracht. Keine Familie, keine Beziehung, nicht mal eine Karriere.

Karl erkundigte sich, ob sie noch im Journalismus tätig sei, und sie sagte ja. Sie versuchte, den Eindruck zu erwecken, erfolgreich zu sein, war sich aber nicht sicher, ob ihr das gelang. Er bohrte nicht weiter nach, und sie lenkte ab, indem sie nach seinem Werdegang fragte.

»Ich bin Anwalt geworden, auch wenn ich nicht so aussehe«, sagte er lächelnd.

Julia fragte nach seinem Fachgebiet.

»Arbeitsrecht, Familienrecht, Mietrecht«, sagte Karl. »Alles, bei dem man wenig verdient, aber was bewirken kann.«

Das passt zu ihm, dachte Julia. Karl war immer schon ein Idealist gewesen.

»Neuerdings auch Persönlichkeitsrecht«, ergänzte er. »Mit der Digitalisierung wird das ein immer größeres Ding.«

Nachdem sie noch ein paar Erinnerungen aufgefrischt hatten, kam Julia zum Grund ihres Besuchs. Sie erzählte nichts von ihrer Recherche, nur davon, wie sie zufällig darauf gestoßen war, dass Robert zum Zeitpunkt seines Verschwindens eine Freundin gehabt haben musste.

»Ich hatte keine Ahnung, kannst du dir das vorstellen?«, sagte sie kopfschüttelnd.

»Robert war nicht sehr mitteilsam«, sagte Karl. »Wir haben es auch lange nicht gewusst. Irgendwann hat er sie mal mitgebracht. Sie haben sich immer samstags gesehen, da waren wir anderen meistens auf der Piste.«

»Was für einen Eindruck hattest du von den beiden?«

Karl zögerte. »Das Mädchen wirkte ein bisschen … verklemmt. Aber Robert war wohl ziemlich verliebt in sie.«

In diesem Moment kam Mia in die Küche. »Hab Hunger, Papa.«

»Entschuldige, mein Mäuschen.«

Er sprang auf, schnitt eine Scheibe Brot ab und schmierte vegetarische Paste darauf, dann garnierte er den Teller so mit Gurken, Tomaten und Karotten, dass ein Gesicht entstand.

»Wo willst du essen?«

»Im Wohnzimmer.«

Karl zwinkerte Julia zu. »Soll heißen, vor dem Fernseher.« Er wandte sich an Mia. »Ausnahmsweise.« Nachdem das Kind verschwunden war, fragte er: »Möchtest du was trinken?«

Juli bat um Wasser. Er dekorierte das Glas mit Minzblättern und einer Scheibe Limette.

»Hat Robert euch mal was über Yema erzählt?«, fragte Julia.

Karl verzog das Gesicht. »Er hat doch eigentlich so gut wie nie irgendwas erzählt.« Dann schien ihm was einzufallen. »Eines Tages kam er nach Hause und war fix und fertig. Er hat sich ins Bett gelegt und zwei Tage nicht aus dem Zimmer gerührt. Ich dachte, er wär krank.«

»Und dann?«

»Ich habe nach ihm gesehen und gefragt, was los ist. Er hat was von einem Todesfall im Bekanntenkreis erzählt. Drei Wochen später ... war er weg.«

»Ein Todesfall im Bekanntenkreis«, murmelte Julia. »Das war Yema. Sie hat sich umgebracht.«

Karl blickte sie entsetzt an. »Das wusste ich nicht.«

»Wie gestört ist das denn?«, sagte Julia heftig. »Da bringt sich seine Freundin um, und er spricht mit niemandem darüber!«

Karl schwieg und überlegte. »Sicher hatte er Schuldgefühle. Alle Hinterbliebenen von Selbstmördern fühlen sich schuldig.«

»Ich habe mich nach Roberts Verschwinden auch schuldig gefühlt«, sagte Julia. »Aber ich hab nicht so getan, als wäre nichts gewesen. Jeder, der mich kannte, wusste Bescheid.«

»Weiß man inzwischen eigentlich ...«, begann Karl und brach ab.

»Nicht mit Sicherheit«, sagte Julia. »Aber alles spricht für einen Unfall. Trotzdem fühle ich mich scheiße und frage mich, ob ich irgendwas falsch gemacht oder versäumt habe.«

Karl nickte. »Die Polizei hat uns damals auch befragt. Ob wir ihm zutrauen, dass er sich was antut. Ich habe ihnen gesagt, dass ich mir das nicht vorstellen kann. Aber du weißt ja, man steckt nicht drin.«

Beide verfielen in nachdenkliches Schweigen.

Mia brachte den leeren Teller zurück und sagte: »Was Süßes.«

Karl blickte streng. »Wie heißt das?«

Das Kind grinste verschmitzt. »Kann ich bitte was Süßes haben?«

Julia lächelte in sich hinein. So einen Vater hätte sie sich für ihre Kinder gewünscht. Einen, der lustige Brotgesichter zubereitete und auf die Einhaltung von Umgangsformen achtete. Der seine Liebe zeigte, ohne sich zum Affen zu machen.

Karl nahm eine Tafel Schokolade aus dem Küchenschrank und brach eine Rippe für Mia ab, danach bot er sie Julia an.

Reine Bio-Schokolade mit einer Füllung aus Tonkabohnenmus.

Sie probierte. Gar nicht so übel, das Ökozeug.

Karl musterte sie prüfend. »Wonach suchst du, Julia?«

»Ich wüsste gern, warum sich eine junge Frau umbringt, die immer erfolgreich war, an einem der renommiertesten deutschen Forschungsinstitute promoviert und einen Freund hat, in den sie so verliebt ist, dass sie ihren Eltern gegenüber vom Heiraten spricht.«

»Und was vermutest du?«

»Es gibt einen Hinweis darauf, dass Yema von einem Vorgesetzten sexuell belästigt wurde. Ich bin mir sogar ziemlich sicher, weil das nicht der einzige Fall dieser Art am JLI ist. Da gibt es wohl so was wie eine ... unselige Tradition, die sich bis heute fortsetzt. Und ich frage mich ...« Ihre Stimme wurde zittrig, sie brach ab.

»... welche Rolle Robert dabei gespielt hat?«, führte Karl ihren Satz zu Ende.

Julia nickte und begann unvermittelt zu weinen. Plötzlich entlud sich der ganze Druck, der auf ihr lastete: die Ungewissheit, die Trauer, der Zorn. Immer beherrschte sie sich, immer war sie cool. Weil sie glaubte, dass alles zusammenbrechen würde, wenn sie zusammenbrach. Nun ließ sie ihren Tränen freien Lauf.

Karl legte den Arm um sie und sprach tröstend auf sie ein. Er kochte ihr einen Melissentee, den sie dankbar entgegennahm, obwohl ihr etwas Hochprozentiges lieber gewesen wäre. Bei emotionalen Erschütterungen spürte sie das unwiderstehliche Verlangen nach Alkohol. Und da ihr Leben eine Abfolge emotionaler Erschütterungen war, würde sie wohl über kurz oder lang endgültig zur Trinkerin werden.

Als sie ihre Fassung einigermaßen wiedergefunden hatte, sagte sie: »Ich muss wissen, ob ich mich in meinem Bruder getäuscht habe. Die Vorstellung, dass er was Furchtbares getan hat oder etwas nicht getan hat, was er hätte tun müssen, bringt mich um den Verstand.«

»Was hätte er denn Furchtbares tun können?«

»Er hätte ... derjenige sein können, der sie bedrängt. Vielleicht war sie in Wirklichkeit nicht seine Freundin, vielleicht war er es, der sie genötigt hat, und er hat nur den Eindruck erweckt, sie wären ein Paar?«

»Wie wahrscheinlich ist das?«

Julia atmete tief durch. »Ich dachte immer, Robert wäre so schüchtern, dass er sich an Mädchen nicht rantraut. Aber man kennt doch diese verklemmten Typen, die immer wieder bei Frauen abblitzen und sich dann irgendwann einfach das nehmen, von dem sie glauben, es stünde ihnen zu.«

»So was traust du Robert zu?«

Julia vergrub das Gesicht in den Händen und schluchzte auf.

»Ich weiß es nicht, Karl! Ich habe das Gefühl, ihn überhaupt nicht gekannt zu haben!«

Karl wartete geduldig ab, bis sie sich etwas beruhigt hatte, dann fragte er weiter.

»Und was, glaubst du, hätte er damals versäumt haben können?«

Julia schniefte und sah auf. »Wenn Yema wirklich seine Freundin war, muss er doch mitbekommen haben, dass jemand sie belästigt. Sie haben im gleichen Institut gearbeitet. Entweder hat er es gesehen, oder sie hat es ihm erzählt. Und dann hätte er etwas unternehmen müssen! Er hätte sie beschützen müssen!«

»Vielleicht hat seine Freundin es ihm verschwiegen«, sagte Karl. »Vielleicht hat sie sich geschämt. Vielleicht hat sie gespürt, dass er davon überfordert sein würde.«

Julia nahm die Tasse in beide Hände und pustete in den heißen Tee, der nach Herbst und Kindheit roch.

Plötzlich sah sie die Wiese hinter ihrem Elternhaus, abgemäht und von Heuballen gesäumt, die auf ihren Abtransport durch den Bauern warteten. Die verfärbten Blätter der Bäume im nahen Wald, Robert und sie, mit Holzstöcken in der Hand, der Geruch von Laubfeuer, über dem sie Äpfel rösteten. Einmal war eine Maus unter einem Blätterhaufen herausgeschossen. Robert hatte aufgeschrien und mit dem Stock auf sie eingeschlagen. Als sie tot vor ihm lag, tat es ihm leid.

Julia seufzte gequält. Ein Gedanke schoss ihr durch den Kopf, und sie entschied sich, Karl in ihre Recherche einzuweihen. Sie erzählte ihm von ihrer Begegnung mit Dettmer.

»Er vermittelt Robert einen Therapeuten gegen seine Prüfungsangst? Er ermutigt ihn, sein Abi nachzumachen, damit er studieren kann?« Sie schlug sich mit der flachen Hand gegen die Stirn. »Warum verhält er sich einem kleinen Angestellten gegenüber wie ein verdammter ... Patenonkel?«

Karl zuckte die Schultern. »Vielleicht ist er einfach ein netter Kerl.«

Julia lachte bitter auf. »Vergiss es. Der ist so wenig ein netter Kerl, wie ich Eiskunstlauf-Weltmeisterin bin. Wie sagt ihr Anwälte immer? Cui bono? Was hatte Dettmer davon, sich so zu verhalten?«

»Dreh die Frage um«, schlug Karl vor. »Welches Druckmittel könnte Robert in der Hand gehabt haben, mit dem er Dettmer dazu bringen konnte, sich so zu verhalten?«

Julia riss die Augen auf. »Du meinst ... Robert hat ihn erpresst?«

»Es genügt wahrscheinlich, dass er etwas über Dettmer wusste, womit der erpressbar war.«

Sie schwieg. Die Gedanken, die sich ihr aufdrängten, wenn sie darüber nachzudenken begann, wollte sie am liebsten nicht hochkommen lassen.

»Könnte es dieser Dettmer gewesen sein, der Yema belästigt hat?«, fragte Karl.

Julia zuckte die Schultern. »Ich weiß es nicht.«

»Was könnte Robert über ihn gewusst haben?«

»Keine Ahnung.«

Dann fiel ihr plötzlich etwas ein. Was hatte Ariane Hildebrandt gesagt?

Vorgesetzte erteilen ganz gezielt Arbeitsaufträge oder geben Forschungsergebnisse ihrer Studierenden als eigene aus.

»Hältst du es für möglich, dass er Ergebnisse seiner Doktoranden klaut?«, fragte Julia. »Eine meiner Informantinnen hat mir erzählt, dass so was an wissenschaftlichen Einrichtungen vorkommt.«

Karl nickte. »Ich kenne sogar einen Fall, wo ein Institutsleiter eine Entwicklung seiner Studenten an eine Firma verkauft hat, an der er beteiligt war.«

»Wow.« Julia schüttelte den Kopf.

»Was, wenn Dettmer in solche Machenschaften verwickelt war und Robert Wind davon bekommen hat?«, fuhr Karl fort.

»Ich kann mir das einfach nicht vorstellen«, sagte Julia. »Dettmer ist eine Koryphäe, international hoch angesehen, mit Ehrungen überhäuft. Würde der ein solches Risiko eingehen?«

»Man hat schon Pferde kotzen sehen«, sagte Karl.

Sie überlegte.

»Dass Dettmer fremde Ergebnisse als eigene ausgibt, kann ich mir zur Not vorstellen. Aber dass er sich an Studentinnen vergreift? Irgendwie passt das nicht zu ihm.«

Plötzlich löste sich ein Fragment ihrer Erinnerung. Etwas, was sie im Alkoholnebel nur halb bewusst aufgenommen und sofort vergessen hatte. Es war an dem Abend in der Wunderbar gewesen.

Was hatte Höger geantwortet, als sie ihn gefragt hatte, warum er aus den USA zurückgekommen sei?

Heimweh.

Und als Nächstes hatte er nicht seine Familie oder seine Freunde erwähnt – sondern das Institut. Aber Heimweh konnte man doch nur nach einem Ort haben, an dem man schon mal war, oder? Sie hatte das gleich seltsam gefunden, aber dann war sie abgelenkt worden und hatte es vergessen.

»Entschuldige, Karl, ich muss schnell was checken.«

»Lass dir Zeit, ich telefoniere so lange mit meiner Frau«, sagte Karl und ging aus dem Zimmer.

Julia nahm ihr Handy und ging auf Högers Facebook-Seite. Dort war nur erwähnt, dass er in Hamburg promoviert hatte und 2007 in die USA gegangen war. Seine Vita auf der Institutsseite enthielt die gleiche Information.

Fieberhaft suchte Julia weiter, durchkämmte Tagungsprogramme, Fachartikel und andere Publikationen, in denen Höger erwähnt wurde. Nirgendwo fand sie den Hinweis, den sie suchte. Nach einer Weile gab sie es auf. Wahrscheinlich bildete sie sich nur was ein.

Sie ging durchs Zimmer und betrachtete die Bilder an der liebevoll gestalteten Fotowand. Urlaubsbilder, das Hochzeitsfoto von Karl und seiner Frau, Bilder aus der Schwangerschaft, die Eltern mit dem Neugeborenen, später mit Mia und ihrem kleinen Bruder. Man konnte das Glück förmlich spüren, das diese Menschen ausstrahlten. Der Anblick versetzte ihr einen Stich.

Ob Robert heute eine Familie hätte, wenn er noch lebte? Ob ihre Eltern dann noch zusammen wären? Ob ihr Vater noch leben würde? Ob sie weniger gestört wäre?

Sie setzte sich wieder, spielte nervös mit dem Handy und begann schließlich erneut, Suchbegriffe einzugeben. Sie scrollte und las, scrollte und las.

Da! Auf der Seite eines amerikanischen Biotech-Unternehmens, das in Boston angesiedelt war, hieß es in einem Eintrag von 2015: *Bevor Dr. Jens Höger Ende 2007 Mitarbeiter unseres Unternehmens wurde, war er einige Monate als Postdoc am renommierten deutschen Johannes-Löwe-Institut tätig.*

Julia starrte auf das Display. Hier war er: der Beweis, dass Höger gelogen hatte. Nicht nur, dass er diese Information bewusst unterschlug, er hatte ihr frech ins Gesicht gelogen!

Robert Feldmann? Das muss vor meiner Zeit gewesen sein. Ich bin erst vor drei Jahren ans Institut gekommen.

Sie machte einen Screenshot und schickte ihn an Shenmi.

Karl kam zurück. Aufgeregt zeigte Julia ihm das Display.

»Schau mal, der Typ hier ist der Hauptverdächtige am JLI. Er behauptet, dass er erst vor drei Jahren ans Institut gekommen ist. Aber er war schon mal für eine Weile dort. Und zwar genau in der Zeit vor Yemas Selbstmord. Und diese Information verheimlicht er bewusst!«

»Dr. Jens Höger«, las Karl vom Display ab, dann sah er Julia an. »Das ist noch kein Beweis, aber immerhin ein Indiz.«

»Mal angenommen, es war Höger, der Yema damals belästigt hat, und Robert hätte davon gewusst ...«, fuhr sie fort. »Hätte er sich getraut, ihn zur Rede zu stellen?«

Karl wiegte den Kopf. »Das bezweifle ich. Robert war nicht besonders ... konfliktfähig.«

»Also hätte er nur zu Dettmer gehen können«, führte Julia den Gedanken weiter. »Aber auf dessen Wohlwollen war er angewiesen. Wenn Yema also Robert um Hilfe gebeten hätte, was wäre passiert? Er hätte ihr erklärt, dass er leider nichts für sie tun kann, das Ganze vielleicht heruntergespielt, ihr gesagt, sie solle sich nicht so anstellen. In jedem Fall hätte Yema sich von ihm im Stich gelassen gefühlt.«

»Und wenn Dettmer sich auch noch ihre Ergebnisse unter den Nagel gerissen hat, wäre die Katastrophe für sie perfekt gewesen«, vollendete Karl das Szenario.

In Julias Kopf rasten die Gedanken. Wenn es sich so oder so ähnlich abgespielt hatte, veränderte das alles. Dann hätte Robert sehr wohl einen Grund für eine Verzweiflungstat gehabt.

Seine Freundin bittet ihn um Hilfe, er verweigert sie ihr aus Feigheit und Opportunismus, sie nimmt sich das Leben. Die Schuldgefühle hätten ihn doch zerrissen!

»Papa?«, ertönte die Stimme von Mia. »Liest du mir was vor?«

»Natürlich, mein Mäuschen. Komm zu mir.«

Mia kuschelte sich an ihren Vater.

»Ich bring sie schnell ins Bett«, sagte Karl. »Willst du warten?«

Julia nickte. »Gute Nacht, Mia!«

»Nacht«, nuschelte das Kind.

»Sag mal, Karl«, sagte Julia verlegen. »Hättest du vielleicht was … Richtiges zu trinken?«

2007

»Schläfst du?«

Robert kitzelt Yema mit einem Grashalm an der Nase. Träge wischt sie ihn mit der Hand weg.

Sie liegen auf einer Wiese. Auf der blau-rot gemusterten Decke, auf der Robert schon in seiner Kindheit oft lag und die er bei seinem Auszug aus dem Elternhaus mitgenommen hat, ohne um Erlaubnis zu fragen.

Mit der Straßenbahn sind sie aus der Stadt hinausgefahren, bis zur Endstation, wo nur noch wenige Häuser stehen und die Natur beginnt. Sie sind ungefähr eine Stunde lang gegangen, dann wurde Yema müde, und sie haben sich einen Platz zum Ausruhen gesucht. Robert hat das Picknick ausgepackt, das er vorbereitet und die ganze Zeit im Rucksack mitgeschleppt hat. Wurst- und Käsebrote, Reissalat, Tomaten und Pfirsiche.

Die Haut der Pfirsiche erinnert ihn an die Stelle an Yemas Rücken, wo ein zarter Flaum wächst. Seine Sehnsucht nach ihrem Körper ist groß, aber er beherrscht sich. Seit er so ungestüm war, hat sie sich noch mehr von ihm zurückgezogen. Sie schlafen nicht mehr zusammen, kuscheln sich nur manchmal aneinander. Er wartet und hofft. Darauf, dass sie ihm verzeiht und ihn wieder an sich herankommen lässt. Er weiß, Liebe erfordert Geduld.

Auch gemeinsame Unternehmungen sind wichtig, deshalb hat er sich das Picknick ausgedacht. Sie soll merken, dass er sich Mühe für sie gibt.

Wieder kitzelt er sie. Yema öffnet die Augen. Er beugt sich über sie und küsst sie. Zärtlich, aber nicht sexuell.

Yema stützt ihren Oberkörper seitlich auf den rechten Arm.

»Liebst du mich, Lobby?« Sie nennt ihn Robby, aber das R klingt immer noch wie ein L.

Er nickt eifrig. »Ja, Yema. Ich liebe dich.«

Sie nickt nur kurz, als wäre das die Antwort, auf die sie gewartet hat.

»Ich will dich heiraten«, sagt sie.

»Was?« Robert sieht sie perplex an. »Warum willst du mich heiraten?«

»Wegen Liebe«, erklärt Yema.

»Man muss nicht sofort heiraten, wenn man sich liebt«, sagt Robert. »Das ist vielleicht in China so. Hier kann man sich Zeit lassen.«

Yemas Unterlippe beginnt zu zittern. Er will sie in den Arm nehmen, aber sie weicht zurück.

»Du verstehst nicht«, sagt sie.

»Dann erklär's mir.«

»Wenn wir heiraten, du kannst mich beschützen. Und später wir können zusammen nach China gehen.«

Robert schweigt. Natürlich will er Yema beschützen. Das hat er sich geschworen. Aber er weiß nicht, wie heiraten dabei helfen soll. Und noch weniger weiß er, ob er nach China gehen will.

»Ich denke darüber nach«, sagt er.

Yema rollt sich auf den Rücken und starrt in die Luft. Zwischen ihren Augenbrauen hat sich eine steile Falte gebildet. Eine Träne läuft über ihre Schläfe hinab bis zu ihrem Ohr.

Bis Karl zurückkam, hatte Julia die Rotweinflasche zur Hälfte geleert.

»Was willst du jetzt tun?«, fragte er und setzte sich zu ihr.

»Mich betrinken«, gab sie zurück.

Er hob die Flasche hoch und grinste. »Dann bist du ja auf einem guten Weg.« Er schenkte sich ebenfalls ein.

Beim Abschied umarmte sie Karl. »Danke für alles. Sag Mia bitte, sie hat einen echt coolen Papa.«

Karl lächelte. »Das richte ich gerne aus.«

Während er Julia zur Tür begleitete, fiel ihm etwas ein.

»Im Keller stehen noch zwei Kisten von Robert. Sind mir neulich beim Ausmisten in die Hände gefallen.«

Sie gingen durchs Treppenhaus nach unten, Karl schloss das Abteil auf. Neben ordentlich gestapelten Autoreifen, Lattenrosten, mehreren Paar Ski und anderem Zeug standen zwei Umzugskisten aufeinander.

»Die wollte ich damals deinen Eltern vorbeibringen, hab's dann aber vergessen.«

»Mitnehmen kann ich die nicht«, sagte Julia. »Ich bin mit der Vespa da. Aber vielleicht können wir kurz reinschauen?«

Sie wuchteten die Kartons gemeinsam in den Aufzug und schoben sie in die Wohnung. Mit einem Messer durchtrennte Karl das braune Packband, mit dem sie verschlossen waren. Julia öffnete den ersten.

»Fachbücher für sein Fernstudium«, stellte sie fest. Sie nahm eines nach dem anderen heraus und betrachtete sie. Mathe, Englisch, Deutsch, Biologie.

»Da drunter sind Winterklamotten«, sagte Karl und zog einen Anorak und mehrere Wollpullover heraus, die er auf dem Küchentisch ausbreitete.

»Und schau mal hier, sein Lieblingsfüller!« Julia hielt den Montblanc überrascht hoch. »Den nehme ich mit, zur Erinnerung.«

Sie öffnete die zweite Kiste. »Nur Klamotten.«

Sie wollte den Karton schon von sich wegschieben, da griff Karl hinein und holte einige der Kleidungsstücke heraus.

»Trekkingkleidung«, stellte er erstaunt fest. »Regenhose ... Thermo-Unterwäsche ... der Schlafsack ... Und hier, seine Wanderschuhe.«

»Was ist das?« Julia hob einen blauen Plastikbeutel mit einem Schraubverschluss hoch.

»Der ist zum Aufbereiten von Wasser. «

»Und das?«

Karl inspizierte das verschnürte Bündel. »Das ist ein Ultraleicht-Zelt.«

Sie blickten sich an.

»Hattest du nicht erzählt, dass er zum Trekking nach Norwegen gefahren ist?«, sagte Karl.

Julia nickte stumm. In ihrem Hals bildete sich ein Kloß.

Karl schüttelte den Kopf. »Und wieso hat er dann seine Trekkingausrüstung nicht mitgenommen?«

18

»Uno, dos, tres, cuatro …«

Mechanisch bewegte Julia ihre Beine. Inzwischen beherrschte sie die Schritte im Schlaf und war erstaunt, was regelmäßige Übung bewirken konnte. Hätte sie das nur früher gewusst! Dann hätte sie den Italienischkurs weitergemacht, den sie mal angefangen hatte, den Kurs in Modern Dancing, die Gesangsstunden. Immer begann sie alles mit Feuereifer und brachte es dann nie zu Ende. Den Salsa-Kurs hatte sie nur gemacht, weil sie Kathrin und Nina nicht kränken wollte. Und siehe da, irgendwann würde sie Salsa tanzen können, obwohl sie es gar nicht hatte lernen wollen!

Am Ende der Stunde gab es wieder den obligatorischen Vortrag von Jorge. Julia staunte jedes Mal, wie viel er über Salsa zu sagen hatte. Es war so ähnlich wie bei Fußballern, die konnten auch stundenlang über ihren Sport reden, dabei fand Julia, dass es völlig genügte, wenn sie gut spielten und sonst die Klappe hielten. Aber so was durfte man natürlich nicht laut sagen, schon gar nicht in Anwesenheit von Fußballfans.

»Salsa ist Energie«, erklärte Jorge mit rollenden Augen. »Göttliche Energie! Salsa verbindet uns mit den Göttern. Wir erfreuen sie mit unserem Tanz, sie sind uns gnädig gestimmt und helfen uns, ein gutes Leben zu führen. Versteht ihr?«

Allgemeines Nicken in der Teilnehmerrunde. Amüsiert beobachtete Julia eines der Paare, das sich beim Tanzen immer leise stritt, weil beide glaubten, es besser zu können als der andere. Auch jetzt warfen sie sich Blicke zu, die zu sagen schienen: Siehst du, das habe ich dir doch schon immer gesagt, aber du wolltest es nicht glauben!

Julia fand, dass es Vorteile hatte, allein zu sein. Sie würde später keine Tanz- oder Golfkurse machen müssen, sondern in Ruhe auf ihrem Sofa sitzen und sich Serien reinziehen. Und dazu würde sie jede Menge Alkohol trinken und Chips und Flips und Nüsse essen, und es wäre völlig egal, ob sie dick werden würde.

Bald darauf saßen sie wieder an ihrem angestammten Tisch im Da Gino.

»Tutto bene, principesse?«, erkundigte sich Gino bei der Bestellung.

Das Nicken der Frauen fiel matt aus. Nina wirkte schon den ganzen Abend niedergeschlagen, Kathrin war ohnehin dauererschöpft, und Julia stand noch unter dem Eindruck ihres Besuchs bei Karl.

»La vita è come una donna bella«, erklärte Gino. »Desiderabile ma inaffidabile.«

»Was heißt das?«, erkundigte sich Julia.

»Das Leben ist wie eine schöne Frau«, übersetzte er. »Begehrenswert, aber nicht vertrauenswürdig.«

»Hallo?«, sagte Kathrin, als Gino außer Hörweite war. »Ist das nicht ein bisschen frauenfeindlich?«

»Nur wenn man sich zu den schönen Frauen zählt«, sagte Julia.

Kathrin verzog das Gesicht. »Was eine schöne Frau ist, bestimmen ja leider die Männer.«

Sie hatte einige Kilo zu viel, die sie nach außen hin selbstbewusst verteidigte, aber Julia wusste, dass sie damit haderte und ernsthaft glaubte, das Übergewicht sei schuld am Scheitern ihrer Ehe.

»Für wen wollen wir denn schön sein?«, ereiferte sich Kathrin weiter. »Doch nur für die Männer!«

»Um andere Frauen zu ärgern?«, schlug Nina vor.

»Dabei geht's doch auch wieder um Männer«, sagte Kathrin. »Unsere ganze verdammte Welt dreht sich um das, was Männer wollen!«

»Das war doch nur ein blöder Spruch von Gino«, sagte Nina wegwerfend. »So was muss man doch nicht ernst nehmen.«

»So ist es immer«, sagte Kathrin. »Einer macht einen blöden Spruch, eigentlich sollte man was dagegenhalten, aber man lässt es bleiben, weil man nicht verkniffen wirken will.«

»Du hast recht«, sagte Julia. Sie winkte nach Gino, der eilfertig an den Tisch kam. »Sì, principessa?«

Julia lächelte ihn an. »Sag mal, Gino, wenn schöne Frauen nicht vertrauenswürdig sind, wie ist es dann mit schönen Männern?«

Gino grinste. »Schöne Männer gibt's nicht. Und wenn, sind sie schwul.«

Nina prustete los, Julia verdrehte die Augen.

Kathrin schüttelte den Kopf. »Weißt du was, Gino?«, sagte sie. »Du bist ein hoffnungsloser Fall.«

»Sì, sì«, pflichtete er begeistert bei. »Das sagt meine Frau auch immer!«

Damit entschwand er. Die drei Frauen sahen sich an.

»Vielleicht ist Gino nicht der richtige Partner für den feministischen Diskurs«, sagte Julia.

»Themenwechsel«, befahl Nina. »Eine neue Folge aus der Serie *Mein großartiges und total gelungenes Liebesleben.*«

Sie erzählte, wie sie sich entschlossen hatte, ihrem Freund die Wahrheit über Karim zu sagen, Felix aber völlig anders reagiert hätte als erwartet.

»Er hat angefangen zu lachen, mich gepackt und im Kreis herumgewirbelt. Ich dachte, er ist verrückt geworden. Verrückt vor Schmerz.«

Dann hatte er ihr gestanden, dass er selbst eine Affäre habe. Er sei in die andere Frau verliebt und wolle sich von ihr, Nina, trennen. Er habe sich nur noch nicht getraut, es ihr zu sagen, weil er ihr nicht habe wehtun wollen.

»Aber dann ist doch alles gut«, sagte Julia.

»Nicht ganz«, gab Nina zurück und verzog das Gesicht. »Zwei Tage später hat Karim mit mir Schluss gemacht.«

»Nein!«

»Doch. Und wisst ihr, was ich herausgefunden habe?«

Zweifaches stummes Kopfschütteln.

»Dass er in Berlin eine Frau und zwei Kinder hat und irgendwo noch eine weitere Freundin. Und mir hat er weisgemacht, ich wär die Liebe seines Lebens …« Tränen schossen ihr in die Augen.

Kathrin streichelte ihr die Hand. »So ein Arsch«, sagte sie.

Julia beugte sich zu ihrer Freundin hinüber und nahm sie in den Arm. »Es tut mir so leid. Männer sind einfach … scheiße. Die meisten jedenfalls.«

Nina schniefte. »Danke. Ihr seid lieb.«

»Was willst du denn jetzt machen?«, wollte Kathrin wissen.

Nina putzte sich geräuschvoll die Nase. »Ich such mir eine Wohnung.«

»Ihr zwei könntet doch einfach zusammenziehen«, schlug Kathrin vor.

Julia und Nina blickten sich an, dann grinsten beide verlegen.

»War ein Scherz«, sagte Kathrin. »Nina, du kannst bei mir unterschlüpfen.«

»Was?«, protestierte Julia. »Ich dachte, da wohne ich schon?«

Kathrin zuckte die Schultern.

»Von mir aus könnt ihr beide einziehen. Eine ins Gästezimmer, eine aufs Sofa.«

Nachdem Ninas Unglück ausführlich besprochen worden war, erzählte Julia von ihrer Recherche, ihrem Besuch bei Karl und der irritierenden Entdeckung, die sie gemacht hatten.

»Er fährt zum Trekking nach Norwegen und nimmt seine Ausrüstung nicht mit?«, vergewisserte sich Kathrin.

»Genau«, sagte Julia.

»Vielleicht hat er sich eine neue gekauft«, sagte Nina.

»Wieso sollte er?«, sagte Julia. »Er hatte ja eine. Und das Zeug ist teuer.«

»Also ... was schließt du daraus?«, fragte Kathrin vorsichtig.

»Dass er nie vorhatte, eine Trekkingtour zu machen«, sagte Julia.

»Aber ... was hat er dann gemacht?«

Julia ließ ihre Hand auf die Tischplatte fallen. »Das ist die große Frage.«

Beklommenes Schweigen senkte sich über den Tisch.

Nina massierte ihre Schläfen. Kathrin fuhr abwesend mit dem Finger am Rand ihres Weinglases entlang. »Aber er musste doch damit rechnen, dass die Kisten gefunden werden«, sagte sie schließlich. »Und zwar viel früher, als es dann der Fall war.«

Julia nickte. »Darüber habe ich auch schon nachgedacht. Entweder, es war ihm egal, oder ... es ist eine falsche Spur.«

»Falsche Spur?«

»Ja«, sagte Julia. »Wenn er sich etwas angetan hat, war es ihm sicher egal, ob die Kisten gefunden werden oder nicht. Aber was, wenn er sie absichtlich zurückgelassen hat? Damit wir denken, er hätte sich etwas angetan, denn er hat ja vorher allen erzählt, dass er zum Trekking nach Norwegen fährt. In Wirklichkeit aber ...« Sie brach ab und schluckte trocken. »... ist es vielleicht ganz anders.«

Kathrin runzelte die Stirn. »Und wie?«

Julia holte tief Luft. »Meine These klingt ziemlich abenteuerlich.«

»Lass hören«, sagte Nina.

»Es sieht so aus, dass mein Bruder damals in einer schlimmen Lage gewesen ist, ganz anders, als wir bisher angenommen haben. Deshalb ist mir der Gedanke gekommen, dass es vielleicht doch kein Unfall war. Aber wozu dann die Geschichte mit Norwegen? Die zurückgelassenen Trekkingsachen? Das ist alles nicht logisch. Vielleicht wollte er ja nur, dass es nach einem Suizid aussieht. Und in Wirklichkeit hat er sich ... irgendwohin abgesetzt.«

»Abgesetzt?« Kathrin machte große Augen. »Kann man sich überhaupt noch absetzen? Man findet doch heute jeden, den man finden will.«

»Dafür müsste man nach ihm suchen«, erwiderte Julia. »Nach Robert wurde aber nicht gesucht. Alle dachten ja, er wäre in Norwegen ertrunken.«

»Du glaubst also ...«, begann Nina.

»… dass er vielleicht noch lebt«, ergänzte Julia und sah ihre Freundinnen erwartungsvoll an.

»Sei mir nicht böse«, sagte Kathrin. »Aber traust du Robert so eine Inszenierung zu? Und dass er sich zwölf Jahre versteckt hält, ohne sich zu melden …«

»Und niemandem begegnet, der ihn erkennt?«, gab Nina zu bedenken.

»Ich weiß schon, das klingt total unwahrscheinlich«, sagte Julia. »Aber möglich wäre es doch.«

Kathrin sah sie mitfühlend an und nahm ihre Hand.

»Ich versteh dich, Julia. Du wünschst dir so sehr, dass Robert noch am Leben ist, und deshalb erscheint dir der Gedanke plausibel. Aber ganz ehrlich … das ist er nicht.«

»Ich glaube auch immer alles, was ich mir wünsche«, sagte Nina. »Aber das hat meistens mit der Wirklichkeit nichts zu tun.«

»Du hast doch neulich die Geschichte von dem Jungen in Belgien erzählt, der nach über zwanzig Jahren wiederaufgetaucht ist«, erinnerte Julia sie.

»Ich wollte dich trösten. Tut mir leid.«

Julia presste die Lippen zusammen und schwieg.

»Du solltest dir endlich professionelle Hilfe suchen«, sagte Kathrin eindringlich. »Merkst du nicht, dass diese Sache allmählich dein Leben zerstört?«

In Boston war es halb elf Uhr vormittags, eine Zeit, wo sogar die hippsten Jungs und Mädels allmählich in ihren Co-Working-Spaces eingetroffen sein sollten. Julia wählte die Nummer der Biotech-Firma, in der Höger gearbeitet hatte. Der typische Klingelton eines amerikanischen Telefonanschlusses ertönte.

»Biogen Future, Linda speaking. How can I help you?«

Julia stellte sich als deutsche Journalistin vor, die eine Recherche durchführe und ein paar Fragen bezüglich eines ehemaligen Mitarbeiters habe. Linda fühlte sich nicht zuständig und verband sie mit einem anderen Mitarbeiter.

»Hi, I'm Brian. How can I help you?«

Julia erklärte erneut ihr Anliegen. Als sie den Namen Jens Höger genannt hatte, blieb es in der Leitung still.

»So, you're asking about Jens«, sagte Brian schließlich. »Well ...«

»Right, Jens Höger«, wiederholte Julia. »I just wanted to know what kind of employee he was.«

»Well«, sagte Brian. »Let's say ... we had some issues with Jens.«

Es hatte Probleme mit ihm gegeben? Welche Art von Problemen?

Julia fragte nach. Plötzlich wurde Brian misstrauisch und wollte wissen, ob sie sich ihm gegenüber ausweisen könne. Julia ließ sich seine E-Mail-Adresse geben und mailte ihm einen Scan ihres Journalistenausweises und den Link zu *Gesundheit heute*.

Sie hörte das Signal, das die Ankunft ihrer E-Mail anzeigte, durchs Telefon.

»Thank you«, sagte Brian nach ein paar Sekunden. »This seems to be okay. So please tell me what your research is about.«

Julia erzählte Brian wahrheitsgemäß, worum es ging. Sie hatte nichts zu verlieren. Sollte er noch Kontakt zu Höger haben, würde er ihn informieren, aber das änderte nichts an der Situation.

»I see«, sagte Brian während ihrer Ausführungen mehrfach. »I see.«

Dann berichtete er, dass Höger ein hervorragender Mitarbeiter gewesen sei, der es leider gelegentlich am nötigen Respekt Frauen gegenüber habe fehlen lassen. Anfangs sei er unauffällig gewesen, aber je höher er in der Firmenhierarchie gestiegen sei, desto häufiger habe es Gerüchte und schließlich Beschwerden gegeben. In Amerika sei man sehr empfindlich, was *sexual harassment* betreffe, daher sei Höger irgendwann nicht mehr tragbar gewesen.

Vorsichtig fragte Julia, ob sie Brian in ihrem Artikel zitieren dürfe. Er zögerte. Schließlich willigte er ein, allerdings wollte er nicht namentlich genannt werden. Sie könne ihn als Kollegen, der lange mit Jens zusammengearbeitet habe, bezeichnen.

Ihr genügte, dass sie seinen Namen und die E-Mail-Adresse hatte. Sollte Chris Zweifel an Brians Statement haben, könnte er es jederzeit überprüfen.

Sie traf Höger im selben Café wie beim ersten Mal. Er hatte vorgeschlagen, sie solle ins Institut kommen, aber Julia wollte nicht allein mit ihm sein. Ohne weitere Erklärung hatte sie ihn darum gebeten, sich wieder im Café zu treffen – und dabei offengelassen, um welche Art Treffen es sich handelte. Sie ging davon aus, dass er inzwischen wusste, zu welchem Thema sie tatsächlich recherchierte.

Er war bereits da und saß am selben Tisch wie beim ersten Mal. Julia hatte diesmal darauf verzichtet, sich als Tusse zu verkleiden, sie trug Jeans und Turnschuhe.

Er erhob sich und küsste sie rechts und links auf die Wangen. Überrumpelt stand sie da und ließ es geschehen. Wieder rückte er ihr den Stuhl zurecht; sie setzte sich und musterte ihn verstohlen. Sein Gesichtsausdruck verriet nichts.

»Jetzt bin ich aber neugierig«, sagte er und setzte sich breitbeinig hin. »Ist das ein Interview? Oder ein Date?«

»Was denkst du?«, fragte sie.

Die Anziehung, die Höger auf sie ausgeübt hatte, war heftigem Abscheu gewichen. Wie hatte sie nur auf diese glatt polierte Fassade reinfallen können?

»Ich nehme an, du wolltest mich wiedersehen.« Er griff in seine Tasche und holte den Strumpf heraus, den sie bei ihm hatte liegen lassen.

»Und wieso sollte ich das wollen?«, fragte sie kühl.

»Weil ich so ein netter Junge bin?«

Grinsend ließ er den Strumpf vor ihrem Gesicht hin und her baumeln.

Julia schnappte danach und steckte ihn kommentarlos ein. Dann legte sie das Handy mit eingeschalteter Aufnahmefunktion auf den Tisch.

»Wieso hast du behauptet, dass du meinen Bruder nicht kanntest?«

Sein Lächeln verschwand. Spätestens jetzt musste ihm klar sein, dass sie von seiner Lüge wusste.

»Ich war damals nur ein halbes Jahr am JLI, und das ist ewig her. Da merkt man sich doch nicht jeden Namen.«

»Wieso eigentlich nur so kurz?«

»Weil ich ein Angebot aus den USA bekam.«

Er setzte sich noch breitbeiniger hin und musterte sie mit geradezu aufreizender Gelassenheit. Offenbar fühlte er sich völlig sicher.

»Ist es nicht ungewöhnlich, eine Postdocstelle nach so kurzer Zeit zu verlassen?«

Er zuckte die Schultern. »Kann sein. Kommt trotzdem vor.«

Der Kellner trat an den Tisch. Höger fragte, was sie

trinken wolle, und gab ihren Wunsch weiter. Es sollte höflich aussehen, aber Julia begriff, dass es eine Dominanzgeste war. Sie schluckte eine Bemerkung hinunter.

»Wieso steht eigentlich nirgends, dass du damals schon mal am Institut warst?«, fragte sie, als der Kellner weg war. »Nicht bei Facebook, nicht auf der Institutsseite. Ich musste lange suchen, bis ich die Info gefunden habe.«

»Wow!«, rief er aus. »So viel Zeit und Mühe, nur um mich besser kennenzulernen! Du hättest mich auch einfach fragen können, ich hätte es dir gern erzählt.«

Zwei junge Frauen am Nebentisch blickten interessiert zu Höger hinüber. Julia beobachtete, wie er ihnen zulächelte. Sie senkte die Stimme, um zu verhindern, dass die beiden mithören konnten.

»Erinnerst du dich an Yema?«

Er verschränkte die Arme vor der Brust. »Wer soll das sein?«

»Sie war damals Doktorandin und hat sich das Leben genommen, weil sie monatelang sexuellen Übergriffen ausgesetzt war. Durch dich, wie es aussieht.«

»Ich habe keine Ahnung, wovon du sprichst.«

»Nun, bei der Anzahl von Frauen, die du belästigt hast, kann man tatsächlich den Überblick verlieren«, sagte Julia schneidend. »Yema hat jedenfalls keinen Ausweg mehr gesehen und sich mit Unkrautvernichtungsmittel vergiftet. Um möglichen Nachforschungen aus dem Weg zu gehen, hast du das Institut überstürzt verlassen und bist nach Amerika gegangen. Und hast die fragliche Periode in deiner Vita systematisch unterschlagen.«

Er lachte auf. »Was für eine Fantasie! Du solltest Romane schreiben.«

»Erst schreibe ich meinen Artikel über das Institut zu

Ende. Ich nehme an, Professor Dettmer hat dich von meinem Besuch in Kenntnis gesetzt?«

Höger blickte demonstrativ gelangweilt. »Er hat was erwähnt.«

Seine Strategie war offensichtlich. Er ließ sich auf nichts ein, konterte alles, was sie sagte, mit ironischen Bemerkungen und zog es ins Lächerliche. Sie musste ihn dazu kriegen, etwas Verwertbares von sich zu geben. Unauffällig tippte sie auf ihr Handy, um zu kontrollieren, ob die Tonaufnahme noch lief.

»Du hast deinen Job in Boston wegen sexueller Übergriffe verloren, und seit du zurück bist, belästigst du wieder Frauen am Institut«, fuhr sie fort. »Ich weiß noch nicht, wie viele es sind, aber zwei Aussagen habe ich bereits. Und es werden wohl noch mehr.«

»Wenn du derartige Behauptungen über mich veröffentlichst, sehen wir uns vor Gericht«, sagte Höger. »Das ist Rufmord.«

Sie lächelte maliziös. »Ich habe eidesstattliche Versicherungen von zwei Frauen vorliegen.«

In Sekundenschnelle ging eine erschreckende Verwandlung mit Höger vor sich. Das Lächeln verschwand, und sein Gesicht nahm einen finsteren Ausdruck an. Bis zu diesem Moment hatte Julia immer noch Schwierigkeiten gehabt, die geschilderten Übergriffe mit ihm in Verbindung zu bringen. Nun konnte sie sich plötzlich genau vorstellen, wie er einer Frau seinen Willen gewaltsam aufzwang.

»Du bist so durchschaubar«, sagte er verächtlich. »Erst wirfst du dich mir an den Hals, und weil ich nicht interessiert bin, versuchst du, mir eins reinzuwürgen.«

Julia lachte auf. »Der Mythos von der rachsüchtigen

Frau wird am häufigsten bemüht, um den Vorwurf sexueller Übergriffe zurückzuweisen«, sagte sie. »Wenn jemand durchschaubar ist, dann du.«

»Das wird sich zeigen.«

Julia blieb ganz ruhig. »Wenn zwei oder mehr Frauen vor Gericht gegen dich aussagen, dürfte es schwierig werden, dich als Opfer eines Rachefeldzugs darzustellen.«

Högers Kiefermuskulatur arbeitete. Julia beglückwünschte sich zu ihrem Entschluss, ihn in der Öffentlichkeit zu treffen. Wäre sie allein mit ihm, würde sie jetzt Angst bekommen.

Dass betroffene Frauen vor Gericht gegen Höger aussagen würden, war bisher nur ein Wunschtraum. Noch waren ihre Informantinnen nicht mal bereit, für den Artikel ihren Namen preiszugeben. Aber das musste Höger ja nicht wissen. Er sollte ruhig das Gefühl haben, in Bedrängnis zu sein.

Nun wechselte er ganz unvermittelt die Taktik.

»Komm schon, Julia«, sagte er. »Du bist eine vernünftige Frau. Du weißt, wie so was läuft. Man flirtet, man gefällt sich, man geht ein Bier trinken. Manchmal entsteht was daraus, manchmal nicht. Die jungen Dinger am Institut neigen zum Schwärmen, und wenn sie nicht kriegen, was sie wollen, werden sie unfair.«

»So wie ich?«, sagte Julia spitz.

»Sorry, das war blöd von mir, und ich nehme es zurück«, sagte er mit gespieltem Bedauern. »Ich schwöre dir, wenn ich was mit einer Studentin hatte, war es immer einvernehmlich.«

Er wollte seine Hand auf ihre legen, aber sie zog sie weg. »Schwören kannst du ja dann vor Gericht.«

Einen Moment lang belauerten sie sich gegenseitig wie

zwei Raubkatzen vor dem Angriff. Plötzlich schnappte er sich ihr Handy und tippte schnell darauf herum.

Sie schrie auf.

Die Blicke der anderen Gäste flogen in ihre Richtung.

Mit einem triumphierenden Lächeln warf er das Telefon zurück auf den Tisch. Julia griff danach und blickte aufs Display. Die Aufnahme war gelöscht.

Höger zog einen Zwanzigeuroschein aus der Brieftasche und legte ihn auf den Tisch.

»Ich darf dich doch einladen?«

Dann stand er auf, lächelte den beiden Frauen am Nebentisch zu und verließ das Café.

Julia sank auf den Stuhl zurück.

19

Julia parkte die Vespa auf dem Verlagsparkplatz.

Zwei Tage und reichlich Alkohol waren nötig gewesen, um sich von der Begegnung mit Höger zu erholen. Sie konnte nicht fassen, dass sie sich so hatte austricksen lassen.

Irgendwann war sie so weit, sich aufzuraffen und alles aufzuschreiben, was sie zum Thema Johannes-Löwe-Institut zusammengetragen hatte: ihr Interview mit Ariane Hildebrandt, das Gespräch mit Frau Winter, Shenmis Aussage, das Treffen mit Dettmer, das Skype-Gespräch mit Yemas Mutter, das zweite Treffen mit Höger (das sie aus dem Gedächtnis protokollierte). Sie hatte die zentralen Punkte zusammengefasst und skizziert, wie sie die Story bauen würde, und alles zusammen mit der Bitte um einen Termin an Chris gemailt.

Julia betrat das Gebäude und fuhr mit dem Lift nach oben.

»Hallo, Chef.«

Missbilligend blickte Chris auf, als sie den Kopf durch die Tür streckte.

»Das wurde aber auch Zeit. Ich dachte schon, du hättest dich in den Vorruhestand verabschiedet.«

»Gut Ding will Weile haben«, gab sie zurück.

»Wovon sprichst du? Etwa von deinem Exposé?«

Erschrocken sah sie ihn an. Das hatte er hoffentlich scherzhaft gemeint.

Chris klappte die Mappe zu, in der er gelesen hatte, und nahm einen Schluck aus seiner Kaffeetasse. Ein Teller voller Krümel zeugte davon, dass er vor Kurzem mindestens ein Stück Kuchen vertilgt hatte.

»Nimm Platz.« Er deutete auf den Besucherstuhl. »Ich weiß nicht, wie ich es formulieren soll. Dein Material ist gut ...«

»Aber?«, fiel Julia ihm ins Wort.

»Aber es hält nicht stand. Ich kann die Story nicht bringen, wenn keine der betroffenen Frauen sich outet.«

»Das ist doch genau das Problem, über das ich schreiben möchte«, sagte Julia aufgeregt. »Dass die Kerle davonkommen, weil die Frauen Angst haben! Und dass sie Angst haben, weil die Kerle am längeren Hebel sitzen.«

»Mir ist klar, was du willst. Aber es ist mir zu riskant.«

»Chris, verdammt!«, rief Julia. »Für eine gute Story muss man auch mal was riskieren. Wenn wir es nicht tun, ändert sich nie was!«

Er atmete durch. »Wir sind nicht das *Spektrum*. Wir können uns keine Klage vom Johannes-Löwe-Institut leisten.«

Julia stand auf. »Dann gehe ich eben zu *Spektrum*.«

»Viel Erfolg«, sagte Chris und beugte sich wieder über seine Mappe.

Sie blieb stehen. »Meinst du das ernst?«

Chris sah auf. »Wenn du es ernst meinst?«

Sie seufzte und setzte sich wieder. »Du wolltest eine Knallerstory. Das ist eine! Dettmer und Höger werden alles bestreiten, aber dass sie dagegen klagen, bezweifle ich sehr. Das bringt unschöne Publicity.«

»Dieser eine Fernsehfuzzi hat auch geklagt.«

»Und die Klage später zurückgezogen.«

Chris ließ die Hand auf die Tischplatte fallen. »Und

weißt du auch, warum? Weil sich plötzlich Frauen gemeldet haben, die bereit waren, vor Gericht gegen ihn auszusagen. Erst da hat er den Schwanz eingezogen.«

»Moment mal«, sagte Julia. »Du verlangst also nicht, dass die Frauen sich schon für den Artikel outen? Nur für den Fall, dass jemand gegen die Behauptungen im Artikel klagt, willst du die Garantie, dass sie aussagen?«

Chris überlegte. »Kommt ungefähr hin. Lieber wäre mir natürlich, wir hätten die Namen im Blatt.«

Julia überlegte fieberhaft. War es vorstellbar, dass ihre Informantinnen sich darauf einließen? Und welche Wirkung hätte das auf Dettmer und Höger? Würden sie eine Klage riskieren, wenn im Artikel stand, dass die Frauen bereit waren, vor Gericht auszusagen? Vielleicht wäre das der Trick, mit dem sie es schaffen könnte?

»Okay, Chris, hier ist der Deal«, sagte sie und streckte die Hand aus. »Wenn ich von mindestens zwei der Frauen schriftlich kriege, dass sie im Fall einer Klage aussagen – dann bringst du die Story.«

Er schlug ein. »Deal.«

Julia atmete auf. Sie hatte keine Ahnung, wie sie das hinkriegen sollte, aber sie wollte es wenigstens versuchen. Sie hatte zu viel investiert, als dass sie jetzt aufgeben wollte. Von der Nacht mit Höger ganz zu schweigen. Wenn sie nur daran dachte, wurde ihr übel.

Chris kramte in einer Schublade. Er legte einen Flyer vor ihr auf den Tisch. »Systemische Familienaufstellung. Soll Wunder wirken in Sachen seelischer Genesung.«

Irritiert blickte sie ihn an. »Hältst du mich für gestört, oder was?«

Er lachte sein meckerndes Lachen. »Du sollst was drüber schreiben, Dummchen.«

Julia stöhnte. Schon wieder eine Geschichte aus der Abteilung Selbsterfahrungsjournalismus. Ungelesen steckte sie das Faltblatt in die Handtasche.

»Was anderes hast du nicht für mich?«, fragte sie.

Chris warf ihr einen herausfordernden Blick zu. »Hast du den Eindruck, du könntest wählerisch sein?«

Nein, hatte sie nicht. Ganz im Gegenteil.

»Apropos, Chef, ich suche eine Wohnung. Mindestens zwei Zimmer, unter tausend Euro. Falls du was hörst …«

»Ist klar«, sagte Chris. »Und jetzt raus mit dir.«

Draußen auf dem Flur atmete sie auf. Gespräche mit Chris zerrten an ihren Nerven. Seine maßlose Überheblichkeit, gepaart mit seiner Machoattitüde und dem Mangel an Empathie, das war eine schwer verträgliche Mischung.

Wieso lässt du es dir bieten, dachte sie und musste an Sebastians Bemerkung denken. *Scheint dir zu gefallen.*

Nein, es gefiel ihr nicht. Aber was sollte sie tun?

Sie merkte, wie hungrig sie war, und steuerte die Kantine an. Esstische und Polstergarnituren in Hellgrau und Edelstahl, aufgelockert durch moderne Lampen mit farbigen Schirmen. Die Mittagszeit war schon vorbei, daher war es relativ ruhig. Ein paar lässig, aber teuer gekleidete junge Menschen saßen herum und tranken Cappuccino und Latte macchiato, manche hatten ihren Laptop vor sich, andere legten entspannt die Beine hoch, während sie mit Kollegen plauderten. Alle wirkten so sorglos, als wäre die Medienbranche eine Art Freizeitpark, wo sie sich zum Spaß aufhielten und niemand Angst um sein Auskommen haben musste.

Sie holte sich ein Stück glutenfreien Apfelkuchen und einen großen laktosefreien Soja Latte, obwohl sie gar keine Gluten- oder Laktoseunverträglichkeit hatte. Aber sie wollte wenigstens mal kurz von diesen vom Verlag gesponserten Wohltaten profitieren, die ihr als freier Journalistin sonst verwehrt waren.

Hätte sie sich bloß fest anstellen lassen, als sie noch die Chance dazu gehabt hatte! Was war die elegante Ausrede von Chris gewesen? Sie sei nicht zu alt, aber zu teuer. Überqualifiziert. Ü-b-e-r-q-u-a-l-i-f-i-z-i-e-r-t! Als wären Erfahrung und Kompetenz etwas Unanständiges, was es zu verbergen galt.

Sie dachte zurück an ihre Anfangszeit als Journalistin. Schnell war ihr bewusst geworden, dass sie nicht gleich die großen investigativen Reportagen schreiben würde, sondern Berichte über Stadtteilfeste und Fahrradweg-Petitionen, oft genug nur für die Onlineausgabe. Aber sie hatte sich durchgebissen und sich schließlich als Freelancerin auf den Gesundheitsbereich spezialisiert. Als Arzttochter war sie vertraut mit diesen Themen, und insgeheim hegte sie die Hoffnung, dass die theoretische Beschäftigung mit Gesundheit ihren ungesunden Lebenswandel auf magische Weise kompensieren würde.

Sie wusste genau, was gut für sie wäre: eine ausgewogene Ernährung, ausreichend Schlaf, wenig Alkohol, viel Bewegung. Und schaffte es, exakt das Gegenteil zu praktizieren. Sie ernährte sich von Fertiggerichten, schlief zu wenig, soff zu viel und bewegte sich nur, wenn es sich nicht vermeiden ließ. Aber hey, wenigstens rauchte sie nicht mehr!

Sie zog den Flyer, den Chris ihr gegeben hatte, aus der Tasche. Sie hasste Psychothemen. Selbstbespiegelung war ihr zuwider, Herumbohren in der Vergangenheit ebenso, und Leute, die all das beruflich machten und anderen Geld dafür abknöpften, fand sie suspekt.

Systemische Familienaufstellung.

Sie erinnerte sich, dass sie darüber schon was gelesen hatte. Man stellte dabei wildfremde Leute so im Raum auf, dass sie das eigene System, zum Beispiel die Familie, repräsentierten. Das Erstaunliche daran sollte sein, dass die Repräsentanten angeblich das fühlten, was die Personen fühlten, die sie vertraten. Und anhand dieser Empfindungen sollte man neue Erkenntnisse gewinnen können. So ungefähr hatte sie das verstanden.

Mithilfe der systemischen Familienaufstellung können Sie Störungen im eigenen System erkennen und Lösungsbilder erarbeiten. David und Jamila, zwei renommierte Familientherapeuten mit systemischer Ausbildung, führen einfühlsam und kompetent durch die Aufstellungen. Unser Seminar findet in der idyllischen Umgebung des bayerischen Voralpenlandes statt. In den Seminarpausen können Sie die Natur genießen und sich mit vegetarischer Bio-Kost verwöhnen lassen.

Das Bild eines schönen alten Bauernhofes mit Geranien an der Balkonbrüstung schmückte den Flyer. Ein üppiger Bauerngarten war zu sehen, daneben ein Tisch, der für zehn Leute gedeckt war. Plötzlich fand Julia den Gedanken, dort zwei Tage zu verbringen, gar nicht so übel. Sie würde gesund essen, gute Luft atmen und sich endlich mal ausschlafen. Das Seminar würde sie schon irgendwie überstehen, sie war doch ein Profi.

Auf dem Weg dorthin machte sie einen Besuch bei ihrer Mutter. Sie fand sie auf einem Korbstuhl im Innenhof des Pflegeheims sitzend, wo sie die Blüten eines Buschs abzupfte und eingehend betrachtete.

»Schau mal, wie hübsch«, sagte sie lächelnd, als sie Julia bemerkte, und hielt ihr eine Blüte hin.

»Hallo, Mutti. Wie geht's dir?«

»Danke, gut. Und dir?«

Julia durchlief ein kühler Schauer. Es war, als würde eine Fremde zu ihr sprechen. Diese Förmlichkeit, dieser Tonfall, der suggerierte, dass alles normal sei, dabei war nichts normal. So sprach ihre Mutter sonst nicht mit ihr.

»Gestern war ich beim Tanzen«, erzählte Gitta.

»Beim Tanzen? Wie denn das?«

Gittas Wangen röteten sich. »Da war ein junger Mann, der mich aufgefordert hat.«

Julia blickte ihre Mutter entgeistert an.

Ein Patient, der danebensaß und das Gespräch mitbekommen hatte, beugte sich zu ihr hinüber.

»Abends wird hier oft Musik gespielt, und die Bewohner tanzen«, flüsterte er ihr verschwörerisch zu. »Demente Menschen lieben Musik, wissen Sie.«

Julia sah ihn erschrocken an. *Demente Menschen.* Zu ihnen gehörte ihre Mutter nun. Obwohl sie es wusste, war es ein Schock. Ein paar Untersuchungen, und schon war Gitta nicht mehr vergesslich oder schusselig, sondern dement. Abgestempelt. Unheilbar. Auf dem Weg in die ewige Finsternis.

Früher hatte Gitta viel gelesen, sich für Kunst und Theater interessiert. Inzwischen sah man sie kaum noch mit einem Buch in der Hand, dafür löste sie begeistert Kreuzworträtsel. Julia war aufgefallen, dass die Rätsel meist unvollständig ausgefüllt waren, so als wäre Gitta mittendrin unterbrochen worden. Sie hatte sich nichts dabei gedacht. In Wahrheit, so wurde Julia jetzt klar, hatte ihre Mutter wohl viele der Antworten nicht mehr gewusst.

Sie sah plötzlich bildhaft vor sich, wie die Zerstörung von Gittas Gehirn voranschreiten würde. Der Bereich mit der Sprache funktionierte noch, erhielt aber nicht mehr genügend sinnvollen Input oder konnte ihn nicht mehr vollständig auswerten. Der Bereich, der für das Erkennen von Gesichtern zuständig war, funktionierte auch nicht mehr ganz zuverlässig. Die Verknüpfungen im gesamten Gehirn würden immer lockerer werden, immer mehr lose Enden würden herumliegen. Irgendwann würde Gitta nichts mehr verstehen, und niemand würde sie mehr verstehen.

In hilfloser Verzweiflung ballte Julia die Fäuste. Hatte die arme Frau nicht schon genug durchgemacht? Verdammtes Schicksal, das ihr nun auch noch den Verstand raubte. Und ihr, Julia, Stück für Stück die Mutter.

2007

Robert räumt auf. Die Studenten glauben, je mehr Chaos im Labor herrscht, desto kreativer wären sie. Er hasst es, wenn Chaos herrscht. Er braucht Ordnung.

Er stapelt Petrischalen aufeinander, wischt Krümel von Erde und Pflanzenreste weg, bringt die gebrauchten Reagenzgläser zum Reinigen.

Er fühlt sich wie ein Dienstbote, der den Dreck der anderen wegmachen muss, und das macht ihn wütend. Er will kein Dienstbote sein.

Yema ist seit ein paar Tagen krank. Sie will nicht, dass er sie besuchen kommt. Sie sagt, sie hat Angst, ihn mit ihrer Erkältung anzustecken. Aber er würde sich liebend gern von ihr anstecken lassen, wenn er ihr nur mal wieder nahekommen durfte. Sie verhält sich seltsam, lässt ihn nach wie vor nicht an sich heran. Trennen will sie sich aber auch nicht von ihm, das hat er sie gefragt. Warum will sie mit ihm zusammen sein, wenn sie nicht mit ihm zusammen sein will? Er versteht das nicht. Es macht ihn traurig. Und auch wütend.

Er ist fertig mit Aufräumen, sofern ein Labor jemals fertig aufgeräumt sein kann. Jedenfalls ist er so weit zufrieden, dass er die Hände waschen, den Kittel weghängen und mit gutem Gewissen nach Hause fahren kann.

Als er das Labor gerade verlassen will, kommt Dettmer den Flur entlang, direkt auf ihn zu. Wie angenagelt bleibt Robert stehen.

»Guten Abend, Herr Professor.«

»Abend, Robert. Wie sieht's aus? Was macht die Schule?«

Er hat ihn bei seinem Vornamen genannt!

»Ich kann auf ein Jahr verkürzen«, berichtet Robert stolz.

Dettmer klopft ihm auf die Schulter. »Das ist großartig. Es gibt übrigens einen neuen dualen Studiengang, bei dem könnten Sie mit reduzierter Stundenzahl hier weiterarbeiten, während Sie die Uni machen.«

Robert fühlt, wie ihm vor Aufregung die Hitze ins Gesicht steigt. »Das wäre … das wäre toll!«

»Melden Sie sich bei mir, wenn Sie so weit sind.«

»Mache ich. Vielen Dank, Herr Professor!«

Robert geht zur Toilette, danach geht er in Richtung Aufzug. Er bemerkt, dass er vor lauter Aufregung seinen Rucksack vergessen hat, kehrt um und geht zurück ins Labor. An der Tür bremst er ab.

Dettmer sitzt vor dem Computerbildschirm.

Robert tritt vorsichtig einen Schritt näher und sieht Tabellen auf dem Bildschirm, die ihm bekannt vorkommen. Er ist sie viele Male mit Yema durchgegangen, und sie haben diskutiert, wie sie mit ihrem Versuch weiter verfahren soll. Es macht ihm Freude, Yema zu unterstützen. Das ist gut für ihre Beziehung. Das Ganze ist fast so, als würde er selbst an einer Promotion arbeiten.

»Entschuldigen Sie, ich habe meinen Rucksack vergessen«, sagt Robert.

Dettmer zuckt zusammen, als hätte ihn ein Insekt gestochen. Auf dem Bildschirm erscheint eine andere Folie.

»Ja, ja, schon gut«, sagt er. »Ich bin hier auch gleich fertig.«

Robert nimmt seinen Rucksack und geht.

20

Das Seminarzentrum war neunzig Kilometer von der Stadt entfernt, eigentlich zu weit für ihre alte Vespa. Aber Julias vorsichtige Frage, ob die Redaktion vielleicht für einen Leihwagen aufkommen könne, wurde von Chris mit einem kühlen »Ist nicht im Budget« abgeschmettert. Sie könne dreißig Cent pro Kilometer abrechnen.

So zuckelte Julia nach dem Besuch bei ihrer Mutter mit fünfzig Stundenkilometern weiter die Landstraße entlang und stellte überrascht fest, wie angenehm es war, sich in diesem Tempo durch die Sommerlandschaft zu bewegen. Sie genoss die Sonne, den Anblick weidender Kühe, die frische Luft in den Waldstücken.

In Gedanken formulierte sie bereits den Anfang ihres Artikels über die systemische Familienaufstellung, kam aber über den Einstieg nicht hinaus. Mit seinem sarkastischen Vorschlag, sie solle Romane schreiben, verkannte Höger ihr Talent völlig. Sie war nicht gut darin, sich etwas auszudenken. Ihre Fantasie entzündete sich an den Fakten, Eindrücken und Anregungen, die sie bei einer Recherche gewann. Erst dann sprudelten Ideen und Formulierungen aus ihr heraus.

Sie erinnerte sich an eine Mitbewerberin an der Journalistenschule, die eine spannende Reportage über Obdachlose geschrieben hatte, die sich auffallend gut las. Ein Prüfer war trotzdem (oder gerade deshalb?) misstrauisch geworden. Er hatte die Details nachgeprüft und herausgefunden, dass die Geschichte ein Fake war. Die Bewerberin war durchgefallen. Julia hatte sich manchmal gefragt, was wohl aus ihr geworden war. Einige Jahre später fand sie ihren Namen auf der Bestsellerliste wieder. Ihre Fantasy-Romane erzielten inzwischen riesige Auflagen.

Julia fuhr in den Ort ein, an dessen Rand das Seminarzentrum lag. Eine Tankstelle, ein Lebensmittelladen, ein Bäcker, ein Blumengeschäft. Außerdem der Gasthof Zur Post, in dem sie übernachten würde.

Sie stellte die Vespa auf dem Parkplatz ab und wuchtete ihre Tasche herunter. Für eine einzige Übernachtung brauchte sie inzwischen so viel Gepäck wie früher für einen mehrwöchigen Urlaub.

»Hallo, gehörst du auch zum Tucherhof?«

Sie drehte sich um und sah eine Frau in einem bunt gemusterten Kleid auf sich zukommen. Zuerst dachte Julia, sie sei in ihrem Alter, so jugendlich bewegte sie sich. Als sie näher kam, sah sie die Fältchen in ihrem Gesicht und erkannte, dass sie mindestens zwanzig Jahre älter sein musste.

»Ich bin Leonora«, sagte die Frau und streckte ihr lächelnd die Hand entgegen.

»Woher weißt du …?«, sagte Julia überrascht.

Sah man ihr etwa an, dass sie im Begriff war, an einem Psychoseminar teilzunehmen? Bei der Anmeldung hatte sie verschwiegen, dass sie Journalistin war. Diese Art des Selbsterfahrungsjournalismus ging nur undercover.

Leonora zeigte auf das Nummernschild der Vespa. »Welchen Grund solltest du sonst haben, aus der Großstadt in das Kaff hier zu kommen?«

Julia lächelte. Stimmte auch wieder.

»Kannst du mich nachher zum Tucherhof mitnehmen?«, fuhr die Frau fort. »Mein Auto ist kaputt. Ich bin per Daumen hierhergekommen.«

»Klar«, sagte Julia.

Erstaunlich, dass Chris ihr nicht vorgeschlagen hatte zu trampen. Das wäre noch günstiger gewesen.

Sie gingen gemeinsam an die Rezeption und erhielten ihre Zimmerschlüssel. Das erste Zusammentreffen der Teilnehmer würde um achtzehn Uhr stattfinden. Sie verabredeten sich für eine Viertelstunde vorher.

»Wie viele Aufstellungen hast du schon gemacht?«, erkundigte sich Leonora auf dem Weg zum Parkplatz.

»Das ist meine erste.«

»Oh, ein Frischling«, sagte Leonora. »Bist du aufgeregt?«

»Ich weiß nicht. Sollte ich?«

Leonora lachte. »Es ist keine Hexerei.«

»Was dann?«, fragte Julia. »Ehrlich gesagt begreife ich nicht, wie das Ganze funktionieren soll.«

»Lass dich einfach darauf ein, und nimm wahr, was mit dir geschieht. Du kannst nichts falsch machen, das ist wichtig.«

Julia nickte stumm. Was für eine saublöde Idee von Chris. Er wusste doch, wie sehr sie diesen Eso-Kram verabscheute. Manchmal kam ihr der Verdacht, dass er sie gerade deswegen zu derartigen Themen verdonnerte. Vielleicht hielt er ihren skeptischen Zugang für journalistisch interessant. Vielleicht machte es ihm aber auch einfach nur Spaß, sie zu quälen.

»Wie oft machst du … so was?«, fragte Julia.

»Ach, ständig«, sagte Leonora. »Ich trag eine Menge

Mist mit mir herum, und die Aufstellungen helfen mir, klarer zu sehen.«

Sie hatten die Vespa erreicht.

»Ich habe leider nur einen Helm.« Julia zuckte entschuldigend die Schultern.

»Macht nichts«, sagte Leonora. »Wir sind alle in Gottes Hand.«

»Aber es gibt eine Helmpflicht«, gab Julia zu bedenken.

»In der Gegend hier gibt es kaum Polizei«, erwiderte Leonora. »Ich kann gar nicht mehr zählen, wie oft ich hier schon betrunken gefahren bin, und noch nie wurde ich kontrolliert.«

Der Tucherhof wirkte genauso anheimelnd wie auf dem Foto. Am Tisch im Garten saßen schon ein paar Leute, die sich angeregt unterhielten.

Sofort spürte Julia ein Unbehagen, das stets in ihr hochstieg, wenn sie neu zu einer Gruppe stieß, eine tief sitzende Furcht, abgelehnt zu werden. Sie hatte keine Ahnung, woher die kam. Eigentlich kam sie leicht in Kontakt mit Fremden.

Als sie den Garten betraten, stand ein Mann mit grauem Lockenkopf und einem drahtigen Körper auf und kam auf sie zu. Seine auffallend hellen Augen kontrastierten mit der Sonnenbräune seines zerfurchten Gesichts. Er sah aus wie jemand, der viel in den Bergen war oder im Garten arbeitete.

»Herzlich willkommen! Ich bin David. Ihr müsst Julia und Leonora sein.«

Er umarmte erst Leonora, dann sie. Von Wildfremden umarmt zu werden, fand Julia irritierend, aber in Psychokreisen war das offenbar üblich.

Er stellte sie den anderen Teilnehmern vor. Julia machte gar nicht erst den Versuch, sich alle Namen zu merken.

Eine auffallend schöne Frau mit üppiger Haarmähne und dunklen Augen trat aus dem Haus. Ihr folkloristisch anmutendes Kleid ließ sie wie aus einem anderen Land und einem früheren Jahrhundert aussehen. Sie trug eine große Schüssel mit Salat im Arm, die sie auf dem Tisch abstellte. Dann blickte sie auf.

»Ich bin Jamila, herzlich willkommen!«

Auch von ihr ließ Julia sich umarmen und stellte sich ihrerseits vor.

Endlich saßen alle um den Tisch, und es wurde gegessen. Jamila war eine gute Köchin; mit Genuss aß Julia die Gemüselasagne, die sie nach dem Salat servierte. Und der spritzige Bio-Rosé half nicht nur ihr, die anfängliche Scheu zu überwinden; bald wurde am ganzen Tisch erzählt und gelacht.

Verstohlen musterte Julia die Anwesenden. Abgesehen von den Veranstaltern, waren es sechs Frauen und fünf Männer, deren Alter zwischen Mitte dreißig und Ende sechzig lag. Was trieb sie in dieses Seminar? Welche Themen belasteten sie, was erhofften sie sich von den Aufstellungen?

Sie wandte sich ihrem Sitznachbarn zur Rechten zu. Ralf, wenn sie sich richtig erinnerte.

»Hi! Und was machst du so?«

Ralf war ein bisschen jünger als sie, schmächtig und Brillenträger. Julia hätte wetten können, dass er ein introvertierter Nerd war. Und Probleme mit Frauen hatte. Sie kannte diesen Typ Mann, er erinnerte sie an Robert.

»Ich bin Lehrer«, sagte Ralf. »Geschichte und Sozialkunde.«

»Ach, echt?«, sagte Julia. Ihr Blick fiel auf seine rechte Hand. »Und verheiratet bist du auch?«

Ralf sah sie überrascht an. »Ja, wieso? Übrigens auch Vater eines Sohnes!« Er zog sein Handy heraus und zeigte Julia Bilder eines Babys.

»Sehr süß«, sagte sie. »Herzlichen Glückwunsch.«

So viel zu ihrer Menschenkenntnis.

Sie erkundigte sich nach Ralfs Fachgebiet und erfuhr, dass es die Weimarer Republik und der Nationalsozialismus waren. Ob er Parallelen zwischen damals und heute sehe, wo der Rechtspopulismus immer mehr erstarke, wollte sie wissen, und schnell waren sie in einen Disput verwickelt.

Auf Julias anderer Seite saß der vermutlich älteste Teilnehmer, der sich irgendwann interessiert in das Gespräch einschaltete. Julia erfuhr, dass er Hans hieß und Psychotherapeut war. Hans sprach über soziale Ungerechtigkeit und die Notwendigkeit eines bedingungslosen Grundeinkommens.

Julia war erleichtert, dass es nicht gleich so esomäßig losging und alle am Tisch auch andere Interessen als die Selbstbespiegelung zu haben schienen. Keine echten Spinner, zumindest soweit sie das bislang beurteilen konnte.

Gegen zehn verabschiedete sie sich und fuhr mit Leonora auf dem Rücksitz in den Gasthof zurück. Leonora hielt sich an ihr fest und sang lauthals einen ABBA-Song.

»Knowing me, knowing you, there is nothing we can do! … Breaking up is never easy, I know, but I have to go, knowing me, knowing you, it's the best I can do …«

Am nächsten Morgen um neun war Seminarbeginn. Für Julia mitten in der Nacht, da sie üblicherweise nicht vor drei Uhr in den Schlaf fand. In dieser Nacht schlief sie überraschenderweise vor Mitternacht ein und war um sieben hellwach.

Sie stand auf und ging hinunter in den Gastraum, um eine Tasse Kaffee zu trinken. Feste Nahrung brachte sie um diese Zeit noch nicht runter.

Leonora war schon da und saß an einem Tisch, der sich regelrecht unter der Menge des Essens bog. Brötchen, Aufschnitt und Käse, ein Teller voller Rührei, eine Schale mit Müsli, Früchte.

»Gut geschlafen?« Ihre Beifahrerin strahlte sie an.

Julia bewunderte Menschen, die schon morgens so gut gelaunt waren. Sie trank ihren Kaffee und sah staunend zu, wie Leonora ihr Frühstück verschlang.

»Isst du nichts?«, fragte die mit vollem Mund, eine Brötchenhälfte mit Butter und Erdbeermarmelade in der Hand.

Julia schüttelte den Kopf. »Noch nicht. Sag mal, was muss ich denn machen, wenn ich heute aufstellen soll?«

Leonora schluckte runter und legte das angebissene Brötchen zurück auf den Teller.

»Du solltest eine Frage haben, die du klären willst. Und dir überlegen, wer in die Aufstellung hineingehört. Man kann übrigens außer Personen auch Themen oder Probleme aufstellen. Krankheit, Angst, Eifersucht.«

Julia überlegte, welche Frage sie klären wollte. Warum sie so erfolglos im Job war? Warum sie es mit den Männern nicht auf die Reihe bekam?

Wenn sie herausfinden wollte, ob das Ganze etwas taugte oder der Humbug war, für den sie es hielt, musste sie ein echtes Thema finden. Etwas, was sie wirklich beschäftigte. Sie fälschte keine Geschichten, deshalb war sie Journalistin geworden und nicht Fantasy-Autorin.

»Kann man jede Person aus der Familie aufstellen?«, wollte sie wissen.

»Jede«, sagte Leonora. »Sogar welche, die nicht mehr leben oder nie zur Welt gekommen sind.«

»Wie bitte?«

»Kinder, die abgetrieben wurden oder im Mutterleib gestorben sind. Du ahnst nicht, wie viele von denen bei Aufstellungen herumspuken.«

Der Seminarraum war in einem umgebauten Heuschober untergebracht. Julia war überrascht, einen so großen, hellen Raum in dem alten Hof vorzufinden. Mit seiner imposanten Balkenkonstruktion und den hohen Fenstern hatte er die Atmosphäre eines Lofts, in das sie am liebsten sofort eingezogen wäre.

Die Stimmung war entspannt, fast vertraut. Wie geschickt von David und Jamila, das Seminar mit einem geselligen Abend zu beginnen! Wären die Teilnehmer an diesem Morgen zum ersten Mal aufeinandergetroffen, hätte die Aufwärmphase wohl den halben Tag in Anspruch genommen.

Nach einer kurzen Runde, bei der alle Namen wiederholt wurden und jeder Teilnehmer erklärte, warum er da war (was Julia mit »allgemeinem Interesse an der Aufstellungsarbeit« begründete), fragte David, wer als Erste oder Erster aufstellen wolle. Nach kurzem Zögern meldete sich ein Mann, mit dem Julia noch nicht gesprochen hatte. David bat ihn, sich auf den freien Stuhl neben ihn zu setzen, und fragte, welches Thema ihn beschäftige.

Es ging um den gerade erwachsen gewordenen Sohn aus zweiter Ehe, der nicht so »funktionierte«, wie der Mann es sich wünschte. Er machte lieber Musik, statt zu studieren, hatte eine Freundin, die ihm »nicht guttat«, und war überhaupt so, wie er aus Sicht des Mannes nicht sein sollte. David richtete einige Fragen an ihn, aus denen deutlich wurde, dass er das Problem weniger beim Sohn als beim Vater vermutete. Er bat ihn, die Personen aufzustellen, die für den Konflikt relevant waren. Bald standen dort der Vater des Mannes, die erste und die zweite Ehefrau, der Sohn (interessanterweise nicht die Freundin, die gehörte laut David nicht zum System) und der Mann selbst – alle repräsentiert durch Teilnehmer, die er ausgewählt hatte.

David fragte die Repräsentanten, wie sie sich am jeweiligen Platz fühlten, und diese berichteten über ihr Empfinden und ihre »Impulse«. Die erste Ehefrau spürte eine Kälte im Körper und hatte den Impuls, in die Nähe ihres früheren Mannes zu rücken. Der Sohn wünschte sich mehr Abstand von seinem Vater, er nahm ein Brennen in der Herzgegend wahr, etwas wie Wut oder Sehnsucht, er wusste es nicht genau. Der Mann fühlte sich seltsam schwach, als ließen ihn seine Muskeln im Stich. Er wollte näher zu seiner jetzigen Frau, von der Wärme ausging. Die Frau wiederum fühlte sich zu ihrem Sohn hingezogen, weil sie zu spüren glaubte, dass er sie brauchte. Im Hintergrund stand der Großvater, von dem alle außer dem Mann sagten, seine Anwesenheit sei beruhigend. Der Großvater schien ein bisschen unzufrieden mit dieser Rolle zu sein und teilte mit, dass er nichts weiter wahrnehme.

Der Mann blickte aus verschiedenen Perspektiven auf die veränderte Szene, knetete sein Kinn, murmelte vor sich hin.

David ließ ihn eine Weile gewähren. Dann sagte er: »Fehlt da noch jemand?«

Der Mann sah auf, die Augen erschrocken geweitet.

»Was meinst du?«

»Sollte da noch jemand stehen?«

»Wer denn?«

»Das kannst nur du wissen.«

Der Mann sank auf seinem Stuhl in sich zusammen. Lange blieb er stumm. Schließlich erzählte er, dass er mit seiner ersten Frau einen Sohn gehabt habe, der bei einem Unfall ums Leben gekommen sei. Daran sei die Ehe gescheitert. Der zweite Sohn sei sein Ein und Alles, er wolle unbedingt, dass sein Leben gelinge.

David forderte ihn sanft auf, den ersten Sohn mit aufzustellen. Der Mann zögerte, fuhr sich unschlüssig mit der Hand durch die Haare und bat schließlich einen weiteren Teilnehmer, den Platz seines toten Sohnes einzunehmen.

Plötzlich sprudelte es regelrecht aus ihm heraus. Er schilderte, wie der Verlust des Jungen sein Leben und das aller anderen Familienmitglieder überschattete, obwohl das Unglück schon über zwanzig Jahre zurücklag. Wie schuldig er sich fühlte: für den Tod des Sohnes, für das Unglück seiner ersten Frau. Dass er glaube, kein Glück mehr verdient zu haben, und deshalb unbedingt wolle, dass wenigstens sein anderer Sohn glücklich werde.

Julia behagte es ganz und gar nicht, Zeugin eines so intimen Bekenntnisses zu sein. Am liebsten wäre sie weggegangen, aber das traute sie sich nicht.

David erklärte dem Mann behutsam, dass die verdrängte Trauer um sein erstes Kind sein eigentliches Thema sei. Dass sein zweiter Sohn nicht das Leben des ersten leben könne, sondern seinen eigenen Weg finden müsse. Und dass dieser Weg durchaus ein anderer sein könne als der, den der Mann für richtig halte. Der Mann nickte immer wieder zustimmend. Er wirkte ganz anders als zu Beginn, gelöst und erleichtert. Zuletzt bat David ihn, sich bei den Teilnehmern zu bedanken und die Aufstellung zu beenden.

Julia atmete tief durch. Gegen ihren Willen war sie beeindruckt von Davids Intuition. Wie hatte er ahnen können, dass eine weitere Person eine so wichtige Rolle in diesem System spielte? Sie nahm sich vor, ihn danach zu fragen.

Nach einer kurzen Kaffeepause ging es weiter. Julia wurde zweimal gebeten, als Stellvertreterin zu fungieren. Beim ersten Mal bat Leonora sie, ihre Stellvertreterin zu sein. Julia war geschockt, als sie erfuhr, dass Leonora Krebs hatte. Sie gab sich große Mühe und versuchte, die Wahrnehmungen und Impulse einer krebskranken Person zu erspüren, hatte aber die ganze Zeit das Gefühl, Teil einer Laientheateraufführung zu sein.

Beim zweiten Mal repräsentierte sie eine emotional vernachlässigte Tochter. Sich da hineinzuversetzen fiel ihr leichter, das Gefühl kannte sie. Aber so waren es eben ihre Gefühle, nicht die der anderen Person.

Beim Mittagessen fragte sie David, was ihn bei der ersten Aufstellung bewogen habe, nach der fehlenden Person zu fragen.

»Erfahrung«, sagte er lächelnd.

Als sie nachhakte, was genau das heißen sollte, weigerte er sich, seine Antwort weiter auszuführen.

»Erfahrung kann man nicht erklären«, sagte er und wandte sich jemand anderes zu.

Julia wurde klar, dass sie ihm auf den Leim gegangen war. Die Frage konnte er ja immer stellen. Wenn es keine vergessene Person im System gab, dann eben nicht. Wenn er aber zufällig einen Treffer landete, waren alle schwer beeindruckt und hielten ihn für den großen Guru.

»Was ist los?«, fragte Hans, der sich zu ihr gesellt hatte. »Gefällt's dir nicht?«

»Ich weiß nicht«, sagte sie. »Irgendwie überzeugt es mich nicht.«

»Du musst nicht immer alles wörtlich nehmen. Schau einfach zu, was passiert. Versuch nicht, hinter den Trick zu kommen.«

Julia lächelte. Das war wahrscheinlich ihr Problem: dass sie hinter den Trick kommen wollte. Wie früher, wenn jemand gezaubert hatte. Nachdem sie selbst einen Zauberkasten geschenkt bekommen hatte und dann wusste, wie es funktionierte, verlor sie schlagartig das Interesse am Zaubern.

Sie überlegte, ob sie vorzeitig abfahren sollte. Aber sie müsste ja noch selbst aufstellen, sonst würde der Artikel die Kriterien des Selbsterfahrungsjournalismus nicht erfüllen. Und sie konnte nicht schon wieder ohne Geschichte zurückkommen.

Sie überlegte immer noch, welche Frage sie aufstellen sollte.

Dann kam ihr eine Idee.

»Welches Thema hast du uns mitgebracht, Julia?«, fragte David am anderen Morgen. Seine hellen Augen waren forschend auf sie gerichtet.

Sie hatte miserabel geschlafen, gequält von Albträumen, die von verunglückten Kindern und abgetriebenen Babys handelten. Sie wollte das Aufstellen hinter sich bringen und hatte sich deshalb gleich als Erste gemeldet.

»Ich würde gern etwas ausprobieren«, begann sie. »Ist es möglich, dass ich eine Aufstellung mache, aber nicht sage, worum es dabei geht?«

»Eine verdeckte Aufstellung«, sagte David. »Natürlich geht das. Willst du uns verraten, für wen deine Stellvertreter stehen?«

Julia überlegte. »Mal sehen … Ja, das könnte ich tun.«

»Dann ist es eine halb verdeckte Aufstellung. Fang einfach an, wenn du so weit bist.«

Sie blickte im Teilnehmerkreis herum. Plötzlich war sie ganz aufgeregt. Als wäre sie im Begriff, eine gefährliche Maschinerie in Gang zu setzen, ohne zu wissen, was sie damit auslösen würde. Sie versuchte, sich zu beruhigen. Bisher war nichts Schlimmes passiert, was sollte also jetzt passieren?

Sie bat Leonora, ihre Mutter zu verkörpern, Hans sollte ihr Vater sein, Ralf stand für Robert. Wer sollte sie repräsentieren? Suchend sah sie sich um. Ob sie Jamila fragen könnte? Die war ungefähr in ihrem Alter und strahlte eine Autonomie aus, mit der Julia sich identifizieren konnte.

Sie wandte sich an David. »Kann denn Jamila mich vertreten?«

Der zuckte die Schultern. »Wenn sie möchte.«

Fragend blickte sie zu der aparten Frau, die graziös den Kopf neigte. »Natürlich, gern.«

Julia fühlte sich wie eine Puppenspielerin in einem überdimensionalen Puppenhaus, als sie die Repräsentanten in der Mitte des Kreises platzierte und so lange hin- und herschob, bis das Bild für sie stimmte. Sie stellte ihre Eltern in einigem Abstand nebeneinander, sich selbst mit größerem Abstand rechts davon, etwas näher zu ihrer Mutter, und Robert in einem spitzen Winkel ihnen gegenüber. Irgendwas fehlte. Es war keine Person. Es war das, worum es ging. Das Thema. Roberts Verschwinden.

Julia sah sich um und ging auf einen Teilnehmer zu, der kräftig gebaut war, eine Glatze hatte und so aussah, als ließe er sich nicht schnell von irgendwo vertreiben.

»Würdest du das Problem für mich darstellen?«

Der Mann nickte grinsend. »Na klar, gerne. Damit hab ich Erfahrung.«

Sie bat ihn, sich in die Mitte zu stellen, genau in die Blickachse zwischen Robert und ihr mit den Eltern. Dann ging sie einen Schritt zur Seite und blickte auf das Tableau. Nach anfänglicher Unsicherheit wusste sie nun genau, wer wohin gehörte. Als hätte sie das Bild längst in sich getragen.

Sie versuchte, für sich die Frage zu formulieren, die sie beantwortet haben wollte. Und noch während sie überlegte, bildeten sich die Worte in ihrem Kopf.

Wie soll ich mit der Ungewissheit über Roberts Schicksal weiterleben?

Die Wucht dieses Satzes traf sie unerwartet. Seit Jahren versuchte sie vergeblich, mit einem Verlust fertigzuwerden, den sie nicht verarbeiten konnte, solange seine Ursache nicht geklärt war. Die seelische Wunde in ihr konnte einfach nicht heilen. Kein Wunder eigentlich, dass sie einen an der Waffel hatte.

»Fertig?«, fragte David, und Julia nickte.

Er begann mit der Befragung, und mit einem Mal vollzog sich vor Julias Augen eine seltsame Veränderung. Das Bild schien sich von seinem Hintergrund zu lösen und zu schweben, die anderen Teilnehmer verschwanden aus ihrem Gesichtsfeld. Davids Stimme wurde leiser, als hätte jemand am Lautstärkeregler gedreht. Die Stellvertreter schienen ein Eigenleben zu entwickeln, sie begannen zu sprechen und sich innerhalb des Tableaus zu bewegen.

Ihr Vater versuchte, das Problem aus der Sichtachse zu schieben. Das Problem sagte: »Ich gehöre sowieso nicht hierher«, und verließ die Mitte.

Ihre Mutter sagte: »Also, mir geht's gut an diesem Platz. Ich finde es schön, dass mein Mann neben mir steht und ich meinen Sohn sehen kann.«

Robert drehte sich um und wandte dem Rest der Familie den Rücken zu.

Julias Vertreterin stand wie angewurzelt an ihrem Platz, ihr Blick irrte umher.

»Stehst du da richtig?«, fragte David.

»Ich weiß nicht«, sagte sie.

»Wie geht's dir?«, fragte David Roberts Stellvertreter.

»Nicht so gut.«

»Was würde dir helfen?«

Er zuckte die Schultern und blieb stehen, wo er war.

Julias Vertreterin näherte sich ihm ein Stück.

Das Problem stand herum und sagte: »Ich weiß nicht, wohin ich soll. Ich fühle mich nutzlos.«

Ihr Vater und ihre Mutter rückten näher zusammen. Der Abstand zwischen ihnen und ihren Kindern wurde dadurch größer.

Das Problem schloss sich den Geschwistern an und sagte: »Ich glaube, hier stehe ich richtig.«

Julias Stellvertreterin versuchte, es wegzuschieben, aber es blieb genau da, wo es stand.

Robert schien nichts davon wahrzunehmen.

Julia starrte auf die Szenerie. Nun hatten sich die Puppen in dem großen Puppenhaus selbständig gemacht. Und obwohl sie wusste, dass nicht sie, ihr Bruder und ihre

Eltern dort standen, waren sie es in ihrer Wahrnehmung trotzdem.

»Fehlt hier noch jemand?«, hörte sie David fragen.

Nein, dachte Julia, nicht mit mir. Diesmal liegst du falsch.

Dann fühlte sie plötzlich eine innere Unruhe. Sie ging ein paar Schritte auf und ab und versuchte, die Ursache dafür zu ergründen. Und mit einem Mal wusste sie, dass tatsächlich jemand fehlte: der Vater ihrer Kinder. Der Mann, mit dem sie längst zusammen sein und eine Familie haben könnte, wenn sie nicht so gestört wäre.

Sie blickte sich um und bat den Mann, der die erste Aufstellung gemacht hatte, aufzustehen. Zunächst war sie unschlüssig, wo sie ihn hinstellen sollte, dann platzierte sie ihn weit weg von sich auf der gegenüberliegenden Seite des Kreises. Zwischen ihm und ihr stand Robert.

»Möchtest du uns sagen, wer das ist?«, fragte David.

»Es genügt, dass ich es weiß«, sagte Julia.

Höchst zwiespältige Gefühle kämpften in ihr. Einerseits fand sie das Ganze absurd und ein bisschen lächerlich, andererseits konnte sie nicht abstreiten, dass irgendetwas in ihr passierte.

Versuch nicht, hinter den Trick zu kommen.

Der Mann sagte auf Nachfrage, er fühle sich von den anderen nicht wahrgenommen.

Fast wäre Julia herausgerutscht: Kein Wunder, dich gibt es ja auch gar nicht.

Ihre Stellvertreterin wollte sich dem Mann nähern, aber Robert stand ihr im Weg. Sie versuchte, an ihm vorbeizukommen, aber er schien sie zu blockieren. Einen Moment lang herrschte eine fast aggressive Spannung im Raum, dann entspannte sich Robert, trat einen Schritt zur Seite und lächelte.

Julia schloss die Augen. Das Bild ihres lächelnden Bruders brannte sich auf ihrer Netzhaut ein. Sie atmete tief durch und setzte sich wieder auf ihren Stuhl.

»Wie geht's dir jetzt?«, hörte sie Davids Stimme.

»Ganz gut«, murmelte sie.

Nach einer Pause fragte David: »Hast du eine Antwort auf deine Frage bekommen?«

Sie nickte zögernd. »Ich weiß nicht. Könnte sein.«

Nach der Mittagspause verabschiedete sich Julia und erklärte David und Jamila, dass sie verarbeiten müsse, was sie erlebt habe.

Besonders herzlich fiel ihr Abschied von Leonora aus. Die Frau mit dem Krebs, die so hungrig das Essen und das Leben in sich hineinschlang, weil sie nicht wusste, wie viel Zeit ihr noch blieb. Und die gern laut sang, um ihre Angst zu übertönen.

»Vielleicht kann ich den Tod ja damit vertreiben?«, sagte sie fröhlich.

»Mit ABBA ganz bestimmt«, erwiderte Julia und drückte sie ein letztes Mal an sich.

In Gedanken versunken, fuhr sie los, erreichte die Landstraße und drehte den Gasgriff bis zum Anschlag, was der Vespa ein empörtes Aufheulen entlockte.

Aus dem Nebel ihres Unterbewusstseins arbeitete sich ein Gedanke nach oben und nahm immer weiter Gestalt an.

21

Nach einer Nacht, in der sie kaum geschlafen hatte, setzte Julia sich morgens früh an ihren Schreibtisch. Der Gedanke, dass Robert noch am Leben sein könnte, hatte sich in ihr auf seltsame Weise zur Gewissheit verdichtet. Sie hätte niemandem erklären können, wie es dazu gekommen war und was die Aufstellung damit zu tun hatte. Sie fühlte es einfach so.

Sie drehte seinen Montblanc-Füller zwischen den Fingern. Warum hatte er ihn nicht nach Norwegen mitgenommen? Er hatte ihn immer bei sich getragen, wie einen Talisman, der ihm Glück bringen sollte. Hatte er beim Aufbruch gedacht, er bräuchte kein Glück mehr? Hatte er eine Art Opfer bringen und etwas zurücklassen wollen, was ihm wichtig war? Sollte es ein Zeichen sein?

Julia öffnete die Kappe und probierte aus, ob der Stift noch schrieb. Nach den vielen Jahren war er eingetrocknet, aber in den Tiefen ihres Schreibtischs fand sich tatsächlich ein Päckchen mit Tintenpatronen (auch sie hatte eine Weile mit Füller geschrieben, es aber bald wieder aufgegeben). Sie drückte eine Patrone ins Gehäuse und kritzelte auf einem Blatt Papier herum, bis die Tinte wieder floss. Sie stellte sich vor, wie der Füller sich verselbständigen und beginnen würde, einen Brief zu schreiben. Einen Brief, der ihr alles erklärte.

Warum Robert ohne Ausrüstung nach Norwegen gefahren war, was ihm zugestoßen war, ob er noch lebte und wenn ja, wo. Dieser Füller sollte seine Geschichte für sie aufschreiben, damit sie endlich verstand, was passiert war.

Immer wieder fragte sie sich, wie sie ihn finden könnte, falls er noch lebte. Es gab nicht den geringsten Anhaltspunkt für einen möglichen Aufenthaltsort. Und die Vorstellung, eine Suche nach jemandem zu beginnen, der sich an jedem Punkt der Erde aufhalten konnte, raubte ihr von vorneherein jede Energie.

Die Polizei würde nicht mehr ermitteln. Nach einem Erwachsenen, sofern er nicht kriminell, krank oder suizidgefährdet war, wurde nicht gefahndet, weil er nach dem Gesetz selbst entscheiden konnte, wo er sich aufhalten wollte.

Julia überlegte immer wieder, ob sie einen Detektiv engagieren sollte, aber dafür waren ihre Indizien nicht stichhaltig genug. Da müsste sie schon mehr liefern. Einen Zeugen, der Robert gesehen hatte. Irgendeinen Beweis, der eindeutig belegte, dass er nicht tot war. Und den hatte sie nicht.

Frustriert legte sie den Füller weg und klappte den Laptop auf. Nur zwei Tage, in denen sie keine Mails gecheckt hatte, und schon quoll ihr Postfach über. Sie löschte die Spam-Mails und überflog den Rest, um zu sehen, was wichtig war und was warten konnte.

Als Erstes öffnete sie eine E-Mail von Shenmi.

Von: shenmi@gmail.com
An: julia@feldmann.de
Betreff: JLI

Liebe Julia,
ich hab's geschafft! Eine der Frauen, von denen ich dir erzählt
habe, ist bereit, über ihre Erfahrungen mit Höger zu reden, und
du kannst sogar ihren Namen nennen! Sie hat mithilfe meines
Vaters einen Doktorvater an der Uni gefunden und das Insti-
tut verlassen. Da sie nach dem Ende ihrer Promotion nicht in
Deutschland bleiben will, hofft sie, dass niemand ihr etwas an-
haben kann, wenn sie sich jetzt outet.
Venceremos,
Shenmi

Julia stieß triumphierend mit der Faust in die Luft. End-
lich würde sie die Story wasserdicht machen können! Ihre
Müdigkeit war wie weggeblasen. Energisch hieb sie in die
Tasten.

Im schattigen Innenhof des Cafés warteten zwei junge
Frauen auf Julia. Sie hatten einen Tisch ganz am Rand
besetzt, der weit genug von den anderen Tischen entfernt
war, dass niemand ihr Gespräch würde mithören können.
    »Das ist Chen Lu«, stellte Shenmi ihre Kommilitonin vor.
    Julia gab der blassen Chinesin, die größer und schmaler
als Shenmi war und ihr Haar lang trug, die Hand.
    »Sie wissen gar nicht, wie dankbar ich Ihnen bin«, sagte
sie ohne Vorrede. Chen Lu nickte ernst, blieb aber stumm.
    »Sie hat eine krasse Zeit hinter sich«, erklärte Shenmi.
»Über drei Monate krankgeschrieben, die Sorge, alles zu

verlieren und nach China zurückzumüssen, die Kündigung am Institut, die Angst, bis sie wirklich dort weg war ...«

Chen Lus Augen füllten sich mit Tränen, aber sie behielt sich im Griff.

Julia nickte anteilnehmend. »Das kann ich mir gut vorstellen.«

Sie erkundigte sich, in welcher Sprache sie das Gespräch führen könnten. Chen Lu sprach besser Englisch als Deutsch, daher wollte sie Julias Fragen auf Englisch beantworten. Notfalls würde Shenmi wieder als Übersetzerin fungieren.

Julia war aufgeregt wie schon lange nicht mehr. Von Chen Lus Aussage hing alles ab. Wenn die zu ihrem Wort stand, hätte sie vielleicht eine Chance, die Story ins Blatt zu bringen.

»Lassen Sie uns den Papierkram vorher erledigen«, schlug sie vor und holte die eidesstattliche Erklärung heraus, die von Chen Lu unterschrieben werden musste.

Die junge Frau zögerte einen Moment, dann setzte sie ihren Namen darunter – in lateinischer Schrift und danach noch in chinesischen Schriftzeichen, als wollte sie ihre Absicht, die Wahrheit zu sagen, bekräftigen. Julia atmete auf. Die erste Hürde war genommen.

Sie schaltete die Tonaufnahme ein.

»Was hat Sie bewogen, Ihre Meinung zu ändern und doch mit mir zu sprechen?«, begann sie.

Chen Lu beschrieb, wie sie sich aus Angst vor Höger jeden Morgen übergeben hatte, kaum mehr essen und nicht mehr schlafen konnte. Eines Tages war sie im Labor in Ohnmacht gefallen und in die Klinik gebracht worden. Dort hatte eine Ärztin sie untersucht und ihr auf den Kopf zugesagt, dass ihre Beschwerden psychosomatisch seien.

Sie hatte sich krankschreiben lassen und wochenlang in ihrem Zimmer ausgeharrt, weil sie nicht wusste, was sie tun sollte. Erst die Besuche von Shenmi, die unermüdlich auf sie einwirkte, führten schließlich dazu, dass sie den Mut fasste, etwas zu unternehmen. Shenmi zog ihren Vater ins Vertrauen. Der sorgte dafür, dass Chen Lu an die Uni umziehen und ihr Forschungsprojekt bei einem Kollegen zu Ende führen konnte. Er versprach ihr, seine schützende Hand auch weiter über sie zu halten, wenn sie sich entschließen sollte, Högers Übergriffe und Dettmers Vertuschen öffentlich zu machen. Deshalb hatte sie sich von Shenmi überreden lassen, zu diesem Treffen zu kommen.

Julia hatte atemlos zugehört.

»Könnten Sie mir von Anfang an erzählen, was Ihnen passiert ist? Je genauer, desto besser.«

Chen Lu nickte und zog eine Kladde heraus.

»Ich schreibe Tagebuch. Das hier beginnt, als ich ans Institut gekommen bin, letztes Jahr im Oktober.«

Seite für Seite blätterte sie durch, nannte ein Datum nach dem anderen und was jeweils an dem Tag vorgefallen war. Sie sprach mit ruhiger, fast monotoner Stimme, als referierte sie über den Fortgang eines Laborversuchs.

Julia schrieb mit, weil sie sich nicht allein auf die Tonaufnahme verlassen wollte. Die Aufzeichnungen selbst waren auf Mandarin abgefasst.

Es entstand eine Liste, die zwei Seiten in ihrem Notizbuch füllte:

8. Oktober: anzügliche Bemerkungen, Einladung, mal was trinken zu gehen
11. Oktober: Wiederholung der Einladung

17. Oktober: Berührungen im Vorbeigehen, Wiederholung der Einladung

21. Oktober: Institutsfest, gemeinsamer Konsum von Alkohol (2 Bier), unerwünschte Berührungen, auch im Brustbereich

25. Oktober: beim Mikroskopieren von hinten an sie herangetreten und sich an ihr gerieben

5. November: Griff an ihre Brüste, am Handgelenk festgehalten, als sie weggehen wollte

6. November: vermeintlich witzige, in Wahrheit aber kränkende Bemerkungen über sie vor anderen

13. November: Versuch, sie zu küssen

Die Liste setzte sich mit kurzen Unterbrechungen, wenn Chen Lu oder Höger im Urlaub waren, fort bis in den April. Dann kam der Zusammenbruch. Der letzte Eintrag, den Julia nach Chen Lus Angaben notierte, lautete:

6. April: abends Überstunden im Labor, bei Rückkehr nach Pause in die Toilette gedrängt, Griff unter den Rock, mit Fingern in sie eingedrungen; auf Schmerzensschreie hin wütend reagiert, abgebrochen

»Das ist kein Übergriff, das ist juristisch eine Vergewaltigung«, stellte Julia fest und ließ den Stift sinken. Sie kämpfte gegen eine Mischung aus Übelkeit und Zorn an. Dieses Dreckschwein!

Sie beugte sich zu Chen Lu, die noch blasser geworden war und ihre schmalen Finger im Schoß knetete.

»Es tut mir so leid, dass Sie das durchmachen mussten«, sagte sie Anteil nehmend. »Es muss schwer für Sie sein, darüber zu reden. Ich bewundere Sie dafür.«

Chen Lu nickte. »Danke«, sagte sie leise.

»Können Sie mir bitte noch was über die Rolle von Dettmer sagen?«, bat Julia. »Wie viel hat er gewusst, wie hat er sich verhalten?«

Chen Lu berichtete, dass sie sich nicht getraut habe, Höger direkt zu beschuldigen. Sie hatte Dettmer unter einem fachlichen Vorwand gebeten, die Abteilung wechseln zu dürfen, aber anders als Shenmi hatte sie keinen Erfolg damit gehabt.

Ein paar Tage später habe Höger sie zur Seite genommen.

»Du willst die Abteilung wechseln?«, hatte er sie gefragt, und sie hatte das bestätigt. Daraufhin hatte er mit drohendem Unterton gesagt: »Du wirst schon sehen, was du davon hast.«

Sie habe gespürt, welche Lust es ihm verschaffe, seine Macht auszuspielen. Es sei ihm nicht nur um das Sexuelle gegangen, sondern auch um eine perverse Befriedigung, als er ihre Angst gespürt habe.

Nach diesem Wortwechsel sei er zwar vorsichtiger gewesen, habe die Übergriffe aber fortgesetzt.

»Das heißt, Dettmer hat mit ihm gesprochen«, stellte Julia fest.

»Aber sonst hat er nichts unternommen«, ergänzte Shenmi finster. »Genau wie damals bei mir.«

Julia ließ sich zurücksinken und versuchte, Ordnung in ihre Gedanken zu bringen.

»Haben Sie daran gedacht, Höger anzuzeigen?«, fragte sie schließlich.

Erschrocken schüttelte Chen Lu den Kopf. »Ich will, dass er seinen Namen in der Zeitung liest und sich schämt. Und aufhört, Frauen zu belästigen. Wenn er seinen Job verliert, ist das auch okay. Aber sonst will ich nichts mehr damit zu tun haben.«

Julia schluckte. Die junge Frau war sich nicht darüber im Klaren, dass ihr Bericht zu einer Ermittlung der Staatsanwaltschaft führen könnte.

»Chen Lu, Sie sind vergewaltigt worden«, sagte sie eindringlich. »Ein Mann, der so etwas tut, wird es wieder tun. Der lässt sich nicht stoppen, indem man ihm gut zuredet.«

Chen Lu schlang die Arme um ihren Oberkörper, als wollte sie sich schützen. Sie sah aus, als würde sie gleich in Tränen ausbrechen. Unwillkürlich wiegte sie sich hin und her, ein Zeichen größter Anspannung.

Shenmi zog ihre Kommilitonin an sich.

»Julia hat recht«, sagte sie sanft. »Wenn du anderen Frauen wirklich helfen willst, müsstest du auch vor Gericht gegen Höger aussagen.«

Chen Lu starrte sie entsetzt an. »Wenn das so ist ...«, begann sie.

Julia geriet in Panik.

»Bitte machen Sie jetzt keinen Rückzieher!« Ihre Stimme klang schrill. »Wenn Sie das tun, machen Sie sich mitschuldig. Dann werden Sie zu seiner Komplizin!«

Chen Lu begann zu weinen. Shenmi sprach tröstend auf Chinesisch auf sie ein.

Julia saß wie erstarrt auf ihrem Stuhl und schickte Stoßgebete zum Himmel. So nahe war sie dran, und nun sollte alles wieder hinfällig sein? Sie konnte nicht glauben, dass es unmöglich sein sollte, jemanden wie Höger zur Strecke zu bringen. Das würde sie nicht hinnehmen. Nicht nach allem, was sie inzwischen wusste.

Es war, als hätte ihre Muttersprache eine beruhigende Wirkung auf Chen Lu. Nach einer Weile hörte sie auf zu schluchzen und tupfte sich die Augen mit einem Taschentuch.

Shenmi beugte sich nah zu ihrer Kommilitonin.

»Du kennst meine Geschichte mit Höger«, sagte sie zu ihr, jetzt wieder auf Englisch. »Kein Vergleich mit dem, was du erlebt hast, aber immerhin. Wie wär's, wenn wir es gemeinsam machen?«

»Was?«, fragte Chen Lu mit zittriger Stimme.

»Wenn ich auch mit meinem Namen an die Öffentlichkeit gehe. Und aussage, falls es zu einem Gerichtsverfahren kommt.«

Julia war verblüfft. Bis jetzt hatte Shenmi unbedingt anonym bleiben wollen, wie die anderen Betroffenen auch.

»Die Öffentlichkeit ist auch ein Schutz«, sagte Shenmi. »Wenn sie mich danach aus dem Institut werfen würden, wäre doch die Hölle los!«

»Es kann aber trotzdem passieren«, gab Julia zu bedenken. »Sie finden einen Vorwand, du wirst so gemobbt, dass du ›freiwillig‹ gehst, da gibt's viele Möglichkeiten.«

Shenmi kaute auf ihrer Unterlippe.

»Ich weiß gar nicht, ob ich überhaupt in der Forschung Karriere machen will«, fuhr sie fort. »Ich denke schon länger darüber nach, in die Wirtschaft zu gehen. Da können Dettmer oder Höger mir nichts anhaben. So weit reicht deren Einfluss dann doch nicht.«

»Aber du riskierst deinen Doktortitel!«

Kämpferisch ballte Shenmi die Faust.

»Das wollen wir doch mal sehen! Es gibt immer noch meinen Vater.«

Julia sagte nichts mehr. Sie hatte Shenmi gewarnt, mehr konnte sie nicht tun. Wenn die junge Frau das Risiko auf sich nehmen wollte, würde sie sich ihr nicht in den Weg stellen. Sie wollte nur, dass sie sich über die möglichen Konsequenzen im Klaren war.

»Wenn ich mich dir anschließe ...«, fuhr Shenmi zu Chen Lu fort. »Sagst du dann aus, falls es zu einer Anklage kommt?«

Chen Lu blieb stumm. Man konnte sehen, wie es in ihrem Kopf arbeitete.

Julia hob schweigend ihr Notizbuch an und zeigte ihr noch einmal die Liste mit den Übergriffen, denen sie über viele Monate hinweg ausgesetzt gewesen war. Eine Liste der Demütigungen und der Missachtung.

Sie sah schon das Foto von Chen Lus Tagebuchaufzeichnungen vor sich, mit dem der Artikel illustriert werden könnte. Fein säuberlich notierte chinesische Schriftzeichen, hinter denen sich das Martyrium einer jungen Frau verbarg, die dazu beitragen könnte, dass anderen solche Erfahrungen erspart blieben. Wenn sie den Mut fand, sich mit ihrem Namen nicht nur der Öffentlichkeit auszusetzen, sondern auch vor Gericht auszusagen. Das war viel verlangt, das wusste Julia. Verdammt viel.

Endlich biss Chen Lu die Zähne zusammen und hob den Blick.

»Okay.«

Julia schloss die Augen und atmete durch. Sie war so erleichtert, dass nun sie fast zu weinen begonnen hätte.

Innerlich fluchend, stand Julia in der Schlange für eine weitere Wohnungsbesichtigung. Sie hatte aufgehört zu zählen, die wievielte es war. Die Wohnungen, die sie sich ansah, rutschten immer weiter an den Stadtrand. Die Hoffnung auf eine Bleibe in der Innenstadt hatte sie längst aufgegeben. Mieten von bis zu fünfundzwanzig Euro pro Quadratmeter, auch für die übelsten Löcher, waren dort inzwischen üblich.

Julia beäugte ihre Mitbewerber, die alle seriöser und solventer wirkten als sie, obwohl sie sich extra spießig angezogen hatte.

»Nur vier Personen gleichzeitig, bitte!«, rief die Maklerin, die an der Tür stand und die Interessenten dirigierte wie eine Lehrerin ihre Grundschulklasse.

»Sie, Sie und Sie. Nein, Sie noch nicht! Haben Sie etwas Geduld, wenn ich bitten darf. Nicht drängeln, sonst breche ich die Besichtigung ab!«

Erwachsene Menschen, die sich normalerweise wahrscheinlich sofort beschwerten, wenn ein Dienstleister pampig wurde, ließen sich widerspruchslos von der Frau herumkommandieren. Und sie selbst war kein bisschen besser. Es war einfach beschämend.

Julia rief sich die Liste von Positiv-Punkten in Erinnerung, die sie der Maklerin vorlegen könnte, um ihre schwankenden Einkommensverhältnisse zu kompensieren: pflegeleichte Nichtraucherin, keine Drogen (ausgenommen Alkohol), keine Haustiere, keine Kinder, keine Partys, kein fester Partner, der plötzlich mit einziehen will, keine sonstigen Untermieter, keine Airbnb-Gäste. Die Küche wird durch Nichtbenutzung geschont, nur akustisch unauffällige Hobbys wie Aquarellieren, Gedichteschreiben und Stricken, angeborene Abneigung gegen laute Musik, extrem sozialkompatible und friedliebende Persönlichkeit (Empfehlungsschreiben früherer Nachbarn und Vermieter können vorgelegt werden), ewige Dankbarkeit sowie die Aufnahme ins tägliche Gebet werden garantiert.

Die Maklerin, eine magere Person mit einem weißblond gefärbten Kurzhaarschnitt, einer großen, schwarzen Brille und einem engen Nadelstreifenkostüm, rief sie hinein, gemeinsam mit drei anderen Interessenten. Im Vorbeigehen lächelte Julia sie gewinnend an. Die Frau verzog keine Miene.

Diesmal lief es umgekehrt, erst wurde besichtigt, dann konnte man den Fragebogen ausfüllen. Erstaunt stellte Julia fest, dass die Wohnung möbliert war. Was war mit dem Mieter passiert? Hatte er die Miete nicht bezahlt? War er gestorben? In einer Pflegeeinrichtung gelandet?

Es kam ihr pietätlos vor, durch die Privatsphäre eines fremden Menschen zu latschen. Zögernd ging sie durch den düsteren Flur, warf einen Blick in die zwei kleinen, altmodisch eingerichteten Zimmer, die winzige Küche und das renovierungsbedürftige Bad, das seltsamerweise einen Balkon hatte. Wer kam auf die Idee, einen Balkon vor ein Badezimmer zu bauen? Dann wurde ihr klar, dass es wohl umgekehrt gewesen sein musste – zuerst war der Balkon da gewesen, und später hatte man irgendwann ein Bad eingebaut.

Die Wasch- und Pflegeutensilien auf dem Glasregal ließen auf eine ältere Bewohnerin schließen. Ein rosafarbener Morgenmantel hing an einem Plastikhaken an der Tür, am Boden standen ausgetretene Hausschuhe.

Widerwillig erledigte Julia den Papierkram. Sie wollte überhaupt nicht in diese Wohnung ziehen. Sie tat es nur, um sich selbst zu beweisen, dass sie nichts unversucht ließ. Sie wollte einfach nicht aus ihrer geliebten Wohnung raus.

In Gedanken hatte sie bereits sämtliche Szenarien durchgespielt – von der Wohnungsbesetzung bis zur Ermordung des Eigentümers. Die Aufklärungsquote bei Morden war allerdings erstaunlich hoch, und sie stünde sicher ganz oben auf der Liste der Verdächtigen.

Julia war im Begriff zu gehen, da stellte sich ihr die Maklerin in den Weg und verzog ihr Gesicht zu einer Art Lächeln.

»Gefällt Ihnen die Wohnung?«

Julia zögerte. Mit einer Maklerin sollte man es sich grundsätzlich nicht verscherzen. Auch wenn diese Wohnung nicht infrage kam – es könnte sein, dass sie der Frau schon bei einer der nächsten Besichtigungen wieder begegnete.

»Man könnte sicher was daraus machen«, sagte sie deshalb freundlich.

»Was suchen Sie denn genau?«

»Zwei Zimmer, gute Lage, unter tausend Euro warm«, rasselte Julia runter. »Was alle suchen.«

Die Frau lächelte mitleidig. Dann durchbohrte sie Julia mit einem Blick durch ihre schwarz geränderte Brille.

»Wenn Sie mal zu mir ins Büro kommen wollen, da habe ich Angebote, die noch nicht im Internet stehen. Da hätten Sie deutlich bessere Chancen.«

Julia sah die Frau irritiert an. Was sollte das heißen?

»Kostet natürlich eine Kleinigkeit.« Die Maklerin lächelte auf ihre eigenartig verkniffene Weise.

Julia blinzelte perplex. Wollte die ihr ernsthaft zu verstehen geben, dass sie sich schmieren lassen würde? Ausgerechnet von ihr, die kaum die Provision aufbringen könnte? Offenbar kam ihre seriöse Verkleidung überzeugender rüber, als sie angenommen hatte.

»Hier ist die Adresse«, sagte die Frau und reichte ihr eine Visitenkarte.

»Danke, das ist sehr freundlich«, sagte Julia und ignorierte die ausgestreckte Hand.

Es gab also nicht nur Männer, die ihre Position ausnutzten. Warum auch, Frauen waren schließlich keine besseren Menschen. Nur seltener in Machtpositionen.

Maklerin in einer Großstadt mit Wohnungsnot war definitiv eine Machtposition, und wenn's nicht um Sex ging, ging's eben um Geld.

Sie schüttelte sich. Selbst wenn sie die Kohle hätte, würde sie auf so ein Angebot nicht eingehen. Hoffte sie jedenfalls.

Zu Hause angekommen, holte Julia sich ein Glas Wein und ließ sich ein Bad ein. Nicht einmal Außentemperaturen von um die dreißig Grad schmälerten den Genuss eines duftenden Schaumbades. Sie nahm ihren Laptop mit in die Wanne, stellte ihn auf ein Brett, das sie quer vor sich legte, und achtete sorgfältig darauf, dass er nicht mit Wasser in Berührung kam.

Auf Facebook hatte Jens Höger ein Bild von sich an einem Rednerpult gepostet; er hatte auf einem Fachkongress gesprochen. Im Publikum saßen viele Frauen. Julia stellte sich vor, wie er beim anschließenden Empfang angeschwärmt wurde und seine Mister-Charming-Nummer abzog. Sie wusste ja am besten, welche Wirkung er auf Frauen entfalten konnte.

Das Seltsame war, dass Höger kein verklemmter Nerd war, der keine abkriegte – im Gegenteil, er war ein Womanizer. Aber das schien ihm nicht zu genügen. Er wollte nicht nur die, die er kriegen konnte, sondern auch die anderen. Gerade die. Chen Lu hatte das richtig eingeschätzt: Wenn eine Frau sich seinen Avancen entzog, schien ihn das erst richtig anzutörnen. Als müsste er ständig seine Unwiderstehlichkeit unter Beweis stellen. Und wenn die Abwehr der Frauen anhielt, fand er es offenbar geil, ihnen seine Macht zu demonstrieren.

Julia spürte die altbekannte Wut in sich hochkochen. Alle sollten es wissen. Die ganze Welt sollte erfahren, was für ein Schwein er war. Sie wollte ihn so einschüchtern, dass er sich nie wieder traute, eine Frau zu nötigen. Sie wollte ihn fertigmachen.

Von: julia@feldmann.de
An: a.hildebrandt@mpi.org
Betreff: Recherche am JLI

Liebe Ariane Hildebrandt,
ich hoffe, es geht Ihnen gut! Ich wollte Sie darüber informieren,
dass ich inzwischen zwei Doktorandinnen ausfindig gemacht habe,
die explizit Jens Höger als Täter am JLI genannt haben und bereit
sind, sich namentlich in meinem Artikel zitieren zu lassen.
Ich kenne und achte Ihre Beweggründe, anonym bleiben zu wol-
len. Aber angesichts dieser Entwicklung möchte ich anfragen, ob
Sie Ihre Haltung vielleicht noch einmal überdenken wollen.
Auch ein mögliches Strafverfahren würde von einer größeren Zahl
von Zeuginnen natürlich profitieren.
Mit herzlichen Grüßen
Julia Feldmann

Julia legte den Laptop zur Seite, lehnte sich genüsslich in der Wanne zurück und dachte nach.

Es war nicht ihre Aufgabe, der Staatsanwaltschaft einen Täter zu liefern oder gar deren Ermittlungsarbeit zu übernehmen. Es ging auch nicht darum, die betroffenen Frauen zu rächen, und es durfte nicht ihr Ziel sein, einen persönlichen Feldzug gegen Höger zu führen. Ihr Job war es, die Öffentlichkeit von den Vorgängen am JLI zu informieren: sachlich, objektiv und wahrheitsgetreu. Ob Klage erhoben und wer vor Gericht aussagen würde, war nicht ihre Sache.

All das wusste sie. Aber sie konnte nicht anders.

Dieser Artikel war auch die Geschichte einer Schuld, die sie abzutragen hatte. Dafür, dass sie die Klagen von Frauen übertrieben oder larmoyant gefunden hatte. Für den insgeheim gedachten Gedanken: *Dann wehr dich doch, wenn's dir nicht passt.* Für die Ignoranz und mangelnde Sensibilität, die sie an den Tag gelegt hatte, als sie es noch nicht besser gewusst hatte.

22

»Uno, dos, tres, cuatro ...«

Für Julia waren die Salsa-Stunden wie ihr wöchentlicher Lebensmitteleinkauf: Sie hatte sich daran gewöhnt, und wenn sie's hinter sich hatte, fühlte sie sich gut. Je länger sie dabei war, desto weniger musste sie beim Tanzen mitdenken, ihre Arme und Beine machten fast von allein, was sie sollten, und manchmal machte es ihr richtig Spaß.

Jorges philosophische Exkurse hörte sie inzwischen mit einem gewissen Vergnügen. Wenn er mal darauf verzichtete, weil er müde war oder keine Lust hatte, fehlte ihr was. Nicht mal ihr feministisches Aufbegehren gegen das patriarchalisch geprägte Konzept des Salsa hatte überlebt. Nun konnte sie Salsa als das sehen, was er war: eine ritualisierte Form der Werbung, die nicht mehr in die Zeit passte, aber niemandem wehtat.

»Salsa ist Hingabe – H-I-N-G-A-B-E!«, sagte Jorge feurig und beugte sich zu Maria, als wollte er sich gleich zu ihren Füßen werfen.

»Wisst ihr überhaupt, was Hiiiiingabe ist?«, fragte er, das Wort in die Länge ziehend wie Kaugummi, und riss dabei die Augen auf.

Lächelnde Gesichter, vereinzeltes Nicken.

Julia wusste zwar theoretisch, was Hingabe war, aber die praktische Umsetzung dieses Konzepts gehörte nicht zu ihren Stärken. Und mit der Hingabe eines anderen umzugehen fiel ihr mindestens genauso schwer.

Ihr Motto war: *Der Mann, der mich will, muss ein Idiot sein, also will ich nichts mit ihm zu tun haben.*

Sie dachte an Sebastian und spürte einen schmerzhaften Stich. Er war alles andere als ein Idiot. Vielmehr hatte sie sich ihm gegenüber wie eine Idiotin verhalten. Oder wie sollte man es sonst nennen, wenn eine Frau einen Mann wegschickte, weil er ihr gefiel? Und weil die Gefahr bestand, dass er ihr immer besser gefallen könnte? Was bei anderen der Auslöser für eine Annäherung war, löste bei ihr einen Fluchtimpuls aus. Ganz schön bekloppt. Ob sie Sebastian jemals wiedersehen würde, außer im Fernsehen?

»Hingabe ist eine wundervolle menschliche Fähigkeit«, fuhr Jorge fort. »Ohne Hingabe können wir nicht lieben, keine Kinder aufziehen, uns keiner Tätigkeit mit Leidenschaft widmen. Hingabe lässt uns alles andere vergessen. Sie macht uns zu besseren Menschen!«

Bei diesen Worten beobachtete Julia das Paar, das sich ständig zoffte. Auch jetzt waren sie in einen flüsternden Disput verwickelt, bei dem er plötzlich wütend den Kopf zurückwarf, während sie die Augen verdrehte.

Julia grinste. Die beiden schienen sich gegenseitig leidenschaftlich zu nerven, was offenbar sehr verbindend wirkte.

Im Da Gino gab es heute eine Überraschung. Nina änderte ihren Standardsatz von »Ich esse heute übrigens nichts« zu »Ich esse heute eine Kleinigkeit bei euch mit, okay?«.

»Isst du nur mit, oder zahlst du auch mit?«, erkundigte sich Kathrin.

Nina zog eine beleidigte Miene, während Julia und Kathrin grinsten.

Kaum hatten sie bestellt, lieferte Nina ein ausführliches Update ihres aktuellen Liebesdramas.

Julia hörte staunend zu, konnte aber bald nicht mehr auseinanderhalten, wer wem wann was vorgeworfen und wer wann und warum so oder so reagiert hatte. Auf jeden Fall war durch Ninas Seitensprung mit Karim ein totales Chaos entstanden, in dem keiner der Beteiligten mehr richtig glücklich war. Zugegeben, so ein Drama hatte seinen Reiz. Aber vermutlich nur, wenn man nicht daran beteiligt war.

»Und wie war dein Psycho-Seminar?«, fragte Kathrin, als Nina fertig war und sich dem Inhalt des Brotkorbs zuwandte.

»Eigentlich halte ich das Ganze für Bullshit, aber irgendwas daran hat mich trotzdem fasziniert«, fasste sie ihre Eindrücke zusammen.

»Was soll das heißen, glaubst du jetzt dran oder nicht?«, fragte Nina mit vollem Mund.

»Da geht's doch nicht um Glauben«, fuhr Kathrin dazwischen. »Sondern darum, ob Julia was für sich rausgezogen hat, was sie weiterbringt.«

Nina blickte zu Julia. »Und? Hast du?«

Julia zögerte. »Seither habe ich noch stärker das Gefühl, dass Robert … vielleicht doch nicht tot ist.«

»Hast du nicht gesagt, was bei den Aufstellungen passiert, ist letztlich nur das, was in deinem Kopf passiert?«

»Ja, aber was in meinem Kopf passiert, ist kein Zufall. Es ist das Ergebnis all dessen, was an Informationen dort gespeichert ist. Und das bringt meinen Kopf offenbar auf die Idee, dass Robert noch leben könnte.«

»Und das ist nicht deshalb so, weil du es dir wünschst?«, fragte Kathrin.

Julia zuckte die Schultern. »Kann ich natürlich nicht ausschließen. Aber ich glaube es nicht.«

Das Essen kam. Mit großem Brimborium verteilte Edoardo zwei Nudelgerichte auf drei Teller. Er schwang das Servierbesteck, schleuderte die Nudeln in die Höhe und drehte sie schließlich zu kunstvollen Nestern. Fehlte nur noch, dass er ein Kaninchen aus dem Weinkühler zauberte.

Die Frauen applaudierten ihm scherzhaft. Edoardo verbeugte sich und zog ab.

»Ich könnte niemals ohne Kohlenhydrate leben«, seufzte Kathrin, während sie gelb glänzende Linguine al limone um ihre Gabel wickelte. Beim Blick auf Ninas Teller sagte sie mit einem Anflug von Neid: »Das mit dem Teilen war clever, auf die Weise kannst du zwei Sorten Nudeln probieren!«

Nachdem sie aufgegessen hatten, kehrte die Aufmerksamkeit zu Julias Thema zurück.

»Was hast du denn jetzt vor?«, erkundigte sich Kathrin. »Willst du nach Robert suchen?«

»Wie soll das gehen?«, sagte Julia. »Falls er noch lebt, hat er es geschafft, zwölf Jahre nicht gefunden zu werden.«

»Du könntest einen Detektiv engagieren«, schlug Kathrin vor.

»Das hat damals schon nicht funktioniert.«

»Heute gibt's aber ganz andere Möglichkeiten als damals.«

»Stimmt«, sagte Nina. »Gesichtserkennung zum Beispiel. Heute kannst du auf solchen Suchseiten im Internet ein Foto eingeben, und in Sekundenschnelle werden dir alle Bilder im Netz angezeigt, die ähnlich sind. Wenn Robert also noch lebt und in den letzten zwölf Jahren fotografiert wurde und dieses Foto ins Internet gestellt wurde, könntest du es finden.«

»Echt?« Julia horchte auf. Sie hatte von Gesichtserkennungssoftware gehört, aber angenommen, sie würde nur zur Überwachung durch die Polizei oder zur Fahndung eingesetzt werden. Dass sie sich auch zur Bildersuche eignete, war ihr nicht bewusst gewesen.

»Gute Idee«, sagte sie. »Danke.«

Zu Hause angekommen, schaltete Julia den Computer ein, suchte nach *Gesichtserkennung* und rief eine der angebotenen Seiten auf. Sie lud ein Foto von Robert hoch, auf dem sein Gesicht gut zu erkennen war. Es dauerte wenige Sekunden, bis ihr unter der Überschrift *Ähnliche Bilder* eine Masse anderer Fotos gezeigt wurde. Gespannt beugte sie sich vor.

Was war das denn? Es waren lauter Jungs abgebildet, zum Teil noch im Kindesalter, deren einzige Ähnlichkeit mit Robert darin bestand, dass sie ebenfalls hellbraune Haare hatten und über eine Nase, zwei Augen und einen Mund verfügten.

Sie versuchte eine andere Seite. Diesmal bestand die Ähnlichkeit darin, dass alle anderen Abgebildeten hellblaue Oberteile trugen – so wie Robert. Hemden, T-Shirts, Poloshirts, Sakkos. Darüber hinaus gab es überhaupt keine Übereinstimmung.

Sie fand eine dritte Seite, die denselben Service anbot. Hier wurde sie zusätzlich mit der Information versorgt, beim Bildgegenstand handle es sich um einen Jungen. Die Wikipedia-Definition von *Junge* stand daneben.

Enttäuscht stieß Julia die Luft aus. Diese Algorithmen waren doch einfach dumm! Sie erkannten nicht eine Ähnlichkeit von Gesichtern, sondern nur bestimmte Merkmale, die sich im Bild wiederholten.

Auf einer der Seiten wurde man direkt an eine Detektei verwiesen, die angeblich eine »spezielle Profi-Software« verwendete, mit der eine solche Suche sehr viel erfolgversprechender sei. Für eine Pauschale von einhundertzwanzig Euro könne man sich insbesondere vor Love Scammern schützen, die oft mit gefälschten Social-Media-Profilen und gestohlenen Fotos operierten.

Julia überlegte. Sollte sie Roberts Bild hinschicken? Hundertzwanzig Euro waren eine Stange Geld, und im Grunde glaubte sie nicht daran, dass dabei etwas herauskommen würde. Andererseits war es das erste Mal, dass sie die Möglichkeit hatte, etwas zu unternehmen. Warum sollte sie es also nicht probieren?

Sie stand auf und ging in die Küche, um sich ein Glas Wein zu holen. Am Fenster blieb sie stehen und blickte in den Innenhof hinunter, wo die Fahrräder der Bewohner kreuz und quer durcheinanderstanden. Im Dunkeln wirkten sie wie eine Herde schlafender Tiere.

Mit einem Mal wurde Julia bewusst, dass sie keine Angst mehr davor hatte, Robert nicht zu finden. Sie hatte Angst davor, ihn zu finden.

Du spinnst doch, dachte sie. Mit energischen Schritten kehrte sie an ihren Computer zurück, lud das Foto hoch und schickte es mit einem kurzen Begleitschreiben an die Detektei.

Danach setzte sie sich auf den Boden und durchstöberte die beiden Kisten, die Karl ihr gebracht hatte. Sie nahm jedes einzelne Stück in die Hand und untersuchte es genau. Vielleicht gab es noch irgendeinen Hinweis, den sie übersehen hatten.

Sie stülpte die Taschen der Kleidungsstücke nach außen, durchblätterte jedes Buch, jedes Heft, jeden Ordner. Sie untersuchte die Stellen, an denen der Karton zusammengefaltet war und zwei Lagen Pappe aufeinandertrafen. Nichts.

Es war ein seltsames Gefühl, all die Dinge anzufassen, die ihrem Bruder gehört hatten. Zaghaft schnupperte sie an einem Pullover und glaubte, eine Spur seines Geruchs wiederzuerkennen. Aber vielleicht war das auch nur Einbildung.

So lange hatte sie darauf gehofft, dass irgendwann doch noch eine Nachricht auftauchen würde, ein Brief, in dem Robert alles erklärte. Aber dieser Brief war nie gekommen, und die Ungewissheit blieb auch jetzt bestehen.

Sie packte die Sachen zurück in die Kisten und stellte sie auf den Flur zu den anderen, die demnächst mit ihr umziehen mussten.

23

Von: a.hildebrandt@mpi.org
An: julia@feldmann.de
Betreff: Recherche am JLI

Liebe Frau Feldmann,
ich gratuliere zu Ihrem Recherche-Erfolg. Sie haben, wenn ich das
so sagen darf, den richtigen Fisch an der Angel ...
Ich habe mich lange mit der Antwort auf Ihre Frage gequält und
möchte Ihnen folgenden Kompromiss vorschlagen: Nach wie vor
wünsche ich nicht, namentlich in Ihrem Artikel genannt zu wer-
den. Sollte es aber tatsächlich zu einem Gerichtsverfahren kom-
men, sei es, weil eine der Frauen Anzeige erstattet oder die Staats-
anwaltschaft Ermittlungen aufnimmt, wäre ich bereit, als Zeugin
auszusagen. Hilft das?
Mit den besten Grüßen
Dr. Ariane Hildebrandt

Als Julia aus dem Lift stieg, stand Chris schon in der Tür
seines Büros, um sie in Empfang zu nehmen.

In mehreren Nachtschichten hatte sie die Reportage
über die Vorgänge am Johannes-Löwe-Institut zu Ende
geschrieben und ihm geschickt. Alles war drin in der Geschichte. Die Schwierigkeit, Betroffene zu finden, die mit
ihr sprechen wollten. Die Schilderungen von Ariane Hil-

debrandt – anonym – und die von Shenmi und Chen Lu mit Namen. Deren anfängliche Ängste vor der Rache der Männer, ihr mutiger Entschluss, sich doch zu outen beziehungsweise im Prozessfall auszusagen. Julia hatte analysiert, welche Strukturen die Männer schützten und weshalb es besonders für Frauen im Wissenschaftsbereich ein existenzielles Risiko sein konnte, sich gegen Übergriffe zu wehren.

Sie hatte über ihr Gespräch mit Dettmer geschrieben, der alles abstritt, und über ihr letztes Treffen mit Höger und seinen Versuch, mit dem Löschen der Tondatei die Berichterstattung zu verhindern. Sie hatte die Geschichte von Yema erzählt (allerdings ohne Robert namentlich zu erwähnen) und das Gespräch mit Yemas Mutter wiedergegeben.

Und sie hatte darüber reflektiert, dass sie selbst die Me-Too-Debatte als teilweise überzogen empfunden und bagatellisiert hatte. Und dass sie gerade deshalb dafür kämpfen wolle, genauer hinzusehen und zu differenzieren, damit nicht Opfer zu Tätern und Täter zu Opfern gemacht würden. Sie hatte diesen Artikel mit Herzblut geschrieben. Sie war fix und fertig, aber stolz auf das Resultat.

Chris breitete die Arme aus.

»Jule, altes Schlachtschiff, lass dich drücken!«

Misstrauisch beäugte sie ihren Freund. Seine Begrüßung wirkte herzlich, aber bei ihm konnte man nie wissen. Er war imstande, ihr mit dem nächsten Satz ein Messer zwischen die Rippen zu rammen.

»Komm rein. Willst du was trinken?«

»Einen Cappuccino. Und ein Glas Mineralwasser, bitte.«

So war sie schon lange nicht mehr hofiert worden.

Er bat seine Sekretärin um die Getränke »und etwas

Gebäck« und ließ sich ächzend auf seinen Stuhl fallen. Es kam ihr vor, als hätte er seit ihrem letzten Besuch noch mal an Gewicht zugelegt. Allmählich fing sie an, sich Sorgen um ihn zu machen.

»Also, was sagst du?«, fragte sie gespannt.

Er massierte sich das fleischige Kinn, während er sie ansah.

»Du wärst doch besser zu *Spektrum* gegangen.«

»Was?«

Julias Herz sank. War er wieder nicht zufrieden? Was zum Teufel war nicht in Ordnung? Sie hatte doch alle seine Vorgaben erfüllt! Gerade wollte sie zu einer Gegenrede ansetzen, da sprach er weiter.

»Die Story ist so fucking perfect, dass sie eigentlich in ein besseres Blatt gehört. Aber wir machen nun mal *Gesundheit heute*, also bringen wir sie. Titelseite, Print und Online.«

»Wow.« Julia musste sich erst mal fassen.

»Ein, zwei kleine Änderungen würde ich noch machen«, fuhr Chris fort. »Also, den Mobbing-Aspekt verstärken, als Link zu unserem Thema Gesundheit. Und mehr Gewicht auf die psychosomatische Erkrankung von diesem Chinesenmädel legen.«

»Was meinst du genau mit *verstärken?*«, fragte Julia misstrauisch.

»Wir müssen die Schwerpunkte anders setzen«, erklärte Chris. »Wir machen hier ein Gesundheitsblatt. Also müssen wir die Aspekte rausarbeiten, die was mit körperlicher und seelischer Gesundheit zu tun haben.«

»Die Geschichte ist so, wie ich sie geschrieben habe«, sagte sie gereizt. »Da kann man nicht einfach *die Schwerpunkte anders setzen*, nur damit es dir besser in den Kram passt. Und sag nicht Chinesenmädel, verdammt noch mal! Das ist eine Geschichte über mangelnden Respekt Frauen gegenüber, da könntest du ausnahmsweise ein bisschen Respekt zeigen!«

Den letzten Satz hatte sie zornig hinausgeschleudert.

»Hey, komm mal runter!«, gab Chris zurück. »Du glaubst wohl, für dich gelten die Regeln des Jobs nicht mehr, seit du deine feministische Berufung entdeckt hast.«

»Wie bitte?« Julia schnappte nach Luft.

Das feiste Gesicht von Chris verzog sich. »Ich möchte dich daran erinnern, dass *ich* dir die Geschichte vorgeschlagen habe.«

»Ja, klar«, fauchte Julia. »Aus reinem Opportunismus! Weil du denkst, dass missbrauchte Frauen sich gut verkaufen. *Sex sells.* Ist es nicht das, was du immer predigst?«

»Wieso hast du die Geschichte dann gemacht?«, konterte Chris. »Um dein schlechtes Gewissen in Sachen Gender-Solidarität zu beruhigen?«

In diesem Moment kochte der ganze Frust in ihr hoch, den sie sich in den letzten Jahren von Chris abgeholt hatte. Das ständige Klinkenputzen, die demütigenden Abfuhren, die lächerlichen Aufträge zu Themen, die sie nicht interessierten. Dazu seine Arroganz, sein Machogetue, die herablassende Art, mit der er sie spüren ließ, wie abhängig sie von seinem Wohlwollen war.

»Weißt du was, Chris?«, sagte sie schneidend. »Das war's. Du kannst mich mal kreuzweise!«

Sie stand so abrupt auf, dass ihr Stuhl umfiel. Ohne Notiz davon zu nehmen, ging sie zur Tür.

»Was soll das heißen?«, donnerte Chris.

An der Tür drehte sie sich um. »Das soll heißen, dass ich gehe. Endgültig. Und meine Geschichte nehme ich mit.«

Sie stieß fast mit der Sekretärin zusammen, die ihr, das Tablett mit Kaffeetassen, Wassergläsern und Keksen in den Händen, entgegenkam. Konsterniert blickte die Frau ihr nach.

2007

Robert fährt mit dem Lift nach unten und geht durch die langen Gänge, bis er die Phytokammern erreicht hat. Es gibt ein Problem mit der Programmierung, er soll danach sehen. Eigentlich gehört das nicht zu seinen Aufgaben, aber er kennt sich mit der Anlage aus wie kaum ein anderer. Und bevor der zuständige Mitarbeiter umständlich angefragt werden muss, kümmert er sich darum, das geht schneller.

Heute ist sein fünfundzwanzigster Geburtstag. Das Datum bedeutet ihm nichts. Außer dass er sich schon ganz schön alt fühlt. Wenn alles klappt, hat er nächstes Jahr um die Zeit sein Fernabitur in der Tasche. Und dann beginnt er mit dem dualen Studium, wie Dettmer es ihm angeboten hat. Er wird es seinem Vater zeigen. Er wird ihm beweisen, dass er kein Versager ist!

Am liebsten würde er seinen Geburtstag in seinem Elternhaus feiern, wie früher als Kind. Seine Mutter hat sich immer so viel Mühe gegeben. Sie hat einen Kuchen gebacken und liebevoll verziert. Er hat die Kerzen ausgepustet, dann wurde gesungen. Es gab Geschenke. Liebe. Aufmerksamkeit.

Er hat kaum noch Kontakt zu den Eltern. Wenn er seinen Vater sieht, sind beide befangen. Robert schämt sich für sein vergeigtes Abitur, der Vater für seine Reaktion darauf. Sie haben nie darüber gesprochen. Seine Mutter versucht, die angespannte Stimmung zu überspielen, wirkt dabei aber so unnatürlich und aufgesetzt fröhlich, dass er es kaum erträgt.

Zu seiner Schwester hat er nur wenig Kontakt. Sie ist jetzt mit lauter tollen Medienleuten zusammen und interessiert sich nicht mehr für ihn. Früher, als Kinder, waren sie ein Team. Sie war wichtiger für ihn als Vater und Mutter. Er hat sie bewundert, wollte sein wie sie. Wollte so klug sein, so eloquent reden, die Leute so für sich einnehmen können wie sie. Aber sie ist an ihm vorbeigezogen, und er ist nicht hinterhergekommen. Sie hat erreicht, was sie sich vorgenommen hat. Er ist gleich zu Beginn gestolpert und liegt immer noch am Boden. Nein, stimmt nicht, er hat den ersten Schritt zum Aufstehen gemacht.

Er steht vor der Phytokammer, überprüft das Display der Anlage, drückt da und dort einen Knopf, verschiebt einen Regler. Es fängt an zu blinken, er justiert nach, irgendwann ist alles wieder so, wie es sein soll. Aufatmend wendet er sich zum Gehen.

Als er auf den Flur tritt, sieht er am anderen Ende des Flurs einen Mann und eine Frau, die auf den Aufzug warten. Der Aufzug kommt, die Tür öffnet sich. Der Mann legt seine Hand auf den Hintern der Frau und schiebt sie hinein. Bevor die Tür sich schließt, sieht er, wie der Mann die Frau gegen die Wand drängt und küsst.

Er bleibt stehen und schüttelt den Kopf, als könnte er das Bild dadurch loswerden. Aber das Bild bleibt.

Högers Hand an Yemas Hintern. Höger, der Yema gegen die Aufzugwand drückt und küsst. Yema, die es geschehen lässt.

Er ist wie betäubt.

Dann wird ihm etwas klar. Deshalb will Yema keinen Sex mehr mit ihm. Weil sie Sex mit Höger hat! Höger sieht viel besser aus als er. Höger ist charmant, souverän, weltläufig. Warum sollte Yema mit Robert Sex haben wollen, wenn sie Sex mit Höger haben kann?

Aber warum sagt sie ihm dann nicht, dass es aus ist zwischen ihnen? Warum weint sie, wenn er sie fragt, warum sie nicht mit ihm schlafen will? Warum quält sie ihn so?

Robert versteht die Welt nicht mehr. Er kehrt ins Labor zurück und macht weiter seine Arbeit, fühlt sich aber wie unter Wasser.

Abends fährt er nach Hause. Er will nur noch seine Ruhe haben. Sich ins Bett legen und die Decke über den Kopf ziehen.

Dann der Schock. Seine WG-Freunde haben eine Überraschungsparty für ihn organisiert. Er weiß, dass sie es gut meinen, aber er kann sich heute nichts Schlimmeres vorstellen als eine Überraschungsparty.

Die Gäste trinken, reden und lachen, besetzen jeden Winkel der Wohnung. In der Küche ist ein Buffet mit Nudelsalat, Käse und Brot aufgebaut, es gibt kiloweise Erdnussflips und Kartoffelchips, dazu Bier und Wein.

Julia ist da. Sie umarmt ihn, gratuliert ihm, tut so, als wäre alles okay. Dabei ist nichts okay. Das merkt er jetzt, wo er sie seit Längerem zum ersten Mal wiedersieht.

Er fühlt sich im Stich gelassen von ihr. Und er hasst sie dafür, dass sie unbeirrt ihren Weg geht. Sich nicht unter Druck setzen lässt von den Eltern. Und erfolgreich damit ist. Auf sie ist der Vater bestimmt stolz. Mein Julchen *hat er sie früher liebevoll genannt und tut es manchmal noch heute.*

Robert fragt sich, wie sein Vater über ihn spricht, wenn er nicht dabei ist.

Er greift nach einer Tüte und reißt sie auf. Ein paar Chips fallen auf den Boden.

Julia verdreht die Augen. »Wie oft hab ich dir eigentlich gezeigt, wie man Tüten richtig aufmacht?« *Sie greift nach einer weiteren Chipstüte und reißt sie quer auf.*

»So geht das, Dummie!«

»Du weißt immer alles besser, was?«, *schleudert er ihr hin.*

Sie lacht. »Ja, leider.«

»Behalt deine Weisheiten für dich«, *sagt er und dreht sich um.*

Sie fasst ihn an der Schuler. »Hey, Robert! War doch nicht böse gemeint!«

Er schüttelt ihre Hand ab. »Lass mich.«

Sie hebt ihre Bierflasche. »Auf dich, Bruderherz!«

Widerstrebend stößt er mit ihr an.

Er fühlt sich so einsam, dass er weinen möchte.

24

Julia lag auf ihrem Bett und starrte an die Decke.

Jetzt hatte sie es also geschafft, es sich mit ihrem wichtigsten Auftraggeber zu verscheißen. Da hatte sie endlich mal eine tolle Story, für die Chris gut bezahlen würde und die ihr neue Aufträge einbringen würde. Und was machte sie?

Eigentlich hätte ihr von Anfang an klar sein müssen, dass *Gesundheit heute* das falsche Medium für dieses Thema war. Sie wusste doch, wie das lief. Er würde so lange in ihrer Story herumredigieren, bis Stil und Ton in das Konzept von *Gesundheit heute* passten. Aber dann wäre es nicht mehr ihre Story.

Und überhaupt. *Chinesenmädel!* Chris schaffte es tatsächlich, mit einem Wort gleichzeitig rassistisch und sexistisch zu sein! Ein unverbesserlicher Macho, der sich nicht scheute, die Frauenbewegung zu loben – »solange sie rhythmisch ist«. Eigentlich hätte sie schon viel früher hinwerfen sollen.

Seit Jahren verkaufte sie sich ihm unter Wert, aus Angst, keine Jobs zu bekommen. Chris hatte das gespürt und sie gnadenlos ausgebeutet. Er wusste genau, dass sie gut war. Viel zu gut für *Gesundheit heute*. Und hatte ihr trotzdem das Gefühl gegeben, sie müsse ihm dankbar sein, wenn sie für ihn arbeiten dürfe.

Damit war jetzt Schluss. Endgültig.

Ob sie als Selbständige Hartz IV bekommen würde? Die

neue Wohnung könnte sie sich abschminken. Sie würde Kathrins Angebot annehmen und bei den Landplagen einziehen müssen. Julia seufzte tief und griff nach dem Weinglas, das sie in Griffweite auf ihrem Nachttisch abgestellt hatte.

Sie bekam Hunger und ging in die Küche, um den Inhalt ihres Kühlschranks zu inspizieren. Ein Himbeerjoghurt, ein angebissenes Sandwich, ein paar verschrumpelte Tomaten. Seit Tagen hatte sie keine Zeit zum Einkaufen gehabt. In der Gefrierschublade fand sie eine Tiefkühlpizza, deren Haltbarkeitsdatum seit sechs Wochen abgelaufen war. Sie schob sie in den Ofen.

Während sie aß, zappte sie von einem Sender zum nächsten. Da war er. Sebastian. Sehnsüchtig sah sie zu, wie er die Nachrichten verlas. Sie achtete kaum auf den Inhalt, sah nur sein Gesicht, seine Lachfältchen, die fast unmerklich angehobene Augenbraue, als er über die neuesten Eskapaden des Verkehrsministers berichtete. Sie hörte seine Stimme, die trotz des professionellen Tonfalls warm und angenehm klang.

Wie sehr sie sich wünschte, dass er jetzt hier mit ihr am Tisch säße! Sie würden sich die Pizza teilen, gemeinsam den Wein austrinken, lachen und reden. Sie könnte ihn um Rat fragen. Bestimmt hätte er Ideen, wie es beruflich für sie weitergehen könnte.

Sie würde dieses angenehme Prickeln fühlen, das sie in seiner Anwesenheit fühlte. Irgendwann würden sie ins Bett gehen, sie würden sich lieben und danach Arm in Arm einschlafen. Und morgen früh gemeinsam aufwachen. Sie würden zusammen frühstücken und sich mit einem langen Kuss voneinander verabschieden …

Julia verscheuchte die kitschige Fantasie aus ihrem

Kopf. Zu viel *Gilmore Girls* geguckt. Sie hatte noch nie in den Armen eines Mannes einschlafen können, wahrscheinlich würde Sebastian schnarchen, und das gemeinsame Frühstück könnten sie angesichts ihres leeren Kühlschranks höchstens bei Starbucks einnehmen.

Außerdem hatte sie ihn vergrault, wie alle Kerle vorher. Sie hatte gewusst, dass sie es bereuen würde, und hatte ihn trotzdem weggeschickt. Nicht obwohl er ihr gefiel, sondern *weil* er ihr gefiel. Total bescheuert.

Einen Moment lang überlegte Julia, ob sie ihm schreiben sollte, dann ließ sie es bleiben.

Nachdem sie die Pizza aufgegessen hatte, holte sie sich den Himbeerjoghurt aus dem Kühlschrank.

Es klingelte.

Wahrscheinlich ein Nachbar, der ein Päckchen für sie entgegengenommen hatte. Sie hielt den Löffel mit den Zähnen fest und öffnete.

»Guten Abend, schöne Frau. Kann ich reinkommen?«

Ohne ihre Antwort abzuwarten, trat Jens Höger über die Schwelle. Er hielt eine Flasche Wein hoch.

Julia war so perplex, dass sie nicht antwortete. Mit dem Joghurtbecher in der einen und dem Löffel in der anderen Hand sah sie zu, wie Höger durch ihren Flur ging und ungeniert in jeden Raum blickte. Sie folgte ihm in die Küche, wo er die Flasche auf den Tisch stellte.

»Primitivo di Manduria 2013«, sagte Höger. »Unsere Versöhnung ist mir was wert, wie du siehst.«

Julia runzelte die Stirn. »Versöhnung?«

In sicherer Entfernung neben dem Geschirrschrank blieb sie stehen.

»Hast du einen Korkenzieher?« Er zog zwei Schubladen auf und fand das Gewünschte.

»Gläser?«

Suchend blickte er sich um und kam auf sie zu. Sie machte einen Schritt zur Seite. Er öffnete die Vitrine und nahm Weingläser heraus.

»Ich will, dass du gehst«, sagte Julia mit fester Stimme.

Er öffnete die Flasche und füllte die Gläser. Auffordernd hob er sein Glas.

»May we get what we want«, sagte er grinsend.

Julia bewegte sich nicht vom Fleck.

»Ich will, dass du gehst«, wiederholte sie. »Sofort.«

Er zog sein Handy aus der Tasche. »Komm her, ich zeig dir was. Wird dir gefallen.«

Er tippte aufs Display, hielt es aber so, dass sie es nicht sehen konnte. Stöhnen erklang. Eindeutiges Stöhnen. Lächelnd blickte er auf den Bildschirm.

»Gut siehst du aus.«

Sie machte einen Satz und wollte ihm das Handy entreißen. Er wich ihr aus und hielt es so, dass sie es nicht zu fassen bekam, aber das Video sehen konnte, das er gerade abspielte. Es zeigte sie beim Sex mit ihm. Über seinem Bett musste eine Kamera angebracht sein.

Julia ließ sich auf einen Stuhl sinken, griff mechanisch nach dem Weinglas und schüttete den Inhalt in einem Zug hinunter.

»Nicht so schnell!«, protestierte er. »Der war teuer, den muss man genießen.«

In ihren Schläfen pochte das Blut, sie hatte das Gefühl, ihr Kopf wäre kurz vor dem Platzen. Sie versuchte, sich die Panik nicht anmerken zu lassen.

»Was willst du?«, fragte sie, obwohl sie es längst wusste.

Er nahm einen Schluck und schwenkte das Glas.

»Schmeckt er dir? Ich kenne da so einen netten, italienischen Weinhändler, der berät mich immer. Als ich ihm gesagt habe, ich will eine kluge Frau von einer großen Dummheit abbringen, hat er mir den empfohlen.«

In Julias Magen ballte sich ein Klumpen zusammen.

»Ich lasse mich nicht erpressen«, sagte sie tonlos.

»So ein hübscher Heimporno kriegt im Netz sicher eine Menge Klicks«, sagte er mit maliziösem Lächeln.

»Du Schwein.«

Högers Kiefer mahlten. »Also, was ist?«

»Du kennst mich verdammt schlecht«, sagte sie mit aller Beherrschung, deren sie fähig war. »Ich mag eine Schlampe sein, aber ich habe Prinzipien. Ich bin nicht käuflich. Und jetzt raus.«

Höger sprang unvermittelt auf, packte sie an den Schultern und stieß sie mit dem Rücken gegen die Wand. Er drängte sein Knie zwischen ihre Beine und drückte sie gewaltsam auseinander. Er griff ihr in den Schritt, dass es schmerzte.

»Wenn du diesen Artikel schreibst, wird es dir leidtun«, flüsterte er heiser.

Julia brachte keinen Ton heraus. Er spuckte ihr ins Gesicht und schubste sie so heftig zur Seite, dass sie zu Boden fiel. Dann warf er ihr einen letzten Blick zu und verließ die Küche. Schließlich hörte sie die Wohnungstür ins Schloss fallen.

Julia verharrte einen Moment regungslos, dann stand sie auf, stürmte ins Bad, riss den Wasserhahn auf und wusch sich das Gesicht. Einmal, zweimal, mit Seife, mit einem Waschlappen.

Zitternd sank sie auf einem Stuhl zusammen und vergrub das Gesicht in den Händen. Sie wusste, dass sie zur Polizei gehen müsste. Aber sie konnte nicht. Sie hatte keinerlei Beweise für den Angriff. Wenn er unbemerkt ins Haus gekommen war, würde man nicht mal nachweisen können, dass er überhaupt bei ihr gewesen war.

Das Video! Wenn er es tatsächlich online stellte, könnte sie ihn zwar anzeigen, aber die Verbreitung eines Films im Internet verhindern zu wollen glich dem Versuch, ausgedrückte Zahnpasta zurück in die Tube zu bekommen.

Er würde es an Fernseh- und Zeitungsredaktionen schicken, die würden darüber berichten und ihren Namen in den Dreck ziehen. Die ganze Welt würde wissen, dass sie mit ihm geschlafen und wie sie dabei ausgesehen hatte.

Man konnte ihr Gesicht, ihre Schenkel, ihren Busen erkennen. Man hörte sie stöhnen, einmal verkrallten sich ihre Hände im Laken. Von Höger sah man zunächst nur den Rücken und ein Stück vom Hintern. Einmal drehte er den Kopf kurz zur Kamera.

Das war's dann also. Wer würde den Artikel einer Journalistin ernst nehmen, die sich zuerst vom Hauptverdächtigen vögeln lässt und ihn anschließend als Frauenschänder entlarven will?

Das Telefon riss Julia aus dem Tiefschlaf. Erst gegen drei Uhr morgens war sie mithilfe von Tabletten eingeschlafen, nun war es halb neun. Benommen angelte sie nach ihrem Handy.

»Ja, bitte?«

»Detektei Alpha, mein Name ist Gerhardt«, sagte der Anrufer.

In Julias Kopf herrschte Dunkelheit. Sie kannte keine Detektei Alpha und keinen Herrn Gerhardt. Das musste eine Verwechslung sein.

»Äh … was kann ich für Sie tun?«

Der Mann lachte. »Ich dachte, ich kann was für Sie tun.«

Jetzt dämmerte es ihr. Bildersuche im Internet. Das Foto von Robert. Hundertzwanzig Euro.

Sie setzte sich auf.

»Entschuldigung, war spät heute Nacht.«

Gerhardt erklärte, dass ein persönliches Gespräch normalerweise nicht zum Service gehöre, er in ihrem Fall aber eine Ausnahme machen wolle. Er habe ihr etwas zu sagen.

»Nur zu«, sagte Julia und verkniff sich die Bemerkung, dass sie hundertzwanzig Euro sowieso total überteuert fand, ein Telefongespräch also nicht zu viel verlangt wäre. Was war es schon für ein Aufwand, ein Foto durch ein Programm zu jagen? Das Ganze war ein großer Nepp, und sie bedauerte bereits, dass sie das Bild überhaupt hingeschickt hatte.

»Ich habe Ihnen eine Datenschutzvereinbarung gemailt«, sagte Gerhardt. »Wenn Sie mir die bitte unterschrieben zurückschicken wollen?«

»Mache ich. Was noch?«

Gerhardt räusperte sich. »Ist das auf dem Bild der junge Mann, der vor ein paar Jahren in Norwegen verschwunden ist? War damals groß in den Zeitungen.«

Julia schwieg.

»Wissen Sie, in meinem Business interessiert man sich für solche Berichte, das liegt in der Natur der Sache. Wir sollen die Leute schließlich finden.«

»Mhm«, sagte Julia. »Er ist mein Bruder.«

»Dachte ich mir«, sagte Gerhardt. »Also, ich habe die Bildersuche durchgeführt. Mehrere Durchgänge, verschiedene Bildausschnitte, bestimmte Filter; wir haben da so unsere Methoden. Das sind nicht nur Algorithmen, da ist auch der menschliche Blick gefragt.«

»Und?« Julia wurde ungeduldig. »Haben Sie was gefunden?«

»Erst mal ist auffällig, dass Ihr Bruder so gut wie keine digitalen Spuren hinterlassen hat. Es gibt ein Klassenfoto von einem Schulausflug, auf dem er zu sehen ist, sein Name taucht bei den Absolventen einer Berufsfachschule auf, das war's im Prinzip.«

Das war keine Neuigkeit für Julia. Roberts digitale Abstinenz hatte schon begonnen, als der Begriff dafür noch gar nicht erfunden war. Sie hatte ihn deshalb immer belächelt. Er hingegen war überzeugt, dass sie und alle anderen ihre Daten viel zu leichtfertig aus der Hand gäben und das bitter bereuen würden. Mehr als ein Mal hatten sie darüber gestritten.

»Also, haben Sie jetzt was gefunden oder nicht?«, fragte Julia.

»Ich bin mir nicht sicher«, sagte Gerhardt. »Aber es könnte vielleicht eine Spur sein.«

Plötzlich war sie hellwach. »Was ist es?«

»Ich schicke es Ihnen.«

»Ich rufe zurück.«

Julia raste an ihren Computer und öffnete ihr Mail-Programm. Sie fand die E-Mail mit der Datenschutzvereinbarung, druckte sie aus, unterschrieb sie, scannte sie ein und mailte sie zurück. Vor Ungeduld zitterten ihre Hände.

Dann wartete sie. Es schien ewig zu dauern, bis die Mail mit der Bilddatei im Anhang eintraf. Sie öffnete sie. Ein Foto in körniger Auflösung erschien, das den ganzen Bildschirm ausfüllte. Im Vordergrund war eine junge Frau zu sehen, die an einer Strandpromenade mit einer Tüte Eiscreme posierte. Dahinter war eine niedrige Mauer, auf der Leute hockten, zum Teil ebenfalls mit Eisbechern oder -tüten in der Hand. Noch weiter hinten sah man eine Bucht, verschwommene Häuser und ein Stück vom Meer.

Julia drückte auf Rückruf.

»Sie meinen diese beiden da …«, sagte sie und starrte auf zwei Männer, die einander zugewandt auf der Mauer saßen.

Einer war von hinten zu sehen, der andere im Halbprofil, den Kopf in die Hand gestützt. Und er sah tatsächlich ein bisschen aus wie Robert. Wie ein ziemlich unrasierter Robert.

»Das Bild ist nicht sonderlich gut«, sagte Julia und versuchte, ihre Aufregung zu unterdrücken. »Er könnte es sein, aber sicher ist das nicht.«

»Schauen Sie mal auf sein T-Shirt«, forderte Gerhardt sie auf.

Das T-Shirt war hellblau, wie das, das er auf dem anderen Foto trug.

»Es ist blau, na und?«, sagte Julia. »Solche T-Shirts gibt es zuhauf.«

»Schauen Sie auf den Ärmel. Was sehen Sie?«

Julia sah einen winzigen Aufnäher, der wie eine Klammer am Saum des rechten Ärmels angebracht war.

»Sie meinen diesen Aufnäher oder was das ist?«

»Genau«, sagte Gerhardt. »Ich schicke Ihnen jetzt noch mal zwei Bilder. Es sind Ausschnittvergrößerungen von den beiden Aufnahmen. Ihrer und der, die ich gefunden habe.«

»Okay«, sagte Julia.

Als die Mail da war, klickte sie auf den Anhang. Beide Ausschnitte zeigten in extremer Vergrößerung die gleiche Stelle am Ärmel. An beiden klemmten identische Aufnäher in den Farben der italienischen Flagge: grün-weiß-rot.

»Ich habe das T-Shirt durch unser Programm laufen lassen«, erklärte Gerhardt. »Es gibt nur eine italienische Firma, die T-Shirts mit diesem Aufnäher am Ärmel hergestellt hat. Sie ist 2003 pleitegegangen. Es dürften also insgesamt nur noch sehr wenige von den Dingern im Umlauf sein, so toll war die Qualität nicht.«

Robert hatte die meisten seiner Klamotten in Secondhandshops gekauft, aus Sparsamkeit und wegen der Nachhaltigkeit. Durchaus möglich, dass er dieses T-Shirt gebraucht erstanden hatte, als es die Firma schon nicht mehr gab.

»Sie wollen also sagen, dass dieses T-Shirt der Beweis dafür ist, dass es sich bei dem jungen Mann auf dem Foto um meinen Bruder handelt?«, fragte Julia skeptisch.

»Kein Beweis. Aber ein Hinweis. Wann ist die Aufnahme gemacht worden, die Sie mir geschickt haben?«

»An seinem fünfundzwanzigsten Geburtstag, am 25. Juni 2007«, sagte Julia. »Ein paar Wochen vor seinem Verschwinden im August.«

»Und wissen Sie, von wann die Aufnahme ist, die ich Ihnen geschickt habe?«

»Nein«, sagte sie. Ihre Stimme klang heiser.

»Vom 18. September 2007.«

Julia schluckte trocken vor Aufregung. Wenn das auf dem Bild tatsächlich Robert war, dann hatte er einen Monat nach seinem Verschwinden noch gelebt.

Sie hatte das Gefühl, einen Schlag auf den Kopf bekommen zu haben. Konnte das wahr sein? Konnte alles, was sie bisher geglaubt hatte, ein Irrtum gewesen sein?

»Wo wurde das Bild aufgenommen?«, fragte sie.

»Weiß ich noch nicht«, sagte Gerhardt.

»Könnten Sie das herausfinden?«

»Ich kann es versuchen.«

Julia bedankte sich und beendete das Gespräch.

Mit klopfendem Herzen saß sie auf ihrem Bett und starrte auf die beiden Fotos. Das T-Shirt war identisch, keine Frage. Aber wer wusste schon, wie viele von den Dingern die Firma damals produziert hatte.

Sie wagte nicht, daran zu glauben, dass der junge Mann auf dem Foto wirklich Robert war. Es gab eine gewisse Ähnlichkeit, aber die Aufnahme war nicht ganz scharf, das Gesicht des jungen Mannes zum Teil verdeckt. Die Wahrscheinlichkeit, dass es jemand anderes war, erschien ihr so groß, dass sie kaum Hoffnung hatte. Trotzdem regte sich etwas in ihr wie eine Knospe, die sich im Frühling aus dem kargen, noch halb vereisten Winterboden schob. Schnell verbot sie sich, auch nur an die Möglichkeit zu denken, dass sie auf der richtigen Spur sein könnte.

2007

Robert hat mit Yema Schluss gemacht.

Sie hat geweint und sich an ihn geklammert, aber er ist hart geblieben. Du liebst mich gar nicht, hat er zu ihr gesagt. Du benutzt mich nur. Du sagst, dass du mich liebst, aber dann willst du gar nicht mit mir zusammen sein. Du schläfst nicht mehr mit mir. Du weinst die ganze Zeit. Ich verstehe dich einfach nicht.

Er hat nicht den Mut gehabt, ihr zu sagen, dass er sie mit Jens Höger gesehen hat. Dass er immer noch das Bild vor sich sieht. Die Hand von Jens Höger auf ihrem Hintern. Der Kuss im Lift. Es macht ihn so wütend, dass er masturbieren muss, um den Druck loszuwerden. Sein Penis ist schon ganz wund und schmerzt.

Er hat aufgehört, die Fortschritte von Yemas Arbeit zu verfolgen. Er versucht nicht mehr herauszufinden, was Dettmer mit ihren Daten macht. Er hat aufgehört, sie zu beschützen. Sie hat es nicht verdient.

Er plant eine Reise. Er wird in seinem Urlaub nach Norwegen fahren, allein. Er wird wandern, mit niemandem sprechen, Trost in der unberührten Natur suchen. Die Natur wird ihn heilen. Das hat sie immer getan.

Damals, als er durchs Abi gefallen ist, hat er sich auch in die Natur geflüchtet. Jeden Tag ist er in den Wald hinter dem Haus gegangen und hat stundenlang auf einem verlassenen Hochsitz gehockt. Einmal hat er das Luftgewehr seines Vaters mitgenommen und ein bisschen herumgeballert. Dabei hat er aus Versehen Knolle angeschossen. Knolles Pfote war verletzt, es hat stark geblutet. Trotzdem hat Robert das Tier auf den Arm genommen und nach Hause getragen. Er hat seinen Eltern erzählt, dass er Knolle so gefunden hat.

Der Tierarzt musste die Pfote amputieren. Knolle humpelte danach auf drei Beinen herum. Ein paar Wochen danach wurde sie überfahren. Angeblich, weil sie dem Auto nicht schnell genug ausweichen konnte. Robert glaubt, dass sein Vater ihn belogen hat. Dass er Knolle hat einschläfern lassen, weil sie nicht mehr perfekt war. Ein Hund mit drei Beinen, ein Sohn ohne Abitur. Sein Vater war Perfektionist. Er konnte das Unperfekte nicht ertragen.

Robert ist damals bald von zu Hause ausgezogen. Er ertrug den Blick des Vaters nicht mehr, der ihn ständig daran erinnerte, ein Versager zu sein. Ganz anders als sein geliebtes Julchen.

Als Kind hat Robert seine Schwester angebetet. Jetzt wünscht er sich manchmal, es gäbe sie nicht. Dann müsste er sich nicht immer mit ihr vergleichen.

Das Gefühl, nicht zu genügen, verfolgt ihn schon sein ganzes Leben. Deshalb hat er sich bisher auch von Frauen ferngehalten. Bei Yema war es zum ersten Mal anders gewesen. Er hat sie nahe an sich herangelassen. Er hat sich erlaubt, Gefühle für sie zu entwickeln. Und sie hat ihn so bitter enttäuscht.

25

Seit Högers Überfall schlief Julia so gut wie gar nicht mehr. Sie konnte kaum noch essen, brütete vor sich hin. Sie hielt die Sicherheitskette an ihrer Wohnungstür Tag und Nacht geschlossen. Bei jedem Geräusch zuckte sie zusammen.

Wenn sie das Haus verlassen musste, sah sie sich jedes Mal gründlich um und versuchte, immer in der Nähe von Menschen zu bleiben. Zu Abendterminen fuhr sie mit dem Taxi und bat den Fahrer beim Nachhausekommen zu warten, bis sie sicher im Haus war.

Unablässig quälte Julia sich mit der Frage, was sie tun sollte. Würde Höger seine Drohung tatsächlich wahr machen? Natürlich würde er dreist behaupten, ihr Artikel sei eine Racheaktion aus verschmähter Liebe. Sie kannte ja inzwischen seine Strategie. Zum Glück hatte sie die Aussagen der drei Frauen. Niemand würde ernsthaft annehmen, dass alle drei logen, nur um Julia einen Gefallen zu tun.

Sie kannte allerdings auch die Bereitschaft der Öffentlichkeit, zunächst die Darstellung der Frauen in Zweifel zu ziehen statt die der Männer. Und die Version »erfolglose Journalistin baggert angesehenen Wissenschaftler an und rächt sich mit Missbrauchsvorwürfen, als er nach einem One-Night-Stand nichts mehr von ihr wissen will« klang deutlich überzeugender als »sehr gut aussehender, charmanter, erfolgreicher Wissenschaftler, dem die Frauen zuhauf hinterherlaufen, vergreift sich brutal an Studentinnen«.

Julia stöhnte. Sie durfte jetzt nicht einknicken. Sie durfte Högers Erpressung nicht nachgeben. Sonst würde sie genau das tun, was sie den betroffenen Frauen vorwarf: die Täter durch ihr Schweigen zu decken.

Was hatte Kathrin zu ihrer Nacht mit Höger gesagt?

Total bescheuert. Um nicht zu sagen, ziemlich pervers. Aber nicht illegal.

Nein, sie würde sich nicht einschüchtern lassen. Sie würde genau das tun, was sie Chris angedroht hatte: den Artikel bei *Spektrum* anbieten. Das war Deutschlands renommiertestes Wochenmagazin, und genau dort gehörte die Story hin. Und wenn der Preis dafür war, dass alle Welt sie beim Vögeln sehen konnte, dann war es eben so. Sie würde es überleben.

Sie überlegte genau, wie sie vorgehen sollte. Den Artikel einfach an die Redaktion zu schicken war gefährlich. Entweder er würde mit unzähligen anderen Einsendungen im Papierkorb landen, oder irgendein Schlaumeier würde sich ihr Material unter den Nagel reißen, ein bisschen nachrecherchieren und die Story als seine eigene verkaufen.

Ihre Kommilitonen von der Journalistenschule saßen inzwischen in den Redaktionen der großen Medienhäuser. Auch bei *Spektrum*.

Sie googelte das Impressum. Carina Behr saß im Wirtschaftsressort. Sie war im Jahrgang über ihr gewesen, und sie hatten sich ein paarmal unterhalten. Ob sie sich an sie erinnerte?

Von: Julia@feldmann.de
An: Carina.behr@Spektrum.de
Betreff: Grüße von Julia und Angebot

Liebe Carina,
erinnerst du dich an mich? Wir haben uns zuletzt bei der Jubilä-
umsfeier der Journalistenschule gesehen und darüber geredet, wie
sehr wir beide das Klamottenkaufen hassen.
Ich melde mich bei dir, weil ich eine Story habe. Nicht für dein
Ressort, leider. Eher für Wissenschaft oder Gesellschaft. Da kenne
ich aber niemanden. Vielleicht könntest du mir ja einen Kon-
takt machen? Es geht um sexuelle Übergriffe und Mobbing am
Johannes-Löwe-Institut. Ich habe eidesstattliche Versicherungen
mehrerer Informantinnen, und auch sonst ist alles wasserdicht
recherchiert.
Ich würde mich freuen, von dir zu hören!
Herzliche Grüße
Julia

Von: Carina.behr@Spektrum.de
An: Julia@feldmann.de
Betreff: Dein Angebot

Liebe Julia,
natürlich erinnere ich mich an dich! Ich war so froh, eine Frau zu
treffen, die diesen Gendefekt auch hat. Es muss sich ja um einen
handeln, so wie alle anderen Frauen das Shoppen lieben …;-)
Danke für dein Angebot, das klingt spannend! Du weißt sicher,
dass Beiträge von Fremdautoren im Spektrum selten sind. Die
Redaktion denkt immer, das könnten die eigenen Leute besser.

Kann ich ein bisschen mehr über deine Geschichte erfahren? Oder
sie einfach mal lesen? Ich weiß, man gibt so was nicht gern aus
der Hand, aber du kannst mir vertrauen.
Viele Grüße
Carina

Julia blickte nachdenklich auf den Bildschirm.

Sollte sie Carina die Geschichte schicken? Die Branche war knallhart, und *Spektrum* galt als besonders skrupellos, wenn es um eine gute Story ging. Sie durfte jetzt keinen Fehler machen, sonst wäre die ganze Mühe umsonst gewesen.

Von: Julia@feldmann.de
An: Carina.behr@Spektrum.de
Betreff: Dein Angebot

Liebe Carina,
vielen Dank für deine Nachricht.
Ja, ich weiß, dass es schwer ist, als Freie mit einer Story beim
Spektrum zu landen. Und natürlich weiß ich, dass ich dir ver-
trauen kann. Ich schicke dir hier den Artikel, allerdings habe ich
die Namen geändert. Das ist nur eine Vorsichtsmaßnahme, falls
der Text aus Versehen in falsche Hände kommt.
Sollte die Redaktion Interesse haben und wir zu einer Vereinba-
rung kommen, gebe ich natürlich alle Originalnamen und -daten
heraus.
Bis bald und herzlich
Julia

Der Zug nach Berlin war voll. Julia war froh, dass sie einen Platz reserviert hatte. Sie klappte ihren Laptop auf und las quer durch die beiden letzten Ausgaben von *Spektrum*. Schon in wenigen Stunden würde sie den Leitern des Gesellschafts- und des Wissenschaftsressorts gegenübersitzen.

Zuerst hatte sie an einen Scherz geglaubt, als der Anrufer sich vorgestellt und sie nach Berlin eingeladen hatte. Aber *Spektrum* war tatsächlich an ihrer Geschichte interessiert, und man wollte persönlich mit ihr über die Modalitäten sprechen. Bahnfahrt 1. Klasse und Übernachtung wurden übernommen.

Ein Zugbegleiter ging durch den Gang des Großraumabteils und nahm Bestellungen entgegen. Julia bat um einen Milchkaffee.

Sie öffnete den Ordner mit der Recherche und vertiefte sich in ihr Material. Gab es irgendeine Schwachstelle? Waren die Aussagen der Betroffenen ausreichend? Würde sie vielleicht auch die litauische Doktorandin noch zu einem Gespräch bewegen können?

Ihr Kaffee wurde serviert, Julia bedankte sich und gab ein großzügiges Trinkgeld. Sie dachte an die Schaffner ihrer Kindheit, die Fahrkarten gelocht und an den Bahnhöfen mit der Trillerpfeife angekündigt hatten, wenn der Zug losfuhr. Heute waren Schaffner außerdem Kellner, Auskunfteien, manchmal Seelsorger und oft genug Prellbock für unzufriedene Fahrgäste.

Sie überlegte, wie das Gespräch in Berlin verlaufen könnte und was die Redaktion ihr anbieten würde. Wahrscheinlich würden sie versuchen, ihr das Material abzukaufen und die Geschichte von ihren eigenen Autoren neu schreiben zu lassen. Wie weit würde sie gehen, damit die

Story publiziert würde? Noch nie hatte sie so viel Engagement in eine Geschichte investiert. Und noch nie hatte sie ein so großes persönliches Interesse an einer Veröffentlichung gehabt. Sie wollte unbedingt, dass der Artikel erschien.

Hoffentlich würde Chris ihr keinen Strich durch die Rechnung machen. Gestern hatte er sie mit einer Mail aufgeschreckt.

Von: ChrisH@gesundheit-heute.com
An: julia@Feldmann.de
Betreff: JLI-Artikel

Hi, Jule,
du hast hoffentlich nicht vor, die Story jemand anderem zu verkaufen. Du weißt, dass die Idee von mir war. Zwing mich nicht, gegen dich vorzugehen.
Chris

Im ersten Moment war sie erschrocken, dann beruhigte sie sich damit, dass er nichts in der Hand hatte. Es gab weder einen schriftlichen Auftrag noch einen Vertrag. Sie hatte ihm ihr Exposé und die Geschichte geschickt, sie hatten mündlich darüber verhandelt und keine Einigung erzielt, also war ihr nichts anderes übrig geblieben, als das Angebot zurückzuziehen. Und der Bericht über Ariane Hildebrandt hatte in der Zeitung gestanden. Aus ihrer Sicht konnte Chris keine Urheberrechte an der Story geltend machen. Aber wer wusste schon, wozu ein beleidigter Mann fähig war?

Ein Fahrgast hinter ihr begann zu telefonieren. Er sprach gerade laut genug, dass es Julia störte, aber nicht so, dass sie etwas verstand. Nur einzelne Brocken eines deutsch-englischen Business-Geschwafels schnappte sie auf.

»Beim Equity sieht es nicht so cool aus ...«, »... da müssen wir uns echt committen«, »... wann können wir das final closen?«

Julia verdrehte die Augen. Als der Typ aufgehört hatte, stand sie auf, um zur Toilette zu gehen. Neben seinem Sitz blieb sie stehen.

»Ich finde es wirklich great, wie Sie performen. Blöderweise befinden wir uns hier in der Quiet Zone, und ich würde gern ein bisschen relaxen.«

Der Typ glotzte sie finster an.

Sie schenkte ihm ein spöttisches Lächeln und ging einfach weiter.

Der Zug traf mit wenigen Minuten Verspätung in Berlin ein. Vor dem Hauptbahnhof überlegte Julia, ob die Redaktion wohl auch das Taxi zahlen würde. Sie beschloss, es darauf ankommen zu lassen.

Als sie vor dem Verlagsgebäude ausstieg, kam die Aufregung. Sie straffte den Rücken, hob ihr Kinn und betrat das Foyer. Die Empfangsdame rief bei Carina an, und bald darauf öffnete sich die Aufzugtür. Die zwei Frauen umarmten sich zur Begrüßung.

»Willkommen in Berlin«, sagte Carina. »Schön, dich zu sehen!«

Als sie zusammen im Lift nach oben fuhren, sagte Julia: »Ich bin dir so dankbar. Ohne jemanden zu kennen, kommt man doch in diese heiligen Hallen niemals rein.«

Carina lächelte. »Jedenfalls nicht bis in den zehnten Stock.«

Sie stiegen aus und gingen einen Gang entlang. Carina klopfte an eine Tür. »Herein«, rief eine Frau, und Julia spürte, wie sie in den Raum geschoben wurde.

»Viel Glück«, flüsterte Carina. »Wir sehen uns heute Abend!«

Dann schloss sich die Tür hinter ihr. Die Sekretärin begrüßte sie freundlich und stand auf, um eine weitere Tür zu öffnen. Im nächsten Raum wurde Julia von zwei Männern erwartet.

Der ältere trug Anzug und Brille, Julia schätzte ihn auf Mitte fünfzig.

»Martin Merk«, sagte er und stellte sich als Leiter des Wissenschaftsressorts vor.

Der jüngere war so um die vierzig, trug Jeans, Sneakers und ein weißes Hemd. Er hatte eine Glatze und einen langen Hipsterbart (eine Mode, von der Julia hoffte, dass sie bald der Vergangenheit angehörte). Wie Julia erfuhr, war er Leiter des Ressorts Gesellschaft und hieß Simon Keller.

Sie setzten sich an einen runden Konferenztisch, und die Sekretärin servierte Kaffee, Wasser und Saft. Julia bewunderte den Blick über Berlin. In einiger Entfernung war der Fernsehturm am Alex zu sehen.

»Danke, dass Sie den Weg auf sich genommen haben«, begann Merk. »Wir freuen uns, dass wir persönlich mit Ihnen sprechen können.«

»Danke für die Einladung«, erwiderte Julia. »Ich dachte erst, es sei ein Scherz.«

»Für unseren Humor sind wir eigentlich nicht bekannt«, sagte der Hipster. »Bei uns geht es todernst zu.« Er lächelte Julia verschwörerisch zu.

Sie lächelte zurück.

»Spannende Geschichte haben Sie da geschrieben«, sagte Merk. »Könnte für einige Aufmerksamkeit sorgen.«

»Erzählen Sie doch mal ein bisschen genauer, wie Sie es geschafft haben, die Frauen zum Reden zu bringen«, forderte Keller sie auf.

Julia erzählte von ihrer anfänglichen Skepsis, auch gegen Shenmi, und wie sie schon den Glauben daran verloren hatte, irgendeine der Betroffenen dazu bewegen zu können, sich zu outen. Dass es dazu die eine gebraucht hatte, die das System, in dem die Übergriffe stattgefunden hatten, verlassen konnte.

»Es ist wirklich ein Teufelskreis für die Frauen in diesem Bereich. Sie gehören zu den wenigen, die es überhaupt so weit gebracht haben. Dann werden sie zum Opfer von Männern, die ihre Macht missbrauchen. Und wenn sie nicht alles aufs Spiel setzen wollen, was sie erreicht haben, sind sie quasi gezwungen, es hinzunehmen, weil diese Männer ihre berufliche Zukunft ruinieren können.«

Merk nickte zustimmend. »Die Verflechtungen im Wissenschaftsbetrieb sind eng, fast noch enger als in jedem anderen Bereich.«

Sie erkundigten sich nach den Gesprächen mit Dettmer und Höger. Julia berichtete wahrheitsgemäß, dass sie Höger zunächst angeschwindelt und sogar einmal privat getroffen habe, weil sie sich davon wichtige Erkenntnisse erhofft hatte. Die gemeinsame Nacht und das Video verschwieg sie.

Merk wiegte den Kopf. »Diese Undercover-Nummer war nicht besonders schlau, das ist Ihnen wahrscheinlich klar?«

Julia seufzte. »Würde ich auch nicht mehr machen.«

Dann kam das Gespräch auf die gelöschte Tonaufnahme.

»Das ist für mich das größte Problem«, sagte Keller. »Hier fehlt uns jeder Beweis dafür, dass Sie den Beschuldigten überhaupt getroffen haben. Das widerspricht unseren journalistischen Prinzipien.«

Julia wusste, worauf er anspielte. Das Magazin hatte kurz zuvor einen Skandal um gefälschte Interviews überstanden. Seither waren die Maßstäbe noch strenger als zuvor schon.

»Das verstehe ich sehr gut«, sagte sie. »Aber ich fürchte, da müssen Sie mir vertrauen. Ich habe sofort danach ein Gedächtnisprotokoll angefertigt. Er streitet alles ab. Und das würde er vermutlich auch bei einer weiteren Befragung tun.«

»Wir haben die Aussagen der Frauen«, sagte Merk. »Zwei davon namentlich. Das ist das Wichtigste.«

Die zwei Ressortleiter erfragten weitere Details. Wann und wo sie mit ihren Informantinnen gesprochen hatte, ob von allen Gesprächen Aufnahmen existierten, ob sie eidesstattliche Versicherungen vorliegen hatte. Es war offensichtlich, dass sie Julias Glaubwürdigkeit und die Seriosität ihrer Geschichte überprüfen wollten.

Schließlich schienen ihre beiden Gesprächspartner zufriedengestellt zu sein.

»Wir machen Ihnen ein Angebot«, sagte Merk. »Sie überlassen uns Ihr Originalmaterial und alle Kontaktdaten. Wir zahlen Ihnen zehntausend Euro.«

»Nein«, sagte Julia, ohne nachzudenken. Und weil das allzu harsch klang, schob sie noch ein »Tut mir leid« hinterher.

Sofort schaltete sich ihre innere Zensurbehörde ein: Bist du wahnsinnig? Wieso lehnst du zehntausend Euro ab?

Im selben Moment sagte Keller: »Fünfzehntausend.«

Ihr wurde schwindelig. Mit solchen Summen hatte sie nicht gerechnet. Das hieß, sie hielten ihre Geschichte für heiß. Trotzdem schüttelte sie den Kopf.

Die beiden Männer tauschten einen Blick.

»Sie sind ganz schön hartgesotten«, sagte Merk mit einer Mischung aus Ärger und Respekt. »Achtzehntausend. Letztes Angebot.«

»Sie verstehen mich falsch«, sagte Julia. »Es geht mir nicht ums Geld. Also, nicht nur. Ich möchte Autorin bleiben.«

Merk seufzte. »So was haben wir schon befürchtet. Frau Behr hat Sie uns als sehr ... willensstarke Kollegin geschildert.«

Julia überlegte kurz, ob das ein Kompliment war.

»Sie wissen, dass wir hier im Haus üblicherweise keine Geschichten von Freien kaufen«, fuhr Merk fort. »Wir verfügen über ein schlagkräftiges Redaktionsteam und feste Autoren, die so arbeiten, wie es der Philosophie unseres Magazins entspricht.«

Üblicherweise, dachte Julia. Das war die Sollbruchstelle.

»Was müsste denn passieren, dass Sie eine Ausnahme von dieser Regel machen?«, fragte sie.

»Dafür müssten besondere Umstände vorliegen«, sagte Merk.

Die beiden Kollegen verständigten sich ein weiteres Mal mit Blicken.

»Wenn Sie uns für einen Moment entschuldigen wollen«, sagte Merk, und beide standen auf. »Nehmen Sie sich noch was zu trinken, und genießen Sie den Blick. Wir sind gleich wieder da.«

Sie verließen den Raum durch eine Tür, die offenbar direkt auf den Flur führte.

Julia atmete tief durch. Sie war überrascht von ihrer eigenen Kaltblütigkeit. Dass sie ohne mit der Wimper zu zucken mal zehntausend Euro und mehr ablehnen würde, hätte sie nicht für möglich gehalten. Aber sie konnte diese Geschichte nicht einfach aus der Hand geben, das fühlte sie genau. Das Angebot war verlockend, aber sie hatte auch so was wie eine journalistische Ehre. Gleich würde sich zeigen, ob sie sich verzockt hatte.

Sie kontrollierte ihr Handy, schenkte sich noch ein Glas Wasser ein und nahm einen tiefen Schluck. Weitere Minuten vergingen.

Die Tür ging auf, und Merk und Keller kamen zurück. Merk hatte seinen Krawattenknoten gelockert. Es schien eine hitzige Debatte gewesen zu sein.

»Danke für Ihre Geduld«, sagte Keller.

Merk sah Julia durchdringend an.

»Ihr Material ist ungewöhnlich. Wir versprechen uns einiges davon. Deshalb haben wir mit der Geschäftsleitung besprochen, dass unter gewissen Bedingungen eine Ausnahme möglich ist.«

Julias Herz machte einen Sprung. »Wie … sehen diese Bedingungen aus?«

»Wir machen eine Gegenrecherche«, erklärte Keller. »Zwei von unseren Leuten klopfen die Fakten ab, sprechen mit Ihren Informantinnen, holen schriftliche Stellungnahmen der Beschuldigten ein. Wenn alles wasserdicht ist, durchläuft der Artikel die übliche redaktionelle Bearbeitung. Als Autoren fungieren Sie und die beiden Kollegen gemeinsam.«

»Und wenn meine Informantinnen nicht mit einem Fremden sprechen wollen?«, fragte Julia. »Es war schwer genug, sie dazu zu bewegen, mit mir zu reden.«

»Dann finden wir eine Lösung«, versprach Merk.

»Und in welchem Ressort würde der Artikel erscheinen – in der Wissenschaft oder in der Gesellschaft?«

Die beiden Männer tauschten einen Blick, dann sagte Keller: »Das entscheiden wir noch.«

»Und es bleibt bei den achtzehntausend Euro Honorar?«, vergewisserte sich Julia.

»Selbstverständlich«, sagte Merk.

Julia tat so, als müsste sie über den Vorschlag nachdenken. Schließlich lächelte sie und sagte: »Okay, einverstanden. Ich danke Ihnen sehr für Ihr Vertrauen.«

Sie musste sich beherrschen, keinen Freudenschrei auszustoßen.

Julia lag auf dem Hotelbett und versuchte, die Eindrücke des Nachmittages zu verarbeiten. Sie konnte noch gar nicht recht glauben, was passiert war. Sie hatte einen Artikel an *Spektrum* verkauft! Sie, die chronisch erfolglose Lohnschreiberin, hatte endlich einen Treffer gelandet! Es war nicht zu fassen.

Irgendwann legte sich ihre Aufregung, und sie wurde schläfrig. Schließlich war sie sehr früh aufgestanden. Als sie gerade am Einnicken war, summte ihr Handy. Benommen griff sie danach und las die Nachricht.

Hallo, Frau Feldmann, könnten Sie mich bitte mal anrufen?

Sie schoss nach oben und stieß sich den Kopf an der Leselampe, die am hölzernen Kopfteil des Bettes angebracht war.

»Shit«, fluchte sie und rieb sich die schmerzende Stelle. Dann wählte sie die Nummer auf dem Display. Der Chef der Detektei Alpha, der freundliche Herr Gerhardt, meldete sich persönlich. Vermutlich bestand die angebliche Detektei sowieso nur aus ihm.

»Na, das ging ja schnell«, sagte er und lachte.

»Haben Sie was Neues?«

»Ich denke schon.«

»Und?« Julia platzte fast vor Ungeduld.

»Bevor ich Ihnen das verrate, müssen wir das Geschäftliche regeln«, sagte er.

Klar, dachte Julia. Die hundertzwanzig Euro hatte er dafür kassiert, dass er das Foto gefunden hatte, das sie mit der frei zugänglichen Suchsoftware nicht gefunden hätte. Sie biss auf ihren Daumennagel.

»Wie viel wollen Sie?«

»Mein Stundensatz liegt bei hundert Euro«, erwiderte Gerhardt. »Um das herauszufinden, was ich Ihnen gleich mitteilen werde, habe ich anderthalb Stunden gebraucht. Zuzüglich Mehrwertsteuer natürlich.«

»Und woher soll ich wissen, dass die Information so viel wert ist?«

Er lachte. »Das können Sie natürlich erst wissen, wenn Sie sie haben.«

Julia seufzte. »Schicken Sie mir die Rechnung.«

Das nächste Signal zeigte den Eingang einer E-Mail an. Betreff: Rechnung.

Gerhardt musste sich seiner Sache ja sehr sicher gewesen sein.

Sie öffnete den Anhang der zweiten Mail und sah zwei Fotos, die nebeneinandermontiert waren. Neben dem Bild von der jungen Frau mit der Eistüte, in dessen Hintergrund vermutlich Robert zu sehen war, erkannte sie den gleichen Ort, nur ohne Menschen. Darunter stand: *Passeig de Joan de Borbó, Barcelona, Spanien.*

Immer wieder blickte sie zwischen dem Bild der leeren Straße und dem Gesicht des jungen Mannes auf dem

Mäuerchen hin und her. Wenn das Robert war, und davon war sie inzwischen fast überzeugt, so hatte er ganz Europa von Norwegen bis nach Spanien durchquert und war vier Wochen nach seinem angeblichen Tod in Barcelona gewesen. Wieso?

Julia überwies per Onlinebanking den Rechnungsbetrag an Gerhardt und schrieb ihm einen kurzen Dank per Mail. Umgehend kam die Antwort, dass er ihr jederzeit gern für weitere Nachforschungen zur Verfügung stehe.

An Schlaf war nicht mehr zu denken, in ihrem Kopf rasten die Gedanken. Sie nahm ihr Telefon und wählte die Nummer von Karl, der glücklicherweise sofort dranging.

»Sag mal, hat Robert damals irgendwann mal Barcelona erwähnt? Dass er dort hinfahren will, dass er da jemanden kennt, irgendwas?«

Karl überlegte. »Nicht dass ich wüsste. Aber du weißt ja …«

»… er hat nie viel erzählt«, vollendete Julia seinen Satz.

Karl lachte. »Genau. Tut mir leid, dass ich dir nicht weiterhelfen kann. Hat sich was Neues ergeben?«

Julia erzählte ihm von den Fotos. Karl wurde lebhaft und wollte wissen, wie groß die Wahrscheinlichkeit war, dass es sich wirklich um Robert handelte.

»Keine Ahnung«, sagte Julia. »Es kann sein, dass ich die Ähnlichkeit nur sehe, weil ich sie sehen will. Schau selbst.«

Sie schickte ihm die Bilder.

Karl ging es wie ihr. Er hielt es für möglich, war sich aber nicht sicher.

»Was hast du vor?«, fragte er. »Willst du weitere Nachforschungen anstellen?«

»Wo sollte ich da anfangen? Er kann überall sein, ich habe nicht den geringsten Anhaltspunkt.«

»Falls ich dir irgendwie helfen kann, melde dich«, sagte Karl.

Julia bedankte sich und beendete das Gespräch.

Wenn sie unbegrenzt Geld zur Verfügung hätte, würde sie Gerhardt vielleicht auf Robert ansetzen. Aber seine Dienste konnte sie sich auf Dauer nicht leisten. Zweihundertsiebzig Euro hatte sie bereits bezahlt, und was hatte er dafür gefunden? Zwei Fotos, die lediglich bewiesen, dass ein junger Mann im hellblauen T-Shirt, der Robert ähnlich sah, im September 2007 in Barcelona gewesen war. Wie sollte sie auf der Grundlage dieser Hinweise eine Suche beginnen?

Um sieben holte Carina sie im Hotel ab.

»Und, wie lief's?«, erkundigte sie sich neugierig, während sie die Straße entlanggingen.

Julia fasste das Ergebnis des Meetings zusammen.

Carina zeigte sich beeindruckt. »Weißt du eigentlich, wie selten es vorkommt, dass die eine fertige Story kaufen, statt das Material zu übernehmen und was Eigenes draus zu machen? Darauf kannst du dir echt was einbilden!«

Julia lächelte bescheiden. »Ich hatte eben Glück.«

»Das ist kein Glück«, widersprach Carina vehement. »Du hast da eine super Recherche gemacht! Und du hast eine gute Schreibe. Sie werden trotzdem manches verändern, aber im Kern bleibt es deine Geschichte.«

»Wir brauchen Champagner!«, sagte Julia, als sie in dem Restaurant saßen, in das Carina sie geführt hatte. »Und du bist natürlich eingeladen!«

»Und du bist verrückt«, sagte Carina lachend.

»Wenn das kein Grund zum Feiern ist, was dann?«, gab Julia zurück.

Das Restaurant war stylish eingerichtet. Gemauerte, weiß geschlämmte Sitzbänke und Tische, bunte Polster und Kissen, Fußboden aus poliertem Zement. Die Küche war marokkanisch inspiriert, aber auf der Karte fanden sich auch fantasievolle Salatkreationen und edle Weine.

Allmählich wurde Julia bewusst, dass sie es tatsächlich geschafft hatte. Es fühlte sich so gut an, endlich einmal einen Erfolg verbuchen zu können! Nur der Gedanke an das Video hing wie ein Damoklesschwert über ihr. Sie schob ihn weit von sich.

Sie bestellten Salat und Tahin mit Kichererbsen und Auberginen. Genussvoll tunkte Julia Stücke vom Fladenbrot in die würzige Soße.

»Und wie geht's dir?«, erkundigte sie sich.

Carina erzählte, dass sie gerade mit ihrem Freund zusammengezogen war und es sich ungewohnt anfühlte, ständig jemanden um sich zu haben. Sie hatte allein gelebt, seit sie bei den Eltern ausgezogen war, und es eigentlich ziemlich angenehm gefunden.

»Wieso hast du's dir dann jetzt anders überlegt?«, fragte Julia.

Carina grinste schelmisch. »Weil ich allmählich schrullig werde. Ich glaube, ein bisschen soziale Kontrolle kann mir nicht schaden.«

Ob ich auch schon schrullig werde? Julia dachte an die verschiedenen Ticks, die sie entwickelt hatte und die es vermutlich schwer machen würden, die Wohnung mit jemandem zu teilen. Ihre Schlaflosigkeit, die sie durch die Räume trieb, ihre unorthodoxen Essenszeiten, ihre Neigung, die Wohnung zuzumüllen und nur alle paar Wochen aufzuräumen, ihre Vorliebe für lange Wannenbäder, ihr promiskes Liebesleben.

»Und bei dir, wie sieht's da aus?«, wollte Carina wissen. »Letztes Mal, als wir uns gesehen haben, hattest du dich gerade von einem Mann getrennt.«

Julia erinnerte sich nicht einmal daran, um welchen ihrer Lover es sich gehandelt haben könnte.

»Gut möglich«, sagte sie. »Ich trenne mich eigentlich immer gerade von jemandem. Das ist sozusagen mein Normalzustand.«

Carina blickte sie amüsiert an. »Und das ist okay für dich?«

»Ich weiß nicht, was ich dagegen tun soll«, sagte Julia. »Irgendwie hab ich kein Händchen für Männer.«

»Vielleicht stehst du ja in Wirklichkeit gar nicht auf Männer?«

Julia lachte. »Das kann ich ausschließen.«

Carina erzählte, dass ihr erster Freund mit Anfang zwanzig gestorben war und sie danach jahrelang keine Beziehung mehr gehabt habe.

»Ich hatte Angst, meinem nächsten Freund könnte auch etwas zustoßen. Also wollte ich lieber keinen mehr.«

»Wieso hattest du diese Angst?«

»Ich dachte, ich bringe den Menschen Unglück. Jedenfalls denen, die ich liebe.«

»Das muss furchtbar gewesen sein«, sagte Julia und berührte Carina am Arm. Mit Schuldgefühlen kannte sie sich aus.

»Ich bin darüber weg. Hat aber lange gedauert. Und einiges an Therapie gekostet.«

Julia verspürte plötzlich den Wunsch, ihrer Kollegin von Sebastian zu erzählen. Wie sie sich begegnet waren. Wie nah sie sich ihm gefühlt hatte und welche Angst das in ihr hervorgerufen hatte. Dass sie ihn weggeschickt hatte, weil sie lieber von vornherein allein bleiben wollte, als zu riskieren, verlassen zu werden.

Aber dann scheute sie doch davor zurück. Stattdessen schenkte sie den restlichen Champagner in die Gläser und prostete Carina zu.

»Auf dich!«

Carina lachte und hob ihr Glas. »Nein, auf dich! Du bist, was *Spektrum* angeht, so was wie das achte Weltwunder!«

2007

Robert beobachtet sie. Yema. Und Höger. Zusammen sieht er die beiden selten, und wenn, dann verhalten sie sich unauffällig. Aber er bemerkt, dass Yema ihm, Robert, ausweicht. Dass sie vermeidet, in seine Nähe zu kommen oder gar mit ihm zu sprechen. Klar, er hat Schluss mit ihr gemacht. Aber sie arbeiten schließlich zusammen, sie müssen kommunizieren. Er lässt sich nichts anmerken und behandelt sie gleichbleibend freundlich, auch wenn es ihm schwerfällt. An manchen Tagen möchte er sie anschreien, an anderen würde er sich am liebsten vor sie hinknien und sie anflehen, zu ihm zurückzukehren. Er ist so durcheinander wie noch nie in seinem Leben.

Yema verhält sich, als fühlte sie sich schuldig. Sie hält den Blick gesenkt, ihre Stimme ist noch leiser als sonst, ihre Bewegungen fahrig. Sie hat ein schlechtes Gewissen, das ist nicht zu übersehen. Kein Wunder, sie hat ihn ja auch an der Nase herumgeführt. Hat ihm was von Liebe erzählt und sich hinter seinem Rücken mit Höger eingelassen. Sie hat ihn belogen. Und nicht mal den Mut gehabt, ihm die Wahrheit zu sagen, als schon alles kaputt war und er Schluss gemacht hat.

Er hofft, dass sie irgendwann zur Einsicht kommt. Dass sie erkennt, dass er viel besser zu ihr passt als Höger. Dass er sie wirklich liebt und nicht nur ihren Körper will. Dass er in jeder Situation zu ihr stehen würde. Nur nicht, wenn sie ihn belügt.

Höger jeden Tag sehen zu müssen ist eine Qual. Anweisungen von ihm entgegennehmen zu müssen. Zusehen zu müssen, wie er mit den Mitarbeiterinnen im Labor flirtet, sich in ihrer Bewunderung sonnt. Robert beginnt, Höger zu hassen. Für sein gutes Aussehen, sein souveränes Auftreten, seine Lässigkeit, seinen Erfolg.

Er möchte so sein wie Höger, aber weil er weiß, dass er niemals so sein wird, möchte er ihn am liebsten zerstören. Er schmiedet Pläne, wie er ihm schaden könnte. Etwas stehlen und in seinen Sachen verstecken. Ein schlimmes Gerücht über ihn in die Welt setzen. Ihn bei Dettmer schlechtmachen. Aber er weiß, dass nichts davon funktionieren würde. Am Ende würde herauskommen, dass er dahintersteckt, und er würde zum Gespött der Kollegen werden und womöglich seine Arbeit verlieren.

Manchmal träumt er davon, seinem Rivalen Säure ins Gesicht zu kippen und zuzusehen, wie die markanten Linien sich auflösen, die Haut schmilzt, die Augen wegfließen und nur noch ein blutiger Klumpen Fleisch zurückbleibt.

26

Julia wachte auf. Aufgeregt schoss sie nach oben. Die neue Ausgabe von *Spektrum* würde heute erscheinen. Mit ihrem Artikel. Und damit nicht genug: Die Ressorts Wissenschaft und Gesellschaft hatten das Stück gemeinsam produziert, und die Chefredaktion hatte entschieden, es auf den Titel zu nehmen.

Die letzten Wochen waren eine Achterbahnfahrt der Gefühle für Julia gewesen. Aufregung, Euphorie, Ärger und Angst hatten sich abgewechselt, sie hatte nur noch mithilfe von Tabletten geschlafen und noch unregelmäßiger gegessen als sonst. Drei Kilo hatte sie abgenommen, und vermutlich wäre es noch mehr gewesen, wenn sie nicht einiges an Kalorien in Form von Alkohol zu sich genommen hätte.

Zwei Redakteurinnen hatten jeden einzelnen ihrer Rechercheschritte nachvollzogen, sämtliche Fakten gecheckt und die Interviews verifiziert. Sogar das kurze Statement von Brian aus Boston wurde überprüft, und zum Glück war er so freundlich gewesen, seine Aussage zu bestätigen. Schriftliche Stellungnahmen von Dettmer und Höger wurden angefordert. Dettmer hatte alles abgestritten und verharmlost, Höger erst gar nicht geantwortet.

Julia fragte sich, was er tun würde, jetzt, wo er wusste, dass *Spektrum* berichten würde. Jeden Tag rechnete sie mit Post vom Anwalt oder weiteren Drohungen, aber nichts geschah. Vielleicht hatte er beschlossen, sich einfach wegzuducken.

Zweimal war Julia nach Berlin gefahren und hatte gemeinsam mit den beiden Kolleginnen am Text gefeilt. Sie war beeindruckt gewesen, mit welcher Akribie dort gearbeitet und um jede Formulierung gerungen wurde. Kein Wunder, dass das Magazin einen so exzellenten Ruf genoss.

Aufseufzend ließ sie sich zurück aufs Kissen fallen. Einerseits fühlte sie sich wie ein Kind am Weihnachtsmorgen, mit diesem aufgeregten Kribbeln in ihrem Körper, das bis zur Bescherung nicht mehr aufhören würde. Andererseits kam es ihr vor, als säße sie in einem winzigen Boot und segelte trotz Sturmwarnung auf eine schwarze Gewitterfront zu.

Zunächst geschah allerdings gar nichts.

Julia holte wie jeden Morgen die Zeitung aus dem Briefkasten und las sie zu ihrer ersten Tasse Milchkaffee. Sie hatte ihr Handy auf leise gestellt, behielt aber den Bildschirm im Auge. Irgendwann hielt sie es nicht mehr aus und ging auf die Onlineausgabe von *Spektrum*.

»Mikroskopieren mit Blick in den Ausschnitt« – Übergriffe und Mobbing am Johannes-Löwe-Institut las sie. *Von Julia Feldmann, Marina Köhler und Anja Rolfs.*

Für Abonnenten war der Artikel vollständig lesbar, für die anderen kam nach ein paar Zeilen die Bezahlschranke. Nicht zuletzt deshalb hatten sie besonders lange am Einstieg gefeilt. Er sollte so neugierig machen, dass die Leute bereit waren, sofort dafür zu bezahlen oder – noch besser – ein Abonnement abzuschließen.

Noch keine Kommentare. Sie teilte den Artikel auf ihrer Facebook-Seite und bei Twitter.

Nach einer Stunde hatte sie zwanzig Kommentare, die meisten positiv. Nur ein paar ihr unbekannte Männer schrieben Sachen wie »Me-Too nervt!« und »Immer dieses Gejammer von Weibern, nach denen kein Mann sich umdrehen würde«. Einer schrieb: »Du müsstest mal richtig durchgefickt werden, du Nutte.«

Obwohl sie wusste, dass diese Sorte Kommentare in sozialen Netzwerken an der Tagesordnung war, überraschte es sie, dass Menschen tatsächlich so primitiv sein konnten. Sie löschte den Kommentar und blockierte den Urheber. Wenig später folgten andere Sprüche dieser Art. Sie löschte und blockierte, löschte und blockierte, kam aber irgendwann nicht mehr nach. Sie fühlte sich, als wäre sie in einen Wespenschwarm geraten: Je mehr sie um sich schlug, desto aggressiver wurden die Biester. Irgendwann gab sie es auf und loggte sich aus.

Inzwischen war die Story in den Kurzmeldungen angekommen. Genüsslich hatten die Boulevardmedien nachgezogen:

Im Namen der Wissenschaft – Übergriffe, Mobbing, Vergewaltigung

Sexskandal an renommiertem Forschungsinstitut

Me-Too im Forschungslabor – schwerste Übergriffe aufgedeckt

Gegen Mittag war ihre Timeline voll mit den geteilten Meldungen aus den verschiedensten Medien, und eine lebhafte Debatte war entbrannt.

Dann erhielt sie eine E-Mail.

Von: ChrisH@gesundheit-heute.com
An: julia@Feldmann.de
Betreff: Du weißt es genau

Habe ich Dich nicht gewarnt? Diese Geschichte hast Du in meinem Auftrag geschrieben, wir hatten demnach einen mündlichen Vertrag. Du hörst von unserer Rechtsabteilung.
Chris

Julia bekam Angst. Er machte also wirklich Ernst. Für eine juristische Auseinandersetzung brauchte man viel Zeit, viel Geld und gute Nerven – nichts davon hatte sie. Der Verlagskonzern, in dem *Gesundheit heute* erschien, hatte hingegen eigene Justiziare und eine großzügig ausgestattete Kriegskasse für Rechtsstreitigkeiten.

Sie überlegte, dann wählte sie die Nummer von Karl und schilderte ihm, was passiert war.

»Ich glaube nicht, dass du dir Sorgen machen musst«, sagte er. »Du bist ja dort nicht angestellt, oder?«

»Nein. Ich habe immer auf Rechnung gearbeitet.«

»Und du hast andere Auftraggeber?«

Auch das konnte Julia bestätigen. »Stimmt das denn mit dem mündlichen Vertrag?«, fragte sie.

»Nur wenn ihr Einigkeit über den Vertragsgegenstand erzielt habt. Gibt es Zeugen für eine Absprache?«

»Nein.«

»Dann dürfte es ihm schwerfallen, den Abschluss eines mündlichen Vertrages zu beweisen.«

»Es gibt ein paar E-Mails, in denen von dem Artikel die Rede ist«, sagte Julia. »Gelten die als Beweis?«

Karl bat sie, ihm die Korrespondenz zu schicken, die sie

mit Chris zu dem Thema geführt hatte. Sie versprach es, bedankte sich und legte auf.

Im nächsten Moment klingelte ihr Telefon. Shenmi.

»Julia«, sagte sie, und ihre Stimme klang zittrig. »Hier ist die Hölle los.«

»Bist du im Institut?«

»Ja. Es gab eine spontane Demo von zwanzig oder dreißig Mitarbeiterinnen und Doktorandinnen gegen Höger. Alle sagen plötzlich, sie hätten es immer gewusst oder vermutet.«

»Klar«, sagte Julia. »Hinterher haben es immer alle gewusst. Und vorher macht niemand den Mund auf. Du und Chen Lu, ihr seid echte Heldinnen, weißt du das?«

Shenmi schnaubte. »Schlimm, dass man schon zur Heldin wird, wenn man einfach nur die Wahrheit sagt.«

»Hast du mit Chen Lu gesprochen?«, erkundigte sich Julia.

»Noch nicht«, sagte Shenmi. »Ich ... traue mich nicht. Ich habe Angst, dass sie mich hasst.«

»Warum sollte sie?«, fragte Julia betont sorglos. In Wirklichkeit befürchtete sie selbst, dass die beiden jungen Frauen sie irgendwann hassen würden.

»Dettmer hat übrigens für heute Nachmittag eine Versammlung angekündigt«, sagte Shenmi. »Es gibt Gerüchte, dass er hinwerfen will.«

Julia schwieg. In ihr wuchs die Furcht, etwas in Gang gesetzt zu haben, was sie nicht mehr kontrollieren konnte. Dass Höger seinen Job verlieren würde, hatte sie nicht nur einkalkuliert, darauf hatte sie, wenn sie ehrlich war, sogar hingearbeitet. Auch ein Rücktritt Dettmers wäre mehr als gerechtfertigt. Aber was, wenn der Skandal sich ausweiten und den Ruf des Instituts unrettbar beschädigen würde?

Wenn irgendwann die Existenz des JLI auf dem Spiel stand? Was, wenn sie zur Totengräberin einer der renommiertesten Forschungseinrichtungen des Landes wurde?

Dann ist es eben so, dachte sie trotzig. Angesichts solcher Verbrechen darf es keine falsche Ehrfurcht geben. Viel zu oft haben Täter sich hinter dem guten Ruf ihrer Institutionen verschanzt und sich darauf verlassen, dass niemand ihnen etwas anhaben kann.

»Was hast du selbst für Reaktionen bekommen?«, wollte sie wissen. »Wurdest du angegriffen?«

Shenmi zögerte. »Ich habe ein paar ekelhafte E-Mails gekriegt. Die hab ich gelöscht.«

»Heb sie besser auf«, empfahl Julia. »Vielleicht brauchst du sie noch. Es sind Beweise.«

»Und ein paar Presseanfragen sind gekommen.«

»Überleg dir das gut«, sagte Julia. »Ich persönlich rate dir davon ab, weitere Interviews zu geben, aber das musst natürlich du entscheiden. Sprich auch mit Chen Lu darüber. Ihr habt beide keine Erfahrung mit Medien, und nicht alle Presseleute sind nett. Kann durchaus sein, dass manche versuchen, euch in die Pfanne zu hauen.«

»Auf so ein Erdbeben war ich echt nicht vorbereitet«, sagte Shenmi mit ungewohnt leiser Stimme. »Ich habe Schiss.«

»Bleib ganz ruhig«, sagte Julia beschwörend. »Lass dich nicht einschüchtern. Du kannst übrigens jederzeit zu mir kommen, wenn du möchtest. Dann trinken wir den restlichen Brandy aus.«

»Okay«, sagte Shenmi und legte auf.

Gleich darauf klingelte das Handy wieder. Eine Redakteurin der Talkshow *Die Woche* meldete sich und lud Julia in die kommende Sendung ein.

»Wir haben heute Morgen in der Konferenz unser Thema gekippt und machen jetzt *Me-Too in Wissenschaft und Lehre*. Wir wollen Sie unbedingt dabeihaben!«

Julia war hin- und hergerissen. Einerseits fühlte sie sich geschmeichelt, andererseits verunsichert. Sollte sie öffentlich über ihre Recherche sprechen? Gab es von Redaktionsseite irgendwelche Einschränkungen, die sie kennen sollte? Und war diese Art Publicity überhaupt gut für sie? Sie wollte sich zuerst bei den Verantwortlichen von *Spektrum* rückversichern und versprach der Redakteurin, sich schnellstmöglich zu melden.

Bevor sie die Nummer in Berlin wählen konnte, ging eine weitere Nachricht ein. Der Absender war Höger. Ein heißer Stich durchfuhr sie. Mit zitternden Fingern hielt sie das Handy fest und öffnete die Nachricht. Es war der Link zu einem Youtube-Video.

Julia warf das Telefon von sich, als wäre es ein bissiges Tier. Dann nahm sie es zögernd wieder hoch. Entsetzt starrte sie auf den Bildschirm. Sah ihr Gesicht, das sich ekstatisch verzog, ihre Hand, die sich ins Laken krallte. Hörte ihr Stöhnen. Höger gab keinen Ton von sich. Mechanisch stieß er in sie hinein, wie eine Maschine, zwanzig Sekunden lang. Kurz bevor sie zum Höhepunkt kam, brach die Aufnahme ab.

Wieder und wieder spielte sie das Video ab, hoffte, dass der Schock nachlassen, der Schwindel vergehen würde. Aber es wurde nicht besser.

Als wäre die Vision aus *Black Mirror* Wirklichkeit geworden, schienen die intimen Bilder aus Högers Gehirn den Weg in die Öffentlichkeit gefunden zu haben.

Eine Push-Nachricht erschien: die Meldung einer großen Boulevardzeitung. Sie tippte darauf.

Beschuldigter verschickt Sex-Video von Journalistin – wer rächt sich an wem? lautete die Schlagzeile. Darunter hieß es:

Ein brutaler Grapscher und Vergewaltiger soll Abteilungsleiter Dr. Jens H. vom renommierten Johannes-Löwe-Institut sein. Das behaupten übereinstimmend drei seiner früheren Mitarbeiterinnen. Er hingegen sagt: »Journalistin Julia F. will mich fertigmachen. Ich habe einmal mit ihr geschlafen. Weil ich nichts mehr von ihr wissen will, rächt sie sich an mir.« Ein heimlich von ihm aufgenommenes Video der Sex-Nacht mit Julia F. liegt der Redaktion vor. Die Hintergründe werden wohl vor Gericht geklärt werden müssen.

Julias Magen krampfte sich zusammen, eine Welle der Übelkeit rollte durch sie hindurch. Sie rannte ins Badezimmer und krümmte sich über der Kloschüssel. Als sie nichts mehr in sich hatte, ließ sie sich erschöpft auf den Badezimmerteppich fallen.

Für den Rest ihres Lebens würde sie die Schlampe sein, die sich von einem Vergewaltiger vögeln ließ. Und auch noch Spaß daran hatte. Jeder würde zukünftig dieses Bild vor sich sehen, sobald ihr Name fiel. Nie wieder würde jemand sie als Journalistin ernst nehmen. Sie war erledigt.

»Wussten Sie von den Aufnahmen?«

Die Stimme von Martin Merk aus der *Spektrum*-Redaktion verriet mühsam unterdrückten Zorn. Einen Moment lang überlegte Julia, ob sie behaupten solle, von dem Video überrascht worden zu sein. Dann könnte er ihr keinen Vorwurf machen. Aber sie entschloss sich, bei der Wahrheit zu bleiben.

»Höger hat schon vor Wochen versucht, mich damit zu erpressen.«

Am anderen Ende der Leitung blieb es still. Dann sagte Merk unter Betonung jedes einzelnen Wortes: »Sie wussten also, was er plant, und wollten trotzdem Ihren Artikel bei uns veröffentlichen?«

Der Ärger in seiner Stimme war der Verwunderung gewichen. Er musste sie für völlig irre halten. Und das war sie ja auch.

»Ich konnte doch keinen Rückzieher machen«, sagte sie trotzig. »Der Artikel ist wichtig. Dass die Leute meine Titten sehen können, so what.«

Wieder blieb es eine Weile still. Immerhin konnte er sie nicht feuern. Das war der Vorteil, wenn man nicht fest angestellt war.

»Sie sind eine mutige Frau, wissen Sie das?«, hörte sie ihn sagen.

»Mutig?« Julia lachte auf. »Total bescheuert, meinen Sie wohl. Aber ich konnte diesem Arschloch nicht den Triumph gönnen, mich mundtot zu machen.«

»Offenbar ist ihm jetzt alles egal«, sagte Merk. »Er will Sie um jeden Preis mit in den Abgrund reißen.«

Auch Julia hatte sich insgeheim gewundert, dass Höger seine Androhung tatsächlich wahr gemacht hatte. Ihm musste doch klar sein, dass schon mit der Veröffentlichung des Artikels strafrechtliche Konsequenzen auf ihn zukommen würden. Ein Verfahren wegen – Julia hatte die juristische Bezeichnung gegoogelt – *Verletzung des persönlichen Lebensbereiches durch Bildaufnahmen* zu riskieren sprach dafür, dass er tief verzweifelt war. Oder unglaublich bösartig.

»Die nächste Zeit könnte unangenehm für Sie werden«, sagte Merk. »Sind Sie dem gewachsen?«

»Welche Wahl habe ich?«

»Brauchen Sie einen Anwalt?«

»Ich habe einen Freund, der Anwalt ist«, sagte Julia. »Den habe ich schon eingeschaltet. Aber Höger hat das Video ja auch an Redaktionen geschickt.«

»Darum kümmern wir uns«, sagte Merk.

»Sie … distanzieren sich also nicht von mir?«, fragte Julia zaghaft.

»Wieso sollten wir?«

»Immerhin habe ich Sie angeschwindelt«, sagte sie verlegen. »Zumindest habe ich Ihnen einen Teil der Wahrheit vorenthalten. Ich hätte Ihnen sagen müssen, dass ich mit dem Kerl in der Kiste war.«

Eine Pause entstand. »Stimmt«, hörte sie Merk schließlich sagen. »Der Wert Ihrer Geschichte wird aber dadurch nicht gemindert. Wir stehen zu Ihnen, Frau Feldmann.«

»Danke.«

Julia verabschiedete sich und legte das Handy weg.

Ihr Körper vibrierte. Seit Stunden stemmte sie sich der Flut von Anrufen und Nachrichten entgegen, die als Reaktion auf das Video über sie hinwegrollte.

Als sie zuletzt nachgesehen hatte, waren es bei Youtube schon über viertausend Klicks, und sie wusste nicht, wie oft das Video inzwischen geteilt worden war. Wieder öffnete sie den Link. Mehr als fünftausend Klicks. So viel Erfolg hatte sie als Journalistin bisher noch nie gehabt – vielleicht sollte sie eine Karriere als Pornodarstellerin erwägen.

Mit einer frustrierten Bewegung klappte sie den Deckel ihres Laptops zu und wählte Karls Nummer.

»Wie lange dauert das denn noch?«, fragte sie flehend. »Wann ist das Scheißding endlich vom Netz?«

Karl erklärte ihr, dass er alle nötigen Schritte eingeleitet habe. Eine Abmahnung gegen Höger, wenn das nicht helfe, eine einstweilige Verfügung, danach könne er auch noch versuchen, gegen Youtube direkt vorzugehen.

»Das braucht aber alles Zeit«, erklärte er.

»Was heißt *Zeit?*«

Karl blieb für einen Moment stumm. »Im schlimmsten Fall Wochen.«

»Dann erschieße ich mich«, sagte Julia tonlos.

»Du stehst das durch. Du bist doch eine Kämpferin.«

Julia schluckte die Tränen hinunter.

»Das denken immer alle«, sagte sie mit erstickter Stimme. »Aber ich will nicht mehr kämpfen. Ich will auf den Arm.«

»Hast du jemanden, mit dem du reden kannst?«, erkundigte sich Karl.

»Ich führe Selbstgespräche«, sagte Julia. »Da widerspricht mir keiner.«

»Pass auf dich auf«, sagte Karl sanft.

Im nächsten Moment klingelte das Telefon wieder.

»Dieses gottverdammte Arschloch«, sagte Kathrin. »Der Schwanz soll ihm abfallen, und die Syphilis soll ihn dahinraffen!«

»Danke«, sagte Julia mit schwachem Lächeln. »Ich weiß deine Solidarität zu schätzen.«

»Du verklagst ihn doch hoffentlich? Das ist eine Straftat!«

»Ich hab schon einen Anwalt eingeschaltet«, sagte Julia. »Aber es dauert alles so lange. Bis das Scheißvideo endlich weg ist, hat es garantiert der letzte Idiot auf Gottes Erdboden gesehen.«

»Sag Bescheid, wenn du was brauchst«, sagte Kathrin.

»Gern«, gab Julia zurück. »Wenn du zufällig eine Kalaschnikow griffbereit hättest?«

27

Fünf Tage nach Erscheinen des Artikels traf Julia zur Live-sendung von *Die Woche* im Fernsehstudio ein. Es war ein Gesprächsformat, in dem Betroffene und Experten über ein aktuelles Thema diskutierten. Bei *Spektrum* hatte man keine Einwände gegen ihre Teilnahme gehabt. Im Gegenteil, man versprach sich einen erheblichen Werbeeffekt.

Die Redakteure der Sendung hatten versucht, auch Shenmi und Chen Lu einzuladen, aber beide hatten sich mit Julia beraten und schließlich abgesagt. Sie fühlten sich noch nicht bereit, öffentlich über ihre Erfahrungen zu sprechen.

Shenmi war entsetzt über das Video gewesen.

»Wieso hast du mit diesem Arschloch geschlafen?«, hatte sie Julia entgeistert gefragt.

»Weil ich mich davon überzeugen musste, dass er wirklich eines ist.«

»Du hast mir also nicht geglaubt?«

»Ich … hatte Zweifel«, gab Julia zu. »Aber es war ein Riesenfehler. Und wie du siehst, werde ich angemessen dafür bestraft.«

Eine längere Pause trat ein.

Dann sagte Shenmi: »Wenn dir wegen dem Film jemand dumm kommt, sag mir Bescheid. Dem trete ich in die Eier!«

»Danke.« Julia schluckte.

Die Talkshow-Redaktion hatte sich wohl bemüht, Höger und Dettmer ebenfalls zu einer Teilnahme zu bewegen, glücklicherweise vergeblich. Natürlich hätte Julia nicht gekniffen, aber sie war froh, dass ihr diese Konfrontation erspart blieb.

Jetzt würde sie also mit einer Musikstudentin in der Runde sitzen, die einige Jahre zuvor Übergriffe am Konservatorium erlebt hatte, der Vertreterin einer Opferorganisation, einem Lehrer, der des Missbrauchs angeklagt, aber freigesprochen worden war, sowie einem Referenten aus dem zuständigen Landesministerium.

Es war die erste Talkshow, in der sie zu Gast war, und sie fühlte sich angespannt.

Nachdem sie die Maske hinter sich hatte, wurde sie mit den anderen Teilnehmern in einen Raum gebracht, in dem ein Vorgespräch stattfinden sollte. Die Aufnahmeleiterin fragte, was sie trinken wollten, dann ging die Tür auf, und herein kam – Sebastian!

Erschrocken starrte Julia ihn an. Darauf war sie nicht gefasst gewesen.

Er gab den Gästen reihum die Hand und erklärte, dass er bei dieser Sendung als Moderator einspringe. Der Kollege, der üblicherweise die Sendung leite, sei kurzfristig erkrankt. Als Letztes begrüßte er Julia, ohne sich anmerken zu lassen, dass er sie kannte.

Die Vorstellung, dass er das Video von ihr und Höger gesehen hatte, schnürte Julia den Hals zu. Und selbst wenn er es sich nicht angesehen hatte, so wusste er davon. Bestimmt verachtete er sie dafür. Am liebsten wäre sie weggelaufen. Dann atmete sie tief durch und straffte ihren Rücken.

Sie und die anderen Gäste wurden mit Mikrofonen ausgestattet und ins Studio geführt, wo bereits das von einem Einheizer animierte Publikum wartete. Sebastian machte eine Begrüßung, erklärte, wie die Sendung ablaufen werde, und ließ das Publikum zur Probe applaudieren.

»Da geht doch noch mehr!«, rief er, und die Leute klatschten lauter. Als Sebastian seine Gäste einzeln vorstellte und zu den schwarzen Ledersesseln führte, applaudierten sie schließlich frenetisch.

Der Aufnahmeleiter bat um Ruhe, der Vorspann der Sendung wurde eingespielt. Nun hieß Sebastian die Fernsehzuschauer herzlich willkommen und stellte das Thema der Woche vor.

Zuerst bat er Julia, über ihre Recherche zu sprechen, danach beschrieb die Musikstudentin, wie sie über längere Zeit von ihrem Professor belästigt und fast vergewaltigt worden war. Die Opfervertreterin wies darauf hin, dass zu einem überwältigenden Prozentsatz Frauen die Opfer waren, man aber darüber nicht vergessen durfte, dass falsche Anschuldigungen für einen Mann den Ruin bedeuten konnten. Der Lehrer erzählte von seinem Kampf um Rehabilitierung, nachdem eine ehemalige Schülerin ihn fälschlicherweise der Vergewaltigung bezichtigt hatte. Sie war der Lüge überführt worden, seine Unschuld war vor Gericht bewiesen und er freigesprochen worden. »Trotzdem bleibt immer etwas hängen«, sagte er, und jeder, der ihm zuhörte, konnte seine Verzweiflung nachfühlen. Die Studentin erwiderte, dass man den strukturellen Machtmissbrauch in Institutionen nicht mit einzelnen Ausnahmefällen relativieren dürfe. An dieser Stelle wurde die Diskussion lebhaft.

Julia spürte, wie Sebastians Blick auf ihr ruhte.

»Frau Feldmann, stimmt es, dass Sie sich während Ihrer Recherche mit dem Hauptbeschuldigten privat getroffen haben?«

»Ja, das stimmt«, sagte sie ruhig. »Ich habe anfangs verdeckt recherchiert, also mit einer Tarnung. Ich erhoffte mir Erkenntnisse, die ich anders nicht hätte gewinnen können. Aus heutiger Sicht war das ein Fehler.«

»Es gibt sogar ein Video, das Sie beide beim Sex zeigt«, legte Sebastian nach. »Beim einvernehmlichen Sex.«

Das Publikum im Studio schien kurz den Atem anzuhalten, dann ging ein Raunen durch die Reihen.

»Auch das ist richtig. Herr Höger hat dieses Video ohne mein Wissen aufgenommen und mich damit erpresst. Er wollte die Veröffentlichung des Artikels verhindern.«

Erneut wurde es unruhig im Publikum.

»Er behauptet, Sie hätten sich mit Ihrem Artikel an ihm rächen wollen, weil er kein weitergehendes Interesse an Ihnen hatte.«

»Da ich ihm keinen Übergriff vorwerfe, weiß ich nicht, worin die Rache bestehen soll«, konterte Julia. »Drei Mitarbeiterinnen des Johannes-Löwe-Instituts haben eidesstattliche Versicherungen unterschrieben, dass Höger sie belästigt und in einem Fall vergewaltigt hat. Ich habe das nur aufgeschrieben.«

»Vielleicht wollten diese Frauen sich rächen«, sagte der zu Unrecht beschuldigte Lehrer.

»Das Märchen von der Rache der Frauen erzählen Männer fast immer, wenn ihnen Übergriffe vorgeworfen werden«, sagte Julia, nach außen hin immer noch ganz ruhig.

»Das ist richtig«, bestätigte die Opfervertreterin. »Das ist das klassische Narrativ, mit dem Männer sich in solchen Fällen zur Wehr setzen.« Sie wandte sich Julia zu. »Ich möchte Ihnen meine Hochachtung aussprechen. Die Veröffentlichung des Videos muss sehr unangenehm für Sie sein. Dass Sie das riskiert haben, um die Wahrheit über die

Verbrechen am Johannes-Löwe-Institut ans Tageslicht zu bringen, ist höchst respektabel. Aus meiner Sicht haben Sie einen Preis für Zivilcourage verdient!«

Nach einem kurzen Moment der Überraschung begann das Publikum zu applaudieren. Zuerst verhalten, dann immer lauter. Sebastian wartete ab, bis der Applaus verstummt war. Er warf Julia einen Blick zu.

»Möchten Sie dazu etwas sagen?«

Sie überlegte kurz, dann sagte sie mit fester Stimme: »Ich denke, Herr Höger hat sich mit der Veröffentlichung des Videos selbst disqualifiziert. Meine Würde kann er damit nicht beschädigen, ebenso wenig wie die Glaubwürdigkeit meiner Recherche.«

Wieder brandete Beifall auf.

»Würden Sie es noch mal tun?«, fragte Sebastian.

»Was meinen Sie damit?«, fragte Julia zurück. »Die Veröffentlichung des Videos riskieren oder mit dem falschen Kerl ins Bett gehen?«

Für einen Moment schien Sebastian aus der Fassung zu geraten, dann hatte er sich wieder im Griff. Er lachte, als hätte sie einen guten Witz gemacht.

»Julia Feldmann, meine Damen und Herren!«, rief er und wies mit der Hand auf sie, als wäre sie ein Rockstar. Noch einmal klatschte das Publikum.

Nach der Sendung kam ein Rudel Fotografen an den Bühnenrand gestürzt, um Bilder zu machen. Zuerst machten sie ein Gruppenfoto, danach rissen sich die Fotografen darum, Julia einzeln abzulichten. Sie stellte sich aufrecht hin und bemühte sich, selbstbewusst in die Kameras zu blicken.

Dann entfernte sie das Ansteckmikrofon von ihrem Revers und legte es auf ihren Sessel. Sie beobachtete, wie

Sebastian sich von den Gästen verabschiedete, mit Zuschauern sprach, Autogramme gab. Schließlich sah er hoch. Ihre Blicke trafen sich.

»Super gemacht«, sagte er anerkennend. »Du bist sehr professionell.«

Sie ging nicht darauf ein. »Können wir reden?«

»Klar«, sagte er achselzuckend und ging vor ihr her in den Gästeraum, der jetzt leer war. Sie setzten sich an den Tisch, auf dem noch die Flaschen und Gläser von der Vorbesprechung standen.

Zornig funkelte Julia ihn an. »War das nötig?«

»Was denn?«

»Stell dich nicht blöd.«

Sebastian lehnte sich zurück und verschränkte die Arme. »Journalistisch gesehen war es nötig.«

»Journalistisch gesehen«, wiederholte Julia und ließ die Worte in der Luft hängen. »Hat es dir Spaß gemacht? Mich ein bisschen zu demütigen?«

»Fürs Publikum bist du doch eine Heldin«, sagte er.

»Und für dich?«

Er zog scharf die Luft ein und fuhr sich mit den Händen durchs Haar. »Willst du diese Unterhaltung wirklich jetzt führen?«

»Eine andere Gelegenheit werde ich wohl nicht bekommen«, sagte sie und ergänzte: »Meine Schuld, ich weiß.«

»Ach, Julia.«

Sebastian seufzte. In seinem Blick lagen Verletzung, Trauer und Bedauern.

Er hat recht, dachte Julia. Es wäre unmöglich gewesen, sie nicht auf das Video anzusprechen, und er hatte seine Fragen sachlich formuliert. Sie konnte ihm nichts vorwerfen.

»Du hättest mich wenigstens vorher warnen können«, sagte sie etwas sanfter.

»Ich spreche keine Fragen ab«, sagte er förmlich. »Das verstößt gegen meine journalistische Überzeugung.«

»Gegen meine doch auch«, räumte sie ein. »Aber ich dachte, ich wäre ... mehr für dich als irgendein Talkgast.«

Er blieb stumm.

Auf dem Flur war Lärm zu hören. Es klang, als würden schwere Gegenstände bewegt, dazwischen rief ein Mann Kommandos.

Julia fürchtete, dass sich gleich die Tür öffnen und jemand hereinkommen würde, der ihr Zusammensein beendete. Sie wünschte sich, noch einen Augenblick allein mit Sebastian zu sein. So konnten sie doch nicht auseinandergehen!

»Wie geht's dir denn so?«, fragte sie.

»Mein jährlicher Gesundheitscheck war einwandfrei«, gab er zurück. »Soll ich dir die Ergebnisse schicken?«

Sie musste lachen. »Danke, nicht nötig.«

»Und was treibst du so?«, erkundigte er sich. »Wenn du nicht gerade Vergewaltiger jagst.«

»Ich bin inzwischen richtig gut im Salsa«, sagte sie, ohne auf seine Spitze einzugehen. »Hätte nie gedacht, dass ich das lernen könnte. Ist eigentlich ganz gegen meine Natur.«

Sebastian hatte seine Ellbogen auf den Tisch gestützt und sah sie nachdenklich an.

»Was ist denn deine Natur?«

»Ich bin so eine Art ... Trampeltier. Ungraziös und ungeschickt.«

Ein winziges, kaum wahrnehmbares Lächeln umspielte seine Lippen. Gleich darauf hatte er sein Gesicht wieder unter Kontrolle.

»Wie geht's eigentlich dem Gewichtheber?«, fragte sie schnell.

»Er hat aufgegeben. Ist zu alt für den Sport. Die Gefahr ist zu groß, dass er sich verletzt.«

Julia senkte den Blick und schob ein leeres Glas vor sich auf dem Tisch hin und her. Wenn er doch nur nicht so abweisend wäre.

»Es tut mir leid«, sagte sie und sah auf, direkt in seine Augen. »Alles, was passiert ist, tut mir leid.«

»Das glaube ich dir sogar«, gab er zurück, und zum ersten Mal klang seine Stimme wieder so warm wie sonst.

Sie spürte ein schmerzhaftes Ziehen in der Herzgegend und zögerte, dann gab sie sich einen Ruck und stand auf.

»War schön, dich wiederzusehen, Sebastian.«

Er ging einen Schritt auf sie zu. Für einen Moment glaubte sie, er würde sie umarmen, dann streckte er nur die Hand aus.

»Mach's gut, Julia. Und viel Erfolg weiterhin.«

28

Gittas Kurzzeitpflege, die auf Julias Drängen hin verlängert worden war, endete heute. Ihr körperlicher Zustand war annähernd wieder so wie vor ihrem Zusammenbruch, ihr geistiger Zustand würde sich weiter verschlechtern – wie schnell, das konnte niemand voraussagen. Die Ärzte hatten nichts dagegen einzuwenden, dass sie zurück in ihre Wohnung zog, sofern eine Betreuungsperson rund um die Uhr zur Verfügung stand. Andernfalls müsse sie dauerhaft in eine Pflegeeinrichtung.

Julia hatte sich beraten lassen. Die einhellige Meinung der Fachleute war, es sei besser, ihre Mutter so lange wie möglich in ihrer vertrauten Umgebung zu lassen. Der finanzielle Aufwand für eine Betreuungsperson war hoch, aber auch eine Pflegeeinrichtung wäre teuer. Gut, dass es die Rücklagen aus dem Erbe ihres Vaters gab.

Über eine Agentur hatte sie inzwischen eine Betreuerin engagiert, die in Gittas Wohnung ziehen würde. Alle drei Monate würde die Frau eine Woche in ihren Heimatort nach Polen fahren, und in dieser Zeit würde Julia sich um ihre Mutter kümmern.

»Schön, dass du mich besuchen kommst«, begrüßte Gitta sie freundlich.

»Ich komme dich abholen«, sagte Julia. »Hast du schon gepackt?« Sie sah sich um. Ein halb gepackter Koffer lag auf dem Bett.

Julia reichte ihr die Ausgabe von *Spektrum*, in der ihr Artikel stand.

»Schau mal, Mutti, die Titelstory ist von mir!«

Gitta betrachtete eingehend das Cover.

»Wie schön! Ist da ein Kreuzworträtsel drin?«

Idiotische Idee, dachte Julia enttäuscht. Sie hätte sich so sehr eine Reaktion gewünscht, irgendein Zeichen der Wertschätzung angesichts dessen, was sie geleistet hatte. Aber vermutlich verstand ihre Mutter kaum mehr, was da geschrieben stand.

»Ich will nicht verreisen«, sagte Gitta und begann, den Koffer wieder auszupacken.

Julia seufzte. Wofür brauchte sie ein Kind? Ihre Mutter würde immer mehr wie ein Kind werden.

»Wir verreisen nicht«, sagte sie. »Ich bringe dich nach Hause.«

Während sie weiterpackte, fiel ihr Blick auf das Familienfoto. Hatte sie es überhaupt wahrgenommen?

»Schau mal, Mutti, hast du dir das mal angesehen?«

Gitta nahm das Bild in die Hand und studierte es eingehend. Dann sagte sie: »Wer ist das?«

»Das sind wir. 1998 im Urlaub.« Julia deutete mit dem Finger. »Das bist du, das ist Papa, das ist Robert, und das bin ich.«

»Das ist nicht Hilda?« Sie zeigte auf Julia.

»Nein, Mutti, das bin ich, mit siebzehn.«

Gitta deutete auf ihr Konterfei. »Die Haare von der Frau sind schön. Ganz wild.«

»Das lag am Meerwasser«, erklärte Julia. »Du warst damals jeden Tag schwimmen, davon wurden deine Haare lockig. Irgendwann hast du beschlossen, sie nicht mehr zu föhnen, sondern einfach trocknen zu lassen.«

»Ja«, sagte Gitta lebhaft. »Das ist ein Afrolook!« Sie lachte, dann betrachtete sie weiter das Bild. »Warum kommt Robert mich eigentlich nicht besuchen?«

»Du weißt doch …«, begann Julia, aber dann besann sie sich. »Er ist auf einer Reise. Auf einer Weltreise.«

Gitta überlegte kurz, dann sah sie Julia traurig an. »Du musst mich nicht anschwindeln. Ich weiß, dass er … verschollen ist.«

Verschollen. Das war der Begriff, den sie verwendete, wenn es um Robert ging. Jemand, der verschollen war, könnte wiederauftauchen. Darin steckte mehr Hoffnung als in *verschwunden.* Sicher klammerte sie sich an diese winzige Hoffnung. Welche Mutter würde das nicht tun. Aber wie lange würde sie sich überhaupt noch an Robert erinnern?

»Das war ein schöner Urlaub, weißt du noch?«, sagte Julia gespielt munter.

»Robert hat es dort gut gefallen«, sagte Gitta sinnend. »Er hat immer gesagt, dass er Forscher werden möchte. Und dass er dann die Pflanzen auf der Insel erforscht.« Sie stand abrupt auf.

»Ich habe Hunger.«

Julia sah auf ihr Handy. Kurz vor zwölf. Essenszeit.

Sie legte das Bild in den Koffer und verschloss ihn. Während ihre Mutter die Mittagsmahlzeit einnahm, würde sie sich ums Gepäck und den Papierkram für die Entlassung kümmern.

Der Mitarbeiter in der Verwaltung, ein ungefähr vierzigjähriger Mann mit Schnauzer und Brille, beäugte sie prüfend. Er blickte zwischen ihr und den Papieren ihrer Mutter, auf denen der Name Feldmann zu lesen war, hin und her. Julia beschlich eine Ahnung.

»Sie fragen sich bestimmt, ob ich die Frau in dem Video bin«, sagte sie angriffslustig.

Sie hatte es so satt. Wohin sie auch kam, mit wem sie es zu tun hatte, ständig kamen diese Blicke. Ist sie es wirklich? Wie konnte sie nur! Wie wäre es wohl, Sex mit ihr zu haben?

Der Mann starrte sie an, sagte aber nichts.

»Falls es Sie interessiert, ich bin noch zum Höhepunkt gekommen«, sagte Julia. »Auch wenn der Film das nicht mehr zeigt.«

»Ich habe keine Ahnung, wovon Sie reden«, erwiderte der Mann und tippte auf den Stapel Papiere. »Hier fehlt der Überweisungsschein. Wenn Sie mir den vielleicht noch nachreichen würden?«

In ihrer Wohnung angekommen, spazierte Gitta durch die Zimmer und sah sich um, als wäre sie zu Besuch. Im Wohnzimmer hob sie eine Vase hoch.

»Die ist aber schön.«

»Die gehört dir, Mutti. Die haben wir dir mal zum Geburtstag geschenkt.«

»Weiß ich doch.«

Julia trug den Koffer ins Schlafzimmer und forderte ihre Mutter auf, gemeinsam mit ihr auszupacken. Als sie fertig waren, gingen sie ins Wohnzimmer.

»Willst du dich nicht setzen? Ich mache uns Tee.«

Während sie in der Küche stand und darauf wartete, dass das Wasser heiß wurde, fragte sie sich besorgt, ob das mit der Pflegerin gut gehen würde. Heute Nacht würde sie bei ihrer Mutter bleiben, für morgen früh hatte sich die Frau angekündigt.

Mit der Teekanne und zwei Tassen kehrte sie ins Wohnzimmer zurück. Gitta saß auf dem Sofa und blätterte im *Spektrum*. Sie blickte auf, als Julia sich neben sie setzte.

»Und das hast du geschrieben?«

Sie nickte. Ihre Mutter spürte also, dass ihr das Heft wichtig war, auch wenn sie nicht verstand, warum. Lächelnd schenkte sie ihr Tee ein.

»Wo sind eigentlich die Fotoalben?«, fragte Julia, obwohl sie es wusste. »Ich würde gern mal sehen, wie Hilda aussah.«

Gitta überlegte kurz. Dann stand sie auf, ging zielstrebig auf den Wandschrank zu und nahm ein Album heraus, das einen altmodischen Einband hatte und ziemlich abgeschabt wirkte. Sie schlug es auf. Neugierig beugte Julia sich darüber. Es waren Kinder- und Jugendfotos von Gitta und ihrer Cousine Hilda, die zwei Jahre älter gewesen und schon mit Anfang dreißig an Krebs gestorben war. Julia hatte sie nicht mehr kennengelernt.

»Das ist Hilda!«, sagte Gitta und deutete auf das Foto. Tatsächlich war die Ähnlichkeit zwischen Julia und ihrer Tante verblüffend.

Julia holte ein anderes Album, in dem sie als Jugendliche zu sehen war. Wenn man die Fotos nebeneinanderhielt, unterschied sie sich von ihrer Tante eigentlich nur durch die Frisur.

»Ich sehe ihr wirklich sehr ähnlich. Kein Wunder, dass du mich ständig mit ihr verwechselst.«

»Ich verwechsle dich doch nicht mit Hilda!«, sagte Gitta empört.

Gegen Abend ging Julia in den Supermarkt gegenüber und kaufte ein. Auf dem Rückweg klingelte sie bei Frau Huber.

»Wie schön«, sagte die Nachbarin lebhaft, als sie hörte, dass Gitta zurück war. »Ich habe sie schon vermisst!«

»Wollen Sie nicht heute Abend zum Essen rüberkommen?«, schlug Julia spontan vor.

Frau Huber strahlte. Vermutlich wurde sie nicht oft zum Essen eingeladen. Gegen sieben stand sie mit einer Flasche Weißwein vor der Tür.

Julia beobachtete, wie ihre Mutter auf den Besuch reagierte. Sie schien sich zu freuen.

»Wie nett, dass Sie gekommen sind«, sagte Gitta. »Ich war im Urlaub.«

»Haben Sie sich gut erholt?«, erkundigte sich Frau Huber.

»Es war langweilig«, sagte Gitta. »Nur Kranke und Alte. Ich erlebe im Urlaub gerne Abenteuer.«

»Was denn für Abenteuer?«, fragte Julia.

»Das werde ich dir gerade verraten«, sagte Gitta kokett. »Du verbietest mir ja alles.«

Julia hatte den Weißwein entkorkt und schenkte die Gläser voll. Sie war sich nicht sicher, ob Alkohol bei einer Demenzerkrankung günstig war, aber sie beschloss, dass ein Glas Wein nicht schaden konnte.

»Willkommen zu Hause«, sagte sie und hob ihr Glas.

»Schön, dass Sie wieder da sind«, sagte Frau Huber zu Gitta. »Ich hole Sie dann morgen zum Spazierengehen ab.«

»Spazierengehen?«, sagte Gitta, als wäre das eine Tätigkeit, von der sie noch nie gehört hatte. »Natürlich, gerne.«

Julia stand auf. »Ich kümmere mich mal ums Essen.«

In der Küche deckte sie den kleinen Tisch, an den gerade drei Personen passten, wusch den Salat und brachte Wasser zum Kochen. Ihre Kochkünste beschränkten sich auf das Auftauen von Tiefkühlpizza und die Zubereitung von Nudeln mit Fertigsoße. Während sie Essig und Öl über den Salat kippte, erklang Gelächter aus dem Wohnzimmer. Unglaublich, wie anders ihre Mutter sein konnte, wenn Besuch da war. Sie schien fast wieder die Alte zu sein; man spürte kaum, dass mit ihr etwas nicht stimmte.

Erst allmählich begann Julia zu durchschauen, welche Strategien Gitta sich zurechtgelegt hatte, um ihren Zustand zu verschleiern. Im Gespräch mit Fremden verwendete sie Versatzstücke und Redewendungen, die so allgemein waren, dass sie immer passten. Sie stellte unverfängliche Fragen nach dem Wetter, den Urlaubsplänen oder den kulinarischen Vorlieben ihres Gegenübers, die manchmal etwas unmotiviert wirkten, aber sonst nicht weiter auffällig. Sie vermied es, Namen zu nennen. Sie lachte, wenn die anderen lachten, und blieb ernst, wenn das Gespräch ernst war. Über weite Strecken gelang es ihr so, ihr Gegenüber zu täuschen.

Julia goss die Nudeln ab und vermischte sie mit dem Pesto. Anschließend füllte sie geriebenen Parmesan in ein Schälchen.

»Essen ist fertig«, rief sie, und die beiden Damen kamen schwatzend und lachend in die Küche, ihre Weingläser in der Hand.

»Ein Prosit auf die Köchin!« Frau Huber hob ihr Glas, und sie stießen an.

Staunend lauschte Julia den beiden Frauen, die über Dinge sprachen, die ihr fremd waren. Es fielen Namen, von denen sie noch nie gehört hatte. Gitta kicherte und war ausgelassen wie ein junges Mädchen.

»Wie machen Sie das?«, fragte Julia, als sie die Nachbarin am Ende des Abends zur Tür brachte. »So entspannt habe ich meine Mutter lange nicht mehr erlebt.«

Frau Huber lächelte. »Es ist ganz einfach. Ich nehme sie so, wie sie ist. Ich widerspreche ihr nicht und versuche nicht, sie von irgendwas zu überzeugen.« Sie machte eine Pause und überlegte. »Ich bin zu Gast in ihrer Welt.«

Die Nacht verbrachte Julia auf dem Sofa. Das Gästezimmer hatte sie schon für die Betreuerin vorbereitet. Zu ihrer eigenen Überraschung schlief sie nicht ganz so schlecht wie zu Hause. Es war ruhiger hier, und sie musste nicht fürchten, dass Höger noch einmal auftauchen könnte. Zu Hause schreckte sie jede Nacht mehrmals auf, weil sie glaubte, etwas gehört zu haben. Danach lag sie immer mit klopfendem Herzen wach und lauschte ängstlich in die Dunkelheit.

Sie erwachte erst, als ihre Mutter ins Wohnzimmer kam und ihr einen guten Morgen wünschte. Bevor Julia antworten konnte, begann Gitta, Begebenheiten aus dem Pflegeheim zu erzählen, die neu für Julia waren. Sie hätte nicht sagen können, ob Gitta sie wirklich erlebt oder sich ausgedacht hatte.

Julia übte sich in der Technik von Frau Huber: zuhören, zustimmen, nichts hinterfragen. Das war viel weniger anstrengend, als alles anzuzweifeln oder Gitta von einer anderen Sichtweise überzeugen zu wollen.

Die Pflegerin kam pünktlich um neun und machte einen guten Eindruck. Sie hieß Margareta Kaminski, war ungefähr fünfzig und hatte viele Jahre Erfahrung mit Demenzkranken.

»Ich finde, die Menschen sollten so lange wie möglich in ihrer heimischen Umgebung bleiben«, sagte sie. »Es macht mir Freude, sie dabei zu unterstützen.«

Julia stellte sie ihrer Mutter vor.

»Du hast doch gesagt, dass du dich manchmal einsam fühlst«, sagte sie. »Frau Kaminski leistet dir Gesellschaft, und wenn du was brauchst, sagst du es ihr. Sie zieht ins Gästezimmer, das ist ja im Moment frei.«

Gitta schwieg und sah Frau Kaminski misstrauisch an. »Kenne ich Sie?«

Frau Kaminski nahm ihre Hand und drückte sie. »Wir kennen uns noch nicht, aber ich bin mir sicher, wir werden uns gut verstehen.«

»Das glaube ich nicht«, sagte Gitta kühl.

Frau Kaminski zwinkerte Julia zu, als wollte sie sagen: Das kriegen wir schon hin.

Sie tauschten Handynummern aus.

»Melden Sie sich jederzeit bei mir, wenn Sie Fragen haben oder meine Unterstützung brauchen«, sagte Julia. Schließlich verabschiedete sie sich und verließ die Wohnung. Sie fühlte sich vorsichtig optimistisch.

Julia packte für ihren Umzug. Genauer gesagt würde sie nicht um-, sondern nur ausziehen. Möbel und Kisten würden in einen Lagerraum wandern, den sie angemietet hatte. Ihre Wohnungssuche war ein einziger Flop gewesen. Am Ende hatte sie nur die Wahl zwischen zwei Wohnungen gehabt, die beide unzumutbar gewesen waren: Bei einer hätte sie sich für sämtliche Hausmeistertätigkeiten verpflichten müssen, die andere lag über einem Lokal, dessen Küchendünste sich mit dem Zigarettenqualm der Gäste vor der Tür mischten und direkt ins darüberliegende Schlafzimmer zogen. Alle anderen Wohnungen waren zu teuer, oder Julia war nicht in die engere Wahl gekommen. Nun stand der Auszugstermin bevor.

Vor Kurzem hatte sie bei Kathrin angerufen.

»Sag mal, gilt dein Angebot mit dem Gästezimmer noch?«

»Klar«, sagte Kathrin. »Lukas und Lilli freuen sich schon auf das Pferd!«

Julia überlegte. Einer Freundin Geld anzubieten fand sie schwierig.

»Und wie kann ich mich revanchieren?«, wollte Julia wissen und hoffte, dass Kathrin ihr einen Betrag nannte.

»Du kannst hin und wieder auf die Brut aufpassen«, schlug Kathrin vor.

Das hatte sie befürchtet. »Ich würde auch Miete zahlen«, bot sie an.

»Zahl einfach was in die Haushaltskasse, dann passt das schon«, sagte Kathrin. »Wann ziehst du ein?«

Julia erklärte, dass sie am darauffolgenden Freitag die Wohnung räumen, ihre Sachen einlagern und anschließend mit kleinem Gepäck bei ihnen einlaufen würde.

»Mach es nicht zu klein«, sagte ihre praktisch veranlagte Freundin. »Wer weiß, wann du was findest.«

Bei jedem einzelnen Gegenstand überlegte Julia nun, wann sie ihn das nächste Mal brauchen würde. Und stellte fest, dass sie die meisten Sachen seit Monaten oder Jahren nicht mehr benutzt hatte. Also flog noch mehr Zeug auf den Müll. Es hatte etwas Befreiendes, sich von Dingen zu trennen.

Ihre Gedanken wanderten zum Wahnsinn der letzten Wochen: dem Medienhype um den Artikel, der Aufregung um das Video. Sie hatte unzählige Telefoninterviews gegeben, war Gast in zwei großen Diskussionsveranstaltungen, mehreren Hörfunksendungen und Talkshows gewesen. Sie hatte Lob und Respekt erhalten, vor allem dafür, dass sie sich durch Högers Drohung nicht hatte einschüchtern lassen. Sie hatte aber auch Häme und Anfeindungen erlebt. Irgendwann war sie abgestumpft angesichts all der anzüglichen Blicke, Sprüche und Fragen. Nur wenn Frauen feindselig auf sie reagierten, traf es sie immer noch.

Eine Fernsehmoderatorin, deren Outfit vom tiefen Ausschnitt über den kurzen Rock bis zu grotesk hohen Absätzen jedes Weiblichkeitsklischee bediente, sagte: »Männer sind eben Jäger, das ist evolutionsbedingt. Wollen Sie wirklich, dass alles Spielerische in der Erotik wegfällt und wir eine Einverständniserklärung unterschreiben müssen, bevor wir mit jemandem ins Bett gehen?«

Julia ließ sich Zeit mit der Antwort, dann sagte sie freundlich: »Es gibt so etwas wie kulturellen Fortschritt. Dass wir nicht mehr mit den Händen essen, keinen Lendenschurz tragen und nicht auf Bäumen oder in Höhlen hausen. Dazu gehört auch, dass Männer Frauen nicht mehr gewaltsam begatten. Ich glaube, die meisten Männer haben das verstanden. Die meisten Frauen übrigens auch.«

Damit hatte sie die Lacher auf ihrer Seite. Die Moderatorin blickte indigniert.

Julia war froh, dass das öffentliche Interesse an ihr allmählich abflaute. Sie fühlte sich, als hätte sie den Ironman absolviert. Erschöpft, ausgelaugt, am Ende ihrer Kraft. Am liebsten würde sie ein Jahr lang schlafen.

Inmitten von Kisten und Büchern hockte sie auf dem Boden und blätterte in einem Buch aus der Bibliothek ihres Vaters. *Die unerträgliche Leichtigkeit des Seins.* Sie las sich fest. Wann hatte sie zuletzt ein ganzes Buch gelesen? Es musste ewig her sein.

Sie zwang sich, mit dem Einpacken fortzufahren. Obwohl sie so viel wegwarf, die Bücher würden nicht weniger werden. Sie brauchte mehr Kartons. Viel mehr Kartons.

Als sie gerade im Internet nach günstigen Angeboten suchte, kam ein Anruf von der Hausverwaltung. Mit Frau Rabe, der zuständigen Mitarbeiterin, hatte sie schon mehrfach wegen des Auszugstermins telefoniert. Die konnte sie offenbar nicht schnell genug loswerden.

»Ich habe Ihnen doch gesagt, Ende nächster Woche bin ich draußen!«, blaffte Julia ins Telefon.

»Deshalb rufe ich nicht an«, sagte Frau Rabe.

»Den Maler habe ich auch schon bestellt!«

»Bestellen Sie ihn ruhig wieder ab.«

»Wie bitte?«

Frau Rabe räusperte sich. »Der Eigentümer Ihrer Wohnung wird überraschend Vater.«

»Was hat das mit mir zu tun?«, fragte Julia.

»Damit fällt der Eigenbedarf weg«, fuhr Frau Rabe fort. »Die Wohnung ist zu klein für eine Familie.«

Julia hielt kurz die Luft an. Dann fragte sie zögernd: »Das heißt ... Wollen Sie mir damit sagen ... ich muss nicht ausziehen?«

Frau Rabe bestätigte, dass die Kündigung zurückgenommen sei. Der neue Mietvertrag mit einer Erhöhung um zehn Prozent komme in den nächsten Tagen per Post.

»Danke ... ich ... danke Ihnen«, stammelte Julia und legte auf.

Für einen Moment blieb sie wie erstarrt sitzen. Dann stand sie auf und wanderte durch die Wohnung. Sie betrachtete das Chaos, das durchs Ausmisten und Einpacken entstanden war. Es fühlte sich an, als stünde sie inmitten der Trümmer eines Tsunamis, dem sie knapp entronnen war. Ein bisschen zittrig, ungläubig über das Glück, das sie gehabt hatte. Das Ganze war wie ein böser Traum gewesen, ein raffinierter Scherz des Schicksals, der sie dazu bringen sollte, endlich die zugemüllten Ecken ihrer Wohnung (und ihres Lebens) auszumisten.

Sie legte sich auf den Boden mitten im Flur, breitete Arme und Beine aus und fing an zu lachen. Das Lachen wurde immer stärker, und gleichzeitig liefen ihr die Tränen übers Gesicht.

29

»Uno, dos, tres, cuatro ...«

Julia glitt übers Parkett, als hätte sie schon immer Salsa getanzt. Elegant und wie von selbst bewegten sich ihre Beine und Arme im Rhythmus der Musik. Gab es etwas Einfacheres? Wieso hatte sie am Anfang bloß so ein Theater gemacht?

Heute war die letzte Stunde, und so leidenschaftlich sie den Kurs zuerst gehasst hatte, so sehr bedauerte sie nun sein Ende. Mal sehen, vielleicht würde sie ja sogar irgendwann mit Salsa weitermachen? Vorausgesetzt, sie fände doch noch einen Typen, der es mit ihr aushielt.

Zur Feier des Tages tanzte Jorge mit allen Teilnehmerinnen eine Runde. Die anderen klatschten und jubelten dazu. Nachdem er mit Julia durch den Raum gewirbelt war, flüsterte er ihr zu: »Ich habe gedacht, du bist hoffnungsloser Fall. Und jetzt schau dich an! Tanzt du wie eine Göttin!«

Dann hielt er seinen letzten Vortrag, natürlich zum Thema Abschied.

»Salsa heißt auch Abschied nehmen. Jeder Tanz dauert nur wenige Zeit, dann man geht wieder auseinander. Aber nach jedem Abschied kommt Neues. Ein neuer Tanz, ein neuer Partner, ein neues Leben? Eines geht zu Ende, anderes beginnt. Ihr sollt mit Freude tanzen in das Neue. Kopf hoch, Rücken gerade, Becken flexibel, was soll passieren? So ihr schafft alles im Leben! Alles! Adios, amigos!«

Bei Da Gino war die Stimmung wehmütig.

»Was machen wir denn jetzt?«, fragte Nina in komischer Verzweiflung. »Wir brauchen doch einen Grund, uns zu treffen.«

»Stimmt«, sagte Julia. »Ohne Grund würde ich echt nicht jede Woche einen Abend mit euch verbringen.«

»Und ich schon gar nicht«, ergänzte Kathrin. »Wenn ich allein an den teuren Babysitter denke!«

»Also, ich brauche euch«, erklärte Nina. »Wem soll ich sonst mein Leben erzählen?«

Sie lächelten sich an und hoben die Gläser.

»Auf den Salsa«, sagte Kathrin.

»Auf euch, weil ihr mich zum Salsa gezwungen habt«, sagte Julia.

»Und wozu sollen wir dich als Nächstes zwingen?«, fragte Nina. »Tango? Bauchtanz? Lindy Hop?«

»Für Lindy Hop sind wir zu alt«, sagte Kathrin.

»Wir sind für nichts zu alt«, sagte Nina energisch. Mit Pathos in der Stimme zitierte sie Jorge: »Ein neuer Tanz, ein neuer Partner, ein neues Leben. Etwas geht zu Ende, etwas anderes beginnt.« Sie machte eine Kunstpause. »Felix zieht übrigens zu seiner Freundin.«

Kathrin und Julia blickten sie betroffen an.

Nina hob abwehrend die Hände. »Ihr müsst nichts dazu sagen.« Und zu Julia gewandt: »Willst du bei mir einziehen? Ich suche eine Mitbewohnerin.«

Julia schüttelte lächelnd den Kopf. »No, thanks.«

»So schlimm bin ich jetzt auch wieder nicht. Wir könnten es doch mal versuchen?«

Julia verkündete die frohe Nachricht, dass sie in ihrer Wohnung bleiben könne. Sie hob ihr Glas: »Auf den Fortpflanzungstrieb!«

»Schade«, sagte Kathrin. »Die Kinder haben sich schon gefreut, dass das Pferd bei ihnen einzieht.«

Julia wieherte und schnaubte. Einige Gäste drehten sich um.

»Ich bin das Pferd!«, rief Julia übermütig.

Eine Frau schüttelte missbilligend den Kopf, ein Mann bewegte seine flache Hand vor dem Gesicht hin und her. Die drei Freundinnen lachten.

»Wusstet ihr eigentlich, dass es mit Martins großer Liebe schon wieder vorbei ist?«, sagte Kathrin unvermittelt. »Er möchte zurückkommen und an unserer Beziehung arbeiten.«

»Nee, oder?«, sagte Nina empört. »Der hat ja echt Nerven. Was hast du ihm gesagt?«

»Dass ich darüber nachdenken muss.«

»Und?«

»Habe ich gemacht«, sagte Kathrin. »Ungefähr drei Sekunden lang.«

Nina und Julia lachten.

»Und dabei habe ich gemerkt, dass ich ihn genauso lange zurückwollte, wie ich ihn nicht haben konnte. Jetzt, wo ich ihn haben könnte, will ich ihn nicht mehr.«

Julia raufte sich in gespielter Verzweiflung die Haare.

»Das ist doch alles irre! Wir wollen, was wir nicht kriegen, und wir kriegen, was wir nicht wollen. Und irgendwann sind wir faltig und einsam und fragen uns, warum niemand uns im Altersheim besuchen kommt.«

»Zu mir kommen Lilli und Lukas«, sagte Kathrin. »Hoffentlich.«

»Na, dann müssen Julia und ich uns wohl gegenseitig besuchen«, sagte Nina, eine Augenbraue spöttisch hochgezogen.

»Gebongt«, sagte Julia und hob die Hand zu High Five. »Dann mischen wir die Oldies auf!«

Sie aßen, tranken, redeten. Irgendwann waren alle anderen Gäste gegangen.

Die Kellner räumten auf, und plötzlich erscholl lautstark Musik aus den Boxen.

Volare, oh, oh, cantare, oh, oh, oh, oh, nel blu, dipinto di blu, felice di stare lassù …

Edoardo kam an den Tisch getänzelt.

»Wenn das wirklich euer letzter Abend ist, müssen wir Abschied feiern«, erklärte er, zog Nina von ihrem Stuhl hoch und begann mit ihr zu tanzen. Gleich darauf folgten Gino und ein weiterer Kellner, die Julia und Kathrin aufforderten. Innerhalb von Sekunden tanzten alle und sangen lauthals dazu. Als Nächstes erklang »Una festa sui prati« von Adriano Celentano, danach kamen weitere internationale Oldies von »It's Raining Men« bis »I Will Survive«. Bei dieser Nummer flippten alle drei Frauen aus, hämmerten mit den Fäusten in die Luft und grölten den Refrain mit. Draußen drückten einige Passanten ihre Nase an die Scheibe der verschlossenen Tür und machten Zeichen, dass sie mittanzen wollten, aber Gino winkte ab.

»Geschlossene Gesellschaft!«

Begeistert hopste Julia mit den anderen herum und musste gleichzeitig über sich selbst lachen. Die nächste Musiknummer begann. Wie angewurzelt blieb sie stehen und lauschte.

»Was ist los?«, schrie Nina. »Schon müde? Komm schon!«

La vida es pura pasión
Hay que llenar, copa de amor
Para vivir, hay que luchar
Un corazón para ganar …

Julia sang leise mit. Eine Flut von Erinnerungen brach plötzlich über sie herein. Strand … Meer … ein von orangefarbenen Blüten umranktes Gebäude … Palmen … Sie mit Robert und den Eltern auf der Hotelterrasse … Musik erklingt … Gesang setzt ein …

Damals war Fußballweltmeisterschaft, der Song »La copa de la vida« war so etwas wie die inoffizielle Hymne gewesen, die jeden Abend nach dem Essen gespielt wurde, als Auftakt zum Unterhaltungsprogramm. Wie ein Ohrwurm hatte sich die Melodie in ihre Gehörgänge gefressen, und noch Jahre danach genügten die ersten Takte, um sie in diesen Sommer zurückzukatapultieren.

Noch mehr Erinnerungen kamen hoch. Der Bungalow, den sie sich mit Robert geteilt hatte, das gemeinsame Tretbootfahren, der Minigolfplatz hinter dem Haus, der lange Strand, der an einem hohen Felsen endete, in dessen Inneren eine Höhle war.

Sie erinnerte sich an ihre Fahrradtouren, bei denen Robert ihr die Bäume und Büsche der Insel erklärt hatte. Als Vorbereitung auf den Urlaub hatte er sich einen Bildband *Pflanzen des Mittelmeerraums* gewünscht und akribisch durchgearbeitet. Nun zeigte er ihr außer Oliven, Pinien und Oleander auch Agaven, Feigenkakteen, Strandkresse, wilden Fenchel, Kapernkraut und vieles mehr. Sie war beeindruckt gewesen, wie viel ihr kleiner Bruder wusste. Fast wurmte es sie, dass die Zeit vorbei war, in der sie die Überlegene war und ihm Dinge

beibringen konnte. Bald wäre er groß und würde aufhören, sie zu bewundern.

Das Lied ging zu Ende. Julia erwachte wie aus einem
Traum.

Und wusste plötzlich, was sie zu tun hatte.

2007

Er hat nachgedacht. Vielleicht ist es voreilig von ihm gewesen, mit Yema Schluss zu machen. Vielleicht hätte er in Ruhe mit ihr sprechen müssen. Ihr Fragen stellen. Genauer zuhören. Die Chinesinnen sind anders als die deutschen Frauen, jedenfalls die im Labor. Sie sprechen die Dinge nicht so direkt an. Sie sagen manchmal ja, wenn sie eigentlich nein meinen. Sie geben nach, um Streit zu vermeiden. Robert mag diese Art, sie passt zu ihm. Deshalb fühlt er sich zu Yema hingezogen. Sie erinnert ihn an die Blüten der weißen Anemone, zart und durchscheinend. Die deutschen Frauen ähneln mehr der Acker-Schmalwand, sie sind robust und widerstandsfähig.

Ihm ist ein Gedanke gekommen, der ihn nicht mehr loslässt. Vielleicht ist Yema an diesem Abend gar nicht freiwillig mit Jens Höger in den Aufzug gestiegen? Vielleicht hat sie ihn nicht freiwillig geküsst? Es gibt Gerüchte im Institut, dass Höger Frauen belästigt. Robert kann es sich nicht vorstellen, weil Höger so gut aussieht und die meisten Frauen ihn toll finden. Aber bei Yema hatte er den Eindruck, dass sie ihn gar nicht besonders mag und ihm eher aus dem Weg gegangen ist. Die ganze Zeit fragt er sich, was sich tatsächlich zwischen Höger und ihr abspielt.

Eigentlich weiß Höger, dass er Yemas Freund ist. Damit sollte sie tabu für ihn sein. Aber Robert vermutet, dass Höger niemand ist, der irgendwelche Tabus für sich gelten lässt. Dass er vielmehr jemand ist, der sich nimmt, was er will. Je länger er über diese

Möglichkeit nachdenkt, desto schlechter fühlt er sich. Vielleicht tut er Yema unrecht. Vielleicht braucht sie seine Hilfe. Er nimmt sich vor, mit ihr zu sprechen. Heute. In der Mittagspause.

Er geht den Flur entlang zum Labor vier. Etwas ist anders, und er überlegt, was es ist. Es ist stiller als sonst. Kein Gelächter, keine eiligen Schritte auf dem Flur, kein Klappen von Türen. Als wäre Wochenende oder Feiertag. Es ist aber ein ganz normaler Montagmorgen.

Robert erreicht das Labor und öffnet die Tür. Zwei Doktorandinnen hocken zusammen und reden, sie blicken auf, als er reinkommt. Ihre Augen sind gerötet.

Er denkt sich nichts dabei. Die Mädels haben immer irgendwas. Regelschmerzen. Streit. Liebeskummer.

Er legt seinen Rucksack in den Schrank, zieht seinen Kittel an, wäscht und desinfiziert sich die Hände.

»Hast du schon gehört?«, fragt die eine.

Robert verneint. Er mag Klatsch und Tratsch nicht, hält sich aus alldem raus.

»Yema ist tot.«

»Was?« Er versteht nicht.

»Sie hat … sich umgebracht.«

Die Studentin verbirgt ihr Gesicht in den Händen und schluchzt auf. Ihre Kollegin streichelt ihr sanft über die Schulter.

Robert wiederholt den Satz mehrfach im Kopf, bis der Inhalt sein Bewusstsein erreicht hat. Sein Herz scheint auszusetzen, seine Beine wollen ihn nicht mehr tragen. Er greift nach der Kante eines Labortischs, um Halt zu finden.

»Sie hat Gift getrunken. Unkrautvernichtungsmittel. Lara hat sie gefunden.«

Das ist ein schlechter Traum. Gleich wird er erwachen.

Er umfasst die Tischkante fester, sie fühlt sich real an. Entsetzlich real.

Robert wird übel, sein Magen hebt sich. Er torkelt drei Schritte und übergibt sich ins Waschbecken. Das Letzte, was er sieht, bevor ihm schwarz vor Augen wird, ist der angewiderte Blick der Studentinnen.

30

Das Flugzeug landete sanft und rollte aus. Julia blickte aus dem Fenster und sah Palmen, das Gebäude einer ehemaligen Mühle und dahinter das Meer.

Die Gangway wurde herangerollt, die Passagiere stiegen aus. Es war deutlich wärmer als in Deutschland, wo bereits der Herbst mit Regen und Kälte begonnen hatte. Hier in Spanien schien Ende Oktober noch eine milde Spätsommersonne, und der Himmel war blau.

Zwei Busse brachten die Reisenden ins Flughafengebäude. Julia hatte nur Handgepäck bei sich, sie durchquerte die Halle mit den Gepäckbändern und ging hinaus zum Taxistand, der noch an der gleichen Stelle war wie damals, vor zweiundzwanzig Jahren. Der Fahrer legte ihren Trolley in den Kofferraum und öffnete ihr die Beifahrertür.

»Gracias. Al puerto, por favor.«

Eine Woche hatte sie sich gegeben. Eine Woche, in der sie herausfinden wollte, ob ihr Bruder dort war, wo sie ihn vermutete. Oder ob sie einem Hirngespinst hinterherjagte.

Die Fähre fuhr tutend in den Hafen der Nachbarinsel ein. An der Promenade hatte sich einiges verändert. Das Hafengebäude war umgebaut und vergrößert worden und sah nun selbst aus wie ein Schiff. Häuser waren renoviert

worden, neue hinzugekommen; außer den Autovermie-
tungen, die es damals schon gegeben hatte, waren dort
nun auch Restaurants und Boutiquen zu finden. Alles
war schöner und schicker geworden und vermutlich auch
teurer.

Julia erkundigte sich nach einem Bus, und tatsächlich
gab es auf der Insel inzwischen Linienverkehr, auch das
eine Neuerung. Sie löste ein Ticket.

Nach ungefähr einer halben Stunde Fahrt stieg sie aus
und betrat das Hotel Paraíso. Auch hier war renoviert
worden, aber sonst hatte sich seit damals fast nichts verändert. Sie sah sich mit Robert und ihren Eltern an der
Rezeption stehen und auf die Schlüssel für die Bungalows
warten. Scheu hatte sie sich damals nach Jugendlichen
in ihrem Alter umgeguckt, aber niemanden entdecken
können. Später zeigte sich, dass eine Gruppe Teenies in
Roberts Alter da war, aber die waren ihr zu jung. Sie war
vermutlich die einzige Siebzehnjährige auf der Welt, die
noch mit ihren Eltern in den Urlaub fuhr.

Robert zeigte anfangs kein Interesse an den Jugendlichen, dafür hatte er bald ein paar von den kleineren Kindern im Schlepptau, die stolz waren, dass er sich mit ihnen
abgab. Wenn er genug von ihnen hatte, ging er zurück zu
seiner großen Schwester, die mangels Alternativen bereit
war, alles mitzumachen, was er ihr vorschlug.

Die Empfangsdame reichte ihr einen Schlüssel für ein
Einzelzimmer im Hauptgebäude. Sie erhielt den WLAN-
Code, eine Karte der Insel und ein Kärtchen mit nütz-
lichen Telefonnummern.

Sie betrat ihr Zimmer und öffnete das Fenster. Der
Blick ging über eine Wiese bis hinunter zum Meer. Was es
wohl mit dem großen, weißen Zelt auf sich hatte, das dort

stand? Dann sah sie zwei Frauen mit zusammengerollten Matten auf das Zelt zugehen und erinnerte sich, dass im Hotel Yoga angeboten wurde.

Der Minigolfplatz war verschwunden, ebenso die Tischtennisplatten, die es früher gegeben hatte. Nur die Tretboote gab es immer noch, das hatte sie bei ihrer Ankunft gesehen.

Sie packte aus und machte sich frisch, dann ging sie hinunter und setzte sich auf die Terrasse, um etwas zu trinken. Die Gäste kamen allmählich vom Strand zurück, hauptsächlich Paare und Familien mit kleinen Kindern, die große Taschen und aufgeblasene Gummitiere trugen. Viel war hier in der Nachsaison nicht mehr los.

Sie bestellte einen Gin Tonic und setzte sich so, dass ihr die Strahlen der untergehenden Sonne ins Gesicht schienen. Aufatmend schloss sie die Augen.

Sie hörte die Stimme ihrer Mutter.

Robert hat es dort gut gefallen. Er hat immer gesagt, dass er Forscher werden möchte. Und dass er dann die Pflanzen auf der Insel erforscht.

Julia versuchte, sich in Robert hineinzuversetzen. Was hatte er empfunden, als er vom Tod seiner Freundin erfahren hatte? Verzweiflung? Scham? Schuld? Er musste überlegt haben, wie sein Leben weitergehen solle. Ob es überhaupt weitergehen könne. Ob er so weiterleben wolle wie bisher. Oder etwas radikal verändern müsse.

Wohin geht man, wenn man keinen Ort mehr hat, an den man gehen kann?

Für Robert wäre es ein Leichtes gewesen, seine Spuren zu verwischen. Er hatte sich kaum im Netz bewegt, keine Kreditkarte benutzt, nicht mal ein Handy gehabt. Mit einem Personalausweis und etwas Geld wäre er unbe-

386

helligt über jede europäische Grenze gekommen. Er hätte sich über Wasser halten können, bis er irgendeinen Job gefunden hätte. Sein Äußeres hätte er verändern können, sodass niemand ihn erkennen würde, falls zufällig jemand aus seinem alten Leben auftauchen sollte.

Die Zeit, die er damals, als Vierzehnjähriger, auf der Insel verbracht hatte, musste paradiesisch für Robert gewesen sein. War es nicht möglich, dass er in dieses Paradies zurückgekehrt war?

2007

Robert ist wie gelähmt. Sein ganzer Körper schmerzt, aber er ist nicht krank. Er sieht die Welt wie durch einen Schleier, versteht nicht, was die Menschen sprechen. Er fühlt sich, als wäre er auf einem fremden Planeten ausgesetzt worden. Er möchte weg von dort, aber er weiß nicht, wie und wohin.

Nachdem er von Yemas Tod erfahren hat, ist er sofort nach Hause gefahren. Er hat sich ins Bett gelegt und ist zwei Tage nicht aufgestanden, außer um auf die Toilette zu gehen. Er hat nichts gegessen, nur ein paar Schlucke Wasser aus dem Hahn getrunken.

Karl hat irgendwann nach ihm gesehen. Er weiß nicht mehr, was er ihm gesagt hat. Wahrscheinlich, dass er allein sein will.

Er wollte so allein sein, wie man es auf der ganzen Welt nicht sein kann. Außer vielleicht auf dem Gipfel des höchsten Bergs oder auf dem Grund des tiefsten Sees. Er hat sich gefragt, wohin er fliehen soll. Wo er vor sich selbst sicher ist.

Yemas Leiche ist inzwischen nach China überführt worden. Es hat eine kleine Trauerfeier am Institut gegeben. Dettmer hat darüber gesprochen, wie talentiert Yema war. Wie außergewöhnlich die Qualität ihrer Arbeit, wie angenehm und sympathisch ihr Wesen. Wie tragisch es war, dass private Probleme einen jungen Menschen zu einer solchen Verzweiflungstat trieben. Dass alle sie vermissen und für immer in Erinnerung behalten würden. Er hat dazu aufgerufen, dass die Mitarbeiter und Mitarbeiterinnen am Institut zukünftig besser aufeinander achten sollten, um zu verhindern, dass sich so etwas Furchtbares jemals wiederholt. Robert hat geglaubt, die Blicke der anderen auf sich zu spüren. Viele wissen, dass Yema seine Freundin war. Und fragen sich vermutlich, warum er sie nicht davon abhalten konnte. Ob er eine Mitschuld an dieser Tragödie hat.

Höger ist bei der Andacht nicht dabei gewesen. Er habe ein attraktives Angebot aus den USA erhalten und kurzfristig seine Stelle am Institut gekündigt, hieß es, aber die Gerüchte verstummen nicht. Hinter vorgehaltener Hand wird getuschelt und spekuliert, aber niemand spricht offen aus, was viele vermuten: dass Höger Yema verfolgt und belästigt, vielleicht sogar vergewaltigt hat.

Robert bekommt Herzrasen, wenn er diese Dinge hört. Wenn er sich vorstellt, in welch großer Not Yema war und dass er es nicht bemerkt hat. Er denkt an die Momente, wo sie sich geweigert hat, mit ihm zu schlafen. Wo sie geweint hat. Und glaubt nun, den Grund dafür zu kennen.

Er hat versagt. Schon wieder hat er versagt. Und diesmal bei einer Prüfung, die wichtiger war als alle anderen Prüfungen, die er sich vorstellen kann. Er hat versagt. Er hat ein Menschenleben auf dem Gewissen.

Die Scham, die er empfindet, ist unerträglich. Irgendwann wird er wütend. So wütend, dass er jemanden umbringen möchte. Am liebsten Höger, aber der ist weg. Immer wieder suchen ihn Fantasien heim, in denen er Höger eine Treppe hinunterstößt, ihn mit bloßen Händen erwürgt oder aus nächster Nähe erschießt. Jede Nacht hat er Albträume, in denen er wichtige Aufgaben lösen muss, was ihm nicht gelingt. Schweißgebadet wacht er morgens auf und ist so erschöpft, dass er es kaum schafft aufzustehen.

Er hasst Dettmer, der Yemas Forschung für sich genutzt hat. Und womöglich wusste, was Höger getan hat. Und nichts dagegen unternommen hat.

Und er hasst sich selbst, weil er nichts unternommen hat, als noch Zeit dafür gewesen wäre. Weil er ängstlich und feige war und es sich nicht mit Dettmer verderben wollte.

Robert erträgt den Gedanken nicht, weiter am Institut zu arbeiten. Unter dem Blick von Dettmer, den Blicken seiner Kollegen.

Ein paar Wochen schleppt er sich noch zur Arbeit, dann hat er endlich Urlaub. Er erzählt allen, dass er zum Trekking nach Norwegen fährt. Dort wird er auch hinfahren. Und dann einen Weg finden, sein Leben zu beenden. Er wird es aussehen lassen wie einen Unfall.

»Haben Sie diesen Mann schon mal gesehen? Er ist älter als auf diesem Foto.«

Julia hatte sich die beiden Sätze ins Spanische übersetzen lassen und sie auswendig gelernt.

¿Ha visto este hombre antes? Es más mayor que en esta foto.

Sie war in der kleinen Hauptstadt der Insel unterwegs, ging von einem Geschäft zum nächsten, von Restaurant zu Café, von Boutique zu Supermarkt.

Die Leute betrachteten das Bild, zuckten die Schultern. Manche fragten nach, wer der junge Mann sei und warum Julia nach ihm suche.

»Er ist mein Bruder«, antwortete Julia. »Er wird vermisst.«

Beim Stichwort *vermisst* reagierten die meisten Leute spontan mitfühlend, und niemand fragte dann noch nach Einzelheiten.

Ihr Spanisch war bruchstückhaft, aber viele Leute sprachen Englisch oder sogar Deutsch, und so war die Verständigung kein Problem. Der erste Tag verging, ohne dass sie den geringsten Hinweis erhalten hätte.

Abends kehrte Julia ins Hotel zurück. Sie fühlte sich mutlos. Die Insel war nicht besonders groß, aber doch so groß, dass bei Weitem nicht jeder jeden kannte, wie sie es sich vorgestellt hatte. Wenn sie so weitermachte, würde sie wochenlang beschäftigt sein. Obendrein erschien ihr diese zufällige Fragerei keine sehr erfolgversprechende Methode. Sie müsste gezielter vorgehen. Aber wie?

Es war naheliegend, dass Robert irgendetwas mit Pflanzen machte. Vielleicht arbeitete er bei einem Bauern oder in einer Gärtnerei? Sie würde sich ab morgen darauf konzentrieren.

Sie setzte sich auf die Hotelterrasse, bestellte einen Drink und sah aufs Meer. Als sie noch klein waren, hatte sie immer gespürt, wie es Robert ging. Er war wie ein Teil von ihr gewesen. Wenn er weinte, weinte sie mit ihm. Wenn sie nicht wusste, wo er war, suchte sie nach ihm, bis sie ihn gefunden hatte. Als er mit elf wegen eines Blinddarmdurchbruchs ins Krankenhaus gebracht wurde und man nicht wusste, ob er überleben würde, hatte sie das Gefühl, sie müsste ebenfalls sterben.

Wann hatte das aufgehört? Wann war die Verbindung zwischen ihnen gerissen?

Sie glaubte, dass es genau hier angefangen hatte, damals, im Urlaub auf der Insel. In der Nacht, in der er nicht in den Bungalow zurückgekehrt war und sie wach gelegen und sich Sorgen gemacht hatte. Nach dem Abendessen hatte sie ihn zu ihrer Überraschung mit den Jugendlichen am Pool gesehen. Eines der Mädchen aus der Gruppe schien ihm zu gefallen. Julia beobachtete erstaunt, wie er mit ihr sprach. Schüchtern, aber offensichtlich interessiert. Sie spürte einen kleinen Stich der Eifersucht, ermahnte sich dann aber selbst. Es war doch super, dass er Anschluss gefunden hatte. Beruhigt war sie in den Bungalow zu ihrem Buch zurückgekehrt.

Als er bis elf nicht zurück war, überlegte sie, ob sie ihre

Eltern informieren solle, dann verwarf sie den Gedanken. Robert war nicht leichtsinnig, er konnte schwimmen, was also sollte passieren? Trotzdem war sie unruhig. Schließlich stand sie auf und streifte übers Hotelgelände.

Ein Pärchen lag knutschend auf einer der Liegen am Pool. Julia näherte sich und hustete, die zwei fuhren auseinander. Sie waren höchstens dreizehn oder vierzehn.

»Habt ihr Robert gesehen, meinen Bruder?«, fragte sie.

»Er war vorhin hier mit den anderen zusammen.«

»Die wollten eine Nachtwanderung machen.« Die Teenies zeigten zum Strand.

Nachtwanderung hieß vermutlich, sich mit Alkohol und Gras vom Gelände des Hotels zu verdrücken, um sich in Ruhe volldröhnen zu können. Eigentlich nicht Roberts Sache. Jedenfalls bisher.

Sie ging in die Richtung, die das Pärchen angezeigt hatte. Es wehte ein leichter Wind, kleine Wellen brachen sich am Ufer. Das Mondlicht erleuchtete den Strand so weit, dass sie zumindest sehen konnte, wohin sie die Füße setzte. Die herumliegenden Felsbrocken warfen scharf umrissene Schatten.

In der Ferne hörte sie Stimmen. Sie ging weiter, die Gesteinsbrocken wurden größer, der Strand endete an einem hohen Felsmassiv. Nun waren die Stimmen nah, aber sie konnte niemanden sehen. Dann bemerkte sie, dass sie von oben kamen. Julia blickte in die Höhe und entdeckte eine Öffnung im Felsen, wo sie schemenhaft die Gestalten einiger Jugendlicher ausmachen konnte.

»Robert!«, rief sie gegen das Geräusch von Wind und Wellen an. »Bist du da?«

»Hau ab!«, kam es von oben zurück.

»Mach keinen Scheiß!«, rief sie, obwohl sie nicht wusste,

was er vorhatte. Eine Ahnung sagte ihr jedoch, dass er in Gefahr war.

In Windeseile kletterte sie den Felsen hoch. Der Stein war schlüpfrig, sie konnte nicht viel sehen, aber schließlich gelangte sie heil oben an und betrat die Höhle.

»Was macht ihr denn hier?«

Drei Jungen und zwei Mädchen im Alter von Robert standen herum, Bierflaschen in der Hand, schuldbewusst grinsend. Eines der Mädchen, eine hübsche Blonde mit Sommersprossen, war die, mit der Robert zuvor gesprochen hatte. Er war als Einziger in Badehose und stand am Rand der Höhle. Regungslos starrte er nach unten ins Wasser. Mindestens zwanzig Meter lagen zwischen ihm und der schwarz glänzenden Oberfläche.

»Spinnst du?« Energisch packte Julia ihren Bruder am Arm und zog ihn von der Kante zurück. »Willst du dich umbringen, du Idiot?«

»Das ist meine Sache! Lass mich in Ruhe!« Seine Stimme klang leicht verwaschen, offenbar hatte er getrunken.

»Du ziehst dich jetzt an und kommst mit mir.« Ihr Ton duldete keinen Widerspruch.

Sie wusste, dass er sie dafür hassen würde. Sie hatte ihn vor den anderen, vor allem vor dem Mädchen, blamiert. Das war das Schlimmste, was man einem Jungen in diesem Alter antun konnte. Aber sollte sie zusehen, wie er sich wegen irgendeiner dämlichen Mutprobe das Genick brach?

Schweigend kletterte Robert mit ihr hinunter zum Strand, schweigend gingen sie zusammen zurück ins Hotel. Auch am nächsten Tag sprach er nicht mit ihr. Die Jugendlichen gluckten weiter zusammen, Robert war nicht mehr mit dabei. Das blonde Mädchen warf ihm gelegentlich spöttische Blicke zu.

Irgendwann schien er sich beruhigt zu haben und alles wieder normal zu sein. Aber etwas zwischen Julia und ihm hatte sich verändert. Eine kaum spürbare, unterschwellige Feindseligkeit ging plötzlich von ihm aus. Julia versuchte, sie zu ignorieren.

Einer der jungen Kellner hatte damals Interesse an ihr gezeigt. Er sorgte dafür, dass er jeden Abend beim Essen für ihren Tisch zuständig war, egal wohin sie sich setzten. Er beobachtete Julia und lächelte ihr hie und da verstohlen zu. Eines Abends servierte er ihr den Nachtisch auf einem Teller, der mit einem Herz aus Schokosoße verziert war.

»Seht mal, wie süß«, sagte ihre Mutter, als sie es bemerkte.

Julia blickte verlegen auf ihren Teller und verschmierte die Schokolade mit dem Zeigefinger.

»Lass dich bloß nicht mit dem Burschen ein«, warnte ihr Vater sie. »Der glaubt, Touristinnen sind leichte Beute.«

Julia leckte die Schokoladensoße von ihrem Finger.

Robert blickte sie finster an. »Jetzt kannst du dich ja wieder toll fühlen«, sagte er. »Julia Superstar.«

In den Jahren danach drifteten sie immer weiter auseinander, sahen sich selten, telefonierten so gut wie nie. Es war nur natürlich, dass Geschwister sich voneinander lösten und ihre eigenen Wege gingen. Das passiert eben, wenn man erwachsen wird, dachte Julia und machte sich weiter keine Gedanken darüber.

Sie konnte oder wollte lange nicht wahrhaben, dass es anders war, dass etwas zwischen ihr und Robert kaputtgegangen war. Das merkte sie erst, als er spurlos verschwand.

Robert hatte immer mit ihr gewetteifert. Mit jedem Scheitern, das er erlebte, steigerte er sich offenbar weiter in die Vorstellung hinein, Julia hätte es leichter und wäre erfolgreicher als er. Ständig glaubte er, zu kurz zu kommen.

Ja, so musste es gewesen sein. Nur diese Rivalität würde erklären, was sie und ihren kleinen Bruder so weit auseinandergetrieben hatte.

Zwei Frauen, die an diesem Nachmittag im Hotel Paraíso angekommen waren, setzten sich an den Nebentisch. Sie stellten sich als Jenny und Petra vor und waren offensichtlich in Plauderstimmung.

»Kommen Sie doch zu uns an den Tisch«, forderte die Ältere sie nach einer Weile auf.

Das ließ Julia sich nicht zweimal sagen. Sie konnte Ablenkung gebrauchen. Außerdem fühlte sie sich unter den Feriengästen allmählich ein bisschen einsam.

Petra, eine attraktive Blondine mit langen Beinen und schön geformten Schultern, war Ende vierzig, arbeitete als Lehrerin und machte gerade eine Fortbildung zur Schulleiterin. Die deutlich ältere Jenny war dunkelhaarig, trug ein Leoprintkleid und hohe Peeptoes und wirkte ein bisschen verlebt. Früher sei sie in der Gastronomie tätig gewesen, erzählte sie, aber nun habe sie das Verfallsdatum für diese Branche erreicht und betreibe in Köln einen Kiosk.

»Letztes Jahr habe ich ein paar Monate mit meinem Freund hier auf der Insel verbracht.« Sie guckte in die Ferne. »Um was Schlimmes zu verarbeiten.«

Als Julia vorsichtig nachfragte, was das Schlimme gewesen sei, tauschten die beiden Frauen einen Blick, als wollten sie sich vergewissern, dass die jeweils andere damit einverstanden war, das Geheimnis preiszugeben.

»Vor zwei Jahren waren wir schon mal hier, damals mit einer Gruppe«, erzählte Petra schließlich. »Yoga, Selbsterfahrung, Meditation, solche Sachen. Damals ist eine junge Frau aus unserer Gruppe ... auf tragische Weise zu Tode gekommen.«

»Suse«, ergänzte Jenny bedrückt. »Sie war erst achtundzwanzig.«

»Sie hat sich ... ihr Leben geopfert«, sagte Petra stockend. »Um jemand zu retten. Ihr Tod hat uns alle verändert. Jenny und ich sind hier, um ihrer zu gedenken.«

Julia war beeindruckt. Normalerweise vergaßen Menschen sehr schnell, wenn der Tod nicht gerade einen nahen Angehörigen getroffen hatte.

»Diese Suse muss ja eine besondere Frau gewesen sein«, sagte sie. »Was ist denn damals passiert?«

Die beiden erzählten, und in kürzester Zeit waren sie in ein intensives Gespräch vertieft, das sie beim gemeinsamen Abendessen fortsetzten.

»Und was ist mit dir?«, erkundigten sich Jenny und Petra. »Du wirkst nicht gerade wie jemand, der hier Urlaub macht.«

Julia überlegte, schließlich erzählte sie von ihrer Suche nach Robert. Die beiden Frauen hörten gebannt zu.

Als sie geendet hatte, fragte Jenny: »Hast du ein Foto von deinem Bruder dabei?«

Julia holte ihr Handy aus der Tasche.

»Das Bild ist zwölf Jahre alt«, erklärte sie. »Er kann inzwischen völlig anders aussehen.«

Jenny studierte das Foto.

»Noch nie gesehen. Aber ich könnte ein paar Leute fragen, die hier leben.«

Julia schickte ihr das Bild, und Jenny leitete es mit einer kurzen Nachricht an ihre Bekannten weiter. Sie blickte auf.

»Falls er mit den Hippies abhängt, da gibt es einen Laden, wo die sich immer treffen. Sundown Café. Hinter der Gitarrenschule.«

Julia überlegte. Robert war keiner der Typen gewesen, die Gitarre spielten, herumhingen und kifften. Eigentlich hatte er nirgendwo dazugehört, er war immer ein Einzelgänger gewesen. Aber wer wusste schon, wie er heute war. Wie er hier war. Wenn er noch lebte.

Nach dem Essen, als sie den Wein ausgetrunken hatten, erhoben sich Jenny und Petra. »Kommst du mit?«

Wenig später standen die drei Frauen nebeneinander in der Felsenhöhle und blickten vorsichtig über den Rand. Tief unter ihnen schwappte das dunkle Wasser.

»An dieser Stelle war es«, sagte Jenny und entzündete eine Kerze in einem Windlicht. »Hier ist Suse abgestürzt, weil sie Larissa retten wollte. Die dachte in ihrem Wahn, sie könnte fliegen.«

»Wir haben damals nicht bemerkt, wie es um Larissa stand«, sagte Petra. »Wir waren alle ... zu sehr mit uns selbst beschäftigt. Nur Suse hat es gespürt, und sie hat uns gewarnt, aber keiner wollte auf sie hören. Unsere Ignoranz ... hat sie das Leben gekostet. Ich ... ich werde mir das nie verzeihen.« Sie schluchzte leise auf.

Jenny stellte die Kerze ab und legte einen Zweig mit üppigen roten Blüten daneben, den sie liebevoll zurechtschob.

»Für dich, Suse«, sagte sie leise. »Wir vergessen dich nicht.«

Julia durchfuhr ein Schauer. Genau hier hatte sie damals Robert vom Rand der Höhle weggezogen. Um ein Haar wäre er hinabgestürzt. Vielleicht hatte auch er geglaubt, er könne fliegen.

Glauben das nicht alle Verliebten?

31

Das Café Sundown machte seinem Namen alle Ehre. Wenn man nicht gerade hinter einer der Säulen saß, die das Vordach hielten, wurde man Zeuge eines spektakulären Sonnenuntergangs. Die Gäste kommentierten das Ereignis mit »Ah« und »Oh« und fotografierten mit ihren Handys, als wäre es der letzte Sonnenuntergang, den sie je erleben würden.

Aufseufzend lehnte Julia sich in ihrem Korbstuhl zurück, vergrub die nackten Füße im Sand und nahm einen tiefen Schluck von ihrem alkoholfreien Bier. Sie hatte sich vorgenommen, ihren Alkoholkonsum zu reduzieren. Ganz darauf zu verzichten, konnte sie sich nicht vorstellen, dafür schmeckte er ihr einfach zu gut. Aber ein bisschen später am Abend mit dem Trinken anzufangen und etwas früher in der Nacht damit aufzuhören erschien ihr als guter Anfang.

Die Musik im Sundown Café stammte eindeutig aus den Siebzigern – der Epoche, in der die meisten der Gäste ihre beste Zeit erlebt hatten. Julia sah jede Menge grauer Rastalocken und Bärte, knittrige, sonnenzerfurchte Haut und zerschlissene Kleidung in verblassten Farben. Es war niemand dabei, der auch nur entfernt ihrem Bruder ähnelte.

Am Morgen hatte sie sich ein Auto geliehen und systematisch die Insel durchkämmt. Überall, wo etwas angebaut wurde, sei es Wein, Gemüse oder Oliven, hatte sie angehalten und gefragt, ob jemand Robert kenne.

Die Aktion war ebenso erfolglos geblieben wie ihr Besuch im Rathaus. Die Mitarbeiterin der Gemeinde hatte Julia klargemacht, dass sie ihr aus Datenschutzgründen keine Auskunft geben dürfe. Sie zeigte ihr ein kompliziert aussehendes Formular in Katalanisch, das sie ausfüllen müsse, um vielleicht in ein paar Wochen Antwort darauf zu erhalten, ob Robert auf der Insel gemeldet war. Entmutigt hatte Julia das Formular studiert und schließlich auf den Tisch zurückgelegt.

Die Mitarbeiterin hatte sie mitleidig angesehen und nach Roberts Namen gefragt. Dabei hatte sie verschwörerisch gelächelt und pantomimisch einen Reißverschluss an ihrem Mund zugezogen. Dann hatte sie den Namen in ihren Computer eingegeben, herumgescrollt und schließlich bedauernd den Kopf geschüttelt.

»Nada, lo siento.«

Julia war jetzt den dritten Tag hier und noch keinen Schritt weitergekommen.

Nachdem die Sonne im Meer versunken war, erhob sie sich seufzend aus ihrem Korbstuhl und ging herum, um den Gästen das Foto auf ihrem Handy zu zeigen. Diesmal konnte sie sich ihren spanischen Satz sparen, sie hatte es überwiegend mit Leuten aus dem Ruhrpott und dem Rheinland zu tun.

»Wer is dat denn?«, rief ein massiger Typ in einer Kluft aus speckigem Waschleder.

Julia erklärte es ihm.

»Schrecklische Sache«, sagte er und rief ein paar seiner Kumpels zusammen. »He, Leute, habt ihr dat Jüngelschen hier schon mal gesehen?«

Köpfe beugten sich über das Bild.

»Das Foto ist schon zwölf Jahre alt«, sagte Julia. »Bestimmt sieht er heute ganz anders aus. Älter natürlich. Vielleicht trägt er Bart oder Brille.«

Ihr Handy wanderte von einem zum anderen. Julia hoffte, dass es am Ende wieder bei ihr ankommen würde. Die Hilfsbereitschaft der Leute wirkte nicht gespielt, aber gemischt mit dem Funken Sensationslust, den sie immer bemerkte, wenn es um Robert ging. Ein Bruder, der spurlos verschwunden war, was für ein Schicksal! Der Gedanke ließ jeden wohlig erschauern und für einen Moment demütig werden.

Die meisten, die das Bild betrachteten, schüttelten den Kopf.

»Könnte das nicht der … wie heißt er noch … der Wally sein?«, sagte ein Typ mit dem Tattoo eines geflügelten Motorrads auf dem beeindruckend kräftigen Unterarm. Offenbar war er Rocker gewesen, bevor er auf Hippie umgesattelt hatte. Vielleicht waren die Übergänge auch fließend, Julia kannte sich da nicht so aus.

Sie fragte, wer Wally sei. Nach Auskunft des Rocker-Hippies handelte es sich um einen Düsseldorfer, der eine Zeit lang eine Strandbude auf der Insel betrieben habe, die wegen Hygienemängeln dichtgemacht worden sei.

»Wie alt ist der denn?«, wollte Julia wissen.

Köpfe wiegten sich, der aufsteigende Rauch von Zigaretten kräuselte sich in der Abendsonne. Es roch nach Gras.

»Um die vierzig?«, spekulierte der Rockertyp.

»Und wo finde ich ihn?«

»Im Knast«, sagte er grinsend. »Wally hat nebenher Drogen an Touristen vertickt. Das mochten die von der

Guardia Civil noch weniger als die Zustände in seiner Strandbude.«

Robert als angeblich aus Düsseldorf stammender Budenbetreiber und Drogendealer? Schwer vorstellbar.

»Was ist mit dem anderen, diesem schweigsamen Freak, der als Gärtner arbeitet?«, fragte eine Frau mit blau gefärbtem Afro, deren üppiger, silberner Armschmuck klirrte, als sie das Handy näher an die Augen hob.

Julia wurde hellhörig.

»Den hab ich ewig nicht gesehen«, sagte der Rocker.

»Ist der überhaupt noch auf der Insel?«, ein anderer.

»Für wen arbeitet er denn?«, fragte Julia.

»Für Privatleute, die hier Ferienhäuser haben. Bäume beschneiden, Beete pflegen, Pflanzen wässern.«

Julia wurde ganz aufgeregt. »Habt ihr einen Namen, eine Adresse?«

2007

Robert liegt auf dem Bett seines Pensionszimmers und sieht zu, wie der Regen gegen die Fensterscheibe schlägt. Die Tropfen werden zu Rinnsalen, die an der Scheibe hinablaufen und die Welt draußen in einem großen Grau verschwimmen lassen. Er ist in einem Zustand zwischen Wachen und Schlafen, das eintönige Geräusch des Regens lässt ihn hie und da einnicken, aber dann schreckt er wieder hoch, und alles ist genauso trostlos wie zuvor.

Am liebsten würde er einfach hier liegen bleiben, bis er tot ist, aber nach spätestens zwei Tagen würde Leif, der freundliche Pensionswirt, sicher nach ihm sehen. Und in so kurzer Zeit kann man nicht verhungern. Nicht mal verdursten bei den Temperaturen in Norwegen.

Als er vorgestern angekommen ist, hat Leif ihn so freudig begrüßt wie einen lang erwarteten Freund.

Er hat ihm alles Mögliche über den Ort erzählt, was Robert nicht interessiert und was er sich nicht gemerkt hat. Welchen Sinn soll es haben, sich noch etwas zu merken?

Als der Regen nachlässt, rafft er sich schließlich auf, um irgendwo etwas zu essen. Er hat heute Morgen nicht gefrühstückt, sein Magen knurrt.

Er zieht sich an und putzt sich die Zähne. Dann verlässt er sein Zimmer und geht die knarzende Holztreppe hinunter. Die Pension hat sechs Zimmer, drei im ersten und drei im zweiten Stock. Er hat sich eines im zweiten Stock geben lassen. Die

Zimmer oben sind ruhiger, hat er auf seinen Reisen gelernt. Aber hier ist es überall ruhig.

Vor der kleinen Rezeption, die jetzt nicht besetzt ist, bleibt er stehen. Er hängt seinen Schlüssel an das Schlüsselbrett, an das jeder herankommt. Leif hat ihm lachend erklärt, dass hier noch nie etwas gestohlen wurde.

Leif führt die Pension allein mit seiner Tochter Solveig. Die Mutter ist letztes Jahr an Krebs gestorben. Das hat Solveig ihm erzählt, als sie ihm gestern das Frühstück serviert hat. Die Menschen in dieser Gegend sind erstaunlich gesprächig, wahrscheinlich weil sie einsam sind. Der Ort ist weit weg von der nächsten großen Stadt, nur im Sommer kommen Touristen her. Im Winter liegt hier der Hund begraben.

Robert verlässt das Haus mit der rot-weiß gestrichenen Holzveranda und geht die Straße entlang, an der weitere holzverkleidete Häuser stehen, die meisten in bunten Farben gestrichen. Auf der Straße sind nicht viele Autos unterwegs, alle Menschen, die an ihm vorübergehen, lächeln freundlich. Die Auslagen der wenigen Geschäfte sind liebevoll gestaltet. Es gibt eine Drogerie, eine kleine Buchhandlung, einen Lebensmittelladen, eine Apotheke. Das Fenster des Cafés ist mit gehäkelten Vorhängen und Strohblumensträußen dekoriert. Wer hier sein darf, sollte glücklich sein.

Er ist das Gegenteil von glücklich. Und davon überzeugt, nie wieder glücklich sein zu können. Er hat das Recht auf Glück verwirkt.

Robert betritt das Café und setzt sich an einen kleinen Tisch. Die Kellnerin, eine korpulente Frau mit weißer, gestärkter Schürze und einer Art Häubchen auf dem Kopf, erkennt ihn und begrüßt ihn herzlich, obwohl er erst zum zweiten Mal da ist.

Er bestellt Räucherlachs mit Dillsoße und isst, ohne etwas zu schmecken. Er wechselt ein paar Worte mit der Frau, dann zieht er eine gefaltete Karte aus der Gesäßtasche und breitet sie vor sich aus. Seit Wochen schleppt er sie mit sich herum, sie ist an den Kanten schon ganz abgestoßen. Die Karte zeigt das Gebiet um den Sognefjord, Norwegens größten Fjord mit einer Tiefe von eintausenddreihundert Metern. Auf allen Seiten erheben sich hohe Berge mit schroffen Abhängen, zum Teil höher als die Baumgrenze. Robert ist nicht weit von dort entfernt, mit dem Bus sollte er in ein, zwei Stunden an einen Platz kommen, von dem aus er starten könnte.

Er stellt sich vor, wie er auf schmaler werdenden Wegen immer höher steigt, andere Wanderer hinter sich lässt, bis außer ihm kein Mensch mehr zu sehen ist. Wie die Luft immer klarer wird und kein Geräusch mehr zu hören ist außer seinen Schritten. Wie er sich irgendwann an einer steilen Stelle einfach fallen lässt, viele Meter hinab in das tiefe blaue Wasser. Wie er sinkt und sinkt, längst nicht mehr bei Bewusstsein. Und schließlich am Grund des Fjords, in eintausenddreihundert Metern Tiefe, seinen Frieden finden wird.

Immer wieder stellt er sich das vor, und der Gedanke ist so tröstlich, dass er ihn über all die Wochen bis hierher getragen hat.

Er verlässt das Café und geht noch ein Stück die Straße entlang, bis er zu dem kleinen Reisebüro kommt, das Fahrten ins Fjordgebiet anbietet. Er zeigt dem Angestellten auf der Karte, wohin er möchte, und kann zwischen mehreren Angeboten auswählen: einer Wanderung mit Bootstour, einer Kajaktour, einer Bergwanderung und einer Gletscherwanderung. Er wählt nur die Busfahrt, bezahlt zweihundertzwanzig Kronen und nimmt den Voucher in Empfang. Der Bus startet morgen früh um acht. Morgen Nachmittag um diese Zeit ist er tot.

Vor Aufregung lag Julia die ganze Nacht wach. Die Hippies hatten ihr den Namen eines Hausbesitzers genannt, für den der schweigsame Gärtner tätig gewesen sein soll, nebst Beschreibung, wie man zu dessen Haus fand: »Du fährst die Hauptstraße bis Kilometer 14,5, dann links. Dann zweihundert Meter geradeaus, dann rechts, dann die zweite Abbiegung links, da ist so ein blaues Tor, kannst du gar nicht verfehlen. Dann kommen rechts Mülltonnen, da fährst du dran vorbei bis zum Trafohäuschen, dann wieder rechts. Dann immer den Weg entlang, bis du wieder das Meer siehst. Und dann ist es das zweite Haus links, das mit dem großen Feigenbaum davor.«

Am liebsten wäre sie sofort losgefahren, aber die Hippies hatten ihr abgeraten.

»In der Dunkelheit verfährst du dich, das lass mal lieber bleiben.«

Also hatte sie die Fahrt auf den nächsten Morgen verschoben.

Um neun saß Julia beim Frühstück auf der Terrasse. Von Jenny und Petra war noch nichts zu sehen. Als ihr Handy klingelte, ging sie dran, ohne aufs Display zu sehen. Es war Margareta Kaminski.

»Frau Feldmann, Ihre Mutter ist auf einmal nicht mehr in der Wohnung.«

»Was?«, sagte Julia erschrocken.

»Ich bin gerade vom Einkaufen zurückgekommen, und da war sie weg.«

»Aber ... wo kann sie denn sein?«

»Das wollte ich Sie fragen.«

»Woher soll ich das wissen?«, fauchte Julia. »Ich bin im Ausland, das habe ich Ihnen doch gesagt!«

Sie hatte die Agentur von ihrer Abwesenheit informiert, ebenso wie die Nachbarin und den Hausmeister der Wohnanlage. Ihrer Mutter hatte sie erklärt, dass sie aus beruflichen Gründen ein paar Tage wegfahren müsse, aber bald zurückkomme.

»Ist gut, Hilda, ich bin ja kein Kind mehr. Wohin fährst du denn?«

»Nach Spanien.«

»Spanien! Wie schön. Ist es da jetzt warm?«

Julia hatte ihr Handy herausgeholt und den Wetterbericht für die Insel gegoogelt.

»Noch über zwanzig Grad.«

»Dann kannst du im Meer schwimmen«, hatte Gitta gesagt. »Bist du denn am Meer?«

Julia hatte ihr nicht erzählt, dass sie auf die Insel fuhr, wo sie vor zweiundzwanzig Jahren den letzten gemeinsamen Familienurlaub verbracht hatten. Vor allem hatte sie unterschlagen, was der Grund für ihre Reise war. Dass sie nach Robert suchte. Das würde ihre Mutter sicher völlig durcheinanderbringen. Sie sagte ihr nur, dass sie am Meer sein und schwimmen werde, wenn es die Temperatur erlaube.

Die Unterhaltung war so normal gewesen, und Gitta hatte so vernünftig gewirkt, dass Julia beruhigt abgeflogen war.

»Wo könnte ich denn nach Ihrer Mutter suchen?«,

fragte Frau Kaminski. »Gibt es vielleicht Orte, wo sie gerne hingeht?«

Julia gab sich größte Mühe, die aufsteigende Panik zu unterdrücken.

»Fragen Sie zuerst in den Geschäften der Umgebung«, sagte sie. »In der Apotheke, im Supermarkt an der Ecke, im Gemüseladen. Und informieren Sie Frau Huber, die Nachbarin. Laufen Sie mit ihr den Spazierweg ab, den die beiden immer zusammen gehen.«

»In Ordnung«, sagte Frau Kaminski. »Machen Sie sich keine Sorgen.«

Julia wusste, dass Demenzkranke manchmal wegliefen und unterwegs die Orientierung verloren. Meist liefen sie aber nicht einfach nur weg, sondern hatten ein Ziel. Konnte es sein, dass Julia mit ihrer Ankündigung irgendwelche Erinnerungen in ihrer Mutter wachgerufen hatte? Dass die Erwähnung von Spanien etwas in ihr angetippt und sie sich auf den Weg gemacht hatte? Nur, wohin würde sie gehen, wenn sie die Absicht hätte, nach Spanien zu reisen? Sie waren damals geflogen. War es denkbar, dass Gitta irgendwie zum Flughafen gekommen war?

»Wenn meine Mutter nicht auftaucht, informieren Sie die Polizei«, sagte Julia bestimmt. »Es kann sein, dass sie versucht, zum Flughafen zu kommen.«

»In Ordnung, das werde ich tun«, sagte Frau Kaminski mit belegter Stimme.

In aller Eile packte Julia ihre Sachen zusammen, bezahlte ihr Zimmer und stieg ins Taxi, ohne sich von Jenny und Petra verabschieden zu können. Schade, dass ihre Bekanntschaft nur so kurz gewährt hatte, sie mochte die beiden.

Im Hafen bestieg sie die nächste Fähre, die bald darauf losfuhr.

Das Meer war ziemlich wellig, deshalb ging sie lieber an Deck. Ihr Magen fühlte sich flau an, und dort war sie wenigstens an der frischen Luft und hatte den Horizont im Blick. Manchen Passagieren war anzusehen, wie übel ihnen war. Einer trug vorsorglich eine Spucktüte bei sich, und Julia hoffte, dass er nicht in ihrer Nähe sein würde, wenn er sie benutzte.

Immer wieder kontrollierte sie ihr Display, ob Nachrichten eingegangen waren.

Am Flughafen angekommen, rief sie Frau Kaminski an, die inzwischen ihren Arbeitgeber informiert hatte und der wiederum die Polizei. Obwohl erst wenige Stunden vergangen waren, hatte die Polizei eine Radiomeldung mit der Beschreibung ihrer Mutter herausgegeben. Auch ein Suchaufruf im Internet kursierte, Julia teilte ihn auf ihrer Facebook-Seite.

Sie suchte den Schalter der Airline und erklärte der Mitarbeiterin, dass sie so schnell wie möglich zurückfliegen müsse.

»Tut mir leid, aber in Ihrem Tarif ist eine Umbuchung nicht möglich«, sagte die Frau. »Sie müssen ein neues Ticket kaufen.«

Nach kurzer, fruchtloser Debatte erstand Julia ein Ticket, das teurer war als ihr Hin- und Rückflug zusammen. Immerhin hatte sie das Glück, dass an diesem Tag überhaupt eine Maschine ging. Um diese Jahreszeit waren die Verbindungen schlecht.

Sie ging in den Wartebereich und versuchte, sich die Zeit bis zum Abflug mit einem Hörbuch zu vertreiben. Allerdings war die Handlung der Geschichte so schwer verständlich, dass sie es genauso gut auf Kisuaheli hätte hören können.

Ihr Telefon klingelte. Ein kurzer Blick aufs Display, ihr Herzschlag beschleunigte sich.

»Sebastian?«

»Ich habe gerade eben den Suchaufruf nach deiner Mutter gesehen«, sagte er ohne Einleitung. »Sicher machst du dir große Sorgen.«

Die Anteilnahme in seiner Stimme trieb ihr unerwartet die Tränen in die Augen.

»Danke, dass du fragst, das ist ... sehr nett von dir.«

»Kann ich irgendwas für dich tun?«

Ja, komm bitte zum Flughafen, hol mich ab und bleib bei mir, dachte sie. Warum muss ich seit Jahren immer alles allein hinkriegen, immer stark sein, immer die Nerven behalten? Ich würde mich jetzt am liebsten an deine Schulter lehnen und deinen Duft einatmen, dann wäre alles leichter.

»Danke dir«, sagte sie stattdessen. »Ich komme schon klar.«

Über die Lautsprecher kam ein Aufruf, leider noch nicht der für ihren Flug.

»Wo bist du denn?«, fragte Sebastian. »Klingt wie ein Fußballstadion.«

Julia lächelte. »In Spanien. Am Flughafen.«

»Hoffentlich musstest du deinen Urlaub nicht abbrechen«, sagte Sebastian, und seine Stimme hatte plötzlich wieder die unverbindliche Förmlichkeit, mit der er auch das Vorgespräch für die Sendung geführt hatte.

»Es ... war kein Urlaub«, sagte Julia. »Ich bin ... Ich habe nach meinem Bruder gesucht.«

Am anderen Ende blieb es still. Schließlich sagte

Sebastian: »Hast du mir nicht erzählt, dein Bruder sei vor Jahren in Norwegen verunglückt?«

Fast klang es ein wenig vorwurfsvoll, so als hätte er sie einer Lüge überführt.

»Stimmt«, sagte Julia schnell. »Aber es gibt neue Hinweise, dass es anders gewesen sein könnte, zumindest ... glaube ich das. Ich musste es einfach versuchen.«

»Und ... hast du was herausgefunden?«

»Noch nichts Konkretes. Aber ich bleibe dran.«

»Dann mach's gut«, sagte Sebastian. »Ich drücke die Daumen wegen deiner Mutter.«

Julia ließ ratlos das Handy sinken. Was war das denn? Einerseits machte er sich die Mühe, bei ihr anzurufen, andererseits klang er so distanziert wie jemand, der eine amtliche Mitteilung verlas. Sie wurde nicht schlau aus ihm.

Die Warterei machte sie wahnsinnig. Sie durchquerte mehrmals das ganze Terminal, setzte sich mal hierhin, mal dorthin, zuletzt kaufte sie spanische Zeitschriften, die sie durchblätterte, ohne etwas zu verstehen.

Endlich wurde ihr Flug aufgerufen. Die Passagiere drängten an Bord, Julia wartete bis kurz vor Schließung der Türen und setzte sich dann auf ihren Gangplatz. Sie machte die Augen zu und versuchte, sich zu entspannen, aber immer wieder drängten sich Gedanken an Robert in ihr Bewusstsein. Erinnerungen an den Tag, an dem sie von seinem Verschwinden erfahren hatte. Sie sah das fahle Morgenlicht, in dem sie zu ihren Eltern gefahren war, das Gesicht ihres Vaters, der ihr die Tür öffnete. Sie sah die zusammengesunkene Gestalt ihrer Mutter am Esszimmertisch, die linkischen Bewegungen der jungen Polizistin, die sie gemeinsam mit einem älteren Kollegen befragte. Sie spürte den abgestandenen Geschmack in ihrem Mund, der von zu viel Alkohol und zu wenig Schlaf rührte, roch den Kaffee, den sie gekocht hatte, um das benommene Gefühl aus ihrem Kopf zu vertreiben. Und sie spürte die gleiche Hilflosigkeit wie damals, das Bedürfnis, laut zu schreien, um den Druck loszuwerden, der auf ihrer Brust lastete und sie kaum atmen ließ.

Und jetzt ihre Mutter. Ob sie ihre Handtasche bei sich hatte? Damit man sie identifizieren könnte, wenn ihr etwas zustieße?

Es würde ihr nichts zustoßen. Es durfte ihr nichts zustoßen.

Das Flugzeug rollte los.

»Meine Damen und Herren, willkommen an Bord. Bitte schnallen Sie sich an, stellen Sie die Rückenlehnen Ihrer Sitze aufrecht und schalten Sie Ihre elektronischen Geräte aus oder in den Flugmodus. Wir starten in wenigen Minuten.«

Julia krallte die Hände um die Armlehnen ihres Sitzes und biss die Zähne zusammen.

Unmittelbar nachdem das Flugzeug gelandet war, schaltete Julia ihr Handy wieder ein und checkte ihre Nachrichten.

»Können Sie nicht warten?«, giftete die Frau neben ihr. »Man soll abwarten, bis die Maschine vollständig zum Stillstand gekommen ist.«

Julia schleuderte ihr einen Blick entgegen, der sie sofort zum Verstummen brachte. Während das Flugzeug zum Standplatz rollte, wählte sie die Nummer von Frau Kaminski. Ungeduldig tippte sie mit den Fingerspitzen auf die Lehne des Sitzes vor ihr.

»Ich bin gelandet. Gibt es was Neues?«

»Noch nicht. Tut mir leid.«

Die Stimme der Betreuerin klang angespannt. Obwohl niemand ihr die Schuld gab, war die Situation sicher belastend für sie. Frau Kaminski hatte sich bislang als äußerst pflichtbewusst erwiesen.

»Stehen Sie in Kontakt mit der Polizei?«, fragte Julia.

»Natürlich.«

Julia notierte die Nummer der Dienststelle. Nachdem sie das Flugzeug verlassen hatte und auf den Laufbändern ungeduldig andere Reisende überholte, rief sie dort an.

»Mein Name ist Julia Feldmann, meine Mutter ist die demente Frau, nach der Sie suchen. Ich bin wieder in der Stadt. Kann ich irgendwas tun?«

Der zuständige Beamte erklärte ihr, dass in der S-Bahn eine ältere Frau aufgegriffen worden sei. Ihre Identität sei noch nicht geklärt, aber sie sei in Begleitung der Beamten unterwegs zur Dienststelle.

»Ich komme sofort«, sagte Julia.

Ob das ihre Mutter war? So viele orientierungslose Frauen würden ja wohl nicht in der Stadt umherlaufen! Sie sprintete ins Untergeschoss, um die S-Bahn noch zu erwischen, und traf eine Dreiviertelstunde später in der Polizeidienststelle ein.

Gefleckter Linoleumboden, hellgrün lackierte Türen, ein Anmeldetresen mit Resopaloberfläche. Es roch nach Reinigungsmittel und altem Pappkarton.

Sie sah sich um und entdeckte ihre Mutter in einer Sitzecke, wo sie sich angeregt mit einer jungen Polizistin unterhielt, die offenbar zu ihrer Bewachung abgestellt war.

»Mutti!«, rief Julia und stürmte auf sie zu.

Gitta blickte auf und lächelte.

»Hilda! Wie kommst du denn hierher?«

»Das würde ich auch gern wissen«, murmelte Julia und ließ sich erschöpft auf einen Stuhl fallen.

Es dämmerte bereits, als sie das Polizeirevier verließen. Gitta verabschiedete sich, als hätte sie einen Besuch bei alten Bekannten gemacht.

»Vielen Dank, es war sehr schön bei Ihnen. Ich komme gerne mal wieder.«

Die Polizisten lächelten.

Zuvor waren Formulare ausgefüllt und ein Protokoll aufgenommen worden. Julia hatte ihre Mutter identifiziert und musste über ihre medizinische Behandlung Auskunft geben. Sie hatte deutlich gemacht, dass dies der erste Vorfall dieser Art gewesen sei. Dass es eine Betreuungsperson gebe und niemand irgendwelche Pflichten verletzt habe. Sie wurde ermahnt, Vorkehrungen zu treffen, damit sich etwas in dieser Art nicht wiederhole.

»Was meinen Sie mit Vorkehrungen?«, fragte Julia.

»Die Betreuungsperson muss abschließen, wann immer sie die Wohnung verlässt. Auch wenn sie nur zum Einkaufen geht.«

So weit war es also gekommen. Man musste ihre Mutter einsperren, um sie vor sich selbst zu schützen.

Inzwischen wusste Julia, was vorgefallen war. Gitta hatte den Einfall gehabt, »nach Hause« zu fahren, wie sie mehrmals erklärte. Damit meinte sie das frühere Haus der Familie in einem Vorort, und auf einigen Umwegen war es ihr tatsächlich gelungen, dorthin zu kommen. Sie hatte eine ehemalige Nachbarin besucht und Kaffee mit ihr getrunken. Die Frau hatte keinen Verdacht geschöpft – nach wie vor war Gitta in der Lage, ihren Zustand zu verschleiern.

Erst später hatte die Frau den Aufruf im Radio gehört und sich bei der Polizei gemeldet. Da war Gitta schon wieder unterwegs gewesen, und erst sehr viel später war sie dann in der S-Bahn von zwei Streifenbeamten aufgegriffen worden.

Julia bemühte sich, ihr klarzumachen, welche Aufregung sie mit ihrem Ausflug verursacht hatte.

»Ich bin extra früher aus Spanien zurückgekommen«, sagte sie und konnte nicht verhindern, dass es verärgert klang.

Gitta wirkte nicht sonderlich betroffen.

»Nach Spanien würde ich auch gerne mal fahren«, sagte sie nur. »Ich schwimme so gerne im Meer.«

Julia brachte sie nach Hause. In ihr tobten widerstreitende Gefühle. Einerseits war sie erleichtert, dass ihrer Mutter nichts zugestoßen war. Andererseits bereute sie es, so überstürzt von der Insel abgereist zu sein. Warum hatte sie nicht wenigstens einen Tag abgewartet?

Sie kam sich vor wie eine Marionette an Fäden – eine Regung ihrer Mutter, und schon zappelte sie los. Es war wie früher, als Julia klein gewesen war und auch ständig bestrebt, die mütterlichen Erwartungen zu erfüllen.

An der Wohnungstür wartete schon Frau Kaminski auf sie.

»Meine Güte«, sagte sie immer wieder. »Bin ich froh, dass alles gut ausgegangen ist.«

»Sie müssen sich doch keine Sorgen um mich machen«, sagte Gitta beschwichtigend.

Nachdem ihre Mutter sich hingelegt hatte, bat Julia die

Pflegerin in die Küche. Sie bemühte sich, nicht vorwurfs-voll zu klingen.

»Das ist ja noch mal gut gegangen«, sagte sie und zwang sich zu einem Lächeln. »Die Polizei war zum Glück sehr verständnisvoll. Aber zukünftig müssen Sie die Wohnung bitte unbedingt abschließen, auch wenn Sie nur kurz rausgehen.«

Frau Kaminski nickte schuldbewusst. »Ich weiß. Es tut mir wirklich sehr leid.«

Julia tätschelte ihr kurz die Hand. »Ist schon okay. Wir alle machen Fehler.«

Mit einem Stoßseufzer schloss Julia die Tür ihrer Woh-nung hinter sich. Unterwegs hatte sie einen Döner besorgt, dazu öffnete sie sich ein Bier. Heißhungrig biss sie in das Fladenbrot, aus dem die Soße tropfte. So hungrig war sie schon lange nicht mehr gewesen.

Bevor sie schlafen ging, schrieb sie eine Nachricht an Sebastian.

Lieber Sebastian,
die Ausreißerin ist wieder da. Sie hat einen Ausflug zu unserem früheren Haus gemacht und ist danach fröhlich mit der S-Bahn durch die Gegend gefahren.
Ich bin sehr erleichtert, könnte ihr aber gleichzeitig den Hals um-drehen. Kannst du das verstehen? Vielen Dank, dass du dich ge-meldet hast, das war sehr tröstlich. Der Gewichtheber fehlt mir.
Liebe Grüße, Julia

Dann ging sie in ihr Mailprogramm, um ihre letzten Nachrichten zu checken. Ihr Blick fiel auf einen unbekannten
Absender.

Von: jardinero@emails.es
An: Julia@feldmann.de
Betreff: kein Betreff

Du hast mich also gefunden.
R

2007

Robert schlendert am Hafen entlang. Es ist früher Abend, die
Sonne neigt sich dem Horizont zu, hat aber immer noch Kraft.
Mit ihm sind eine Menge Menschen unterwegs, Einheimische
und Touristen. September ist ein guter Monat für eine Spanien-
reise.

Über drei Wochen war er hierher unterwegs, mit dem Schiff,
mit Bussen, per Anhalter und mit dem Zug. Von Norwegen
über Dänemark, die Niederlande, Belgien und Frankreich. Da
und dort hat er sich ein paar Tage aufgehalten, meist hat er
nicht gewusst, wo er am nächsten Abend schlafen würde. Er
ist noch nie so gereist. Er ist jemand, der seine Reisen genau
plant und sich an seine Pläne hält. Aber diese Reise ist anders.
Eigentlich hätte sie gar nicht stattfinden dürfen. Denn eigent-
lich ist er längst tot.

Besser gesagt, er wäre tot, wenn er nicht so ein verdamm-
ter Feigling wäre. Nicht mal einen anständigen Abgang hat
er hinbekommen. Dabei stand sein Entschluss fest: Er wollte
Yema nachfolgen. Das schien ihm die einzig richtige Konse-
quenz zu sein. Er ist schuld an ihrem Tod, er hat es nicht ver-
dient, am Leben zu bleiben. Also ist er nach Norwegen gefah-
ren. Hat eine Busfahrt ins Gebirge gebucht, in eine Gegend, wo
es überall steil hinuntergeht. Wo man sich einfach fallen lassen
kann. Wenn man kein Feigling ist.

Stundenlang hat er dort oben in der Kälte gestanden und
in die Tiefe gestarrt. Er hat geweint. Geschrien. Sogar gebetet.

Dabei ist er gar nicht gläubig. Er hat auf den richtigen Moment gewartet, in dem er die Kraft haben würde zu tun, was unumgänglich war. Aber der Moment ist nicht gekommen.

Durchgefroren und erschöpft, ist er wieder abgestiegen. Und währenddessen hat sich in seinem Kopf ein Plan geformt. Wenn er zum Sterben zu feige ist, könnte er es wenigstens so aussehen lassen. Er könnte einfach verschwunden sein, in einen norwegischen Fjord gestürzt. In dieser Tiefe findet man keine Leichen, schon gar nicht, wenn man nicht genau weiß, an welcher Stelle der Körper ins Wasser gefallen ist.

Diejenigen, die wissen, was am Institut passiert ist, vermuten vielleicht, dass er sich umgebracht hat. Die anderen, dass es ein Unfall war. Jeder könnte glauben, was er glauben will.

Er müsste Dettmer nicht mehr unter die Augen treten. Er müsste niemandem erklären, warum er Yema im Stich gelassen hat. Er müsste seinen Eltern nicht erklären, warum die erste Freundin, die er jemals gehabt hat, Gift getrunken hat.

Der Gedanke an seine Eltern versetzt ihm einen Stich. Nicht dass er sich ihnen besonders nahe fühlt. Aber Eltern neigen dazu, ihre Kinder zu lieben oder sich das zumindest einzubilden. Der Tod eines Kindes gilt als Tragödie. Er will nicht schuld an einer weiteren Tragödie sein. Aber vielleicht ist es für seinen Vater ohnehin die größere Tragödie, einen Versager zum Sohn zu haben, als keinen Sohn zu haben.

Kurz denkt er an seine Schwester, die immer noch glaubt, sie hätte so viel für ihn getan, sei seine Beschützerin und sein Idol. Jeder hat die Kindheit, an die er sich erinnern will. Er hat es gehasst, immer weniger wert zu sein als sie. Weniger intelligent, weniger schnell, weniger beliebt, weniger alles. Er glaubt, dass sie ihn gar nicht lieben kann. Sich vielleicht sogar insgeheim für ihn schämt.

Er ist nicht zu Leif und Solveig in die Pension zurückgekehrt,
sondern mit dem Bus immer weiter und weiter gefahren. Dann
ist er aufs Schiff gegangen. Zum Glück hat er sein ganzes Geld
und seinen Personalausweis dabeigehabt. Auch wenn Leif zu
ihm gesagt hat, dass in seinem Haus nichts wegkommt – Robert
würde sein Geld niemals in einem Pensionszimmer zurücklas-
sen. Nicht mal, wenn er vorhat, sich umzubringen.

Unterwegs hat er darauf geachtet, dass niemand sich sein
Gesicht einprägen kann. Er hat die Hoodie-Kapuze über den
Kopf gezogen und dazu eine Sonnenbrille aufgesetzt. Er hat
mit niemandem gesprochen, außer wenn es unbedingt nötig
war. Er hat die Gabe, sich nahezu unsichtbar zu machen. Er ist
so unauffällig, dass Leute ihn kaum wahrnehmen und sofort
wieder vergessen.

Er setzt sich auf ein Mäuerchen und beobachtet das Treiben
um sich her. Die Kapuze und die Sonnenbrille braucht er nicht
mehr. Niemand vermutet ihn hier, in Barcelona. Er glaubt
nicht, dass er sich noch verstecken muss. Trotzdem versucht er,
sich einen Bart stehen zu lassen, auch wenn sein Bartwuchs
spärlich ist.

Er hat es sich einfacher vorgestellt, tot zu sein. Nicht das
Verschwinden, das Verwischen seiner Spuren, das war einfach.
Was ihm zu schaffen macht, sind die Schuldgefühle. Immer
wieder drängt sich ihm der Gedanke auf, wie seine Eltern von
seinem Verschwinden erfahren haben. Wie sie rätseln, was
ihm zugestoßen sein könnte. Ob er verunglückt oder freiwillig
aus dem Leben gegangen ist, ob ihn jemand absichtlich in den
Abgrund gestürzt hat und warum.

Die Ungewissheit muss schlimm sein. Dass seine Leiche
nicht gefunden wird. Dass sie nicht wissen, ob sie hoffen oder
trauern sollen. Wenn er sich das alles ausmalt, fühlt er sich

schlecht. Aber nun kann er nicht mehr zurück. Die Blamage wäre zu groß.

Ein junger Deutscher setzt sich neben ihn und grüßt dabei freundlich.

Robert ist in der Stimmung, mit jemandem zu reden. Das ist er nicht oft. Meist meidet er die Menschen und schweigt. Aber heute fühlt er sich einsam und ist froh, dass jemand ihn anspricht.

»Wie lange bist du schon hier?«, fragt der Typ, der sich als Jannik vorstellt.

»Gestern angekommen«, sagt Robert.

»Schon die Sagrada Família gesehen?«

Robert verneint. Jannik empfiehlt ihm eine Internetseite mit nützlichen Tipps für Traveller. Robert verschweigt, dass er kein Internetnutzer ist. Die Leute halten ihn für seltsam, wenn nicht für gestört, wenn er das bekennt.

Jannik nennt noch andere Sehenswürdigkeiten, die man sich in Barcelona unbedingt ansehen soll. Zwei berühmte Gebäude des Architekten Gaudí, das Picasso-Museum, Las Ramblas, das gotische Viertel.

Robert hasst es, Tourist zu sein. Er fährt sonst nur an Orte, wo wenige oder keine Touristen sind. Er hat nicht die Absicht, sich Sehenswürdigkeiten anzusehen, an denen sich Tausende tummeln. Er meidet die Hotspots auch aus einem anderen Grund: Jeder macht Fotos oder lässt sich von irgendwem vor irgendwas fotografieren. Und viele dieser Bilder landen im Netz, auf Plattformen wie MySpace oder neuerdings auch Facebook. Aber dort will er nicht landen.

»Wir können ja mal was zusammen machen«, schlägt Jannik vor.

»Klar«, sagt Robert.

»Cool.«

Vor ihnen steht eine junge Frau, sie hält eine Eistüte in der Hand und posiert für ihren Freund, der so tut, als wäre er ein Paparazzo und sie eine Prominente. Sie machen Blödsinn und lachen, andere lachen mit. Robert dreht ihnen schnell den Rücken zu, damit er nicht mit aufs Foto kommt.

»Sollen wir ein Bier trinken gehen?«

Er steht auf und folgt Jannik. Er hat so lange mit niemandem geredet, dass er es fast verlernt hat. Fragen stellen, erinnert er sich. Interesse zeigen.

»Woher kommst du?«

Jannik kommt aus Mönchengladbach, er ist Werkstofftechniker und Borussia-Fan. Er geht ins Stadion, wenn sein Verein spielt.

Robert hat keine Ahnung von Fußball. Worüber spricht man sonst mit Leuten?

»Was für Musik magst du?«

Jannik zählt verschiedene Bands auf, von denen Robert keine kennt. Eigentlich interessiert er sich gar nicht für Musik.

Sie erreichen eine Tapasbar, wo man draußen sitzen kann.

»Gut und günstig«, sagt Jannik. »Hab gestern schon hier gegessen.«

»Super«, sagt Robert.

Er hat Hunger und bestellt zu seinem Bier eine große Portion Patatas bravas, eine Art Pommes mit scharfer Soße. Jannik bestellt dasselbe. Er fragt, woher Robert kommt, was er beruflich macht und wo er schon überall im Urlaub war. Robert erzählt und wundert sich, wie leicht es ihm fällt. Er bestellt ein zweites, dann ein drittes Bier.

Irgendwann erzählt er von Yema. Von Norwegen. Dem Fjord.

Jannik hört zu und sagt nichts.

»Und keiner weiß, wo du bist?«, fragt er schließlich.

»Keiner.«

»Wow.« Er macht eine Pause. »Und deine Eltern?«

»Auch nicht.«

Robert erwartet, dass er wieder wow sagt, aber das tut er nicht.

»Scheiße«, sagt er.

»Ich weiß.«

Sie schweigen eine Weile.

»Wieso schreibst du ihnen nicht?«

Robert zuckt die Schultern. »Sie sollen nicht wissen, wo ich bin.«

»Sie müssen ja nicht wissen, wo du bist. Nur, dass es dir gut geht.«

Robert überlegt, ob es ihm gut geht. Wahrscheinlich meint Jannik damit, dass er am Leben ist. Das ist aus Sicht der meisten Menschen schon ziemlich gut.

»Oder du rufst sie einfach an?«

Energisch schüttelt Robert den Kopf. »Auf keinen Fall. Dann machen die mir Druck und wollen, dass ich zurückkomme.«

»Weißt du was«, sagt Jannik. »Schreib mir die Nummer auf. Ich rufe sie an und sage ihnen, dass ich dich getroffen habe und dass es dir gut geht. Dass sie dich nicht suchen sollen und dass du dich irgendwann meldest.«

»Das würdest du machen?«

Jannik nickt. »Wenn ich mir vorstelle, wie fertig meine Eltern wären … Also, das kannst du echt nicht bringen. Dass du dich gar nicht meldest.«

Robert überlegt. Das ist die Lösung. Er muss kein schlechtes Gewissen mehr haben, aber er muss sich auch nicht dem Druck der Eltern aussetzen. Er kann so lange wegbleiben, wie er will. Und wenn er eines Tages zurückkommen will, kann er das tun.

Er schreibt die Telefonnummer auf einen Zettel und reicht ihn Jannik.

Dann gibt er ihm ein Bier aus.

32

Julia starrte ungläubig auf den Bildschirm. Sie konnte nicht fassen, was sie da sah.

Ihr Bruder lebte. Und er war genau dort, wo sie ihn vermutet hatte.

Irgendjemand von den Leuten, mit denen sie auf der Insel geredet hatte, musste ihn gesehen oder sich an seinen Namen erinnert haben. Und ihm gesagt haben, dass seine Schwester nach ihm suche.

Daraufhin hatte er offenbar beschlossen, sich bei ihr zu melden. Einfach so. Mit einer E-Mail. Als wäre er gerade mal eine Weile im Urlaub gewesen, nicht zwölf Jahre wie vom Erdboden verschluckt.

Julia konnte nicht glauben, dass das wirklich passierte. Immer wieder las sie die Nachricht.

Du hast mich also gefunden. R

Mehrmals setzte sie zu einer Antwort an, zog die Hände aber immer wieder von der Tastatur zurück. Ihre Gedanken überschlugen sich, sie wollte so vieles auf einmal schreiben, dass sie gar nichts mehr schreiben konnte. Je länger sie über einer Antwort brütete, desto mehr baute sich ein Gefühl der Wut in ihr auf. Es wurde stärker und immer stärker, wie ein Wind, der sich zum Sturm steigerte.

Plötzlich tippte sie los wie eine Wilde.

Wo warst du die ganze Zeit, wieso hast du dich nicht gemeldet, was bist du für ein egoistisches Arschloch? Unser Vater ist aus Kummer gestorben, unsere Mutter krank geworden. Und du hockst auf dieser Scheiß-Insel, rupfst Unkraut und beschneidest Bäume und denkst nicht einen Moment an uns? Bleib, wo der Pfeffer wächst! Es war ein Fehler, dich zu suchen. Ich wünschte, ich hätte nie damit begonnen!

Ihr Herz raste wie wild, sie sprang hoch und lief im Zimmer auf und ab. Sie hätte schreien wollen, mit der Faust gegen die Wand hämmern, mit dem Kopf irgendwo dagegenschlagen.

All die Jahre, in denen sie sich gequält hatte mit ihrer Trauer, ihren Schuldgefühlen! Das Gefühl, nicht vollständig zu sein, die Leere füllen zu müssen, die der Verlust ihres kleinen Bruders in ihr hinterlassen hatte. Das sensationslüsterne Mitgefühl der anderen, der ständig mitschwingende Verdacht, sie müsse einen Schaden erlitten haben, sei traumatisiert, brauche psychologische Hilfe. Ihre selbstzerstörerischen Exzesse, die sie mit ebendiesem Schaden vor sich selbst entschuldigte, den sie nach außen hin verleugnete. Ihre Unfähigkeit, Beziehungen zu führen, der ganze Scheiß, den sie mit Männern erlebt und veranstaltet hatte – all das hatte sie durchmachen müssen, und warum?

Julia war außer sich.

Sie ging in die Küche. Im Kühlschrank fand sie einen Rest Weißwein, den sie in einem Zug austrank.

Dann kehrte sie an ihren Laptop zurück, las die Mail noch mal durch und klickte auf Senden.

Sie löschte alle Lichter, legte sich hin und spürte ihren rasenden Herzschlag in der Brust. Atmen. Ein. Aus. Augen schließen. Ein. Aus.

Das Display ihres Handys auf dem Couchtisch leuchtete auf, und sofort schoss sie nach oben.

Der Gewichtheber wünscht eine gute Nacht.

Wie gern würde sie Sebastian erzählen, was passiert war! Aber das war unmöglich. Sie legte das Telefon weg und starrte in die Dunkelheit.

2007

Jannik verabschiedet sich und geht in Richtung seines Hostals.

Komischer Typ, dieser Robert. Erst muss man ihm alles aus der Nase ziehen, dann lässt er plötzlich diese Geschichte raus. Von der Freundin, die sich umgebracht hat. Dass er sich selbst umbringen wollte, es aber nicht geschafft hat.

Jannik findet das alles ziemlich krank. In seiner Welt bringt man sich nicht um. Da nimmt man die Herausforderungen an und macht das Beste draus.

Er weiß nicht mehr, warum er angeboten hat, Roberts Eltern anzurufen. Aus Mitleid wahrscheinlich. Wenn er sich vorstellt, dass seine Eltern so was durchmachen müssten – undenkbar. Kann man nicht bringen, sich einfach nicht zu melden. Wenn Robert so eine Pussy ist, muss es eben jemand anderes für ihn übernehmen. Der Zettel mit der Telefonnummer steckt in seiner Hosentasche und erzeugt ein ungutes Gefühl.

Wer weiß, was wirklich mit dem Typen los ist. Vielleicht hat er was angestellt und ist deshalb abgehauen? Vielleicht wird nach ihm gefahndet? Womöglich wird er da in etwas hineingezogen und hat die Polizei am Hals, wenn er Roberts Eltern anruft?

Er schläft erst mal eine Nacht darüber.

Ob er ihn noch mal treffen soll? Dann fällt ihm ein, dass er gar keine Telefonnummer hat. Er hat vergessen, ihn danach zu fragen.

Vielleicht laufen sie sich ja zufällig noch mal über den Weg. So groß ist Barcelonas Zentrum nicht, und Touristen sehen sich sowieso alle die gleichen Sachen an. Wenn nicht, ist es auch kein Ding. Dann lernt er eben jemand anderes kennen.

Jannik biegt in eine kleine Seitengasse ein. Es ist nicht mehr weit bis zu seinem Hostal. Er hat ziemlich viel Bier getrunken und freut sich aufs Bett.

Vor ihm lungern ein paar Typen herum. Er will einen Bogen um sie machen, aber einer stellt sich ihm in den Weg.

»Hello«, sagt Jannik höflich und will an ihm vorbeigehen. Das hat er gelernt, dass man immer höflich sein soll. Ganz besonders auf Reisen.

Plötzlich stehen die zwei anderen Männer um ihn herum und halten ihn auf. Sie sehen nicht aus, als legten sie Wert auf höflichen Umgang.

»Give money!«, sagt einer und streckt die Hand aus.

Scheiße, denkt Jannik und rennt los. Die Typen hinter ihm her. Er schafft es bis zum Ende der Gasse, aber da wartet noch einer, der ihm ein Bein stellt. Jannik knallt auf die Straße, einer der Männer ist sofort über ihm. Er bäumt sich auf, der Typ holt mit der Faust aus, dann wird es dunkel.

Als er wenig später zu sich kommt, hat er den Geschmack von Blut im Mund. Sein Gesicht schmerzt, sein linkes Auge ist zugeschwollen. Vorsichtig bewegt er die Arme, die Beine. Nichts gebrochen. Er richtet sich auf, sitzt benommen da.

Sein Handy liegt mit zerbrochenem Display neben ihm. Er nimmt es, steckt es in die vordere Hosentasche. Dann greift er in die Gesäßtasche. Sein Geldbeutel ist weg. Er greift in die andere Tasche. Da ist der Zettel mit der Telefonnummer.

Wütend knüllt Jannik den Zettel zusammen und wirft ihn auf die Straße.

Nach kurzem, unruhigem Schlaf wachte Julia frühmorgens auf. Stöhnend rappelte sie sich hoch und stützte den Kopf in die Hände. Ihr war elend zumute. Sie hatte ihren Bruder gefunden und vielleicht gleich wieder verloren. Wie hatte sie nur so unbeherrscht sein können?

Sie war aufgewühlt gewesen, unter Schock. Ungefiltert hatte sie ihre Emotionen rausgehauen, statt wenigstens eine Nacht lang darüber zu schlafen. Alles kaputt gemacht. Wieder mal. Eine zwischenmenschliche Abrissbirne, das war sie.

Wenn sie nur eine Telefonnummer von ihm hätte! Sie wollte mit ihm sprechen, ihm alles erklären. Robert war kein geübter Schreiber. Es war ein Wunder, dass er ihr überhaupt eine Mail geschrieben hatte.

Am liebsten wäre sie sofort ins Flugzeug gestiegen und wieder auf die Insel geflogen. Aber sie befürchtete, dass sie ihn damit endgültig verschrecken würde. Nichts fürchtete sie mehr, als dass er wieder verschwinden würde. Diesmal vielleicht für immer.

Sie stand auf und machte sich einen Milchkaffee. Gedankenverloren stellte sie sich in ihrem Büro ans Fenster, rührte in der Tasse und blickte auf die Straße vor dem Haus. Passanten mit hochgeklapptem Mantelkragen eilten blicklos aneinander vorbei. Ob sie glücklich waren? Wie viele von ihnen lebten in zu kleinen und zu teuren

Wohnungen, hatten Jobs, die sie nicht mochten, finanzielle Verpflichtungen, die sie kaum bewältigten, enttäuschte Träume und Hoffnungen? Und dazu noch das Wetter, das viele Monate im Jahr grau und kalt war.

Wenn Julia sich dagegen das Licht und die Farben der Insel in Erinnerung rief, den tiefblauen Himmel, das smaragdgrüne Meer, den weißen Sandstrand und die goldene Abendsonne, dazu die Massen funkelnder Sterne in der Nacht, viel mehr, als jemals in der Stadt zu sehen waren, konnte sie sich vorstellen, was Robert dort hielt. Er liebte die Natur und den Umgang mit Pflanzen, er war dort am richtigen Platz. Aber warum, um alles in der Welt, hatte er sich nicht bei seiner Familie gemeldet?

Sie versuchte, sich in ihn hineinzuversetzen. Vielleicht hatte er ja zuerst vorgehabt, wieder nach Hause zu kommen. Aber dann war er hängen geblieben, die Zeit war vergangen, und es war immer schwieriger geworden, den Schritt zu machen. Vielleicht hatte er Angst vor dem Zorn des Vaters gehabt, vor den Vorwürfen der Mutter. Und so hatte er es immer weiter vor sich hergeschoben und sich womöglich damit getröstet, dass die Zeit alle Wunden heilte und auch seine Familie irgendwann über sein Verschwinden hinwegkommen würde.

Die Nachricht, dass seine Schwester nach ihm suchte, musste ihn völlig unerwartet getroffen und aus allem herausgerissen haben, was inzwischen zu seinem Leben geworden war. Und obwohl ihm das eigentlich nicht gefallen konnte, hatte er sich einen Ruck gegeben und ihr geschrieben, weil er zwar ein egoistisches Arschloch war, aber doch nicht gänzlich gefühllos. Weil er insgeheim vielleicht sogar froh war, dass es einen Ausweg aus dem Schweigen für ihn geben könnte. Und dann war ihre

Antwort gekommen, die ihm schlagartig klargemacht haben musste, warum er sich zwölf Jahre lang nicht bei ihr gemeldet hatte.

So ungefähr stellte Julia sich das vor.

Von: Julia@feldmann.de
An: jardinero@emails.es
Betreff: kein Betreff

Lieber Robert,
bitte verzeih mir! Ich war unter Schock. Dass du auf der Insel sein könntest, war eine verrückte Idee, an die ich selbst nicht recht geglaubt habe. Deine Nachricht hat mich deshalb völlig umgehauen.
Bitte melde dich wieder!
Julia

33

Staatsanwaltschaft ermittelt wegen Vergewaltigung

Wie die Staatsanwaltschaft mitteilte, wurden Ermittlungen gegen einen Mitarbeiter des Johannes-Löwe-Instituts für Biologie wegen des Verdachts der Vergewaltigung und Nötigung aufgenommen.

Dem 41-jährigen Dr. Jens H. wird vorgeworfen, eine Doktorandin über längere Zeit belästigt und bedroht sowie schließlich vergewaltigt zu haben. Auch weitere Übergriffe werden ihm zur Last gelegt. Gegen den Direktor des Instituts, Prof. Dr. Carl-Friedrich D., wird ebenfalls ermittelt. Ihm wird von Mitarbeiterinnen vorgeworfen, Straftaten ignoriert und ein Klima geschaffen zu haben, das Machtmissbrauch begünstige. Auch der Verdacht des geistigen Diebstahls steht im Raum. Beide Männer weisen die Vorwürfe zurück. Es handle sich hierbei um Racheakte enttäuschter Studentinnen.

Wie elektrisiert sprang Julia von ihrem Schreibtischstuhl auf. Sie wählte Shenmis Nummer.

»Hast du Zeitung gelesen?«, fragte sie aufgeregt.

»Klar«, sagte Shenmi. »Die haben uns ja deshalb verhört.«

»Verhört?«

»Ich sollte wohl sagen *befragt*, aber es hat sich mehr wie ein Verhör angefühlt. Ich kam mir vor, als wäre ich die Verdächtige.«

Shenmi schilderte, wie ihre Befragung abgelaufen war. Sie sollte detailliert beschreiben, was Höger gesagt und getan hatte, wann er sie wie angefasst hatte, ganz genau, bitte, noch genauer. Und immer wieder wurde nachgefragt, als wäre ihre Darstellung nicht glaubwürdig. Sie sollte präzise Angaben zu Daten und Uhrzeiten machen, einmal wurde sie sogar gefragt, welche Kleidung sie am fraglichen Tag getragen habe. Als sie sich erkundigt hatte, welche Rolle das spiele, habe einer der Polizisten gesagt, es gehe darum, die Qualität ihrer Erinnerungen zu überprüfen.

»Ich hatte aber das Gefühl, dass er mir eine Mitschuld nachweisen wollte, so nach dem Motto: Was wunderst du dich, wenn dich einer angrapscht, du musst ja nicht so einen kurzen Rock anziehen.«

»Ich verstehe, dass du aufgebracht bist«, sagte Julia besänftigend. »Aber könnte es sein, dass du was falsch interpretierst?«

»Was soll denn das heißen?«, fragte Shenmi mit aggressivem Unterton.

»Na ja, die Polizei muss bei so schwerwiegenden Beschuldigungen sehr genau nachfragen«, sagte Julia. »*Du* weißt, dass deine Ausführungen stimmen, *die* wissen es noch nicht. Also versuchen sie, ihre Arbeit so gründlich wie möglich zu machen. Und für dich als Befragte fühlt sich das dann so an, als würde man dir nicht glauben.«

»Ich fasse es nicht«, sagte Shenmi. »Du nimmst echt die Polizei in Schutz?«

»Ich nehme niemanden in Schutz«, wehrte Julia ab. »Ich versuche nur zu verstehen, was passiert ist.«

»Ich hatte die ganze Zeit das Gefühl, ich müsste mich rechtfertigen«, sagte Shenmi. »Die haben mich sogar gefragt, ob ich Signale gesendet hätte, die ihn ermuntert haben könnten. Immer wieder habe ich diesen unterschwelligen Vorwurf gespürt, dass ich irgendwie mitschuldig sei.«

Julia ließ sich das Setting der Befragung genau beschreiben. Dafür gab es bestimmte Regeln, und sie wollte wissen, ob die eingehalten worden waren. Das schien der Fall zu sein.

Shenmi war von einer Frau befragt worden, ein männlicher Kollege hatte mitgeschrieben und hin und wieder nachgefragt. Sie war zu Beginn des Gesprächs darüber aufgeklärt worden, was sie zu erwarten habe und dass es unangenehm werden könne, weil sehr persönliche Fragen gestellt werden würden.

»Die waren höflich und alles«, sagte Shenmi. »Aber … ohne einen Funken Empathie.«

Julia glaubte, das Problem zu verstehen. Shenmi hatte auf Verständnis und Mitgefühl gehofft, darauf, dass endlich jemand auf ihrer Seite war. Aber eine Befragung musste sachlich verlaufen, und Empathie zu zeigen gehörte nicht zu den Aufgaben der Polizei. Wenn es dennoch hie und da vorkam, war das so was wie eine freundliche Zugabe.

»Was haben sie zu den Aufzeichnungen von Chen Lu gesagt?«, fragte Julia. »Da haben sie doch schwarz auf weiß gekriegt, was sie wollten.«

Shenmi schnaubte verächtlich.

»Als Chen Lu ihnen ihre Liste gegeben hat, hat die

Polizistin gesagt, es sei ziemlich ungewöhnlich, dass jemand Buch über Belästigungen führe, sie aber nicht anzeige. Es klang so was durch wie: Die Liste könnte ja auch nachträglich angefertigt worden sein.«

Julia kaute nervös an ihrem Daumennagel. Sie dachte an den Lehrer in der Fernsehsendung, dessen Existenz durch eine Falschaussage ruiniert worden war. Auch wenn diese Fälle im Vergleich zu den tatsächlich stattfindenden Übergriffen extrem selten waren, musste die Polizei sie zunächst einmal ausschließen. Trotzdem konnte sie sich vorstellen, wie unangenehm eine solche Befragung war. Sie hätte nicht in der Haut der beiden Frauen stecken wollen.

Shenmi war noch nicht fertig.

»Sie haben Chen Lu außerdem unterstellt, dass sie wegen ihren mangelhaften Deutschkenntnissen vielleicht nicht alles richtig verstanden habe, was Höger gesagt hat. Dass die verbalen Übergriffe also vielleicht gar keine waren.«

Julia war hin- und hergerissen. War das normale, sorgfältige Polizeiarbeit, was Shenmi ihr da beschrieb, oder hatte sie zu Recht einen Unterton von Misstrauen und Verdächtigung wahrgenommen? Julia konnte es nicht sagen.

»Sie haben Chen Lu geraten, Anzeige zu erstatten. Das würde nämlich ihre Position in einem möglichen Verfahren stärken.«

Julia war überrascht. Vergewaltigung war ein Offizialdelikt; um es zu verfolgen, müsste das Opfer nicht selbst Strafantrag stellen.

»Will sie das denn tun?«, fragte Julia.

»Sie überlegt noch.« Shenmi machte eine kurze Pause.

»Sie sagt, wenn sie geahnt hätte, was alles auf sie zukommt, hätte sie nie mit dir gesprochen.«

»Das tut mir leid«, sagte Julia betroffen.

»Ich habe nie so recht geglaubt, was über den Umgang mit Opfern von sexueller Gewalt erzählt wird«, sagte Shenmi. »Inzwischen weiß ich, dass es stimmt. Nein, dass es sogar noch schlimmer ist.«

»Wieso, was hast du denn noch erlebt?«, fragte Julia erschrocken.

Shenmi zögerte. »Willst du das echt alles hören? Ich will dir kein schlechtes Gewissen machen.«

»Natürlich will ich es hören.«

Shenmi erzählte von anonymen sexistischen und rassistischen Beschimpfungen, per E-Mail auf ihrem Instituts-Account, in den Kommentarspalten der Online-Foren und bei Facebook und Twitter. Sie sei eine Schlampe, eine schlitzäugige Hure, eine Wichtigtuerin, die selbst vergewaltigt werden sollte, sie solle zurück nach China, da wüsste man, wie man mit Verrätern umgeht.

»Wieso liest du den Scheiß?«, sagte Julia entsetzt. »Das weiß doch jeder, dass man das nicht darf.«

»Es ist wie eine Sucht«, sagte Shenmi mit zittriger Stimme. »Wenn du mal angefangen hast, dir das reinzuziehen, kannst du nicht mehr aufhören. Es zerfrisst dich innerlich, aber du hast das Gefühl, du musst jeden einzelnen Dreckskommentar lesen.«

Julia forderte sie auf, Hasskommentare zu melden und die E-Mails unbedingt an die Polizei weiterzuleiten.

»Klar, jetzt weiß ich ja, wie motiviert die dort sind«, sagte Shenmi.

»Immerhin ermitteln sie«, sagte Julia und versuchte, aufmunternd zu klingen. »Das heißt, dass man eure Aussagen ernst nimmt. Jetzt müssen wir hoffen, dass es zu einer Anklage kommt.«

»Ganz ehrlich, ich weiß nicht, ob ich das hoffe«, sagte Shenmi. »Das wird ja sicher alles noch schlimmer, wenn wir vor Gericht aussagen.«

Julia fühlte sich elend. Hatte sie in ihrem Ehrgeiz, Höger zur Strecke zu bringen, unterschätzt, was auf ihre Informantinnen zukommen würde? Die massive mediale Reaktion hatte sie kommen sehen, nicht aber das Ausmaß des Hasses, der ihnen von vermeintlich normalen Menschen entgegenschlug. Was für kranke Gehirne mussten das sein, die so was verfassten!

»Es tut mir wirklich sehr leid«, sagte Julia. »Kann ich irgendwas für euch tun?«

»Lass uns einfach in Ruhe«, sagte Shenmi tonlos.

Robert hatte nicht auf ihre Mail reagiert. Kein Wunder. Julia zerbrach sich den Kopf, was sie tun könnte, um ihn dazu zu bringen, sein Schweigen zu brechen.

Schließlich kam sie auf die Idee, ihm ihren Artikel zu schicken. Vielleicht würde die Erwähnung von Höger etwas in ihm auslösen.

Von: Julia@feldmann.de
An: jardinero@emails.es
Betreff: Artikel in *Spektrum*

Lieber Robert,
schade, dass du mir nicht antwortest. Es gibt so vieles, was ich dich fragen möchte. Und ich bin mir sicher, du hast auch Fragen an mich.

*Hier schicke ich dir einen Artikel, den ich recherchiert und ge-
meinsam mit zwei Kolleginnen von Spektrum geschrieben habe.
Ich könnte mir vorstellen, dass er dich interessiert.
In Liebe
Deine Julia*

Es vergingen drei Tage. Und dann kam tatsächlich eine
Antwort.

*Ich kenne diesen Höger. Hoffe, das Schwein geht in den
Knast. R*

Sie schrieb sofort zurück, wagte aber nicht, ihn direkt
auf Yema anzusprechen.

*Ich habe mir gedacht, dass du ihn kennst. Ich hoffe auch,
dass er seine gerechte Strafe bekommt. Für alles, was er getan
hat. Bitte, Robert, verzeih mir meine erste Mail! Ich war unter
Schock. Bis zu diesem Moment wusste ich nicht mal, dass du
noch lebst! Wann immer du möchtest, melde dich. Bitte. Julia*

Ihr Bruder war am Leben, und sie kannte seinen Aufenthaltsort. Die Wucht dieses Gedankens war so enorm,
dass sie ihn immer wieder von Neuem denken musste, um
ihn glauben zu können.

*Mein Bruder ist nicht tot. Mein Bruder ist nicht tot. Mein
Bruder ist nicht tot.*

Bisher hatte sie niemandem von Roberts Auftauchen
erzählt. Bevor sie ihn nicht gesehen und mit ihm gesprochen hatte, kam ihr das Ganze völlig unwirklich vor. Sie
sehnte sich danach, ihn endlich in die Arme zu schließen. Aber diese Möglichkeit war erneut in weite Ferne
gerückt.

Zu ihrer Überraschung kam einige Tage später wieder
eine E-Mail.

Wieso bist du eigentlich so überrascht, dass ich lebe? Ich habe euch damals eine Nachricht geschickt. R

Verwirrt starrte sie auf den Bildschirm. Robert hatte keine Nachricht geschickt. Zumindest hatten sie nie eine erhalten. Lange hatten sie darauf gewartet und gehofft, dass sich doch noch alles aufklärte. Hörte man nicht immer wieder von Briefen, die nach Jahren wieder auftauchten und dem verblüfften Empfänger zugestellt wurden? Und Robert mit seiner Abneigung gegen elektronische Medien war zuzutrauen, dass er einen Brief schrieb. Aber es war keiner gekommen.

Wir haben seit deiner Abreise nach Norwegen nie mehr was von dir gehört und dachten, du wärst tot.

Diesmal kam die Antwort schnell.

Ich habe damals einen Typen aus Deutschland getroffen. Er hat mir versprochen, euch anzurufen und Bescheid zu sagen. Dass ich lebe, dass es mir gut geht. Dass ihr mich nicht suchen sollt. R

Er hatte also doch eine Nachricht auf den Weg gebracht? Es war ihm nicht scheißegal gewesen, wie es seinen Eltern und seiner Schwester ging? Aber warum war die Nachricht nie bei ihnen eingetroffen? Wieso hatte der Typ sein Versprechen nicht gehalten? Sie schickte ihm das Foto der beiden jungen Männer auf der Mauer in Barcelona, das sie auf seine Spur gebracht hatte.

War es der hier?

Wieder verging ein Tag, bis Robert antwortete.

Ja.

Wie vom Donner gerührt saß sie da. So einfach hätte alles sein können. So viel wäre ihnen erspart geblieben. Auch wenn sie immer noch nicht verstand, warum Robert auch in den Jahren danach kein Lebenszeichen von sich gegeben hatte.

Plötzlich poppte eine Erinnerung in Julia auf, ein Sommernachmittag in ihrer Kindheit. Sie hatte im Wald nach Robert gesucht, der sich schon damals gern versteckt hatte. *Er hockte auf einem Baum und traute sich nicht mehr runter. Was hatte er ihr erzählt?* Dass er fast ein Eichhörnchen gefangen hätte? Bei der Erinnerung daran musste sie lächeln. Jedenfalls hatte sie ruhig auf ihn eingesprochen, ihm genau erklärt, wie er seine Füße und Hände setzen musste, damit er absteigen konnte. Ihre Anweisungen waren wie Knoten in einem Seil gewesen, an dem er Stück für Stück nach unten geklettert war.

Die E-Mails zwischen ihnen fühlten sich ähnlich an. Jede Nachricht war wie ein weiterer Knoten in dem Seil, das sie in seine Richtung ausgeworfen hatte. Julia spürte, dass sie die Verbindung nicht abreißen lassen durfte. Eines Tages würden genügend Knoten im Seil sein, die ihm die Rückkehr ermöglichten.

Sie ersparte ihm die Frage, warum er damals nicht selbst angerufen oder geschrieben hatte. Und auch danach nicht. Eigentlich wusste sie die Antwort: weil er zu diesem Zeitpunkt schon so hoch auf den Baum geklettert war, dass er nicht mehr allein hinunterkam.

Ob sie den Typen auf dem Mäuerchen ausfindig machen könnte? Sie schrieb zurück und fragte Robert, ob er sich an den Namen erinnern könne.

Jannik, glaube ich. Aus Mönchengladbach. Wieso willst du das wissen? Glaubst du mir etwa nicht? R

Schnell schrieb sie zurück.

Ich möchte wissen, warum uns diese Nachricht damals nicht erreicht hat. Sie hätte alles verändert. So viel Schmerz und Leid wären uns erspart geblieben. Ich hätte nicht so wütend auf dich

sein müssen. Ich will verstehen, was schiefgelaufen ist. Vielleicht
nur, um auf jemand anderes wütend sein zu können.

Robert schrieb nur einen Satz zurück.

Was würde das ändern?

Julia ließ sich in ihrem Stuhl nach hinten fallen und
seufzte tief. Er hatte recht. Sie wusste es genau, trotzdem
kam sie nicht gegen den Impuls an, einen Schuldigen finden zu wollen. Einen, den sie hassen konnte für alles, was
sie und ihre Eltern durchgemacht hatten. Dabei hatte sie
den doch eigentlich längst ausfindig gemacht.

Jens Höger war es, der Yema zu ihrer Verzweiflungstat
getrieben hatte. Nur deshalb war Robert abgehauen, und
das Drama ihrer Familie hatte seinen Lauf genommen.
Auch dafür sollte er büßen.

Lieber Robert, ich will dich zu nichts drängen, aber ich wün-
sche mir so sehr, dich bald zu sehen. Könntest du dir vorstellen,
für einen Besuch nach Hause zu kommen? Ich habe Mutti noch
nicht von dir erzählt, weil ich keine falschen Hoffnungen in ihr
wecken möchte. Du solltest nicht zu lange warten. Sei umarmt.
Julia

Sie erhielt keine Antwort.

34

Wieder saß Julia an einem Krankenhausbett. Wieder blickte sie auf Schläuche, auf Monitore, über die gezackte Linien liefen, hörte Schritte und Stimmen auf dem Flur und von draußen die gedämpften Geräusche der Stadt.

Ahnungslos hatte sie in der Redaktion angerufen und nach Chris verlangt. Der schwelende Streit zwischen ihnen belastete sie, und sie wollte ihn aus der Welt schaffen. Von Karl hatte sie die Auskunft erhalten, dass sie wegen der Veröffentlichung ihres Artikels im *Spektrum* nichts zu befürchten habe.

Nun wollte sie mit Chris reden. Sie hatte es sich schon mit so vielen Leuten verdorben, sie wollte nicht auch noch ihren langjährigen Freund verlieren.

»Herr Hensel ist nicht zu sprechen«, sagte seine Sekretärin knapp.

Der Feigling lässt sich verleugnen, dachte Julia. Aber nicht mit mir.

»Ich weiß, dass er sauer auf mich ist«, sagte sie. »Aber ich habe, wie Sie wissen, viele Jahre für ihn gearbeitet. Ich habe ein Recht, mit ihm zu sprechen.«

Am anderen Ende blieb es still.

»Haben Sie mich gehört?«

»Herr Hensel ist krank.«

»Krank? Wann ist er denn voraussichtlich wieder im Büro?«

»Das kann ich Ihnen derzeit nicht sagen.«

Ein ungutes Gefühl beschlich Julia. »Was ... hat er denn?«, fragte sie.

Wieder blieb es für einen Moment still.

»Eigentlich darf ich Ihnen das nicht sagen, Frau Feldmann, aber ich weiß ja, dass Sie alte Freunde sind. Herr Hensel hatte einen Herzinfarkt.«

Und nun saß Julia am Bett ihres alten Kumpels, der sie oft so mies behandelt und den sie unzählige Male verflucht hatte, und kämpfte mit den Tränen.

Sein Gesicht war fahl, und trotz seiner enormen Körperfülle wirkte er zart und verletzlich. Seine Furcht einflößende Ausstrahlung war verschwunden, matt und kraftlos lag er vor ihr.

»Jule, altes Schlachtschiff«, hatte er mit schwacher Stimme gesagt, als sie vor ihm stand. »Was führt dich denn hierher?«

»Eigentlich wollte ich dir in den Hintern treten. Aber das scheint gerade kein guter Moment zu sein.«

»Nur wenn du mich endgültig loswerden willst«, sagte er und verzog das Gesicht zu einem schiefen Grinsen.

Sie setzte sich neben ihn. »Mensch, Alter, was machst du denn für einen Scheiß?«

Julia hatte immer gewusst, dass Chris der Topkandidat für einen Herzinfarkt war. Jetzt, wo es tatsächlich passiert war, fühlte sie sich schuldig. Hätte sie ihm mehr ins Gewissen reden müssen? Ihm sein vormittägliches Weißbier, seine ständige Lust auf Kuchen, seine maßlose Fresserei bei Verlagsfesten madig machen sollen? Sie war sich sicher, dass andere es getan hatten. Seine Frau, Freunde, sein Hausarzt. Er hatte nicht hören wollen. Ja, fast kam es Julia so vor, als hätte er das Schicksal absichtlich herausgefordert.

»War arschknapp«, sagte Chris mit dem Stolz eines Ski-
läufers, der einen Lawinenabgang überlebt hatte. »Drei
Infarkte. Der letzte hätte mir fast das Licht ausgeblasen.«

»Mehr Glück als Verstand«, sagte Julia. »Aber das muss
ich dir nicht sagen.«

Chris bat um einen Schluck Tee, und Julia reichte ihm die
Schnabeltasse. Er trank, wobei etwas Flüssigkeit an seinem
Kinn hinunterlief. Julia griff nach einem Tuch und tupfte sie
weg, als wäre er ein Baby oder ein sabbernder Greis.

»So weit ist es also mit uns gekommen«, sagte er und
seufzte.

Es musste furchtbar für ihn sein. Er, der böse Bube aus
Überzeugung, der coole Macker, der niemals eine Schwä-
che zeigte, präsentierte sich ihr in diesem unwürdigen Zustand.

»Tut mir leid, dass es so eskaliert ist zwischen uns«, sagte
sie.

Chris legte sich zurück aufs Kissen und schöpfte Atem.

»Du hast recht. Ich bin ein Arschloch.«

Julia schwieg. Wenn jemand so knapp dem Tod entronnen war, erschien alles andere plötzlich unwichtig. Längst
hatte sie ihm verziehen.

»Deine Geschichte war richtig gut«, sagte er. »Zu gut
für uns. Mir das einzugestehen, habe ich nicht geschafft.«

»Ist schon okay.« Sie legte ihre Hand auf seinen Unterarm, wollte nicht, dass er sich aufregte. Bestimmt war das
schlecht für sein Herz.

»Und die Sache mit dem Video …«, fuhr er fort.

O nein, dachte sie. Darüber wollte sie wirklich nicht
mehr sprechen. Konnten die Menschen nicht gnädig den
Mantel des Vergessens darüberbreiten?

»Statt mit dem Scheißkerl ins Bett zu gehen, hättest du

lieber mich erhört«, sagte Chris wehmütig. »Als ich noch jung und schön war, meine ich.«

»Wann soll das gewesen sein?«, fragte sie scherzhaft.

»Ach komm, so ein Monster war ich nun auch nicht.«

»Nein, warst du nicht. Aber wenn ich dich erhört hätte, wären wir heute keine Freunde mehr. Ich hab noch jeden meiner Lover vergrault.«

»Vielleicht wär's die Sache ja wert gewesen«, sagte er seufzend. Und nach einer Pause: »Wir sind also noch Freunde?«

Julia war überrascht. Der alte Zyniker konnte ja richtig sentimental werden.

»Solange du mich anständig behandelst.«

Chris schwieg einen Moment lang. Dann sagte er: »Schreibst du mal wieder für mich? Ich lege auch 'ne Schippe Kohlen drauf.«

Julia lächelte und drückte seine Hand. »Zuerst wirst du gesund. Dann sehen wir weiter.«

Ermittlungen gegen Institutsleiter eingestellt

Die Ermittlungen gegen den Direktor des Johannes-Löwe-Instituts für Biologie Prof. Dr. Carl-Friedrich D. wegen geistigen Diebstahls und Begünstigung wurden eingestellt. Ihm konnte nicht nachgewiesen werden, dass er sexuelle Übergriffe geduldet oder vertuscht hat. Ebenso ließ sich der Verdacht, er habe Forschungsergebnisse seiner Doktorand/innen für eigene Veröffentlichungen übernommen, nicht erhärten. D. spricht von einer »Hexenjagd« gegen ihn, die seine Gesundheit schwer angegriffen habe. Er stelle daher sein Amt mit sofortiger Wirkung zur Verfügung.

Julia ließ die Zeitung enttäuscht sinken. Dettmer würde also ungeschoren davonkommen. Das Einzige, was gelitten hatte, war seine Reputation (die angegriffene Gesundheit hielt sie für ein Märchen).

Sicher hatte er sich seinen Rückzug von der obersten Institutsleitung teuer bezahlen lassen. Für die Wiederherstellung des guten Rufs scheute man dort bestimmt keine Kosten.

Was war mit Höger? Offenbar liefen die Ermittlungen gegen ihn noch. Ob das ein gutes oder ein schlechtes Zeichen war? Am Institut war er jedenfalls nicht mehr tätig, das hatte Julia von den Kolleginnen bei *Spektrum* erfahren. Was er stattdessen machte, wusste sie nicht.

Seine Aktivitäten bei Facebook hatte er vollständig eingestellt. Der letzte Eintrag war das Foto, das während seines Vortrags auf einer Fachtagung aufgenommen worden war und auf dem die Frauen in den vorderen Reihen ihn anschmachteten.

Der Schwanz soll ihm abfallen, und die Syphilis soll ihn dahinraffen.

Gern hätte Julia mit Shenmi gesprochen, aber die hatte sich vom Institut beurlauben lassen und war auf einer längeren Reise durch Südamerika, »um Abstand von der ganzen Scheiße zu bekommen«, wie sie Julia geschrieben hatte. Sie wolle während dieser Zeit keinen Kontakt und melde sich, wenn sie zurück sei.

Chen Lu war auch abgetaucht, aber mit ihr hatte Julia kein so enges Verhältnis.

Wenn sie die letzten Monate Revue passieren ließ, blieb ein schales Gefühl in ihr zurück. Sie hatte zwar ihr Ziel erreicht und den Skandal am JLI aufgedeckt, sie hatte zwei Informantinnen dazu gebracht, sich zu outen, sie hatte dazu beigetragen, dass Dettmer den Rückzug angetreten und Höger seinen Job verloren hatte. Sie hatte Högers körperliche Attacke und sogar seinen perfiden Rachefeldzug mit dem Video überstanden. Kurz: Sie hatte einen guten Job gemacht und gegen alle Widerstände der Wahrheit ans Licht verholfen. Aber der Preis dafür war verdammt hoch. All die Angriffe und Anfeindungen waren nicht ohne Wirkung geblieben, das Gift war in sie eingesickert und hatte sie verletzt und verunsichert. Und so fühlte sich Julia wie jemand, der voller Überzeugung und Leidenschaft für eine gute Sache in den Kampf gezogen war und nun mit den Versehrungen weiterleben musste, die er davongetragen hatte.

Lies mal! So lautete die lapidare Aufforderung, die Julia einige Zeit später per E-Mail erhielt. Chris rödelte also schon wieder, obwohl er in Reha war und sich eigentlich schonen sollte. Aber wie sollte ein Workaholic es schaffen, nichts zu tun? Chris war ein Süchtiger. Süchtig nach Genuss, nach Bestätigung, nach Arbeit, nach Macht. Diese Mischung hätte ihn fast ins Grab gebracht, trotzdem konnte Julia sich schwer vorstellen, dass er sich ändern würde.

Sie öffnete die angehängte Datei.

Tödliche Nebenwirkungen bei Diätpulver Lineafit Magic

Erst im vergangenen Sommer war das Produkt zur Gewichtsreduktion auf den Markt gekommen und als Sensation gefeiert worden. Mittlerweile ist die Euphorie verflogen: Nicht nur, dass die Wirksamkeit angezweifelt wird, mehrere Konsumentinnen brachen nach längerer

Einnahme von Lineafit Magic zusammen und mussten intensivmedizinisch behandelt werden. Eine der Patientinnen verstarb.

Das angebliche Schlankheitspulver enthält unter anderem die Kombination eines amphetaminähnlichen Antidepressivums und eines Wirkstoffs, der beim Drogen- und Alkoholentzug eingesetzt wird. Beide Substanzen können starke Nebenwirkungen haben, insbesondere erhöhen sie den Blutdruck. Dieser ist bei übergewichtigen Patienten häufig ohnehin zu hoch, daher ist die Verabreichung dieser Wirkstoffkombination gegen Fettleibigkeit pharmakologisch fragwürdig. Der Hersteller weist alle Vorwürfe zurück. Es gebe keinen Beweis dafür, dass die Einnahme von Lineafit Magic ursächlich für den Tod der Frau verantwortlich sei.

Sieh mal an, dachte Julia. Ihre Skepsis war also berechtigt gewesen. Das Zeug war nicht nur wirkungslos, sondern gefährlich – genau wie sie es Chris gegenüber beschrieben hatte. Nun zeigte sich, dass es vielleicht sogar lebensgefährlich war.

Ist das ein Auftrag?

Als Antwort schickte er die Einladung zur Pressekonferenz des Herstellers, die drei Tage später stattfinden würde.

Vor dem Hotel stand eine Gruppe Demonstranten mit Transparenten.

Krank statt schlank stand auf einem, *Lineafit Magic tötet* auf einem zweiten und *Schluss mit dem Schlankheitswahn* auf einem weiteren.

Julia warf der Gruppe einen sympathisierenden Blick zu und lief die Stufen zum Hotel hoch. Diesmal verkündete kein großkotziges Banner über dem Eingang *Genuss ohne Reue*.

In der Lobby fand sich ein kleiner, halb versteckter Hinweis auf die Pressekonferenz, die diesmal nicht im Raum Fürst Pückler stattfand, sondern im deutlich größeren Raum Erzherzog Franz Joseph. Julia fand gerade noch einen Platz. Die Sitzreihen waren schon fast vollständig besetzt, und immer mehr Journalisten trafen ein.

Die Nachricht vom Tod der Frau hatte eingeschlagen wie eine Bombe, gerade weil viele Medien das Wunderpulver so unkritisch gefeiert hatten. Hätte Julia damals ihre Befürchtungen formuliert, könnte sie sich jetzt darin sonnen, recht behalten zu haben. Aber Befürchtungen reichten für eine seriöse Berichterstattung nicht aus. Dafür musste leider erst was passieren.

Julia ließ den Blick durch den Raum schweifen. Die Damen von der Tussen- und Boulevardfraktion waren ebenso vertreten wie die Kollegen und Kolleginnen von den Fachmagazinen und der übrigen Presse. Drei Kamerateams hatten sich aufgebaut und versuchten, den Blick auf die Bühne frei zu halten.

Und dann sah sie ihn.

Sebastian sprach mit seinem Kameramann und gestikulierte dabei. Er deutete zuerst in Richtung Bühne und dann auf die Teilnehmer; offenbar gab er Anweisungen, welche Einstellungen während der Pressekonferenz gedreht werden sollten. Dann entdeckte er sie und hob die Hand zu einem verhaltenen Gruß. Sie lächelte und winkte zurück. Inzwischen war es so voll, dass sie nicht mehr zu ihm hinübergehen konnte. Sie hätte die ganze

Sitzreihe aufstehen lassen müssen. Also nahm sie ihr Tablet, zeichnete zwei Cocktailgläser und ein Fragezeichen darauf und hielt es hoch. Er zögerte kurz, dann hob er den Daumen.

Die Firmenvertreter marschierten auf. Zwei davon kannte sie vom letzten Mal, den Leiter der Entwicklungsabteilung und den jungen Marketingmanager, der wieder einen zu knappen Anzug trug, diesmal in gedecktem Anthrazit. Auch die anderen Personen waren dunkel gekleidet. Der Marketingmann stellte zwei von ihnen als Anwälte vor. Die einzige Frau auf dem Podium war die Verantwortliche für die Pressearbeit. Sie ergriff nun das Wort.

»Meine Damen und Herren, ich begrüße Sie zu diesem Termin und bin Ihnen dankbar, dass Sie so zahlreich erschienen sind. Es ist kein erfreulicher Anlass, aus dem wir Sie eingeladen haben, aber vielleicht können wir ja einige Dinge aufklären. Lassen Sie mich zunächst sagen, dass wir alle den Tod der Patientin zutiefst bedauern, die vor einigen Tagen in Mülheim an der Ruhr einem Kreislaufversagen erlag. Wir sind in Gedanken bei ihren Angehörigen, denen wir hiermit unser Mitgefühl aussprechen. Gleichzeitig wollen wir betonen, dass wir keinen Zusammenhang zwischen der Einnahme von Lineafit Magic und diesem bedauernswerten Todesfall sehen.«

In der kommenden halben Stunde folgte eine Suada von wissenschaftlich klingenden Analysen und Erklärungen, die allesamt den Zweck hatten, einen möglichen Zusammenhang zwischen der Einnahme des Pulvers und dem Kreislaufversagen der Frau zu bestreiten.

Julia musste zugeben, dass die Firmenleute gut präpariert waren und auf alle Fragen der Medienvertreter scheinbar schlüssige Antworten hatten. Aber es war offensichtlich, dass der Vorgang nicht ergebnisoffen untersucht worden war, sondern nur im Hinblick darauf, wie der Verdacht am besten abgewälzt werden könnte. Sie fühlte sich an das Verhalten der JLI-Verantwortlichen erinnert – auch Dettmer und die Gleichstellungsbeauftragte hatten einfach alles abgestritten und gedacht, damit kämen sie durch.

Einige Untersuchungen im Fall Lineafit Magic waren allerdings noch nicht beendet, daher war nicht ausgeschlossen, dass die Sache ein Nachspiel haben würde. Hoffentlich würden die Schuldigen, sofern man sie dingfest machen konnte, zur Verantwortung gezogen! Julia spürte den ganz und gar unprofessionellen Wunsch in sich, überall dort Köpfe rollen zu sehen, wo kriminelle Machenschaften vertuscht werden sollten.

Sie hatte während der letzten halben Stunde den Ton aufgenommen und sich zusätzlich Notizen gemacht. Damit hatte sie alles, was sie für ihren Artikel brauchte. Sie blickte zu Sebastian, der gerade dabei war, Interviews zu führen. Plötzlich fühlte sie sich ganz flatterig, und ihre Handinnenflächen wurden feucht. Was hatte sie sich bloß dabei gedacht, ihm einen gemeinsamen Drink vorzuschlagen? Was genau wollte sie von ihm? Auf keinen Fall dürfte er ein zweites Mal das Gefühl bekommen, sie spiele mit ihm. Das hatte er nicht verdient.

Sie machte ihm ein Zeichen, dass sie draußen auf ihn warten würde, und verließ den Raum. Vor der Tür lehnte sie sich an eine Brüstung, zog ihr Handy heraus und öffnete ihr Mail-Programm.

Von: Martin-Merk@Spektrum.de
An: Julia@feldmann.de
Betreff: Herzlichen Glückwunsch

Liebe Frau Feldmann,
ich darf Ihnen unsere allerherzlichsten Glückwünsche ausspre-
chen. Gemeinsam mit den Spektrum-*Kolleginnen Marina Köh-*
ler und Anja Rolfs erhalten Sie den Deutschen Journalistenpreis
in der Sparte Wissenschaftsreportage.
Weitere Informationen zur Preisverleihung finden Sie im Anhang.
Wir freuen uns, dass wir zu diesem großen Erfolg beitragen konn-
ten.
Mit herzlichen Grüßen
Martin Merk
Spektrum/*Ressortleitung Wissenschaft*

Wie in Trance saß Julia wenig später auf ihrem Hocker an der Hotelbar und schüttelte ungläubig den Kopf.

»Das ist bestimmt ein Fake«, sagte sie. »Da verarscht mich doch jemand.«

»Mit der Signatur von *Spektrum*?«, sagte Sebastian.

»So was kann man doch easy fälschen.« Sie griff nach ihrem Glas und nahm einen kräftigen Schluck. »Ich habe noch nie einen Preis bekommen. Ich bin nicht der Typ, der Preise kriegt. Hast du schon mal einen gekriegt?«

»Den Deutschen Fernsehpreis«, murmelte Sebastian, als wäre es ihm peinlich. »Ist schon eine Weile her.«

»Wow«, sagte sie spöttisch. »Kann ich ein Autogramm haben?«

»Wenn du mir auch eins gibst?« Er erhob sein Glas. »Trinken wir also darauf, dass du keinen Preis bekommst!«

Sie stießen an.

Julia griff nach der Speisekarte. »Ich hab noch nichts gegessen.«

Sie bemerkte, dass Sebastian sie amüsiert betrachtete.

»Wie wär's, wenn du einfach mal in der *Spektrum*-Redaktion anrufen würdest?«, schlug er vor.

»Auf keinen Fall!« Sie blickte erschrocken von der Karte auf. »Das wäre ja ultrapeinlich, wenn das mit dem Preis nicht stimmt.«

»Soll ich für dich anrufen?«

»Um Gottes willen«, japste sie. »Das wäre noch peinlicher!«

In diesem Moment erschien eine Push-Meldung auf ihrem Display. Sie legte die Karte weg und nahm das Handy, das sie vor sich auf dem Tresen abgelegt hatte. Ihre Augen weiteten sich.

Sie las vor: »Die Jury des wichtigsten deutschen Journalistenpreises hat ihre Entscheidungen für dieses Jahr bekannt gegeben ...« Sie überflog die Meldung, bis sie an der entscheidenden Stelle war. »... in der Sparte Wissenschaftsreportage erhalten die freie Journalistin Julia Feldmann sowie die beiden *Spektrum*-Redakteurinnen Marina Köhler und Anja Rolfs die Auszeichnung für ihre Reportage *Im Namen der Wissenschaft.*«

Sie ließ das Handy sinken. Dann fiel sie Sebastian spontan um den Hals, nur um sich im nächsten Moment hastig von ihm zu lösen.

»Entschuldige«, sagte sie verlegen. »Mangelnde Impulskontrolle.«

Er lächelte. »Schon okay.«

»Ich kann sowieso nicht zur Preisverleihung. Ich hab kein Abendkleid.«

Sebastian hob eine Augenbraue.

»Preisverleihungen sind außerdem schrecklich«, fuhr sie schnell fort. »Die hochtrabenden Reden, die scheinheiligen Glückwünsche. Alle, die den Preis nicht bekommen, hassen einen. Und danach kriegt man nie mehr einen Auftrag.«

Er lachte. »Wie kommst du denn darauf?«

»Frag mal einen Oscar-Preisträger. Denen bietet keiner mehr einen Job an, weil alle denken: Der hat doch den Oscar, der kann sich vor Anfragen sicher nicht retten.«

»Gut, dass du nicht den Oscar kriegst.«

»Und bei der Party steht man dumm herum, und keiner spricht einen an, weil alle denken: Die hat doch den Preis gekriegt, die redet sicher nur noch mit den wichtigen Leuten. Aber die wichtigen Leute reden mit den noch wichtigeren Leuten.«

Julia nahm ihr Handy und scrollte.

»Ist der Preis eigentlich dotiert? Ich nehme nur Preise an, die dotiert sind.«

Der Barkeeper näherte sich und bat darum, kassieren zu dürfen.

»Schichtwechsel«, sagte er.

Sebastian nahm die Rechnung entgegen.

»Kommt nicht infrage!«, protestierte Julia. Sie schnappte sich die Rechnung, bezahlte und rundete den Betrag dabei großzügig auf.

»Vielen Dank«, sagte Sebastian. »Das Preisgeld muss ja gigantisch sein, wenn du solche Trinkgelder verteilst.«

»Es gibt kein Preisgeld«, sagte Julia verlegen lächelnd. »Ich kann bloß nicht gut rechnen.«

Sie rutschten von ihren Barhockern und verließen das Hotel.

Die Demonstration gegen den Pharmakonzern hatte

sich aufgelöst. Das Pappschild mit der Aufschrift *Lineafit Magic tötet* lag im feuchten Straßenschmutz und löste sich auf. Julia fragte Sebastian, wie das Unternehmen sich seiner Meinung nach aus der Affäre gezogen hatte. Sie spekulierten, was weiter passieren und ob es ein juristisches Nachspiel geben würde.

Als sie die U-Bahn-Station erreicht hatten, blieb Sebastian stehen.

»Also dann«, sagte er.

»Also dann«, sagte Julia.

Beide schwiegen und sahen sich an. Julia überlegte fieberhaft, wie sie den Abschied hinauszögern könnte, aber ihr fiel nichts ein. Jedenfalls nichts, was nicht albern oder banal geklungen hätte.

»Und wenn ich dich einfach begleiten würde?«, sagte Sebastian.

»Danke, aber ich bin mit der Vespa da«, sagte sie und wies in Richtung des Hotels.

»Ich meine nicht jetzt. Ich meine … bei der Preisverleihung.«

Sie blickte ihn überrascht an. »Ist das dein Ernst?«

»Ich könnte auch den Gewichtheber schicken, wenn dir der lieber ist.«

»Der ist doch außer Dienst«, sagte sie.

Sebastian wiegte den Kopf. »Ich habe den Eindruck, dass er ein Comeback erwägt.«

»Ist er denn noch in Form?«, fragte sie.

Sebastian hob die Arme und stellte pantomimisch dar, wie er ein schweres Gewicht anhob, mit einem Ruck über den Kopf stemmte und schließlich fallen ließ, wobei er ein Stück zurücksprang, damit er nicht von der Stange getroffen wurde.

Dann grinste er Julia an. »Wenn er ein bisschen trainiert, könnte es vielleicht gehen.«

Sie spürte, wie sich ein warmes Gefühl in der Gegend ihres Herzens ausbreitete und ihre Augen feucht wurden.

»Sag dem Gewichtheber, ich hab ihn vermisst«, sagte sie leise. »Und dass ich sehr glücklich wäre, wenn er mich begleiten würde.«

35

Fünf Monate später

Julia parkte die Vespa in einiger Entfernung von ihrem Ziel und ging den Rest des Wegs zu Fuß. Sie war extra früh aufgestanden, um auf keinen Fall zu spät zu kommen. Üblicherweise fand sie ein paar Minuten Verspätung bei fast allen Anlässen vertretbar, aber heute wollte sie keine Sekunde des Geschehens verpassen. Heute war der Tag, auf den sie hingearbeitet, ja hingefiebert hatte. Für den sie so viel Einsatz gebracht, so viel Schmerz und Demütigung hingenommen hatte. Heute begann der Prozess gegen Jens Höger. Und abgesehen davon, dass dies eine persönliche Genugtuung für Julia war, hatte sie von der *Spektrum*- Redaktion den Auftrag erhalten, über das Verfahren zu berichten. Sie hatte befürchtet, dass die Redaktion sie für befangen halten würde, aber das Gegenteil war der Fall.

»Es ist Ihre Story, natürlich berichten Sie auch über den Prozess«, hatte Merk gesagt.

Das imposante Gerichtsgebäude kam in Sicht. Julia blieb stehen und legte den Kopf in den Nacken, um die steinernen Löwenköpfe auf den nach oben strebenden Säulen zu betrachten. Über dem Eingang thronte eine Justitia-Figur mit verbundenen Augen und einer Waage in der Hand. Würde an diesem Ort endlich die Gerechtigkeit siegen?

Würde Jens Höger, der Grapscher und Vergewaltiger, hier zu einer angemessenen Strafe verurteilt werden? Recht und Gerechtigkeit waren bekanntlich zwei unterschiedliche Dinge, und viel zu oft wurde in Prozessen Recht gesprochen, ohne dass die Beteiligten Gerechtigkeit erfuhren. Eine unklare Beweislage, gerissene Anwälte, Verfahrensfehler, schwache Zeugen oder voreingenommene Richter – alles konnte Einfluss auf ein Verfahren haben. Es war bei Weitem nicht sicher, wie dieses ausgehen würde.

Julia spürte, wie ihr Magen sich nervös verkrampfte.

Zum ersten Mal seit seinem Überfall auf sie würde sie Höger wiedersehen. Außerdem würden alle im Gerichtssaal wissen, wer sie war. Es würde getuschelt und gegrinst werden, Zuschauer würden sich gegenseitig antippen und unauffällig mit dem Finger auf sie deuten.

Ist das nicht die Frau aus dem Video? Diese Journalistin, die freiwillig mit dem Angeklagten ins Bett gegangen ist?

Julia schauderte.

In ihrem Alltag hatte sie sich an das Image zwischen Schlampe und Heldin gewöhnt, das die Öffentlichkeit ihr aufgedrückt hatte. Die meiste Zeit gelang es ihr sogar, den Gedanken daran zu verdrängen, was andere von ihr denken mochten. Aber hier, in dieser exponierten Situation, Auge in Auge mit ihrem Widersacher Höger, wäre sie den Blicken und Urteilen der Leute hilflos ausgeliefert. Bei diesem Gedanken wurde ihr ganz schlecht.

Dann gab sie sich einen Ruck. Reiß dich gefälligst zusammen, dachte sie. Du hast es bis hierher geschafft, ohne dass es ihnen gelungen ist, dich fertigzumachen. Dieses letzte Stück der Wegstrecke schaffst du auch noch. Das bist du dir schuldig. Und den anderen Frauen, an denen er sich vergriffen hat, auch.

Sie holte tief Luft, streckte den Rücken durch und betrat das Gebäude.

Vor dem Gerichtssaal standen massenhaft Leute und warteten. Julia erkannte ein paar Gesichter aus dem Institut, darunter das von Angelina Winter, die schnell wegsah, als ihre Blicke sich trafen. Dann entdeckte sie Shenmi und Chen Lu, die etwas abseits mit einer ihr nicht bekannten Frau zusammenstanden. Julia ging auf sie zu und tippte Shenmi auf die Schulter. Die fuhr herum.

»Hallo, Julia.«

Julia zog sie spontan an sich. »Shenmi! Schön, dich zu sehen! Wie war deine Reise?«

»Das ist Frau Bartels, unsere Anwältin«, sagte Shenmi, ohne auf Julias Frage einzugehen. Sie deutete auf ihre Begleiterin. »Das heißt, eigentlich ist sie Chen Lus Anwältin.«

Julia gab zuerst der Frau die Hand und dann Chen Lu. »Sie treten also doch als Nebenklägerin auf?«, fragte sie.

Chen Lu nickte. Ihr Gesicht war regungslos.

»Und Sie müssen Julia Feldmann sein«, folgerte die Anwältin. »Großartigen Job haben Sie gemacht!«

»Ach ja, Glückwunsch zu deinem Preis«, sagte Shenmi.

Julia hatte sich bei all ihren Informantinnen bedankt und sie zur Preisverleihung eingeladen. Aus naheliegenden Gründen war keine von ihnen gekommen, was sie verstand. Aber Ariane Hildebrandt hatte gratuliert und ihr sogar Blumen geschickt, Shenmi und Chen Lu hingegen hatten nicht einmal reagiert.

»Was ist los?«, sagte Julia. »Seid ihr immer noch wütend auf mich?«

Die beiden wechselten einen Blick.

»Wütend trifft es nicht«, sagte Shenmi nach kurzem Zögern.

»Ich verstehe euch nicht«, sagte Julia. »Ich war immer ehrlich zu euch, ich habe mich an alle Abmachungen gehalten, und gemeinsam haben wir Höger hierhergebracht, vor Gericht. Was nehmt ihr mir übel?«

Wieder sahen die beiden jungen Frauen sich an, dann blickten sie Hilfe suchend zur Anwältin.

»Ich denke ... die beiden wurden von dem, was nach Erscheinen des Artikels passiert ist, völlig überrollt«, erklärte die zögernd. »Das massive Vorgehen der Medien, die Beschimpfungen und Drohungen, das war einfach alles zu viel.«

»Du hättest uns warnen müssen«, sagte Shenmi.

»Habe ich das nicht?«

»Not enough«, sagte Chen Lu, die bis dahin geschwiegen hatte. »If I had known all this before I would've never said a word.«

»Dann wäre alles weitergegangen wie bisher«, platzte es aus Julia heraus. »Und Höger würde heute noch Frauen belästigen!«

»Kann sein«, sagte Shenmi tonlos. »Aber der Preis ist zu hoch.«

Julia blieb für einen Moment stumm. Dem konnte sie schlecht widersprechen.

»Ich war doch selbst völlig überrumpelt«, sagte sie schließlich. »Mit dieser ... Wucht hatte ich nicht gerechnet. Auch nicht damit, dass es so viele kranke Gehirne gibt, die auf die Opfer eindreschen. Und dann noch das Video ...« Sie brach ab.

»Sie alle haben Furchtbares durchgemacht«, sagte die Anwältin mitfühlend. »Lassen Sie sich nicht auseinanderdividieren. Diesen Kampf können wir Frauen nur gemeinsam gewinnen!«

So hatte Julia bislang auch gedacht. Die Erfahrungen ihrer Recherche ließen sie daran zweifeln. Selbst alle Frauen gemeinsam konnten diesen Kampf nicht ohne die Männer gewinnen.

Eine Lautsprecherdurchsage ertönte: »In der Strafsache der Staat gegen Jens Michael Höger, Aktenzeichen 1 KLS 104.19, wird zur mündlichen Verhandlung in den Sitzungssaal zwei gebeten.«

Die Türen zum Saal wurden geöffnet, die Leute strömten hinein.

Julia verabschiedete sich und nahm einen Platz am Rand der Pressetribüne ein. Von dort hatte sie einen guten Überblick, musste Höger aber nicht frontal von vorn ansehen. Sie legte ihren Notizblock vor sich auf den Tisch. Tonaufnahmen zum Zweck der Veröffentlichung waren nicht erlaubt, also musste sie sich Notizen machen. Sie vergewisserte sich, dass der Fotograf anwesend war, von dem Spektrum sich das Bildmaterial liefern ließ, und hob grüßend die Hand.

Als die Zuschauer saßen, öffnete sich eine weitere Tür, und der Staatsanwalt erschien, gefolgt von Höger und seinem Anwalt, einem bekannten Strafverteidiger, der berüchtigt für seine Schärfe war.

Blitzlichter flammten auf, die Verschlüsse der Kameras klickten. Die Zuschauer reckten alle den Kopf.

Als die beiden Männer an Julia vorbeigingen, hob Höger den Blick und sah ihr direkt in die Augen. Beim Anblick des Mannes, der ihr die schlimmste Demütigung ihres Lebens zugefügt hatte und den sie verabscheute, wie sie noch nie jemanden verabscheut hatte, zog Julias Magen sich zusammen.

Nun blickte Höger ungeniert zu den Zuschauern hinüber, und Julia glaubte, ein Lächeln um seine Mundwinkel wahrzunehmen. Das typische Lächeln, mit dem er auf die Anwesenheit von Frauen reagierte. Niemand sah so wenig nach einem Vergewaltiger aus wie dieser selbstsichere, braun gebrannte Schönling, der dazu geboren zu sein schien, Tennisschläger zu schwingen und Frauen glücklich zu machen.

Nun betraten der Richter und seine beiden Beisitzer, ein Mann und eine Frau, den Raum und nahmen ihre etwas erhöhten Plätze ein. Zu ihrer Rechten hatte sich der Staatsanwalt hingesetzt, gegenüber Höger und sein Anwalt. Eine Protokollführerin saß neben den Richtern und blickte konzentriert auf ihren Computerbildschirm.

Lange hatte Julia gemeinsam mit Karl überlegt, ob sie Höger verklagen sollte. Den Überfall auf sie konnte sie nicht beweisen, da hätte sie keine Chance. Aber die Verletzung ihrer Persönlichkeitsrechte durch das Video stand außer Frage. Dennoch hatte sie sich schweren Herzens dagegen entschieden. Die Löschung des Videos hatte Karl nach vielen Wochen schließlich erreicht. Es war ein Pyrrhussieg gewesen. Der Film war von so vielen angesehen, geteilt und verlinkt worden, dass der Vorgang der Löschung nicht mehr bewirkte als das Auflegen eines Heftpflasters auf eine Verbrennung dritten Grades. Der Schaden war längst irreversibel. Für einen Prozess würde Julia Zeit, Geld und Energie investieren und sich erneut exponieren müssen – ein willkommener Anlass für die Presse, die Affäre noch einmal hochzukochen. Mehr als ein bisschen Schmerzensgeld würde sie dabei nicht herausholen können, wenn überhaupt. Wenn man Höger hingegen wegen Vergewaltigung verurteilte, wäre das der viel größere Schlag für ihn und damit auch eine Genugtuung für sie.

Der vorsitzende Richter wartete so lange schweigend ab, bis Ruhe eingekehrt war. Den Hammer, den Julia aus amerikanischen Krimis kannte, gab es hierzulande nicht; stattdessen hatte er einen Notizblock und ein Diktiergerät neben sich liegen. Die beiden Laienrichter saßen mit gefalteten Händen rechts und links neben ihm und wirkten ein bisschen wie Statisten.

Der Richter eröffnete die Sitzung, stellte die Anwesenheit der Prozessbeteiligten fest und erkundigte sich, ob Zeugen im Saal seien. Diese belehrte er über ihre Rechte und Pflichten, danach bat er sie, den Raum zu verlassen, bis sie aufgerufen würden. Das sei notwendig, damit sie unbeeinflusst vom Prozessgeschehen ihre Aussage machen könnten.

Shenmi und mehrere andere Zeuginnen und Zeugen, die Julia nicht kannte, standen auf und gingen hinaus. Einige würden warten, andere zum Termin ihrer Ladung zurückkehren. Chen Lu als Nebenklägerin durfte bleiben, obwohl sie ebenfalls Zeugin war. Neben ihr saß ein vereidigter Dolmetscher, der alles für sie ins Chinesische übersetzte.

Als Nächstes belehrte der Richter den Angeklagten über sein Aussageverweigerungsrecht. Es machte nicht den Eindruck, dass Höger von diesem Recht Gebrauch machen wollte. Bereitwillig gab er dem Richter Auskunft zu seiner Person: vollständiger Name, Geburtsdatum und -ort, Familienstand, Staatsangehörigkeit, aktuelle Adresse. Dass man in Zeiten, wo Datenschutz so großgeschrieben wurde, die Adresse eines Angeklagten öffentlich machte, erstaunte Julia. Nicht dass sie etwas dagegen gehabt hätte, wenn jemand Höger einen Besuch abstatten und ihm die Fresse polieren würde. Aber es gab ja auch Fälle, wo man den oder die Angeklagte echter Gefahr aussetzte.

Auf die Frage nach seiner derzeitigen Tätigkeit antwortete Höger, er befinde sich in einer beruflichen Orientierungsphase. Klar, kein Arbeitgeber würde ihn einstellen, bevor das Verfahren beendet war. Aufgrund des Medienrummels gab es wohl keine wissenschaftliche Einrichtung in Deutschland, die nicht von dem Fall gehört hatte.

Der Staatsanwalt verlas die Anklageschrift, und Höger verzog spöttisch den Mund. Breitbeiniger Sitz, verschränkte Arme – seine ganze Körpersprache verriet Herablassung und Arroganz. Bei der anschließenden Vernehmung blieb er seiner bisherigen Linie treu. Er präsentierte sich als der engagierte und nahbare Abteilungsleiter, zu dem alle jederzeit mit ihren Anliegen kommen konnten. Er habe ein hervorragendes Verhältnis zu allen Mitarbeitern im Institut gehabt, egal auf welcher Hierarchieebene. Das gelte insbesondere auch für die weiblichen Studierenden, denen er jederzeit respektvoll begegnet sei. Mal ein Scherz, ein lustiger Spruch, ein kleiner Flirt, mehr sei da nie gewesen. Wenn er mit Institutsangehörigen Sex gehabt habe, sei das immer im privaten Bereich und im gegenseitigen Einvernehmen geschehen. Bei den Vorwürfen von Chen Lu gegen ihn handle es sich um einen bedauerlichen Racheakt einer jungen Frau, die sich mehr von ihm erhofft habe und nun enttäuscht sei.

Julia schnappte nach Luft. Die Dreistigkeit, mit der Höger sich als Unschuldslamm darstellte, war buchstäblich atemberaubend. Glaubte er das alles wirklich selbst? Oder war es die Strategie, zu der sein Verteidiger ihm geraten hatte?

Als Erstes wurde er vom vorsitzenden Richter befragt,

der gründlich nachhakte und Höger bald den ersten Widerspruch nachwies.

»Sie sagten, Sie hätten zu Ihren Studierenden am In-
stitut ein gutes bis sehr gutes Verhältnis gehabt. Die Eva-
luationsbogen zu Ihrer Person sprechen hier eine andere
Sprache. Von fünf zu erreichenden Punkten erreichten
Sie zuletzt nur zwei Komma fünf, wobei Ihre fachlichen
Beurteilungen gut sind. Aber dort, wo es um Umgang mit
Studierenden, Hilfsbereitschaft, Betreuung und Beratung
geht, schneiden Sie auffallend schlecht ab, mit Bewertun-
gen zwischen zwei und null Komma fünf. Wie erklären
Sie sich das?«

Höger wirkte verblüfft. Kannte er die Bewertungen
nicht? Waren sie ihm egal? Ganz sicher hatte er nicht erwartet, dass sie im Prozess eine Rolle spielen würden.

»Das ... äh, das kann ich mir nicht erklären. Vielleicht
war da auch Manipulation im Spiel?«

Ein Raunen ging durch die Zuschauerreihen.

Ob sich hinter diesen miesen Bewertungen auch Pro-
teste gegen übergriffiges Verhalten versteckten? Man
würde es nicht herausfinden können, da die Erhebungen
anonym waren. Aber auszuschließen war das nicht. Julia
kam es sogar sehr wahrscheinlich vor.

Nun war der Staatsanwalt dran und bohrte mit seinen
Fragen weiter. Stück für Stück bekam das positive Bild,
das Höger von sich gezeichnet hatte, Risse. Er war nicht
so beliebt, wie er glauben machen wollte, es hatte mehrere Versetzungsanträge von Studentinnen gegeben, die
aus seiner Abteilung wegwollten, sogar eine anonyme
Beschwerde gegen ihn hatte der Staatsanwalt aufgespürt.
Zunehmend wurde Höger als der erkennbar, der er war:
ein selbstverliebter Kerl, der nach Macht und Bestätigung

gierte und sich diese notfalls auch gegen Widerstände verschaffte.

Als die Vertreterin der Nebenklage, Rechtsanwältin Bartels, die ersten Fragen an Höger stellte, erkannte Julia, dass Shenmi sie mit ihren gemeinsam gesammelten Hintergrundinformationen versorgt hatte. Das war ihr nur recht.

Die Anwältin ließ sich Högers beruflichen Werdegang schildern, fragte nach dem plötzlichen Abbruch seiner Postdoczeit am JLI vor fast dreizehn Jahren, nach dem Selbstmord von Yema, seiner überraschenden Umsiedelung in die USA. Schließlich kam sie zu Högers Zeit in Boston. Was denn der Grund dafür gewesen sei, dass er die Firma Biogen Future so überstürzt verlassen habe?

Wieder kam Höger ins Schleudern und stammelte etwas von einem anderen Angebot. Als die Anwältin Brians Aussage zitierte, es habe zahlreiche Beschwerden wegen *sexual harassment* gegen Höger gegeben, weshalb man sich von ihm habe trennen müssen, verstummte er.

Sein Verteidiger erhob Einspruch, der vom Richter abgewiesen wurde.

Julia war verblüfft. Das Zitat von Brian stand doch in ihrem Artikel, es war unbegreiflich, warum Höger trotzdem log. Damit beschädigte er seine Glaubwürdigkeit weiter. Viel schlauer wäre es doch, wenn er reumütig einräumen würde, dass damals etwas vorgefallen sei, und dann seiner Besorgnis Ausdruck geben würde, dass dies jetzt zu einer Vorverurteilung seiner Person führen könne. Aber vielleicht war er ja in Wirklichkeit nicht so schlau.

Inzwischen waren fast drei Stunden vergangen, der Richter ordnete eine Pause von zwanzig Minuten an. Im Saal wurde es unruhig. Stühle scharrten, Leute standen auf, es wurde kommentiert und gefachsimpelt.

Julia verließ den Sitzungssaal, um die Toilette aufzusuchen, wo bereits mehrere Frauen warteten. Sie gab vor, etwas auf ihrem Handy zu lesen, und lauschte dabei den Gesprächen.

»Glaubst du, dass er es getan hat?«, fragte eine Frau mittleren Alters, die sorgfältig zurechtgemacht war und gerade ihre Wimpern tuschte.

Ihre Freundin, die danebenstand und nicht aufhörte, ihre Hände abzutrocknen, blickte zweifelnd. »Ich kann es mir nicht vorstellen«, sagte sie. »Der sieht so nett aus, so einen würde ich mir als Freund wünschen.«

»Manche Massenmörder sehen auch nett aus«, wandte die Frau ein und schraubte die Wimperntusche zu.

Die Freundin schüttelte energisch den Kopf. »Glaube ich nicht. Zumindest sind sie nicht so attraktiv.«

»Gut, dass Sie nicht urteilen«, sagte eine ältere Frau mit einer Brille und kurzen grauen Haaren. »Wenn Sie sich vom Äußeren eines Angeklagten so beeinflussen lassen, wären Sie eine schlechte Richterin.«

Die Freundinnen blickten pikiert und verließen den Waschraum.

Julia warf der älteren Frau ein Lächeln zu und betrat die frei gewordene Kabine.

Auf dem Weg zurück zum Gerichtssaal vibrierte ihr Handy.

Und, wie läuft's? Ich wäre so gern dabei! Die Klausurtagung ist deprimierend. Im Sender wird nur noch der Mangel verwaltet. Freue mich schon auf dich! Sebastian

Julia lächelte. Schnell tippte sie eine Antwort und ließ das Telefon zurück in ihre Handtasche fallen.

Sebastian. Der an ihrer Seite gewesen war, als sie, gemeinsam mit ihren beiden Kolleginnen, den Deutschen Journalistenpreis entgegengenommen hatte. Der beim unvermeidlichen Gang über den roten Teppich, als die Kameras auf sie gerichtet gewesen waren und sie am liebsten die Flucht ergriffen hätte, schützend den Arm um sie gelegt und sie festgehalten hatte. Der eine Hand auf sein Herz gelegt und ihr mit der anderen einen Kussmund zugeworfen hatte, als sie auf der Bühne stand und vom Publikum mit Standing Ovations gefeiert wurde. Der bei der anschließenden Party nicht von ihrer Seite gewichen war, außer um ihr das nächste Glas Champagner oder etwas zu essen zu besorgen.

Sebastian, ihr tapferer Gewichtheber, der trotz seiner Verletzung ein Comeback gewagt und den Mut gefasst hatte, es mit ihr zu versuchen. Ausgerechnet mit ihr, der neurotischsten, unberechenbarsten und durchgeknalltesten Person, die sie kannte.

Und das Seltsame war: Seit sie sich das eingestanden und akzeptiert hatte, dass sie nicht für den Rest ihres Lebens vor der Liebe weglaufen konnte, verhielt sie sich gar nicht mehr neurotisch, unberechenbar und durchgeknallt.

Sie konnte Sebastians Nähe zulassen, ohne in Panik zu verfallen. Sie musste seine Gefühle nicht auf die Probe stellen, indem sie ihn verletzte. Sie spürte nicht den Drang, die Beziehung zu zerstören, bevor Sebastian auf die Idee kommen könnte, sie zu verlassen. Sie wagte jeden Tag von Neuem das Abenteuer der Liebe, anfangs noch zaghaft, inzwischen mit wachsendem Vertrauen. Sie war so glücklich wie vielleicht noch nie zuvor in ihrem Leben. Manchmal schaute sie sich selbst zu und fragte sich staunend, was mit ihr geschehen war.

Der einzige Wermutstropfen war die Sache mit Robert. Sie hatte noch einige Versuche gemacht, ihn zur Heimkehr zu überreden. Nur für ein paar Tage, nur für einen Besuch bei der Mutter.

Du hast nicht mehr viel Zeit, schrieb sie. *Bitte gib ihr die Chance, dich wiederzusehen, bevor es zu spät ist!*

Aber je mehr sie drängte, desto wortkarger wurden seine Antworten. Fast erschien es ihr, als legte er es darauf an, dass die Zeit das Problem für ihn lösen würde.

Was war nur los mit ihm? Wovor fürchtete er sich?

Du musst keine Angst haben, schrieb sie ihm. *Niemand macht dir irgendwelche Vorwürfe. Wir wollen dich nur verstehen.*

Keine Antwort.

Sie hatte schon zu einer weiteren E-Mail angesetzt, da änderte sie ihre Meinung und löschte den Text. Sie musste aufhören, ihn unter Druck zu setzen. Sie hatte getan, was sie tun konnte. Nun war es an ihm zu handeln.

Sie fand es grausam von Robert, dass er ihre Mutter warten ließ. Aber für sie wäre der Schmerz über seinen Verlust irgendwann vorbei. Er dagegen würde für den Rest des Lebens mit seiner Schuld leben müssen.

Zurück im Gerichtssaal, wurde Chen Lu gemeinsam mit dem Dolmetscher in den Zeugenstand gerufen. Julia war überrascht, dass sie keinen Antrag auf Ausschluss der Öffentlichkeit gestellt hatte. Es war offensichtlich, dass Chen Lu ihr Outing bedauerte, aber vielleicht war sie zu der Ansicht gekommen, dass ihr Opfer nur Sinn ergab, wenn die Öffentlichkeit auch erfuhr, was sie durchgemacht hatte.

Obwohl Julia alles, was Chen Lu zu Protokoll gab, bereits kannte, war sie von Neuem schockiert. Die Penetranz, mit der Höger die junge Frau verfolgt, die Brutalität, mit der er ihr schließlich seinen Willen aufgezwungen hatte, waren kaum mit anzuhören. Der sachliche Ton des Übersetzers machte es noch schlimmer.

Als Chen Lu die eigentliche Vergewaltigung schilderte, zitterte ihre Stimme. Immer wieder musste sie ihre Aussage unterbrechen. Das Publikum schien den Atem anzuhalten, und Julia glaubte zu spüren, wie die Sympathien für Höger schwanden.

Die Anwältin stellte einen Beweisantrag, und die Übersetzung der Abschnitte aus Chen Lus Tagebuch, die ihre Schilderungen untermauerten, wurde verlesen.

Bei der anschließenden Befragung versuchte Högers Verteidiger, Zweifel an der Belastbarkeit des Beweisstückes zu säen. Es sei nicht eindeutig festzustellen, wann die Eintragungen erfolgt seien. Diese könnten auch später gemacht worden sein.

Julia stieß die Luft aus, und auch im Publikum wurde empört gezischelt.

»Ruhe!«, befahl der Richter.

Chen Lu griff in ihre rechte hintere Jeanstasche und zog ihr Handy heraus. Sie sagte schnell einige Worte zum Dolmetscher, der dann übersetzte: »Ich habe in dieser schlimmen Zeit oft Nachrichten an meine Freundin in China geschrieben. Sie sind alle hier gespeichert. Sie können gerne den Inhalt überprüfen.«

Chen Lu hielt Högers Verteidiger demonstrativ das Telefon hin.

Der Vorsitzende sagte, er würde die Nachrichten gern selbst verlesen, sei aber des Chinesischen nicht mächtig, daher bitte er den Dolmetscher, es für ihn zu tun.

Der Verteidiger erhob Einspruch, der zu Protokoll genommen wurde.

Die vom Dolmetscher übersetzten Nachrichten brachten Chen Lus Verzweiflung und Hilflosigkeit noch überzeugender rüber als die stichwortartigen Tagebucheinträge.

»Halten Sie dieses Beweisstück auch für manipuliert?«, fragte Frau Bartels den gegnerischen Anwalt betont freundlich.

Der antwortete nicht. Mit versteinerter Miene saß er da.

Nach Chen Lus Befragung schickte der Richter die Anwesenden in die Mittagspause und beraumte die Fortsetzung der Verhandlung für vierzehn Uhr an.

Julia überlegte, ob sie sich Chen Lu und der Anwältin anschließen sollte, die vor dem Gerichtssaal zusammenstanden und ihr ein Zeichen gaben. Aber sie hatte das Bedürfnis, allein zu sein.

»Ich muss was erledigen!«, rief sie hinüber und winkte.

Um niemandem zu begegnen, entfernte sie sich aus dem Radius des Gerichtsgebäudes und setzte sich in einem kleinen Asia-Imbiss allein an einen Tisch. Sie bestellte gebratene Nudeln und eine Cola. Während sie aß, sah sie ihre Notizen durch, ergänzte sie da und dort und formulierte den Einstieg ihres Berichts.

Dann lehnte sie sich zurück und ließ den Vormittag Revue passieren. Bisher sah es nicht schlecht aus, aber die Verhandlung war auf mehrere Tage angesetzt. Es würden noch mehr Zeugen kommen, und Julia konnte sich nicht vorstellen, dass Högers Anwalt nicht noch irgendeinen

Trumpf im Ärmel hatte. Worauf sonst gründete sich sein guter Ruf? Bisher hatte sie seinen Auftritt eher schwach gefunden. Sie war etwas zuversichtlicher als heute Morgen, aber bei Weitem noch nicht beruhigt.

Nach der Mittagspause bat der Vorsitzende den forensischen Psychologen, der Chen Lu vor Prozessbeginn begutachtet hatte, in den Zeugenstand. Der Sachverständige bescheinigte der jungen Frau hohe Intelligenz und große kognitive Fähigkeiten. Ihre Schilderungen seien schlüssig, die kleinen Erinnerungslücken sprächen, ebenso wie die Erinnerung an einzelne, scheinbar unbedeutende Details, für ihre Glaubwürdigkeit. Auch gewisse körpersprachliche Signale hätten ihn in seiner Einschätzung bestätigt. Er halte Chen Lus Schilderungen für authentisch und der Wahrheit entsprechend.

Während der Gutachter Fragen beantwortete, fasste Julia seine Einschätzung in Stichworten auf ihrem Notizblock zusammen. Mit halbem Ohr hörte sie, wie die Tür zum Saal geöffnet und wieder geschlossen wurde. Sie sah auf.

Ein Mann mit militärisch kurzem Haar und einem dunkelblonden Vollbart hatte den Saal betreten, blieb an der Tür stehen und ließ seinen Blick langsam durch den Raum schweifen.

Sie widmete sich wieder ihren Notizen. Dann durchfuhr sie ein Zucken, sie sah erneut auf und nahm den Mann genauer in Augenschein. In diesem Moment drehte er sich in ihre Richtung, ihre Blicke trafen sich.

Alles um Julia herum schien in einem Nebel zu versinken. Die Stimmen im Raum wurden leiser, in ihren Ohren begann es zu summen.

Ungläubig starrte sie in das Gesicht des Mannes. Blinzelte ein paarmal, um sicher zu sein, dass sie keiner Einbildung erlegen war. Hielt den Blick des Fremden fest, der kein Fremder war. Die Zeit blieb stehen.

2019

Er hat es getan. Er hat die Fähre genommen und die Insel ver-
lassen. Am Flughafen hat er ein Ticket gekauft und ist nach
Hause geflogen. Nein, nicht nach Hause. In die Stadt, die er vor
fast dreizehn Jahren verlassen hat. Wo ihn, wie er inzwischen
weiß, alle für tot halten. Ertrunken in einem Fjord. Tragischer
Unfall. Vielleicht Selbstmord.

Bisher weiß nur Julia, dass er lebt. Sie hat es noch nieman-
dem gesagt. Solange ich dich nicht gesehen habe, kann ich dar-
über nicht sprechen, hat sie gesagt. Ich habe Angst, dass du wie-
der verschwindest. Wenn jemand mich fragt, sage ich, es gibt
eine Spur.

Viele Male hat Julia ihn bekniet zurückzukommen. Die Mut-
ter zu besuchen, solange die sich noch an ihn erinnert. Auch ihr
hat Julia noch nicht von ihm erzählt. Ich will ihr doch keine
falschen Hoffnungen machen, hat sie gesagt. Mit einem Unter-
ton, der so offensichtlich nicht vorwurfsvoll klingen sollte, dass
er umso vorwurfsvoller klang.

All die Jahre hat Robert sich mit dem Gedanken beruhigt,
dass Jannik damals seine Eltern angerufen hat. Dass sie wissen,
er ist am Leben. Und meldet sich irgendwann.

Er hat nicht geahnt, wie viel besser es ihm gehen würde,
wenn er sich einfach nicht mehr bei ihnen meldet. Dass die
Jahre vergehen würden, ohne dass sie ihm fehlen. Im Gegen-
teil.

Diese Familie hat ihn krank gemacht. Der Vater mit seiner

Enttäuschung. Die Mutter mit ihrem Mitleid. Seine Schwester mit der ständigen Demonstration ihrer Überlegenheit.

Er konnte nicht dorthin zurück.

Aber nun, da er weiß, dass Jannik nie bei ihnen angerufen hat, fühlt er sich schrecklich. Stellt sich vor, was sie durchgemacht haben müssen. Er wagt es nicht, seiner Mutter unter die Augen zu treten.

Als Julia ihm den Artikel über Höger geschickt hat, ist alles noch einmal in ihm hochgekommen. Tagelang ist ihm übel gewesen, er hat nichts essen können und nur im Bett gelegen. Irgendwann hat er erfahren, dass es einen Prozess gegen Höger geben wird. Und den Entschluss gefasst zurückzukehren, wenn es so weit ist. Er will diesem Schwein noch einmal ins Gesicht sehen. Er will, dass Höger weiß, dass er es weiß. Und wenn der Dreckskerl bestraft wird, selbst wenn es für ein anderes Verbrechen sein würde, kann er, Robert, vielleicht endlich damit abschließen.

Es macht ihn fertig, dass es Julia war, die dafür gesorgt hat, dass Höger zur Rechenschaft gezogen wird. Es wäre seine Aufgabe gewesen. Er hätte damals aufstehen und reden müssen. Er hätte die anderen im Institut dazu bringen müssen, laut auszusprechen, was sie hinter vorgehaltener Hand getuschelt haben. Vielleicht hätte er Höger damals schon vor Gericht bringen können. Aber er ist zu feige gewesen.

Er hätte Dettmers Diebstahl von Forschungsergebnissen öffentlich machen müssen, den er über so lange Zeit verfolgt hat. Aber er ist zu feige gewesen.

Und weil er für alles zu feige gewesen ist, hätte er sich wenigstens in die Tiefe stürzen müssen, um für sein Versagen zu büßen. Aber auch dafür ist er zu feige gewesen.

Seit Yema tot ist, hat er nie mehr eine Beziehung zu jemandem gehabt. Zwar hat er immer wieder mal was mit einer

Frau – die Touristinnen, die auf die Insel kommen, wollen sich amüsieren und sind nicht allzu wählerisch. Aber nie wird daraus etwas Ernstes. Nach kurzer Zeit sind sie wieder weg, und es ist ihm recht so.

Er mag sein ruhiges Leben in der Natur, in dem kleinen Steinhäuschen, das ihm einer der Bauern zur Verfügung gestellt hat, gegen Mithilfe bei der Landwirtschaft. Er liebt seine Arbeit als Gärtner, den täglichen Umgang mit Pflanzen, die er trotz des kargen Bodens zum Gedeihen bringt. Im Sommer fühlt er sich oft wie ein ungebetener Gast, wenn er bei den von Feriengästen belagerten Häusern auftaucht, um die Pflanzen zu wässern und Unkraut zu entfernen. Aber im Winter, wenn die meisten der Häuser leer stehen, fährt er pfeifend auf dem Fahrrad von einem zum anderen und hat das Gefühl, die Insel gehöre ihm allein.

Er braucht keine Menschen um sich. Er ist fürs Alleinsein bestimmt.

Endlich war der erste Sitzungstag beendet, und die Menschen strömten aus dem Saal. Julia wartete, bis alle draußen waren, dann ging sie zur Tür. Mit jedem Schritt wurde sie langsamer.

So lange hatte sie diesen Moment herbeigesehnt. Hatte ihn sich in den schönsten Farben ausgemalt. Aber nun, da er gegen alle Wahrscheinlichkeit eingetreten war, fühlte sie sich wie gelähmt vor Angst. Ihr Herz raste, ihr Mund war trocken.

Robert wartete draußen, die Hände in den Hosentaschen vergraben, den Blick gesenkt. Zögernd ging sie auf ihn zu und blieb vor ihm stehen.

»Robert«, sagte sie, und ihre Stimme klang dabei seltsam fremd.

Er sah auf, vermied aber direkten Blickkontakt. »Hallo, Julia.«

Sie streckte die Hand aus, wollte ihn berühren, zog sie wieder zurück. Sie schluckte.

»Wo … kommst du denn plötzlich her?«, brachte sie heraus.

Er zuckte die Schultern. »Es wurde allmählich Zeit, oder?«

Sie nickte. Hatte er sich also endlich dazu durchgerungen, das Versteckspiel zu beenden und Mutter und Schwester nicht weiter hinzuhalten. Es hatte sie viel

Geduld gekostet, ihn nicht weiter zu bedrängen, sondern abzuwarten, bis er den Entschluss fassen würde.

Aber dann begriff sie.

Robert war nicht wegen ihrer Mutter hier und auch nicht wegen ihr. Er war hier, weil er sehen wollte, wie Höger der Prozess gemacht wurde.

Sie spürte einen schmerzhaften Stich und presste die Lippen zusammen.

»Wo ... bist du untergekommen?«, fragte sie.

Er zuckte wieder die Schultern. »Bin direkt vom Flughafen hierhergekommen. Mein Rucksack ist in der Garderobe.«

In Julia kämpften widerstreitende Gefühle. Überraschung, Wut, Freude, Angst. Bloß jetzt keinen Fehler machen. Sie fürchtete, ein falsches Wort von ihr könnte genügen, ihren Bruder zum Verschwinden zu bringen wie eine geplatzte Seifenblase.

»Ich ... habe ein ziemlich bequemes Sofa«, sagte sie schließlich zögernd.

Er überlegte einen Moment, dann nickte er.

In ihrer Wohnung angekommen, bot Julia ihm Wasser und ein Glas Wein an, das er aber ablehnte. Er trinke keinen Alkohol, schon seit vielen Jahren nicht mehr.

Sie bestellte Pizza. Versuchte, etwas über das Leben zu erfahren, das ihr Bruder führte. Wo er wohnte, wie seine Arbeit aussah, ob er Freunde hatte. Er blieb wortkarg. Es wirkte, als pflegte er so wenig Kontakt zu Menschen, dass er verlernt hatte, ein Gespräch zu führen.

Nur wenn sie ihn an Momente aus ihrer gemeinsamen Kindheit erinnerte, wurde er etwas lebhafter. Vieles hatte er aber ganz anders in Erinnerung als sie. Als Julia von den Kinderfesten schwärmte, die ihre Mutter an Geburtstagen für sie ausgerichtet hatte, schüttelte er den Kopf.

»Ich durfte nie jemanden einladen.«

»Das stimmt doch nicht«, widersprach sie. »Du wolltest niemanden einladen.«

Er zuckte die Schultern. »Kann sein.«

»Und wieso?«

»Ich hatte Angst, dass niemand kommt.«

Julia schwieg. Plötzlich sah sie ihn vor sich, wie er am Boden lag und sich an den Hund schmiegte, den sie bekommen hatten, als Robert ungefähr neun oder zehn war. Der sei sein einziger Freund, hatte er oft behauptet.

»Denkst du noch manchmal an Knolle?«, fragte Julia.

Kurz zog ein Schatten über sein Gesicht. »Ich habe wieder einen Hund«, sagte er.

»Wirklich? Wo ist er?«

»Mein Vermieter kümmert sich um ihn.«

Zu ihrer Überraschung zog er ein Mobiltelefon heraus und zeigte ihr das Foto eines mittelgroßen, gefleckten Hundes mit wachen Augen.

»Er heißt Chico.«

Nun erzählte Robert, wie er den verwahrlosten, an der Pfote verletzten Mischling gefunden, zum Tierarzt gebracht und aufgepäppelt hatte. Wie das Tier ihm vor Dankbarkeit unaufhörlich die Hand geleckt hatte. Dass er von Chico auf eine Weise geliebt wurde wie noch von keinem Menschen. Bedingungslos.

Julia hörte zu und stellte hie und da eine Frage. Nach und nach entstand ein Bild in ihrem Kopf, wie Robert auf der Insel lebte. Er arbeitete als Gärtner, ließ sich bar bezahlen und hatte weder eine Kranken- noch eine Rentenversicherung. Ein Bauer ließ ihn mietfrei auf seinem

Grundstück wohnen, dafür half er bei den anfallenden Arbeiten. Eine prekäre Existenz, ein Leben unter dem Radar. Offiziell existierte Robert Feldmann nicht.

Julia staunte, dass so etwas in Zeiten der ständig zunehmenden Überwachung möglich war, aber ganz offensichtlich war es das.

»Wie bist du denn in den Flieger gekommen?«, wollte sie wissen. Die Fluglinien ließen sich beim Boarding oft den Ausweis zeigen, auch innerhalb Europas.

»Ich hab einen Perso.«

»Ist der nicht längst abgelaufen?«

Er zog einen Ausweis aus dem Portemonnaie, den er ihr reichte. Sie studierte ihn sorgfältig. Der Ausweis war bis 2022 gültig.

Robert lächelte. »Es gibt da so jemanden auf der Insel, der kann Ausweise verlängern.«

»Und das Ticket?«, fragte Julia. »Ohne Kreditkarte kriegt man doch heute kein Ticket mehr.«

»Ich bin einfach zum Flughafen gefahren und hab mir eins gekauft. Bar bezahlt.«

Ungläubig schüttelte Julia den Kopf. Da nie offiziell nach Robert gesucht worden war, stand er auf keiner Fahndungsliste, würde also mit einem gültigen Ausweis durch jede Personenkontrolle gewinkt. Und bei der Einreise nach Deutschland war er – aus dem Schengen-Raum kommend – vermutlich nicht mal kontrolliert worden.

Als die Pizza geliefert wurde, setzten sie sich gemeinsam an den Küchentisch und aßen. Julia beobachtete ihren Bruder heimlich. Da war die vertraute Bewegung, mit der er die Gabel zum Mund führte, diese seltsame kleine Drehung, als wickle er Käsefäden auf. Schon früher hatte er so gegessen.

Sie erkannte seine Hände, die Finger mit den extrem kurz geschnittenen (früher oft abgekauten) Nägeln. Seine Arme schienen kräftiger zu sein, die Schultern breiter als früher. Es war unübersehbar, dass er körperlich arbeitete.

Der Bart irritierte sie. So sehr veränderte er Robert, dass sie ihn im ersten Moment im Gerichtssaal nicht erkannt hatte. Dazu die kurzen Haare. Beides verlieh ihm eine gänzlich andere, männlichere Ausstrahlung. Er war nicht mehr ihr kleiner Bruder. Er war ein erwachsener Mann, und er war ihr fremd.

Nachdem sie gegessen hatten, richtete Julia das Sofa zum Schlafen her.

»Und wie geht's dir so?«, hörte sie ihn fragen und sah überrascht auf, die Zipfel des Bettbezuges in beiden Händen. Es war die erste Frage, die er ihr stellte.

Tränen schossen ihr in die Augen. Schnell senkte sie den Kopf und bezog die Decke fertig.

Das fragst du mich jetzt, wollte sie ihm am liebsten ins Gesicht schleudern. Reichlich spät, findest du nicht? Und überhaupt, es interessiert dich doch gar nicht. Es hat dich all die Jahre nicht interessiert. Wahrscheinlich hat es dich noch nie interessiert. Du bist immer nur um dich selbst gekreist, du egoistischer Mistkerl.

»Lass uns morgen weiterreden«, sagte sie gepresst. »Ich bin müde.«

»Okay«, sagte Robert und fuhr sich mit der Hand durch die Haarstoppel. »Danke. Für alles.«

Wissenschaftler zu Gefängnisstrafe verurteilt

Dr. Jens H., Arbeitsgruppenleiter am renommierten Johannes-Löwe-Institut, wurde nach dreitägiger Prozessdauer wegen Vergewaltigung, Nötigung, Drohung und Beleidigung zu einer Gefängnisstrafe von zwei Jahren sowie zur Zahlung eines Schmerzensgeldes verurteilt. Der Richter setzte das Urteil bewusst nicht zur Bewährung aus und begründete dies mit der lang anhaltenden Dauer und Brutalität der Übergriffe. Die betroffene Doktorandin, die aus China stammt, spendete das Schmerzensgeld an eine Opferorganisation. Sie verließ Deutschland unmittelbar nach Ende des Prozesses.

Julia umklammerte das Steuer des Leihwagens und sah konzentriert auf die Straße. Sie war ewig nicht mehr selbst Auto gefahren, aber das Pflegeheim, in dem sie ihre Mutter inzwischen untergebracht hatte, war mit öffentlichen Verkehrsmitteln nur schwer zu erreichen.

Auf dem Beifahrersitz saß Robert und schwieg. Obwohl er bereits den vierten Tag da war, konnte sie es in manchen Momenten immer noch nicht glauben. Dass er lebte. Dass er neben ihr saß, als wäre er nie weg gewesen.

»Bin ich froh, dass dieses Schwein endlich hinter Gitter kommt«, sagte er finster. »Nur schade, dass es bloß zwei Jahre sind und nicht zwanzig.«

Julia warf ihm einen kurzen Blick zu, dann konzentrierte sie sich wieder auf den Verkehr.

Seit er zurückgekehrt war, wollte Julia ihm eine Frage stellen, traute sich aber nicht.

Sie war überzeugt davon, dass Yemas Selbstmord der Auslöser für seine Flucht gewesen war. Aber bis jetzt hatte sie ihn nicht darauf angesprochen, weil sie seine Reaktion fürchtete. Vor allem aber, weil sie nicht wusste, welche Rolle er damals in dieser Tragödie gespielt hatte. Und Angst davor hatte, es zu erfahren.

»Warum war es dir eigentlich so wichtig, dass Höger verurteilt wird?«, fragte sie.

Robert antwortete nicht.

Sie warf ihm einen kurzen Blick zu. Im fahrenden Auto zu sitzen hatte den Vorteil, dass er nicht einfach abhauen konnte. Und dass sie keinen Blickkontakt mit ihm hatte, von dem er sich bedrängt fühlen könnte.

»Du bist doch extra wegen des Prozesses zurückgekommen«, fuhr sie fort.

»Ich will nicht darüber reden.« Er drehte den Kopf zur Seite.

»Aber ich.« Julia war jetzt entschlossen. »Ich will wissen, was damals passiert ist. Warum Yema sich wirklich umgebracht hat. Was du damit zu tun hast.«

Sie schluckte nervös. Mit den Händen umfasste sie das Lenkrad so fest, als suchte sie Halt.

Er schwieg weiter.

»Ich fahre so lange in der Gegend herum, bis du mit mir sprichst«, kündigte sie an. Oder bis der Tank leer ist, dachte sie. Aber bis es so weit war, würde sie noch ungefähr vierhundert Kilometer fahren können.

»Lass mich aussteigen«, sagte er und löste seinen Sicherheitsgurt. Ein Piepen ertönte.

»Ich denke nicht dran.«

»Lass mich aussteigen!«, wiederholte er.

Das Auto piepte empört weiter.

Julia spürte, dass er vor Aufregung zitterte, und hatte Angst, dass er ihr ins Lenkrad fallen oder sonst etwas Unüberlegtes tun könnte. Sie versuchte, sich aufs Fahren zu konzentrieren und gleichzeitig ein Auge auf ihn zu haben.

»Du kannst nicht den Rest deines Lebens vor allem weglaufen«, sagte sie. »Du musst dich der Vergangenheit stellen.« Und nach einer Pause: »Ich musste das auch.«

»Du hast keinen Menschen auf dem Gewissen«, sagte er kaum hörbar.

Julia bremste abrupt und fuhr an den Straßenrand. Sie schaltete den Motor aus, das Piepen hörte auf. Sie löste ihren Gurt und drehte sich so, dass sie ihren Bruder ansehen konnte. Zahllose Fragen rasten ihr durch den Kopf, aber sie hielt sich zurück. Stattdessen legte sie ihm nur die Hand auf den Arm, als könnte sie ihn so davon abhalten, wieder zu verschwinden.

»Sprich mit mir«, flehte sie. »Bitte!«

Robert starrte ausdruckslos vor sich hin und ballte eine Hand zur Faust. Julia sah, wie sich eine Träne aus seinem linken Auge löste und über seine Wange rollte. Im nächsten Moment begann er zu weinen und verbarg das Gesicht in den Händen.

Sie beugte sich so weit wie möglich zu ihm hinüber und legte ihm den Arm um die Schultern.

»Sch, sch«, machte sie, als tröstete sie ein Kind.

Robert wurde von Schluchzern geschüttelt. Er kam Julia vor wie jemand, der sich zum ersten Mal überhaupt erlaubte zu weinen. Es war, als entlüde sich der Druck des jahrelangen Schweigens in diesem einen Moment.

»Lass es einfach raus«, sagte sie. »Das ist gut.«

Es dauerte mehrere Minuten, bis er sich etwas beruhigt hatte. Stumm reichte sie ihm ein Taschentuch, und er schnäuzte sich die Nase.

»Ich … hab's verbockt«, stammelte er schließlich. »Wegen mir ist sie … tot.«

»Yema war also deine Freundin?«, vergewisserte sich Julia, obwohl sie es eigentlich wusste.

»Ich hätte ihr helfen müssen, aber ich war wütend auf sie. Und … eifersüchtig auf Höger.«

»Eifersüchtig?« Julia verstand nicht.

Er schluchzte auf. »Ich dachte, dass sie … freiwillig mit ihm rummacht.«

Er schilderte ihr, wie Yema sich immer mehr von ihm zurückgezogen hatte, keine Nähe mehr wollte und sich verhielt, als hätte sie ein schlechtes Gewissen. Wie er sie mit Höger beobachtet und den Eindruck gewonnen hatte, dass da was lief.

»Erst als sie tot war, habe ich alles begriffen. Aber da war es … zu spät.«

Er vergrub erneut das Gesicht in den Händen. Seine Schultern zuckten.

»Du hast es wirklich nicht vorher gewusst?«, fragte Julia. »Oder … geahnt?«

Er blickte sie aus geröteten Augen an, mit einem Blick, der zwischen Wut und Verzweiflung schwankte. Es schien ihr, als wollte er etwas sagen, dann biss er sich auf die Lippen und schwieg.

In diesem Moment erkannte Julia, dass sie den Finger in die Wunde gelegt hatte. Er war sich nicht sicher, ob er es nicht doch geahnt, aber verdrängt hatte. Ob er Gründe hatte, es lieber nicht wissen zu wollen. Gründe, die mit seiner Abhängigkeit von Dettmer zu tun hatten, aber auch mit seiner eigenen, schwachen Persönlichkeit. Er traute sich selbst nicht über den Weg. Und dieses Nicht-wissen-Wollen war es, was ihm keine Ruhe ließ und unaufhörlich an ihm nagte.

Julia beugte sich noch weiter hinüber, um Robert richtig zu umarmen, was jedoch ein hilfloser Versuch blieb. Ihr Bruder saß stocksteif da, wie gepanzert gegen den Schmerz, nur dass sein Panzer Risse bekommen hatte.

Mit einer abrupten Bewegung öffnete er die Tür und stieg aus. Sie standen am Rand eines Getreidefelds. Er lief los und zog eine Schneise durch die Halme, die sich nur zögernd wieder aufrichteten.

»Robert!«, rief Julia. »Komm zurück!«

Er ignorierte sie. Immer weiter arbeitete er sich ins Innere des Felds hinein.

Julia startete den Motor und fuhr los, folgte der Straße, die irgendwann eine Rechtskurve machte und leicht abschüssig wurde. Sie erreichte die gegenüberliegende Seite des Felds und konnte sehen, wie Robert durchs Getreide pflügte, ohne Notiz von ihr zu nehmen.

Sie wurde wütend. Dieser verdammte Egoist! Am liebsten hätte sie ihn sich selbst überlassen. Sollte er doch zusehen, wie er in die Stadt zurückkam. Aber sie brachte es nicht fertig. Sie fühlte sich verantwortlich für ihn, wie früher schon. Und sie dachte an ihre Mutter. Julia hatte ihren verlorenen Sohn aufgespürt. Sie würde ihn zu ihr zurückbringen, koste es, was es wolle.

Sie wartete, bis Robert die Straße erreicht hatte, dann gab sie Gas. Erst kurz vor ihm bremste sie ab, sodass er einen Satz machte und sie erschrocken anstarrte. Sie sprang aus dem Wagen und stampfte auf ihn zu.

»Du verdammter Idiot!«, schrie sie. »Du bist nicht schuld an Yemas Tod! Hör endlich auf, dich selbst zu bemitleiden!«

Verblüfft sah er sie an. Nachdem sie ihn die ganze Zeit mit Samthandschuhen angefasst hatte, war er auf einen solchen Ausbruch offenbar nicht vorbereitet.

»Du bist nicht der Einzige, der etwas Schreckliches erlebt hat«, fuhr sie heftig fort. »Mit deinem beschissenen Versteckspiel hast du uns alle ins Unglück gestürzt!«

Wieder füllten sich seine Augen mit Tränen.

»Was hätte ich denn tun sollen?«

»Dich deiner Verantwortung stellen!«, rief Julia aus. »Du wusstest, wer Yema auf dem Gewissen hat. Viele wussten es. Und ihr habt ihn davonkommen lassen.«

Seine Kiefer mahlten, er warf gehetzte Blicke um sich. Wie ein Tier in der Falle. Fast tat er ihr leid.

»Hör zu«, sagte sie, jetzt wieder ruhiger. »Dein einziger Fehler damals war, dass du feige warst. Wenn du irgendwas wiedergutmachen möchtest, dann sei verdammt noch mal jetzt nicht wieder feige!«

Damit drehte sie sich um, setzte sich ins Auto und wartete. Ihre Finger trommelten aufs Lenkrad. Nach einer gefühlten Ewigkeit setzte Robert sich in Bewegung, öffnete die Beifahrertür und ließ sich stumm auf den Sitz fallen.

Sie erreichten das idyllisch gelegene Pflegeheim. Es war noch weiter von der Stadt entfernt als die Einrichtung, in der Gitta zur Kurzzeitpflege gewesen war. Aber Julia war heilfroh gewesen, dass sie überhaupt einen Platz für ihre Mutter bekommen hatte.

Sie fuhr auf den großen Parkplatz und machte den Motor aus. Robert saß zusammengesunken auf seinem Sitz und starrte vor sich hin. Sie berührte seinen Arm.

»Bereit?«

Er nickte stumm.

»Also los.«

Julia atmete tief durch und stieg aus. Robert folgte ihr schweigend ins Gebäude. Sie wies auf den Eingang zum Café.

»Bis gleich.«

Mit pochendem Herzen ging sie den Flur entlang bis zu Gittas Zimmer. Sie klopfte und trat ein.

»Hallo, Mutti, ich bin's.«

»Hallo, mein Herz«, sagte Gitta und blickte lächelnd auf.

Mein Herz. Das war ihr neuester Trick, um zu verschleiern, dass sie sich an einen Namen nicht erinnerte.

»Wie geht's dir?«, erkundigte sich Julia.

»Am liebsten gut«, gab Gitta zurück.

Julia ließ sich erzählen, was seit ihrem letzten Besuch los gewesen war, bezweifelte jedoch, dass ihre Mutter sich daran erinnerte oder überhaupt im Bilde war, wann dieser Besuch stattgefunden hatte. Aber sie schien gut drauf zu sein, und das war das Wichtigste.

»Ich möchte dir was sagen, Mutti«, setzte Julia kurz darauf an.

»Was denn, mein Herz?« Erwartungsvoll sah Gitta zu ihr hinüber.

»Du erinnerst dich doch an Robert?«

Keine Reaktion.

490

»Robert«, wiederholte Julia. »Mein Bruder. Er war lange ... verreist.«

»Ver...schollen«, sagte Gitta mechanisch.

»Genau.« Julia fasste Mut. »Stell dir vor, Robert ist wieder da! Er ist zurückgekommen.«

Ihre Mutter sah sie freundlich an. »Das ist ja schön.«

Julias Herz sank. Vielleicht, wenn er vor ihr stand? Bestimmt. Wahrscheinlich würde es einen Moment dauern, wie bei ihr auch. Aber dann würde sie begreifen, wer er war. Es wenigstens spüren.

Mit einem Mal bekam Julia Angst. Was tat sie hier? Was würde die Begegnung mit dem tot geglaubten Sohn bei ihrer Mutter auslösen? Hätte sie vorher mit einem Arzt sprechen sollen? Andererseits, was war die Alternative? Ihre Mutter weiter zu belügen? Sie wischte ihre Bedenken weg.

»Soll ich ... soll ich Robert jetzt zu dir bringen?«, fragte sie.

Ihre Mutter nickte. »Ja, natürlich.«

Julia stand auf und ging zum Café. Robert hatte versprochen zu warten. Er war nicht zu sehen.

Nervös blickte sie sich um. Das war doch nicht möglich! Hatte er sich wirklich vom Acker gemacht? Dieser verdammte Feigling! Sie stieß einen verzweifelten Schrei aus und schlug mit der Faust gegen die holzgetäfelte Wand.

Im gleichen Moment bog Robert um die Ecke und trocknete sich die Hände an der Jeans ab.

»Was ist denn los?«, fragte er. Seine Augen waren immer noch leicht gerötet.

Julia versuchte sich zu sammeln und massierte ihr schmerzendes Handgelenk. »Mann! Ich dachte, du wärst ... abgehauen.«

»Wär ich gern«, sagte er leise. »Aber ... ich will kein Feigling mehr sein.«

Sie standen einander gegenüber und sahen sich an.

Und da konnte Julia nicht anders. Zum ersten Mal seit er zurück war, schloss sie ihn richtig in die Arme. Ihren kleinen Bruder, der so anders war, als sie ihn sich wünschte. Der so viel falsch gemacht und ihr so wehgetan hatte. Und den sie so lange so schmerzlich vermisst hatte.

»Robert«, schluchzte sie auf.

Unbeholfen hielt er sie umfasst und klopfte ihren bebenden Rücken. Sie spürte seine Arme um sich, nahm seinen vertrauten Geruch wahr. Und im selben Augenblick hatte sie das Gefühl, dass die Leere in ihrem Inneren sich auflöste. Diese Leere, die durch nichts zu füllen gewesen war. Von der sie fast verschlungen worden wäre.

Nach einer Weile löste sich Julia von ihm und wischte sich mit dem Handrücken die Tränen aus dem Gesicht.

»Komm mit«, sagte sie und zog ihn hinter sich her den Flur entlang. »Erschrick nicht, wenn du sie siehst.«

Sie klopfte erneut an die Tür.

»Herein.«

Hand in Hand betraten sie das Zimmer. Ihre Mutter saß in dem Sessel am Fenster, in dem Julia sie zurückgelassen hatte, und blätterte in einer Zeitschrift.

Julia ließ seine Hand los, und Robert ging zögernd auf sie zu.

»Hallo, Mutti.«

»Guten Tag, junger Mann«, sagte Gitta lächelnd. »Kennen wir uns?«

»Ich glaube schon«, sagte Robert mit rauer Stimme.

Gitta klopfte auf den Stuhl neben sich.

»Nehmen Sie Platz. Wie schön, dass Sie mich besuchen kommen.«

Robert setzte sich, und Julia beobachtete atemlos, wie ihre Mutter ihn musterte. In ihrem Gesicht zeichneten sich unterschiedliche Regungen ab. Schließlich sagte sie: »Ich kannte mal einen anderen jungen Mann. Sie sehen ihm ähnlich.«

Robert warf Julia einen Hilfe suchenden Blick zu. Die schluckte Tränen der Enttäuschung hinunter. Mit einer resignierten Bewegung hob sie die Hände und ließ sie fallen. Er hatte zu lange gewartet.

Gitta betrachtete ihren Sohn, von dem sie nicht mehr wusste, dass er ihr Sohn war. Sie hatte vergessen, dass er mal auf der Welt gewesen war, und hatte vergessen, dass er verschwunden war. Und zum Glück hatte sie auch vergessen, wie viel Schmerz sie deshalb erlitten hatte. Für eine Millisekunde beneidete Julia ihre Mutter.

»Sie heißen also Robert?«

Er nickte und biss sich auf die Lippen. In seinen Wimpern zitterte eine Träne.

»Schöner Name«, sagte Gitta und streichelte seine Hand. »Kommen Sie mich gern öfter besuchen.«

Danksagung

Bei der Recherche für dieses Buch haben mich zahlreiche Menschen unterstützt, bei denen ich mich herzlich bedanken möchte. Ihre Expertise war für mich von unschätzbarem Wert. Sollten sich dennoch Fehler oder Ungenauigkeiten in den Text eingeschlichen haben, so liegt die Verantwortung dafür ausschließlich bei mir.

Prof. Dr. Alexander Kekulé
Werner Krauss, *Pressestelle Polizeipräsidium München*
Bernd Martin, *Detektei Bernd Martin, Remscheid*
Heinz Hohensinn, Detektiv a. D.
Claudia Hilmbauer, freie Journalistin
Nico Fried, *Süddeutsche Zeitung*
Kristin Haug, *DER SPIEGEL*
Armin Himmelrath, *DER SPIEGEL*
Dr. Tilman Spengler, Autor und Chinaexperte
Heinrich Schmitz, Rechtsanwalt
Silke Florstedt, *Münchner Pflegebörse*
Myriam Brock

Schreiben lernen mit der Bestsellerautorin Amelie Fried? Informationen unter www.ameliefried.de und bei Facebook: Kreatives Schreiben – Amelie Fried & Peter Probst